# Inhalt

# Vorwort

von Dr. Michael von Cranach
(ehemaliger Leiter des
Bezirkskrankenhauses Kaufbeuren)

Ernst Lossa begleitet mich seit siebenundzwanzig Jahren. Ich weiß nicht, ob ich ihn als Freund bezeichnen darf, ich würde es mir sehr wünschen, kann mir aber auch vorstellen, dass er, vor dem Hintergrund seiner Erfahrungen, die Freundschaft mit einem Psychiater strikt ablehnen würde. Das müsste ich akzeptieren. Die Umstände unseres »Kennenlernens« haben eine lange Vorgeschichte.

In der Nazizeit haben auf Hitlers persönlichen Erlass zwischen 1939 und 1945 Ärzte und ihre Mithelfer ungefähr 200 000 psychisch kranke Menschen getötet. Sie haben sie für »lebensunwert« erklärt, entwürdigt, gequält und ermordet. Die Täter waren nicht einige wenige, sondern die Mehrheit, die Elite der deutschen Psychiater.

Nach Ende des Krieges haben die Alliierten diese Ereignisse sehr gründlich untersucht, insbesondere die Amerikaner, die Beweismaterial für die Nürnberger Ärzteprozesse sammelten. Tatsächlich wurden dann 1947 in Nürnberg zwei der Hauptverantwortlichen dieser Euthanasieaktion zum Tode verurteilt und gehängt. Doch danach verlor sich das Interesse an weiterer Aufklärung.

Die Mehrheit der Täter und Mitläufer blieb unbehelligt, war weiterhin ärztlich tätig, es entstand keine Zäsur, kein

Neuanfang, die schlimme Vergangenheit wurde verdrängt und verleugnet.

Andererseits hatte die Erfahrung des Krieges das Menschenbild unserer Gesellschaft verändert; das Wohl, die Rechte und auch die Verantwortung des Einzelnen bekamen einen hohen Stellenwert; individuelle Freiheit und Menschenrechte wurden die Grundwerte der neuen Demokratie. Diese Gedanken jedoch erreichten die abseits gelegenen, ver- und geschlossenen Großanstalten, in denen damals psychisch kranke Menschen behandelt wurden, sehr spät. Erst 1975 beschäftigte sich der Deutsche Bundestag mit den »brutalen und menschenverachtenden Realitäten« in den psychiatrischen Krankenhäusern, und man beschloss, eine Psychiatriereform in die Wege zu leiten mit dem Ziel der Abschaffung der Großkrankenhäuser und der Verlagerung der Behandlung und der Hilfen in das Lebensumfeld der Betroffenen. Dieser neue Wind hat damals viele von uns jungen Ärzten beflügelt, in die Anstalten zu gehen und die Reform in Gang zu setzen.

Als ich im Mai 1980 mit diesem inneren Auftrag die Leitung einer derartigen Klinik in Kaufbeuren übernahm, wurde mir nach wenigen Wochen bewusst, dass die Veränderung nur gelingen kann, wenn wir uns der Vergangenheit stellen, hinschauen auf alles, was geschehen ist, diesen Nebel der Verschwiegenheit und Lähmung lichten. Also sichteten wir Verwaltungsakten, Prozessakten, die noch vorhandenen Krankengeschichten der getöteten Menschen und wir sprachen mit Zeitzeugen. Dabei stießen wir immer wieder auf Ernst Lossa. Den amerikanischen Offizieren, die 1945 als Erste in der Klinik ermittelt hatten, war es offensichtlich ähnlich gegangen wie später uns. Bei ihren Verhören der Ärzte und des Klinikpersonals sahen sie sich mit so Unfassbarem konfrontiert, dass sie das Bedürfnis hatten, die Ereignisse besser verstehen zu können, und zwar in einem Einzelschicksal personifiziert. So fanden sich viele Zeugenaussagen über Ernst. Diese sind, erweitert um die Schilderungen von Ernsts Schwestern Amalie und Anna, die heute noch leben, und um die Ergebnisse von Robert Domes' umfangreichen Recherchen, die Grundlage dieses Buches.

Millionen Menschen wurden Opfer des Holocaust, Hunderttausende wurden Opfer des Kriegs gegen psychisch kranke Menschen, diese Zahlen versperren uns den Blick auf den Einzelnen. Als ich Ernsts Krankengeschichte zum ersten Mal in die Hand nahm, hat mich das dort angeheftete Foto tief bewegt und nicht mehr losgelassen. Seitdem führe ich innere Gespräche mit ihm, und oft habe ich bei schwierigen beruflichen Entscheidungen versucht, mein zu lösendes Problem aus Ernsts Perspektive zu betrachten, und dann wusste ich, wie ich zu entscheiden hatte. Auf dem Foto schaut Ernst uns an, herausfordernd und zugleich tieftraurig, Kind und Erwachsener zugleich. Allen, die dieses Bild sehen, legt es nahe, sich in seine Lage zu versetzen, sich vorzustellen, wie ein Kind das Leben unter derartig grauenvollen Umständen erlebt und bewältigt hat. Die äußeren Ereignisse haben sich so zugetragen, wie Robert Domes sie schildert. Um Ernsts Innenleben darzustellen, hat Robert Domes auf empathische Weise zu den Mitteln des Romans gegriffen. Der Leser ist aufgefordert, sich in Ernsts Lage hineinzuversetzen und seine persönliche Version von Ernsts Erleben zu entwickeln.

Wenn ich Ernst heute anschaue, mag ich am liebsten alles ungeschehen machen, doch das ist unmöglich, wie wir alle wissen. Selbst wiedergutmachen (was für ein unglückliches und schönfärberisches Wort haben wir damals im Rahmen der Entschädigung der Opfer des Holocaust gewählt!) geht nicht. Doch Bücher wie dieses geben Ernst und allen Opfern die Würde zurück, die ihnen auf so schlimme Art genommen wurde.

Eggenthal, im November 2007 Michael von Cranach

Michael von Cranach, Dr. med, Jahrgang 1941, ist Facharzt für Psychiatrie und Psychotherapie. Nach Tätigkeiten in München und London übernahm er 1980 die Leitung des Bezirkskrankenhauses Kaufbeuren und war dort bis zu seiner Berentung 2006 tätig. Aus einer stark sozialpsychiatrischen Perspektive heraus engagierte er sich klinisch und in internationalen Gremien (WHO und EU) für die Aufhebung der Ausgrenzung psychisch kranker Menschen. In diesem Rahmen befasste er sich auch intensiv mit der Erforschung der Psychiatrie im Nationalsozialismus. Er betreibt heute eine psychiatrische Praxis in München und setzt seine Bemühungen um eine entstigmatisierte Psychiatrie fort.

# Prolog

Die Tür zum Vorraum steht einen Spalt offen, dort brennt eine Glühbirne, doch ihr funzliges Licht schafft es kaum bis ins Krankenzimmer. Ernst lauscht auf die Atemzüge der anderen. Zwei schlafen fest. Nur *Heinz** ist wach, hält mit der rechten Hand sein Ohrläppchen fest und streicht mit der Linken unermüdlich die Bettdecke glatt, faltet sie auf, streicht sie wieder glatt. Mit Heinz ist nicht viel anzufangen. Er glotzt den ganzen Tag ins Leere, spricht mit Menschen, die keiner sieht, in einer Sprache, die keiner versteht. Die anderen beiden kennt Ernst nicht. Der eine hat sich, trotz der Hitze, fest in seine Decke gewickelt. Der andere schnarcht leise. Beim Einatmen gibt er ein Knurren von sich, beim Ausatmen blubbert er, als läge er unter Wasser.

Seine drei Zimmergenossen sind wesentlich jünger als Ernst, höchstens sechs oder sieben. In drei Monaten wird er fünfzehn und ist eigentlich schon zu alt für die Kinderkrankenstation. Er ärgert sich, dass er heute hier schlafen muss. Viel lieber wäre er drüben bei den Männern geblieben.

Meistens legen sie ihn auf die Krankenstation, wenn er etwas ausgefressen hat, weil sie ihn hier besser überwachen können. Aber diesmal hat er nichts angestellt. Heichele sag-

---

* Die Personen im Text werden, wo immer es möglich ist, mit ihren wirklichen Namen genannt. Ausnahmen sind: 1. Menschen, die aus Gründen des Persönlichkeitsschutzes nicht genannt werden. 2. Personen, die historisch nicht klar recherchierbar waren. Diese Namen sind geändert und bei der ersten Nennung kursiv gesetzt.

te, er sei typhusverdächtig. Typhus ist eine ernste Sache. In den letzten Wochen sind angeblich schon zehn Patienten daran gestorben. Aber sie waren alle schwach, hatten graugrüne Gesichter, krümmten sich vor Bauchweh und schissen die Betten voll. Ernst dagegen fühlt sich munter wie schon lange nicht mehr. Vielleicht ist die Geschichte mit dem Typhus nur ein Trick von Heichele, damit Ernst endlich die Tabletten nimmt.

Er schließt die Augen und versucht, sein aufgeregtes Herz zu beruhigen. Die Stimme seiner Mutter klingt aus einer fernen Zeit zu ihm her. Nach Sonnenuntergang beginnt die Stunde der Engel, hat sie immer gesagt. Er stellt sich vor, ein Engel geht durch die Station, vorbei an den Krüppeln und Idioten, an den Gelähmten und Blinden, an den Schreienden, die man ans Bett gebunden hat, und den Stillen, die nur vor sich hin sabbern. Der Engel geht vorbei und alle werden ganz friedlich. Am Ende kommt er auch zu Ernst, berührt ihn mit seinem Flügel an der Schulter und zwinkert ihm zu.

Er setzt sich im Bett auf, aber da ist keiner. Nur vom Flur hallen schwere Schritte herein. Klack-schlurf-klack, Heichele mit seinem Hinkebein auf Rundgang. Der Pfleger sperrt den Vorraum auf, der das Krankenzimmer vom Flur trennt. Als sein massiger Schatten die Tür ausfüllt, schließt Ernst schnell die Augen. Heichele soll glauben, dass er schläft. Sonst fängt er wieder mit seinen Tabletten an. Einige Atemzüge lang rührt sich nichts, dann gibt der Pfleger ein zufriedenes Grunzen von sich. Ernst hört, wie Heichele absperrt. Das Klack-schlurf-klack entfernt sich.

Zwei Stockwerke tiefer sitzt Georg Frick in seinem Büro. Der Verwaltungsleiter der Heil- und Pflegeanstalt trommelt nervös auf der schweren Schreibtischplatte, schiebt Papiere hin und her, kann sich nicht auf die Arbeit konzentrieren. Er steckt sich eine Zigarette an. Da klopft es an der Tür.

Frick ruft: »Herein!«, er hat den späten Besuch bereits erwartet.

Die Oberschwester macht ein griesgrämiges Gesicht. Frick deutet auf einen Stuhl und hält ihr die Zigarettenschachtel hin.

Sie greift zu und fragt gereizt: »Warum braucht ihr mich für diese Sache? Sonst ist der Heichele doch auch nicht so zimperlich.«

Frick zuckt die Achseln. »Er hat zum Chef gesagt, er kann es nicht.«

Sie lacht auf. »Der Herr Pfleger kann das nicht, also brauchen die Herren die Schwester Pauline.«

»Ist vielleicht auch besser, wenn das nicht einer allein macht«, sagt Frick. »Der Kerl ist nicht zu unterschätzen.«

»Ich dachte, er ist erst vierzehn?«

»Fast fünfzehn.«

Pauline bläst den Rauch aus. »Und da macht ihr so einen Zirkus.«

»Du kennst ihn nicht. Der ist zu allem fähig.«

Die Oberschwester schüttelt den Kopf. Dann warten die beiden, rauchen und warten. Pauline wandert durch den Raum, Frick sortiert die Papierberge auf dem Tisch. Endlich klingelt das Telefon.

Frick nimmt ab, horcht kurz, nickt und legt wieder auf. »Er schläft«, sagt er.

Sie stopft die Zigarette in den Aschenbecher. »Na dann, an die Arbeit! Gehst du mit?«

Frick nickt. »Ja, ist wohl besser.«

Ernst wartet, bis es still im Flur ist und die Tür des Pflegerzimmers ins Schloss fällt. Dann steht er auf, doch nicht mal am gekippten Fenster gibt es frische Luft. Er schielt durch den Spalt neben dem Verdunkelungskarton nach draußen, wo die Reste eines schwülen Augusttages in einer mondlosen Nacht verschwinden. Die dicken Klostermauern sind von der Hitze der letzten Tage gesättigt. Ernst hofft, ein paar Sterne zu sehen, aber der Himmel hat sich zugezogen. Das Gewitter wird nicht mehr lange auf sich warten lassen.

Unruhig wirft er sich aufs Bett, schwankt zwischen Wachen und Schlafen, als würde er auf einem schmalen Grat laufen, wo es auf der einen Seite hell, auf der anderen dunkel ist. Bilder von früher tauchen in seinem Kopf auf, Stimmen aus dem Nebelland, Gerüche, Fahrtwind. Sommer 1933, seine letzte Reise mit den Eltern. Elf Jahre ist das her.

Ernst sieht Vater und Mutter in ihrem alten Planwagen, grüne Felder, rote Mohnblumen. Die Oma in Buchau, die Pfannkuchen mit Marmelade macht. Ein schwitzender Dorfpolizist, der von Zigeunerpack redet. Abende am Lagerfeuer, Mutter singt, Vater spielt Quetsche* und die Sterne leuchten. Die modrige Wohnung in Augsburg. Mutter, die in der Haustür steht und winkt und im Rauch verschwindet. Babett-Oma, die im Winterdunst immer durchsichtiger wird. Er sieht seine Schwestern Malchen und Nanna in ihren Nachthemden durch einen schwarzen Flur schweben. Er sieht seinen Vater im schäbigen Anzug und mit dünnem Gesicht im Garten des Erziehungsheimes sitzen. Die Zugfahrt ins Allgäu, am Horizont glitzernde Berge. Die Anstalt mit ihren verlorenen Menschen und den vergessenen

* Mit einem Sternchen gekennzeichnete Wörter sind am Ende des Buches kurz erklärt.

Kindern. Er spürt einen Kuss auf seiner Wange, sieht ein Mädchen mit roten Haaren und grünen Augen. Haferfeld mit Mohn.

Auf dem Flur hallen Schritte. Die Bilder vermischen sich und verblassen. Ernst will sie festhalten. Wo war der Anfang? Grünrote Felder, die Familie im Planwagen, der Stolpertakt der Landstraße. Die Schritte kommen näher.

# ERSTES BUCH

## Funkelaugen

# 1.

Sanftes Schaukeln, fast wie in einer Wiege. In Ernsts Ohren das Singen der Räder und der Takt, den die Hufe machen. Helles Licht wie Zuckermilch in der Luft. Die Haferfelder riechen nach Kraft und Großwerdenwollen. Ernst kann sie wachsen hören, sie knistern und wispern beim Strecken, und wenn man die unreifen Körner in den Mund steckt – Mutter sagt, das darf man nicht, weil man sonst krank wird, aber er tut's trotzdem manchmal –, schmecken sie nach weichem Teig und Wärme und Regen.

Die Haferstängel werden bewacht von Mohnblumen, ein roter Gürtel um das Feld, sie passen auf, dass niemand sie beim Wachsen stört. Ernst schaut hinten aus der halb offenen Plane. Das Feld hüpft und tanzt vor seinen Augen, er kann die Kieselsteine hören, sie halten die Luft an und stöhnen, wenn die harten Wagenräder über sie drüberrollen, und dann, wenn alles vorbei ist, atmen sie aus und seufzen leise.

Malchen und Nanna schlafen, sie sind noch klein und müssen viel schlafen, weil das Herumtollen und Schreien so anstrengend ist. Mutter schläft auch. Ihr geht es nicht gut, sie hat einen dicken Bauch und sieht krank aus. Aber sie jammert nicht, Mutter hat noch nie gejammert.

Ernst ist schon groß, nicht so groß wie Vater – der sitzt vorne und ist so stark, dass er mit einer Hand das Pferd halten kann –, aber viel größer als Malchen und Nanna. Ernst wird bald vier.

Anna ist die Kleinste, ist gerade ein Jahr alt geworden. Sie heißt so wie Mutter und hat schon jetzt dieselben Haare, noch nicht so lang, aber genauso dunkelbraun und dicht. Und sie hat dieselben großen braunen Augen, mit denen sie ständig neugierig alles untersucht. Alle nennen sie Nanna, weil sie zu sich selbst Nanna sagt. Meistens krabbelt sie durch die Gegend und frisst alles Mögliche, was sie am Boden findet, und Ernst muss es ihr aus dem Mund pulen.

Amalie ist zwei und sie plappert die ganze Zeit vor sich hin. Sie wird Malchen genannt, weil das schöner klingt als Amalie. Sie hat die blonden Haare vom Vater und das Näschen von Mutter bekommen. Wenn sie geht, ist ein Beinchen langsamer als das andere, irgendwas ist schief, sie watschelt und wackelt dabei mit dem Kopf. »Die Hüfte«, sagt Mutter, »aber das verwächst sich.« Trotzdem ist Malchen die Lustigste von allen. Wenn sie lacht, kann keiner mehr böse sein.

Ernst schafft meistens nur ein Grinsen, oft nicht mal das. »Das hat er von seinem Großvater«, sagt Mutter, »das Melancholische.« Deshalb hat er auch den Namen von Großvater, Ernst. Aber von ihm sprechen sie nicht oft, weil er die Großmutter mit neun Kindern hat sitzen lassen und mit einer anderen Frau weggegangen ist. Die Onkel und Tanten sagen alle, wenn sie den Jungen sehen: »Ganz der alte Lossa, die gleiche breite Nase und diese großen Elefantenohren.« Ernst kennt den Großvater nur von einem Foto und findet, dass er ihm überhaupt nicht ähnlich ist. Der Alte schaut streng und mürrisch drein. Direkt unter der Nase hat er ein schmales Bärtchen, was jetzt Mode ist, weil es der Führer* hat, der auf allen Plakaten zu sehen ist. Ernsts Vater findet es scheußlich, er mag den Führer nicht und deswegen rasiert er sich auch immer ganz gründlich.

Ernst macht sich Sorgen wegen seiner Ohren. Täglich prüft er, ob sie größer geworden sind. »Wenn die weiter wachsen, sehe ich wirklich mal aus wie ein Elefant und werde im Zirkus herumgezeigt.« Und dann zieht auch noch sein Vater dran herum, wenn er was angestellt hat. Er wünschte, er hätte auch so kleine Ohren wie Nanna und Malchen, oder lange Haare, die die Ohren verdecken. Aber seine Haare müssen immer ganz kurz sein wegen der Läuse. Überhaupt wäre er manchmal lieber ein Mädchen. Die beiden dürfen immer bei Vater auf dem Schoß sitzen, und er lässt ihnen alles durchgehen, während es bei ihm gleich was setzt, wenn er frech ist. Dafür ist er der Große, sagt Mutter immer, und dann lächelt sie, wie nur sie lächeln kann, ganz allein mit den Augen macht sie das, dunkelbraunes Knopffunkeln, und das ist fast so schön wie Streicheln. Ernst ist der Große, er passt auf die beiden Mädchen auf, damit sie nicht weglaufen oder Erdklumpen in den Mund stecken oder unter dem Pferd herumkriechen oder ihre Hände ins Feuer strecken, er darf sogar manchmal vorne auf dem Bock sitzen und die Zügel halten.

Mutter sagt, Ernst ist ein Geschenk, weil er eine Woche nach ihrem Geburtstag auf die Welt kam. Sie wurde zwanzig und er war praktisch ihr verspätetes Geburtstagsgeschenk. Das war vor vier Jahren, 1929. Ein schlechtes Jahr, ein armes Jahr, in dem die Geschäfte des frisch verheirateten Paares mehr als lausig waren. »Das einzig Gute warst du, Ernstl«, erzählt Mutter immer, »ein Fingerzeig Gottes, ein Glücksstern.« Weil genau an ihrem Geburtstag damals in Amerika der Schwarze Freitag* war und alle Angst hatten. »Doch dann kamst du«, lächelt Mutter, »und wir dachten nicht mehr an die Angst, sondern sagten, du bist ein Zeichen, dass es jetzt wieder aufwärtsgeht.«

Von Amerika weiß Ernst nur, dass es sehr weit weg ist und dass es dort Indianer gibt. Er hat keine Ahnung, was ein schwarzer Freitag ist, vielleicht hat es an dem Tag in Amerika Kohlen geregnet oder die Sonne ging nicht auf. Ernst wurde am 1. November geboren, an Allerheiligen, wenn überall für die Heiligen und die Verstorbenen Kerzen angezündet werden. »Du hast eine große Seele«, sagt Mutter, wenn sie von seiner Geburt erzählt.

»Was ist das, eine Seele?«, fragte Ernst einmal.

Sie legte ihm die Hand auf die Brust und sagte: »Deine Seele ist da drin, und sie sorgt dafür, dass du mutig und fröhlich und stark und lieb bist. Und wenn du dich fürchtest oder traurig bist und es ganz dunkel um dich herum ist, dann brauchst du nur deine Hand da drauflegen und dann kannst du das Licht spüren, das in dir ist und das niemals ausgeht.«

»Und wenn ich tot bin?«

»Auch dann nicht«, sagte Mutter, »dann fliegt deine Seele in den Himmel.«

Ernst stellt sich seitdem seine Seele vor wie einen großen weißen Ballon, der seine ganze Brust ausfüllt und warm leuchtet wie ein Lagerfeuer.

Nachdem der letzte Schnee geschmolzen war, ist die Familie in Augsburg losgezogen. Christian Lossa beschloss, es sei nun wieder Zeit, auf Reisen zu gehen. Er nahm den großen Koffer und die Taschen und packte sie voll mit Stoffen und Bändern, Knöpfen und Hosenträgern, Zwirn, Schnürsenkeln und vielen anderen Dingen. Als seine Frau das sah, begann sie auch gleich zu packen. Christian war nicht begeistert. »Ob das wohl gut ist in deinem Zustand?«

»Ich halte es in Augsburg nicht mehr aus, ich muss raus

aus dieser stinkenden Siedlung, weg von den Fabriken und matschigen Hinterhöfen«, sagte sie, immer wieder von Husten unterbrochen.

»Und was wird mit den Kindern? Du weißt, wie anstrengend es auf Wanderschaft sein kann.«

Vor Aufregung bekam Anna Lossa einen Hustenanfall und ihr Mann musste eine Weile auf die Antwort warten. »Christian«, begann sie. Immer wenn sie zu ihm Christian sagt, weiß er, dass sie es ernst meint. »Christian, mach dir mal keine Sorgen um mich und die Kinder, die haben es auf der Straße besser als in diesem Loch. Meinst du, ich will hier versauern, während du wie ein Lackaffe um die Hausfrauen herumschwänzelst.«

Christian sah ein, dass es besser war, darauf nichts zu sagen. Er zog die Augenbrauen hoch, schnaufte einmal tief durch und packte weiter. Ernst hätte seine Mutter dafür küssen können, dass sie aus der Stadt rauskamen, aber das wäre für seinen Vater wohl zu viel gewesen. Wahrscheinlich hat der Vater nur Ja gesagt, weil sie diesmal nicht mit dem Handkarren losgezogen sind, sondern einen richtigen Wohnwagen mit einem Pferd haben. Wagen und Pferd hat ihnen Tante Betti geliehen.

Von Augsburg ging es zuerst nach Ulm. Und jetzt über die Schwäbische Alb nach Buchau zu Annas Eltern, den Angers. Ulm war schön, weil der Vater ein gutes Geschäft gemacht hat. Er hat hinten auf den Wagen ein stinkendes schwarzes Fass gestellt und sich die Hände gerieben, obwohl es schwer war und stank, und er sich die Hose mit Öl versaut hat. Mutter hatte nur die Augen verdreht, als er mit dem Ding ankam, aber er hat mit der Zunge geschnalzt, als hätte er einen Schweinebraten vor sich. »Feinstes Motoröl – so etwas kriegst du heute fast nicht mehr, was meinst du, wenn wir das literweise in den Dörfern verkaufen, die reißen es uns aus der Hand.«

Mutter hat ihn fragend angeschaut und eine Handbewegung gemacht, die Ernst nicht verstand, Vater aber sehr wohl.

»Wo denkst du hin, Anna, so was mach ich doch nicht, sagen wir mal, es ist ein Geschenk, unter Freunden.«

Da musste sie husten und hielt sich ein Taschentuch vor den Mund. »Ich hoffe nur, dass du recht hast und dass deine ... Freunde es sich nicht anders überlegen und wir Ärger bekommen. Und ich hoffe, dass wir den Gestank bald wieder los sind.«

Vater hob die ölverschmierten Hände wie ein Heiliger. »Mensch, Anna, ist doch 'n gutes Geschäft. Das bringt Gore.«

Da hat Mutter eingelenkt. Ernst weiß, Gore ist Geld. Und wenn sie genug Gore haben, geht es der Familie gut und die Eltern haben keinen Streit.

In Ulm hatte es keinen Nebel und das ist eine Seltenheit, sagte Vater. Ernst dachte bisher, dass Augsburg die nebligste Stadt der Welt sei. »Aber da kennst du Ulm schlecht«, sagte Vater. »Hier ist im Sommer wie im Winter so dicke Suppe, dass Kinder und alte Leute nicht auf die Straße dürfen, weil sie sich sonst verirren.« Mutter stieß ihm den Ellenbogen in die Seite, aber er war gerade in Fahrt. »Die Leute fallen reihenweise in die Donau, weil man Straße und Fluss nicht mehr unterscheiden kann. Andere gehen freiwillig ins Wasser, weil sie das Grau in Grau nicht mehr aushalten, und werden dann am Schwarzen Meer rausgefischt als aufgedunsene, fette Wasserleiche. Und du wirst nicht erraten, was die da unten aus den ganzen Wasserleichen machen.« Wieder Mutters Ellenbogen. »Seife. Seife machen die.«

»Jetzt ist aber gut«, fuhr ihm Mutter ins Wort.

»Jaja«, sagte er, »doch merke dir, mein Sohn, wenn in Ulm mal die Sonne scheint, ist Feiertag.«

Bevor die Lossas in Buchau bei den Angers ankommen, ist das Stinkfass tatsächlich weg. Die Bauern waren ganz scharf auf das Öl. Wobei Ernst den Gestank gar nicht schlimm fand. Vater jedenfalls ist zufrieden, es gibt genug zu essen, er kauft in einem Krämerladen sogar Lakritzstangen. Ernst und Malchen sind glücklich. Nur Nanna verzieht das Gesicht, wo sie doch bisher nur die Erdklumpen und Steine von den Hinterhöfen kennt. Aber dann schmeckt es ihr auch.

Vater muss das gute Geschäft gleich feiern im Dorfwirtshaus. Als er zurückkommt, schimpft er über den Führer, weil er den fahrenden Leuten Arbeit und Brot wegnimmt, wo er doch allen Arbeit versprochen hat. Er schimpft so lange, bis Mutter wütend wird.

»Wenn du schon unser bisschen Geld im Wirtshaus versäufst, dann halte wenigstens deine Klappe. Du weißt, dass sie überall ihre Spitzel hocken haben. Nicht lange, dann lochen sie dich ein und ich sitze da mit drei Kindern, bald vier. Denkst auch nicht für fünf Pfennige. Die warten doch bloß drauf, dass einer wie du ihnen einen Grund gibt.«

»Was soll das heißen, einer wie ich?« mault er zurück. »Bin ich schlechter als die Gadschi*? Oder sehe ich aus wie ein Jude?«

»Lass die Juden aus dem Spiel«, sagt Mutter. »Es ist nicht richtig, dass alle auf ihnen herumhacken. Du weißt, wie oft wir schon gute Geschäfte mit ihnen gemacht haben.«

Doch Vater ist nicht zu bremsen. »Kann ich was dafür, wenn sie denen die Läden zusperren und die Scheiben einwerfen?«

»Du weißt genau, was ich meine«, sagt Mutter. »Du bist ein Zigeuner*, und du weißt, was das heißt.«

Stille.

Da ist es wieder, das böse Z-Wort. Es taucht in letzter Zeit immer öfter auf. Jeder, der die Lossas nicht leiden kann, benutzt es. Aber dass Mutter es ausspricht, ist selten. Da muss sie sich schon sehr aufregen. Deshalb ist Vater auch stumm und starrt sie an. Sie ist selbst darüber erschrocken. Aber es ist schon heraußen und steht zwischen ihnen, füllt den kleinen Raum unter der Plane fast komplett aus und vergiftet die Luft.

Da sagt Vater, und er sagt es ganz leise: »Ich bin kein Zigeuner und du auch nicht, wir alle nicht. Wir sind Jenische* und ich bin stolz darauf.«

Mutter winkt ab. »Zigeuner, Jenische, Landstreicher, Arbeitsscheue, Asoziale*, das ist doch dasselbe für die.«

Vater drückt den Rücken durch und macht sich ganz groß. »Aber für mich ist es nicht dasselbe. Wir sind Jenische, hörst du, Jenische, und das kann jeder hören und wissen, das ist keine Schande.«

Mutter nickt. »Natürlich ist es keine Schande.« Sie ist jetzt nicht mehr wütend, nur noch traurig. »Aber sie haben uns auf dem Kieker, Christian. Ich kann schon nicht mehr durch die Straßen gehen. Die Leute glotzen mich an, als wäre ich aus Afrika, und ich höre, wie sie tuscheln hinter meinem Rücken.«

Da fällt auch Vaters Wut zusammen und er nimmt Mutter in den Arm und wiegt sie wie ein kleines Kind.

Ernst hat es auch schon gehört. Wenn ihn die Nachbarskinder unten im Hof ärgern wollen, schreien sie es über den Zaun. Das böse Z-Wort. Sogar zu Nanna haben sie es schon gesagt, als sie sich am Zaun festgehalten und rübergeschaut hat. Dabei ist sie bestimmt kein Zigeuner, sie ist noch gar nichts, nur ein kleines Mädchen, das kräht und mit ihren vier Zähnchen lächelt und ihren braunen Haarschopf schüttelt, wenn sie einen Erdklumpen in den Mund steckt. Sogar sie bekommt das böse Z-Wort zu hören.

Am Abend, als sich Anna Lossa zu den Kindern setzt, um eine Geschichte zu erzählen, fragt Ernst: »Was sind denn das, Jenische?«

»Jenisch bedeutet so viel wie gescheit oder schlau«, sagt sie. »Wir haben eine eigene Sprache und die verstehen nur wir, also die Gescheiten. Und wenn wir wollen, dass die Gadschi nicht verstehen, was wir reden, dann sprechen wir Jenisch.«

Die Gadschi, das weiß Ernst, das sind die anderen, die nicht über Land fahren, also die Bauern und die Fabrikarbeiter und alle, die in einem festen Haus wohnen.

Aber wir haben doch auch eine Wohnung, wo wir leben, wenn wir nicht auf Reisen sind, denkt Ernst. Vielleicht sind wir dann auch Gadschi. Er nimmt sich vor, Mutter später danach zu fragen, denn sie fängt gerade an, eine Geschichte zu erzählen.

»Es gibt viele Legenden darüber, wo die Jenischen herstammen, einige sagen, aus Indien oder Ägypten, andere meinen, aus dem Osten oder vom Mittelmeer. Die einen sagen, wir seien ein Stamm der Zigeuner, andere glauben, unsere Vorfahren seien versprengte Gruppen aus dem 30-jährigen Krieg. Aber das ist eine typische Gadschi-Frage. Mein Großvater, also dein Ur-Opa, hat immer gesagt: ›Ich komme von da, wo meine Füße aufgestanden sind, und ich gehe dahin, wo mein Kopf sich niederlegt.‹ Er ist in der Schweiz aufgewachsen, wohin seine Eltern aus Italien geflüchtet sind. Und deren Eltern wieder waren aus Frankreich, wo man sie vertrieben hat. Die Vorfahren deines Vaters kommen aus Italien und einige von ihnen waren weit oben im Norden, andere tief im Osten. Du siehst, sie sind weit herumgekommen. Und sie sind oft verjagt worden. Aber sie sind nicht heimatlos. Denn ihre Heimat ist in ihrem Herzen, in ihrer Familie, in ihrer Sippe. Egal wo sie hingehen, sie finden stets Leute, die dieselbe Sprache sprechen, dieselben Lieder singen, dasselbe Blut in sich tragen. Das ist die Heimat des Herzens, im Gegensatz zur Heimat des Bodens, wie sie die Gadschi haben.«

Sie denkt einen Augenblick nach. Die Mädchen haben sich bereits eingerollt und atmen tief, aber Ernst starrt Mutter mit erwartungsvollen Augen an.

Sie nickt. »Es war einmal vor langer Zeit ein Goldschmied, der hatte eine bezaubernde Frau und 13 Kinder ...«

Mutter erzählt die Geschichte von dem Goldschmied, auf den die anderen Handwerker in der Stadt neidisch waren. Sie verbreiteten so lange Lügengeschichten über ihn, bis er vom König verbannt wurde. Also zog er weg. Doch überall, wo er mit seiner Familie hinkam, erging es ihm ähnlich. Die einheimischen Handwerker fürchteten die Konkurrenz und sorgten dafür, dass er verjagt wurde.

»Das ist gemein von ihnen«, sagt Ernst.

»Ja, aber so sind die Menschen. Die Familie des Goldschmieds wurde zu Fahrenden, zu Außenseitern, die von den Sesshaften, den Gadschi, angefeindet wurden. Sie lernten, mit Regen und Kälte, Strapazen und Hunger umzugehen. Sie lernten auch, vorsichtig zu sein. Deshalb dachten sie sich eine eigene Sprache aus, die die anderen nicht verstanden. Auf den Landstraßen und geheimen Rastplätzen trafen sie andere Familien, denen es genauso ging. Sie hielten zusammen und teilten ihr letztes Hemd. Sie tauschten Neuigkeiten aus und lernten voneinander. Der Goldschmied lernte, Kessel und Pfannen zu flicken. Seine Kinder wurden Scherenschleifer, Bürstenmacher, Korbflechter, Wahrsager, Seiltänzer, Bärentreiber, Possenreißer, Musikanten, Gaukler, Puppenspieler und Artisten. Aber auch Nachrichtenüberbringer und Heiratsvermittler oder auch manchmal Bettler.«

»Hatten sie denn keinen Bauchladen?«

»Aber ja. Die Frau des Goldschmieds war nicht nur schön, sondern auch überaus klug. Sie kaufte, wenn sie durch eine Stadt kamen, günstig Waren ein und verkaufte sie unterwegs auf dem Land wieder. Knöpfe, Stoffe, Hosenträger, Schnürsenkel, kleine Taschenspiegel, Kochgeschirr, bunte Bänder, dazu selbst gemachte Ohrringe und Halsschmuck, alles, was du dir nur denken kannst.«

»So wie du und Vater?«

»Ja, genau wie wir. Es waren sehr findige Leute, die sich immer etwas einfallen ließen, damit sie ihr Auskommen hatten. Als die Kinder erwachsen waren, verteilten sie sich über das ganze Land und alle Nachbarländer, ihre Reiserouten reichten von den Wüsten im Süden bis zu den großen Wäldern im Norden, von den Steppen im Osten bis zum großen Ozean im Westen. Und weil sie so weit herumkamen, konnten sie viele Geschichten erzählen, manchmal solche, die sie unterwegs gehört hatten, manchmal selbst erfundene.«

Ernst will Mutter fragen, ob sie diese Geschichte auch selbst erfunden hat. Aber da fallen ihm die Augen zu, und Mutters Stimme begleitet ihn in eine Welt, in der er über weites Land fährt und gefährliche Abenteuer besteht.

## 2.

Anfang April 1933 trifft die Familie in Buchau am Rande der Schwäbischen Alb ein. Sie treffen nur die Großmutter an, die zur Feier des Tages Pfannkuchen macht mit dick Marmelade drauf. Für Ernst sind es die besten Pfannkuchen der Welt.

Sein Großvater hat auch einen Handelswagen. Vor einigen Jahren ist er nach Buchau gezogen, damit auf den Papieren ein festes Haus steht und die Dorfpolizisten zufrieden sind. Dort wohnt er aber nur ein paar Wochen im Jahr. Jetzt ist er unterwegs, kommt aber jede Woche nach Hause, um neue Waren zu besorgen und den Wagen wieder vollzuladen. Er ist schon über sechzig, und Großmutter sagt, das Geschäft wird ihnen langsam zu mühsam.

Die Großeltern sind verschieden wie Tag und Nacht. Opa groß mit stolzer Nase und silberblonden Haaren, Oma klein und rund, dasselbe Näschen wie Mutter, nur fleischiger, und rabenschwarzes Haar, das sie zu einem Dutt gebunden hat. Die Angers sind eine riesige Familie. Ernsts Mutter hat zwölf Geschwister. Ein paar der vielen Onkel und Tanten lernt Ernst kennen, als am 4. April Nannas erster Geburtstag gefeiert wird.

Oma hat ein mächtiges Essen gekocht. Die Stube ist vollgestopft mit Leuten, die alle durcheinanderreden und lachen. Im Hof hinter dem Haus rennt ein Dutzend Kinder herum, dafür drei Hühner weniger, die jetzt gebraten auf dem Tisch stehen. Dazu gibt es große Schüsseln dampfender Kartoffeln und Opa gießt aus einer riesigen Bauchflasche Wein in die Gläser.

Vater fragt ihn, wo er den Wein herhat, und Opa flüstert

ihm etwas ins Ohr. Vater grinst mit der linken Gesichtshälfte, was er gern tut, wenn er etwas gut findet.

»Bist schon ein Hund, Bastl.«

Opa lehnt sich stolz zurück und nimmt einen gewaltigen Schluck Wein. »Von mir kannst du noch was lernen, Christian.«

Später gibt es Kaffee und die Männer schütten aus einer kleinen Flasche Schnaps dazu. Ernst wundert sich, dass sie ihren Kaffee verdünnen müssen, während die Frauen das schwarze Zeug pur trinken oder mit Milch. Oma tischt blechweise Streuselkuchen auf, den die Kinder gierig in sich reinstopfen.

»Sind das alles Jenische?«, fragt Ernst seine Mutter. Sie verschluckt sich, hält die Hand vor den Mund, und durch die Finger spritzt der Kaffee.

Onkel *Walter,* der neben ihr sitzt, hat es auch gehört. Er haut ihr mit der Hand kräftig auf den Rücken und tönt lauthals los. »Du bist richtig, mein Junge. Habt ihr das gehört? Ob wir Jenische sind, will er wissen. Aber natürlich! Die ganze Sippe hier, alles waschechte Jenische, das kannst du mir glauben. Alles Lumpensammler, Zuchthausmusiker, Arbeitsfaule, Herumstreuner und Tagediebe.«

Alle fallen in sein donnerndes Lachen ein. Mutter, die den Kaffee endlich runtergewürgt hat, prustet los und zugleich stupst sie Onkel Walter mit ihrem Ellenbogen.

»Hör auf, machst den armen Jungen noch ganz schalu*«, sagt Oma, aber sie muss selber grinsen und die Falten um ihre Augen knittern sich zu zwei halben Sonnen zusammen. »Lass dir nix erzählen, Ernst, der Walter ist ein bissl verrückt.«

»Und wir machen dazu noch eigenen Honig, das findest du selten«, sagt Walter. »So eine Sippe wie uns findest du nirgends sonst. Wenn bei uns gefeiert wird, bleibt kein Auge trocken.« Er nimmt einen Schluck Wein. »So wie damals, '28 im Sommer, wo die Anna den Christian kennengelernt hat. Komm, erzähl, Mutter.«

Großmutter zwinkert Anna zu, als sie erzählt. »Anna war noch nicht ganz neunzehn und Christian nicht viel älter.«

»Zweiundzwanzig«, sagt Vater und seine linke Gesichtshälfte grinst.

»Es war ein großes Fest der Fahrenden, mit Tanz und Musik, da haben sie zum ersten Mal zusammen getanzt«, röhrt Walter. »Der Kerl hat ihr sofort gefallen, so elegant wie er angezogen war und wie er tanzen konnte. Da war mein Schwesterlein ganz weg und hat die Augen verdreht.« Wieder der Ellenbogen, aber Onkel Walter lässt sich nicht bremsen. »Dann haben sie festgestellt, dass sie beide gut Quetsche spielen können, und haben miteinander musiziert den halben Abend lang, richtig um die Wette haben sie gespielt.«

»Na, und wer hat gewonnen?«, fragt Mutter schnippisch.

Walter zwinkert Ernst zu. »Deine Mutter war schon immer eine freche Tschaij*, hat sich nichts bieten lassen, war nicht auf den Mund gefallen, hat sich geschlagen wie ein Junge. Was, Anna?«

Mutter protestiert und wieder reden alle durcheinander. Ernst kriegt nur so viel mit, dass Mutter mit ihren Funkelaugen und dem kleinen Näschen und den kurzen schwarzen Haaren Vater den Kopf verdreht hat. In dem Zustand ist er weitergezogen.

Ernst versucht sich vorzustellen, wie man mit verdrehtem Kopf einen Wagen lenken und Sachen verkaufen kann. Jedenfalls hat Christian zu Annas neunzehntem Geburtstag ein Kleid geschickt und ein Vierteljahr später ist er nach Buchau gekommen.

»Zufällig«, ruft Vater und grinst schief.

Alle prusten. Jemand ruft: »Jaja, weil es gerade auf dem Weg lag. Dabei war gar keine Reisezeit Anfang Februar.« Aber es war Fasching, und Oma erzählt, dass sie einen großen Faschingsball mit Musik und Verkleidung organisiert haben.

Mutter fährt Ernst über den Kopf. »Und du bist das Ergebnis.« Sie funkelt ihn stolz an und hat so ein wissendes Lächeln, mit dem er nichts anfangen kann.

Am 1. März haben sie geheiratet. Und genau acht Monate nach der Hochzeit war Ernst da.

»War das ein schmissiges Fest!«, ruft Walter und strahlt.

Omas Faltenkranz leuchtet wieder. »Wie willst du das denn wissen, Walter? Du warst doch viel zu betrunken.«

Wieder brüllen alle vor Lachen und erzählen, wie Walter mit dem Wirt erst gestritten, aber dann Bruderschaft getrunken hat, bis beide unter dem Tisch lagen.

Walter grinst bis zu den Ohren. »Ich sag doch, ein schmissiges Fest.«

Die Familie bleibt zwei Wochen bei den Angers. Vater ist mit Opa unterwegs und Ernst darf mit den Großen herumtoben.

Mutter liegt fast die meiste Zeit auf dem Sofa. Sie hat Fieber und hüstelt vor sich hin, wie sie es schon seit dem Winter macht. Ab und zu kommt ein starker Hustenanfall, dann spuckt sie Blut in den Eimer, den Oma neben das Sofa gestellt hat. Oma gibt ihr selbst gebrauten Tee und Ziegenmilch, die scheußlich riecht. Auch hat sie ein weißes Pulver im Haus. Mutter würgt, wenn sie es einnimmt, und sieht aus, als würde sie jeden Moment speien, aber Oma ist unerbittlich. Wenn die Sonne scheint, sitzt Mutter auf der Bank vor dem Haus, weil ihr die Luft guttut. Oma ist eine Kräuterhexe und hat schon viele Menschen gesund gemacht. Doch sie macht sich Sorgen, ob es nicht doch besser wäre, einen Doktor zu holen.

Aber Mutter will nicht. »Das können wir uns nicht leisten. Und ich habe noch nie einen Doktor gebraucht, stimmt's?«

Oma nickt und lächelt, aber ohne Strahlenkranz um die Augen. Sie schaut Vater an, er soll doch was sagen, aber der zuckt nur mit den Schultern.

Oma meint, es wäre am besten, wenn die Familie wenigstens so lange in Buchau bleibt, bis das Kind da ist. Doch Vater will, dass das Kind in Augsburg auf die Welt kommt, sonst gibt es nur Ärger mit den Ämtern. »Weißt doch, wie die jetzt sind.«

Oma nickt. »Hast schon recht, es wird immer schlimmer.«

Vater zieht an seiner Zigarette. »Wo du hinkommst, behandeln sie dich wie einen Verbrecher. Wenn das so weitergeht, wandern wir besser aus. Ich kenne einen, der geht jetzt nach Amerika.«

Mutter schaut nur zur Decke und Oma seufzt. »Dazu brauchst du Gore, Christian, einen ganzen Haufen Gore.«

»Wart's nur ab«, sagt Vater, »ich hab Verbindungen und ich komme schon zu Gore.«

»Wo ist das, Amerika?«, fragt Ernst.

Vater erklärt ihm, dass es ein riesiges Land ist, ganz weit weg über dem Meer, ein Land, in dem viel Platz ist und wo die Leute reich sind und große Häuser und Autos haben. Dort könnten sie an einem Tag so viel verkaufen wie hier in einem Monat und hätten selbst ein Auto und jeden Tag Fleisch auf dem Teller.

Ernst hätte schon Lust auf Amerika, aber noch lieber würde er hierbleiben. Und er glaubt, auch Mutter hätte nichts dagegen. Aber sie widerspricht nicht, sondern packt die Sachen ein. Am nächsten Morgen ist Abreise, und sie ist ganz still und traurig, als sie sich verabschieden.

Ernst schaut hinten aus der Plane und denkt an Amerika mit seinen Autos und Häusern und reichen Leuten und jeden Tag Fleisch. Er sieht, wie das Haus davonfährt, wie Oma davonfährt, Buchau mit dem See, Wald und Wiesen. Er kann sehen, wie die Welt hinter ihm davonfährt, aber immer wieder kommt neue Welt nach, neue Felder, neue Wiesen, neue Bäume, neue Dörfer.

Die Dörfer sind schon zu riechen, lange bevor sie da sind. Holzfeuer, Kuhstall, Schweinemist, Heu, Mittagessen, Wirtshaus, Tabakrauch, Bauernschweiß, Brot, Wäsche. Wenn sie in ein Dorf kommen, nimmt Vater den Koffer und die große Tasche mit den Bändern und Stoffresten, den Schnürsenkeln und Knöpfen und noch vielen anderen nützlichen Dingen und geht von Haus zu Haus. Er kennt die Dörfer und weiß meistens schon vorher, ob er etwas verkaufen wird oder nicht.

Wenn Mutter ihn begleitet, ist das gut fürs Geschäft. Ihr dicker Bauch hat es den Bäuerinnen angetan, und sie sind viel freundlicher und überlegen, ob sie noch Stoff für eine Tischdecke brauchen könnten. Vater, der was versteht von Bäuerinnen und vom Verkaufen, sagt: »Dein Bauch zieht besser als mein Bauchladen.« Anfangs hat er der Mutter Stoffreste unters Kleid gestopft, um sie noch runder und die Bäuerinnen noch warmherziger zu machen. Das ist jetzt nicht mehr nötig, denn Mutters Bauch ist dick und rund wie ein Ball.

Wenn Vater und Mutter unterwegs sind, muss Ernst auf Malchen und Nanna aufpassen. Oft kommen dann die Dorfkinder und glotzen sie im Wagen an wie im Zirkus, und Ernst überlegt, ob das an seinen Elefantenohren liegt. Mutter hat gesagt, er darf nicht frech sein, aber manchmal, wenn sie ihn auslachen, streckt er die Zunge raus.

Inzwischen ist Mutter zu müde, um mitzugehen. Sie kann nicht lange stehen und muss sich gleich wieder hinsetzen, wenn sie ein paar Schritte geht, und ist ganz weiß im Gesicht. Und wenn Vater alleine unterwegs ist, ist sie schlecht gelaunt und nervös. Wenn er schnell wieder zurück ist, dann ist es ein schlechtes Dorf und er ist muffig. Und wenn er bis zum Abend nicht wiederkommt, ist es ein gutes Dorf, weil Vater zufrieden ist. Aber Mutter ist böse, weil sie ihn holen gehen muss, und sie beschimpft ihn, wenn sie zurückkommen.

»Du Taugenichts, denkst gar nicht an mich und die Kinder.«

»Lass mich in Frieden«, mault Vater zurück, »heute geht's uns gut. Wenn du Schläge willst, dann sag's nur.«

Er riecht nach Rauch und säuerlich, so ähnlich wie Nanna, wenn sie kotzt. Er singt und Ernst muss sich neben ihn setzen und zuhören. Wenn Mutter schimpft, sagt Vater, dass sich Männer von dem Weibervolk nichts befehlen lassen und dass Ernst auch schon ein großer, starker Mann ist. Mutter sagt, er soll den Jungen in Frieden lassen mit seinem Geschwätz. Und bald schnarcht er so laut, dass sich keine Hunde und Diebe an den Wagen trauen.

Es gibt mehr schlechte als gute Dörfer. Und in den letzten Wochen sogar nur noch schlechte. »Das liegt an den Zeiten und daran, dass die Leute wenig Gore haben«, sagt Vater. Aber es soll jetzt wieder aufwärtsgehen, sagen die Leute. Das wird der Führer schaffen. Ernst hat schon viele Plakate von ihm gesehen, in jedem Dorf hängen sie. Er sieht darauf ganz grimmig aus, und die Leute sagen, er wird Deutschland wieder stark machen. Aber Ernst denkt lieber an die Dörfer und das, was dazwischenliegt. Das Schaukeln und Fahren und so viel Himmel, dass ihm fast schwindlig davon wird.

Vater hat sich keinen guten Platz ausgesucht, genau zwischen der Kirche und dem Gasthaus. Das gefällt dem Dorfpolizisten nicht. Überhaupt gefallen ihm die fahrenden Hausierer nicht. Der Polizist ist der wichtigste Mann im Dorf. Er hat eine rote Binde mit Hakenkreuz um den Arm und marschiert wie ein Soldat vor dem Planwagen auf und ab. Dann schaut er lange in die Papiere, die Vater ihm gegeben hat, dazwischen immer wieder auf die Kinder. Vater hat ihm erklärt, dass es nicht sein Planwagen ist, sondern der von Tante Betti, die jetzt ein Auto hat. Sie ist weit und breit die erste Frau, die ein Auto fährt, eine Sensation. Tante Betti ist eine Frau wie ein Mann, arbeitet wie ein Mann und trinkt und flucht wie ein Mann und jetzt fährt sie mit dem Auto über Land und macht gute Geschäfte.

Der Polizist schüttelt nur den Kopf. So wie er schaut, glaubt er Vater kein Wort. Er schwitzt unter seiner Mütze, links und rechts läuft ein Rinnsal an den Schläfen herunter in den Kragen hinein. Wahrscheinlich ist er deshalb so ungeduldig. Ernst hört nur immer das eine Wort: »Verboten.«

Aber Vater kennt sich aus mit Polizisten. Er lässt sich nichts befehlen und er ist fast einen Kopf größer als der schwitzende Polizist. Sie reden immer lauter und bald ist das halbe Dorf da und steht um den Wagen herum. Alle gaffen hinein und grinsen. Ernst streckt einem Jungen die Zunge raus, da macht Mutter die Plane zu, und er hört nur noch die Stimmen, die immer lauter werden.

Dann fällt in dem Geschrei das Wort »Zigeunerpack«. Einmal, zweimal, immer öfter. Zu den bösen lauten Stimmen kommt jetzt noch Getrommel. Fäuste schlagen auf die Holzplanken und die Plane. Dann setzt sich Vater auf den Bock. Er gibt dem Pferd die Peitsche und fährt aus dem Trommelgeschrei heraus.

Die Bauernkinder mit den roten Gesichtern sind bestimmt nur neidisch, denkt Ernst, weil sie dableiben müssen, weil sie so schwer sind, dass sie auf dem Boden festkleben, viel schwerer als die fahrenden Leute. Die sind ganz leicht, wie Schmetterlinge.

Vater fährt so lange, bis er einen guten Platz gefunden hat, an einem Waldrand, wo es windstill ist. Ernst darf helfen, dürres Brennholz zu sammeln. Dann macht Vater ein Lagerfeuer und Mutter erzählt die schönen alten Geschichten. Vater holt die Ziehharmonika und Mutter singt und leuchtet wärmer als das Feuer. Ernst und seine Schwestern sehen mit roten Backen zu, wie das Feuer herunterbrennt. Sie ziehen die Decke über sich und vergessen den Polizisten und die Bauernkinder, vergessen Amerika und Omas Pfannkuchen, ja sogar beinahe, dass sie Hunger haben.

## 3.

Der Vater ist schlecht gelaunt, weil sie ausgerechnet jetzt wieder nach Augsburg müssen. Es ist Mitte Mai, überall sind Märkte und man könnte gute Geschäfte machen. Aber Mutter sagt, dass das Kind bald kommt, sie spürt das. Deshalb müssen sie nach Augsburg, hat Mutter Ernst erklärt, damit sie keinen Ärger kriegen und die Ämter zufrieden sind. Die wollen in ihre Papiere einen Geburtsort und eine Straße reinschreiben. Und wenn sie »Wohnwagen« schreiben müssen, werden sie ärgerlich, weil sie sich nicht vorstellen können, wie in einem Wohnwagen ein Kind auf die Welt kommen kann.

Mutters Husten wird schlimmer, sie ist schwach und dauernd müde. Manchmal spuckt sie wieder Blut. Ernst macht sich Sorgen und hofft, dass das Kind bald kommt, damit seine Mutter wieder gesund wird.

Er ist sicher, dass es ein Brüderchen wird. Er hat ja schon zwei Schwestern, das ist genug. Mit einem kleinen Bruder könnte er viel mehr Abenteuer bestehen. Er könnte ihm zeigen, wie man ein Feuer macht und wie man sich versteckt, sodass keiner einen findet.

Ihm wäre es auch egal, wenn das Kind im Wohnwagen geboren wird. Schließlich ist er selbst auch im Planwagen auf die Welt gekommen, hat Mutter erzählt. Erst danach haben sie sich dann eine Wohnung gesucht. Aber das hat Vater den Leuten auf dem Amt nicht gesagt, weil das nur Ärger gibt. Es ist besser, wenn man in einem festen Haus auf die Welt kommt. Also wurde dann für Ernst in die Papiere geschrieben: »Wertachstraße 1«. Ihm will das nicht in den Kopf. Warum sollte ein Kind nicht dort ankommen, wo es am schönsten ist. Und welcher Ort kann schöner sein als ein Planwagen? Vater ist selbst im Planwagen auf die Welt gekommen und Mutter auch. Aber Vater macht sich Sorgen. »Wir müssen vorsichtig sein«, sagt er immer wieder.

Ernst staunt, dass in Augsburg kein Nebel ist, dennoch ist ihm die Stadt zuwider, ein hässlicher Ort, mit seinen traurigen geduckten Häusern und den traurigen geduckten Leuten. Nur in der Mitte der Stadt ist es schön, da gibt es große Häuser mit Geschäften und Schaufenstern und Leute mit feinen Anzügen und Kleidern, die im Kaffeehaus sitzen und lächeln. Aber da, wo die Lossas wohnen, lächelt keiner, die Leute sehen krank aus, bleich im Gesicht. Hier riecht die Luft bitter nach Kohlefeuer und Kohlsuppe und Klo, wie kann da einer noch lächeln?

Als sie vor dem alten Bauernhaus in Lechhausen stehen, erwartet die Familie eine böse Überraschung. Vater lenkt den Wagen in den Hof und will das Pferd ausspannen, Ernst stürmt mit Malchen und Nanna los, um die Treppe hochzurennen, da steht ihnen der Vermieter breit im Weg. Sein Gesicht ist so griesgrämig, dass sie mitten auf der Treppe anhalten und sich nicht weitertrauen.

Der Vermieter sagt zu Vater, dass er eine andere Familie einquartiert hat, eine, die nicht so viel Dreck macht und ihre Miete pünktlich bezahlt. Mutter, die mit ihrem dicken Bauch unten auf der Schwelle steht und einen Hustenanfall hat, schaut er gar nicht an.

Vater wird laut und nennt ihn einen Halsabschneider, aber der Griesgram sagt nur, sie sollen abhauen, sonst gibt's eins aufs Maul. Als die Familie wieder im Wagen ist, schreit er ihnen noch das böse Z-Wort hinterher. Da streckt Mutter ihren Kopf aus der Plane, ihre Augen wie schwarze Nadeln, und starrt den Mann an. Ernst denkt schon, jetzt lässt sie einen schrecklichen Fluch los, aber das ist gar nicht nötig, der Mann hat sowieso schon ein schlechtes Gewissen. Sein Mund klappt zu, er schaut zu Boden und geht ins Haus.

Ernst sagt: »Ich hab gleich gedacht, dass wir hier nicht mehr einziehen. Das hab ich nämlich gestern geträumt.«

Sie schaut erst Vater an, dann Ernst und sagt: »Mein Gott, Ernstl, du hast das Zweite Gesicht!«

Er fasst sich an seine Backe, dann an seine Ohren und fragt Mutter, wo dieses zweite Gesicht denn sein soll.

Sie fährt ihm mit dem Daumen über die Stirn. »Da drin«, sagt sie, »und da«, sie legt ihre Hand auf seine Brust.

»Und wofür ist das gut?«

»Damit kannst du Dinge sehen, die andere nicht sehen«, sagt sie. »Das liegt bei uns in der Familie, meine Großmutter war eine Wahrsagerin und auch meine Mutter kann hellsehen.«

»Und du?«, fragt Ernst.

Sie lächelt und zwinkert ihm zu.

Vater, der den Wagen aus dem Hof fährt, meint: »Du bringst den Jungen ganz durcheinander mit deinem Hexenkram.«

Sie legt seine Hand auf ihren Ballon-Bauch, der sich ganz fest und prall anfühlt. »Sag mir, was da drin ist, Ernstl.«

»Ein Brüderchen«, sagt er, weil er sich ein Brüderchen wünscht und weil es ungerecht wäre, wenn er drei Schwestern und gar keinen Bruder hätte.

Da muss auch Vater grinsen, und Malchen und Nanna protestieren, weil sie auch das zweite Gesicht haben wollen, und Mutter muss sie beruhigen, das werde schon noch kommen.

Während sie durch die Stadt fahren, schaut Ernst wieder hinten aus dem Wagen und stellt sich vor, dass sein zweites

Gesicht keine Elefantenohren hat, sondern ganz feine kleine Ohren wie Malchen und Nanna, und keine breite Nase, sondern eine Stupsnase wie Mutter.

Der Vater beschließt, seinen Bruder Fritz um Hilfe zu bitten, der auch in Augsburg wohnt. Der Onkel ist gar nicht begeistert, als sie vor der Tür stehen, er hat selbst acht Kinder und nur ein winziges Häuschen mit unten zwei Zimmern und oben nur einem Verschlag. Vater sagt: »Es ist nur vorübergehend, bis wir was gefunden haben, und seinen Bruder lässt man nicht im Stich.« Er zeigt auf Mutters Bauch. »Im Übrigen ist es bald so weit.« Das zieht. Sie dürfen den Wagen im Hof abstellen.

Und sie dürfen auch gleich am nächsten Tag mithelfen beim Lumpensortieren.

Ernst mag Onkel Fritz, weil es bei ihm so viel zu entdecken gibt. Onkel Fritz fährt jeden Tag durch die Gegend und sammelt alles, was andere Leute nicht mehr brauchen, Kleider und Lumpen und alte Öfen und rostige Maschinenteile und was er sonst noch bekommen kann. Wenn er zurückkommt, lädt er alles im Schuppen hinter dem Haus ab, wo die Kinder die Sachen auseinanderklauben. Die Lumpen kommen in große Säcke, die Wolle extra und auch die weißen Sachen und die bunten. Das wird später abgeholt von der Fabrik.

Aber immer wieder sind auch schöne Kleider dabei, besonders wenn Onkel Fritz in den Vierteln der reichen Leute unterwegs war. Wenn so eine Fuhre ankommt, sind gleich die Mädchen aus der Nachbarschaft da, um zu helfen, weil sie auch ein schönes Kleid in dem Haufen finden wollen. Deshalb hat Tante Rosa auch immer genug Anziehsachen für die Kinder.

Um das Metall und den Schrott kümmert sich Fritz selbst. Er nimmt alles auseinander und macht kleine Häufchen für jede Metallsorte.

Der Planwagen steht zwischen dem Haus und dem Schuppen. Daneben ist ein Häuschen, wo die Familie aufs Klo gehen kann. Im Haus können sie sich waschen und in der Küche ihr Essen kochen.

Ihr Schlafzimmer ist weiterhin der Planwagen, obwohl es dauernd regnet. Aber die Plane ist dicht, bis auf eine Stelle, unter die sie einen Blechnapf stellen.

Es ist eine ganz eigenartige Musik, wenn der Regen auf die Plane trommelt und die Tropfen dazu im Napf singen. Mutter hat den Platz ganz außen, weil sie mit ihrem Husten frische Luft braucht. Neben ihr drücken sich Malchen und Nanna zusammen, dann kommt Ernst. Er würde viel lieber ganz eng an Mutter gedrückt liegen, es ist schön, ihre Wärme zu spüren und ihr Herz zu hören. Aber weil er der Größte ist, liegt er außen. Doch er legt immer den Arm über die Mädchen hinüber zu Mutter und sie langt zu ihm herüber und hält im Schlaf seine Hand. Mutters Herz, Regentrommeln, Blechnapfsingen, dann ist alles gut.

Mitten in der Nacht schreckt Ernst hoch, weil Mutter stöhnt und sich hin und her wälzt. Es ist Samstag, Pfingstsamstag, Vater ist mal wieder nicht da, ist über Pfingsten weggefahren für wichtige Geschäfte. Malchen und Nanna fangen an zu wimmern. Mutters Atem geht schnell und gepresst. Ihre Decke ist nass, obwohl es gar nicht mehr regnet.

»Geh rasch ins Haus und hol Tante Rosa«, presst sie zwischen den Zähnen hervor. »Sag ihr, das Kind kommt.«

Ernst rennt ins Zimmer und rüttelt an Tante Rosa. Sie schaut ihn an wie einen Geist. Plötzlich weiß er nicht mehr, was er sagen soll, ihm fällt vor Aufregung nichts ein, bis er endlich sagt: »Mutter ist schlecht.«

Tante Rosa kapiert Gott sei Dank schnell. Sie rennt im Nachthemd in den Hof, Ernst hinterher. Sie will, dass Mutter aufsteht und ins Haus kommt, aber Mutter kann nicht.

Ernst soll sich um Malchen und Nanna kümmern, Malchen steht auch auf, aber Nanna will nicht aus dem Bett und wimmert noch mehr. Ernst verspricht ihr eine Süßigkeit, das hilft. Malchen watschelt voraus, Ernst zerrt Nanna über den Hof. Drinnen will Nanna die Süßigkeit, aber es gibt keine und sie fängt laut zu schreien an. Ernst sucht die Küche ab, findet eine Zuckerdose und steckt Nanna einen Löffel Zucker in den Mund. Sofort ist sie still und schmatzt vor sich hin. Malchen will auch und er stopft ihr auch einen Löffel rein. Dann sagt er, sie sollen sich hinlegen und brav sein. Rasch nimmt er auch noch einen Zuckerlöffel und rennt wieder raus.

Schon an der Haustür hört er Mutter schreien und würde am liebsten weglaufen. Aber er geht trotzdem zum Wagen und schaut durch die Plane. Rosa sagt barsch, er soll verschwinden, aber Mutter winkt ab, er soll dableiben.

»Dann mach dich nützlich«, sagt Rosa, »geh in die Küche und stelle einen Topf Wasser aufs Feuer und hol mir Handtücher aus der Kiste neben dem Bett.« Ernst rast in die Küche, wo Malchen und Nanna auf dem Fußboden liegen und schlafen. Aber er kann keinen Topf und kein Wasser finden. Also rennt er zurück zum Wagen. Tante Rosa ist ungehalten. »Mit den Männern ist auf dieser Welt nichts anzufangen.«

Mutter sagt, er soll bei ihr bleiben, damit Rosa das Wasser bringen kann. So sitzt er neben ihr und hält ihre Hand, die ganz heiß ist. Er traut sich nicht, nach unten zu schauen, doch aus dem Augenwinkel sieht er den nassen Fleck auf ihrer Decke. Er kann nichts sagen, starrt Mutter nur die ganze Zeit an. Sie hat rote Backen und versucht ihn anzulächeln.

»Mach dir keine Sorgen, Ernstl, bald ist es vorbei, dann hast du ein neues Brüderchen oder ein Schwesterchen.«

Wieder verdrehen sich ihre Augen und sie bäumt sich auf und bekommt einen Hustenanfall. Ihre Fingernägel krallen sich in seine Hand, und er betet, dass Tante Rosa mit dem Wasser endlich kommt. Es dauert zwei weitere Hustenanfälle mit Aufbäumen und Fingernägelkrallen, bis Rosa mit dem dampfenden Topf auftaucht. Er ist froh, dass sie ihm Mutter abnimmt und er sich in eine Ecke des Planwagens verziehen kann. Von dort sieht er nur den breiten Rücken von Tante Rosa und hört, wie sie zwischen Mutters Hustenanfällen und Aufbäumen beschwörende Sachen murmelt.

Plötzlich wird Rosa ganz aufgeregt und sagt: »Jetzt, Anna, jetzt pressen, ja gut, und noch mal, fester, wir haben's gleich, nicht nachlassen.« Ein langer Schrei von Mutter, der Ernst mitten in den Bauch fährt. Er will davonlaufen, weg, weit weg, wo er nichts mehr hört. Dann ist es still, nur Mutter schnauft und Rosa schnauft und seufzt und gräbt mit ihren Händen irgendwo da unten bei Mutters Beinen herum.

Endlich der erlösende Seufzer von Rosa. »Da haben wir ihn.« Sie hebt ein blutiges, fleischfarbenes Bündel hoch und legt es Mutter in die Arme. Zwischen dem Schnaufen der beiden Frauen ist ein leises Wimmern zu hören, dann ein gurgelndes Geräusch, wie wenn sich jemand verschluckt hat, dann ein lauter, hoher Schrei.

»Schau her, Ernst«, sagt Rosa, »dein Bruder ist da.«

Er schaut sich das kleine Ding in dem blutverschmierten Laken an. Es hat einen schwarzen Flaum auf dem Kopf und ein verbogenes Gesicht. Das soll sein Bruder sein, denkt er, doch dann sieht er die abstehenden Ohren.

»Er hat Elefantenohren, genau wie ich«, sagt Ernst. Der Kleine hört auf zu krähen, als hätte er seinen Bruder verstanden, und Mutter lächelt ihren Großen an und streichelt ihn mit ihren dunkelbraunen Funkelaugen.

Der Kleine ist ein Schreihals und nicht satt zu kriegen. Er hängt dauernd an der Mutter, Ernst fürchtet, dass er sie noch ganz aussaugt, sie ist schon richtig durchsichtig.

Es ist Pfingstmontag und Vater war heute früh da. Alle mussten lachen, weil er das Kind so ungeschickt gehalten hat, aber er strahlte über beide Ohren.

»Wir nennen ihn Christian«, hat Vater beschlossen, »dann bin ich jetzt der Senior, und das mit nicht mal siebenundzwanzig.« Er hat gelacht und den Kleinen herumgeschwenkt, bis er gekräht hat. Mutter musste ihm Klein-Christian abnehmen, um ihn zu beruhigen. Vater ist gleich wieder los, um seinen Brüdern und seinen Kameraden stolz von seinem Sohn zu erzählen, und Rosa schimpft, dass er die Geburt wahrscheinlich im Wirtshaus feiert.

»Hauptsache, er krakeelt nicht wieder herum und legt sich nicht mit den Braunhemden* an«, sagt Anna.

Sie sitzen in der Stube und Rosa angelt eine Zigarette aus dem Schrank. Ernst, Malchen und Nanna spielen mit Rosas Kindern im Hof. Klein-Christian schlummert auf dem Sofa.

»Gib mir auch einen Zug, Rosa.«

»Mensch, Anna, das ist reines Gift für dich.«

»Gib schon her.« Sie zieht und hustet, dass sie beinahe platzt. Sie läuft puterrot an und der Kleine weint.

»Du musst sehen, dass du wieder auf die Beine kommst«, sagt Rosa. »Und dass ihr eine Wohnung findet. Das sind ja keine Zustände, zu sechst in dem Wohnwagen.«

Anna nickt, aber sie hört gar nicht richtig zu, schaut nur aus dem Fenster. »Ich weiß nicht, ob ich Christian geheiratet hätte, wenn ich nicht schwanger gewesen wäre«, sagt sie leise.

Rosa lacht. »Dabei warst du bis über beide Ohren verliebt. Na ja, er sieht ja auch wirklich gut aus, groß und stolz und immer picobello angezogen. Und er kann reden, das ist das Wichtigste, man muss reden mit den Leuten.«

Anna winkt ab. »Geschichten erzählen, immer eine große Klappe, so kenn ich ihn. Und ein Frauenheld ist er.«

»Das sind sie doch alle«, seufzt Rosa. »Aber solange sie bloß großtun und schwätzen, muss man sie nehmen, wie sie sind. Hauptsache, sie wissen, wo sie zu Hause sind.«

Mutter schaut wieder aus dem Fenster. »Geb's Gott, Rosa, geb's Gott.«

Gott spielt drei Tage später eine Rolle, als Klein-Christian getauft wird. Der Lossa-Clan füllt die halbe Kirche, ganz vorne sitzt die zweite Oma von Ernst, die in Augsburg wohnt. Sie heißt Babett und kennt sich mit Kirchen gut aus, weil sie sich mit ihren Gold- und Silberarbeiten darauf spezialisiert hat und es mit den Pfarrern versteht, wie Vater sagt. Sie betet auch am lautesten, obwohl sie sonst herzlich schimpft über die »Kuttenbrunzer«, wie sie sie nennt, und obwohl sie fluchen kann wie ein Bierkutscher. Aber Klappern gehört zum Geschäft, sagt sie, und deshalb betet sie jetzt wie der Teufel. Damit rettet sie die Ehre der ganzen Sippschaft, denn die anderen Onkel und Tanten schauen sich nur gelangweilt in der Kirche um und warten, dass der Pfarrer endlich fertig wird und sie feiern können.

Malchen fängt an zu kichern, und Ernst stupst sie an, weil man in der Kirche nicht kichern darf, nicht mal, wenn der eigene Bruder getauft wird. Aber sie hört nicht auf. Sie flüstert Ernst ins Ohr, dass der Pfarrer immer Christo sagt, wo ihr Bruder doch Christian heißt. Genau in dem Moment sagt er es wieder: »Liebe Brüder und Schwestern in Christo.«

Da muss Ernst einfach mitkichern. Zum Glück fängt Christian, der jetzt Christo heißt, laut an zu schreien, wahrscheinlich weil er das Wasser nicht gewohnt ist, das der Pfarrer ihm über den Kopf schüttet, und die Kinder können weiterkichern, ohne dass einer was merkt.

Nach der Kirche geht die ganze Blase zu Babett-Oma, wo es Kaffee und Kuchen gibt. Auch hier machen es die Männer wie in Buchau und verdünnen ihren Kaffee mit Schnaps. Und auch hier reden alle durcheinander.

Später holt Onkel Philip, der jüngste und pfiffigste der Onkel, ein kleines Büchlein aus der Tasche und zeigt es stolz in die Runde. »Schaut mal, was ich organisiert habe, das Zigeuner-Buch.«

Alle sagen Ah und Oh und reichen das Buch herum. Ernst schaut neugierig, was daran so Besonderes sein soll, als Mutter neben ihm das Buch in die Hände kriegt. Sie schlägt die erste Seite auf und liest halblaut: *»Zigeuner-Buch, herausgegeben vom Sicherheitsbüro der Polizeidirektion München.* Wo hast du denn das organisiert?«

Philip wippt vielsagend mit den Augenbrauen. »Man braucht eben Verbindungen. Soll ich euch mal vorlesen, was hier über unseren Vater drinsteht?«

»Bestimmt nichts Gutes, der alte Gauner«, brummt Oma.

Philip liest vor: *»Katholischer Scherenschleifer, Schirmmacher und Gürtler, geboren* und so weiter und so fort. Dann steht hier: *Er zieht mit seiner Mutter und seiner Familie ständig in einem Wagen nach Zigeunerart umher.*«

Oma fährt hoch. »So eine Unverschämtheit! Als wären wir unehrliche Leute.«

Die anderen beruhigen Oma, sie wüssten doch alle, dass sie eine ehrliche Haut ist, aber jetzt wollen sie hören, was Philip weiter vorliest.

»Passt auf, Leute, was der Alte für eine Vorstrafenliste hat: *schwerer Diebstahl, Urkundenfälschung, Betrug, Unterschlagung, Raubversuch, Bettelei, falsche Namensangabe, Fahnenflucht, unberechtigtes Fischen und Tragen verbotener Waffen.*«

Alle reden durcheinander. »Was ist denn daran so schlimm? Wegen der paar Kleinigkeiten.« Mittenrein ruft Babett-Oma: »Ich sag euch doch die ganze Zeit, dass er ein alter Gauner ist.«

Philip hebt die Hand und ruft: »Wartet, wartet, ich bin noch nicht fertig. Hier heißt es, auch seine Frau wurde bestraft, und zwar *wegen Diebstahls, Bettelei und Übertretung der Gewerbeordnung* und – jetzt passt auf – *wegen Konkubinat.*«

Jetzt gibt es kein Halten mehr, alle brechen in lautes Gelächter aus. Oma wird rot im Gesicht und winkt ab. »Ihr wisst doch, wie oft wir die Gidsche gefoppt haben.«

Ernst stößt seine Mutter an. »Wen hat sie gefoppt?«

»Die Polizei«, murmelt sie und legt den Finger auf den Mund.

Oma schüttelt immer noch den Kopf. »So ein blödes Geschwätz, wer schreibt denn so was?«

Philip sagt: »Ein gewisser Alfred Dillmann, 1905.«

»Was, 1905?«, prustet Oma. »Das ist ja bald dreißig Jahre her. Solche alten Kamellen interessieren doch heute keinen mehr.«

Da mischt sich Christian ein, der bisher nur stumm zugehört hat. »Täusch dich nicht. Das Buch liegt heute noch auf jeder Polizeiwache in Bayern. Und die Braunen* sind ganz scharf drauf, die haben's auf alle abgesehen, die vier Räder unterm Arsch haben. Und wer zu Fuß ist, den holen sie sofort von der Straße ins Arbeitshaus.«

»Ach was«, sagt Philip, »das ist doch alles übertrieben. Der Führer weiß schon, was er macht.«

»Ja, genau«, sagt Christian grimmig. »Und wer ihm nicht passt, wird eingesperrt. Letzten Monat hat er alle Gewerkschaften verbieten lassen.«

»Das ist bloß die Übergangsphase, dann geht's wieder aufwärts mit Deutschland. Und was scheren mich die Gewerkschaften?«, sagt Philip.

Christian kippt seinen Schnaps in einem Zug und schüttelt sich. »Zuerst die Kommunisten, dann die Gewerkschaften, dann die Juden, dann die Zigeuner – so, und jetzt rate mal, wie lange es noch dauert, bis wir Jenische dran sind.«

Nun reden sie wieder alle durcheinander über die Braunen und den Führer.

Ernst fragt seine Mutter, was denn ein Konkubinat ist.

»Das verstehst du nicht«, sagt sie.

## 4.

Drei Wochen später haben die Lossas wieder eine eigene Wohnung. Der Vater ist in der Wertachstraße vorbeigegangen. Im selben Haus, in dem sie schon mal gewohnt haben, ist was frei. Ende Juni ziehen sie dort ein, gleich im Erdgeschoss.

Es ist nur ein Schlafzimmer und eine Küche, und Ernst

fragt sich, was daran besser sein soll als ein Wohnwagen, außer dass es im Flur ein Klo gibt für alle im Stockwerk. Hier ist auch nicht mehr Platz als im Wagen, es riecht muffig und alt und es ist laut von der Straße her. Die Sachen der Familie, die alle in ein paar Taschen Platz haben, sind schnell reingetragen. Ernst mag die Wohnung nicht, auch Malchen und Nanna wären lieber im Wagen geblieben. Mit dem kann man einfach weiterfahren, wenn es einem nicht gefällt oder stinkig und laut ist.

Vater sagt, dass sie nicht lange bleiben. Es sei nur vorübergehend. Sie seien doch noch nirgendwo lange geblieben.

»Hier stinkt es überall«, mault Ernst.

»Ja, Ernstl hat recht«, sagt Mutter, »es ist ein feuchtes Loch und keine Wohnung.«

Vater schimpft: »Ich hab das Gemecker so satt! Anstatt dass du zufrieden bist, dass wir überhaupt wo unterkommen.«

»In dem muffigen Loch werde ich noch kränker und die Kinder obendrein«, gibt Mutter zurück. »Und wenn du endlich Gore verdienen würdest, müssten wir nicht so hausen und ständig hungern.«

Ernst nimmt Nanna und Malchen und geht raus auf den Hof, wo sie die beiden drinnen schreien hören. Dann geht Vater. Er sagt gar nichts zu den Kindern, rennt nur auf die Straße und ist weg.

Als sie wieder reingehen, liegt Mutter auf dem Bett und hustet vor sich hin. Ernst hat ein schlechtes Gewissen. Hätte er doch bloß seine Klappe gehalten und das mit dem muffigen Gestank nicht gesagt. Nur wegen ihm ist Vater so wütend geworden und wegen ihm hat Mutter jetzt verheulte Augen und noch mehr Husten. Warum muss er immer das Falsche sagen? Er wünschte, er könnte auch so freundlich lachen wie Malchen oder so groß schauen wie Nanna. Dafür nimmt Vater sie auf den Schoß und erzählt ihnen Geschichten. Aber wenn Ernst was sagt, gibt es Streit.

Es gibt ein Bett im Schlafzimmer, wo Mutter die meiste Zeit mit Christo liegt und hustet. Vater kommt auch am Abend nicht, Mutter sagt, er muss Geschäfte erledigen. Die Kinder haben Hunger, doch es ist nichts da und so müssen sie nur mit einem Schluck Wasser im Bauch ins Bett. Weil Vater nicht da ist, dürfen alle in dem Bett schlafen. Ernst legt wieder seinen Arm über die Mädchen und berührt mit den Fingerspitzen die Mutter. Er lauscht auf die seltsamen Geräusche im Haus, das Knarzen und Poltern und Trampeln von den Leuten über und neben ihnen und Stimmen von draußen, wenn jemand am Fenster vorbeigeht, dazu das Gluckern in seinem Magen. Er kann lange nicht einschlafen. Dann träumt er, dass sie wieder im Wohnwagen fahren, und wie immer, wenn sie unterwegs sind, hat Mutter gute Laune und nennt ihn »mein Großer« und Vater streicht ihm durch die Haare und lässt ihn das Pferd lenken. Abends machen sie ein Feuer am Waldrand, dann singen Mutter und Vater zusammen und spielen auf der Quetsche um die Wette.

Am nächsten Tag ist Mutter zu müde, um aufzustehen. Die Kinder haben Hunger. Mutter sagt, Ernst soll bei der Nachbarin, Frau Beisser, klopfen und fragen, ob sie etwas Brot und Milch für sie hat. Er soll Malchen mitnehmen, weil die immer so nett und freundlich schaut, da geben die Leute eher etwas. Frau Beisser ist alt und runzlig und schaut Ernst erschrocken an. Doch als sie Malchen sieht, wird ihr Herz weich und sie gibt den Kindern einen Topf Milch und einen Kanten Brot mit. Kaum zu Hause, stürzen sich alle drauf, aber sie haben danach immer noch Hunger.

Mutter sagt, Ernst soll mit Malchen und Nanna rausgehen. Immer muss er rausgehen, damit sie ihre Ruhe hat. Die Wohnung hat den Vorteil, dass man gleich im Hof ist, wenn man aus der Tür geht. Direkt vor dem Haus ist die Straße, auf der ständig Fuhrwerke, Fahrräder, Motorräder und manchmal auch Autos vorbeifahren. Alle haben es eilig und die Kinder dürfen nicht an der Straße spielen. Dort fährt auch die Straßenbahn vorbei, die einen fürchterlichen Lärm macht. Die Häuser haben alle dieselbe graue Farbe. Es stinkt genauso wie in Lechhausen, nur dass hier mehr Menschen auf der Straße sind und die Häuser nicht so niedrig.

Direkt um die Ecke fließt die Wertach vorbei. Da darf Ernst nicht hin, schon gar nicht mit Malchen und Nanna. Sie müssen im Hof bleiben, hat Mutter befohlen. Aber im Hof ist es dunkel und muffig, und Malchen jammert, ihr sei langweilig, und Nanna steckt sich Erdbrocken in den Mund. Also nimmt Ernst die beiden Mädchen mit an die Wertach, wo es viel mehr zu entdecken gibt. Der Fluss ist jetzt im Juni bloß ein Rinnsal. Wenn Ernst ein bisschen größer wäre, könnte er auf den großen Steinen hinübergehen, ohne nasse Füße zu bekommen.

Am Ufer finden sich immer eine Menge schöner Sachen, Holzreste, Flaschen, sogar ein kaputter Wecker liegt im Gebüsch. Den will Ernst für Onkel Fritz und dessen Metallsammlung mitnehmen. Nanna will andauernd ins Wasser, und Ernst kann sie nur mit Mühe vom Ufer weghalten, weil das verboten ist. Dann denkt er sich, eigentlich hätten sie ein Bad dringend nötig, und Mutter freut sich bestimmt, wenn sie sauber nach Hause kommen. Die Wertach sieht nicht gerade sauber aus und ist eiskalt. Aber das Wasser ist hier am Ufer nicht tief. Und bevor er sich weiter das Gejammer anhört, geht er lieber mit den Mädchen baden.

Malchen traut sich nicht so recht wegen ihrem schiefen Bein, aber als sie sieht, dass Ernst schon Nanna und dann sich selbst auszieht, will sie kein Spielverderber sein. Bald stehen alle drei im Wasser und japsen und schnattern, und die Mädchen schreien, wenn Ernst sie anspritzt.

Plötzlich hören sie eine dunkle Frauenstimme, die sie genau kennen. Babett-Oma! Wie ein Ochse kommt sie durch das Gebüsch gewalzt und ruft mit ihrer lauten Stimme: »Seid ihr verrückt geworden, schleunigst raus aus dem Fluss, wollt ihr ertrinken oder vielleicht auch die Schwindsucht kriegen wie eure Mutter? Und du, du sollst auf deine Schwestern aufpassen, und was machst du? Verleitest sie zum größten Blödsinn.«

Ernst glaubt, dass Babett-Oma deshalb so viel an ihm herumnörgelt, weil sie Mädchen lieber mag als Jungs. Oder es ist, weil er Ernst heißt und so große Ohren hat wie Opa, der sie mit neun Kindern hat sitzen lassen und der jetzt mit einer jungen Frau verheiratet ist. Oma hat danach einen Korbflechter geheiratet, dem die Frau gestorben war. Der Korbflechter hatte sechs kleine Kinder und die Oma hat sie aufgezogen. Es heißt, sie ist sehr kinderlieb, weil sie neun eigene großgezogen hat und noch ein paar mehr auf die Welt gebracht, die aber nicht lange gelebt haben, und dann hat sie auch noch die sechs verlausten Kleinen des Korbflechters angenommen. So eine kinderliebe Frau, heißt es immer. Dabei hat Vater erzählt, dass er seine Mutter nur selten gesehen hat, weil er von Februar bis November bei einem Bauern untergebracht war und schuften musste. Erst wenn die Reisezeit zu Ende war, hat ihn seine Mutter wieder geholt.

Sie ist Gürtlerin, das heißt, dass sie sich mit Metall auskennt und alle möglichen Metallsachen reparieren kann. Sie hätte bestimmt auch den alten Wecker wieder hingekriegt, den Ernst vor lauter Schreck am Flussufer hat liegen lassen. Vom Frühjahr bis Herbst fährt sie durch die Dörfer von einer Kirche zur anderen und vergoldet Kelche, versilbert Ewiglichtlampen, verzinnt Rauchfässer und Lüster, sie richtet Altäre, entstaubt das Kirchengestühl, bemalt Wände, Decken, Emporen und Orgeln. Als Vater ein großer Junge war, ist er mit seinen Geschwistern oft mitgefahren. Er sagt, dass Babett bei den Pfarrern sehr beliebt ist, weil sie so gute Arbeit macht. Und sie hat immer so viel verdient, dass sie, wenn sie im Herbst heimkam, den Bauern für jedes Kind ein Goldstück geben konnte.

Nackt wie sie sind, schleppt Babett-Oma die Kinder ins Haus und erzählt Mutter, dass sie in der Wertach gebadet haben.

Ernst will alles erklären. »Nanna wollte unbedingt ins Wasser und jetzt ist sie ganz sauber und Malchen und ich auch und es war gar nicht tief und gefährlich.«

Mutter hustet nur und schüttelt traurig den Kopf. Ernst hat ein schlechtes Gewissen, weil er ihr so viel Kummer macht und sie dann noch mehr husten muss. Malchen und Nanna klappern mit den Zähnen und Babett-Oma wickelt sie in eine große Decke. Ernst schmiegt sich in Mutters alten Mantel, der so gut nach ihr riecht, und schnattert vor sich hin. Niemand achtet auf ihn. Oma ist mit Mutter beschäftigt, Mutter mit Christo und ihrem Husten, Nanna und Malchen bauen aus ihrer Decke ein Haus. Ernst will auch krank werden und den ganzen Tag husten. Dann würde er genauso gehätschelt werden und alle würden sich um ihn kümmern.

Oma sagt, Anna müsse dringend zum Doktor. Wenn sie wirklich Schwindsucht hat, könnte sie die Kinder anstecken, Christo hustet auch schon erbärmlich. Mutter winkt ab.

»Und wo treibt sich Christian schon wieder rum?«, fragt Oma.

»Brauchst nicht zu fragen«, schimpft Mutter. »Dringende Geschäfte – und hinterher kein Gore im Sack!«

»Jaja«, sagt Oma genervt, »immer dasselbe, rumtreiben und Frau und Kinder daheim hauen sich das Kinn ans Tischeck. Er soll bloß aufpassen, dass sie ihn nicht erwischen. Nimm dir deinen Vater nicht als Vorbild, Ernstl.«

»Ich will auch groß und stark werden und Sachen verkaufen«, protestiert Ernst. »Und du fährst doch auch über die Dörfer.«

»Das geht ja gut los«, raunzt Oma. »Schau dir an, wie frech der Kleine ist. Pass auf, sonst fängst du eine!«

Sie schimpft noch eine Weile über die Zustände, die Kinder und die Wohnung, dann geht sie, lässt aber wenigstens noch was zu essen da.

Am nächsten Tag müssen die Kinder nicht bei Frau Beisser betteln. Sie kommt von selbst vorbei.

»Ich dachte, ihr könntet ein wenig Milch und Brot gebrauchen.«

Mutter freut sich, sie kennt Frau Beisser von früher. Das war vor drei Jahren, als sie schon mal hier gewohnt haben, da waren Malchen, Nanna und Christian noch nicht auf der Welt. Frau Beisser sitzt bei Mutter und macht sich Sorgen.

»Ogottogott, Frau Lossa, Sie sind ja so schmal im Gesicht und die tiefen Falten unter den Augen ogottogott und der Husten klingt gar nicht gut. Und die Kleinen ogottogott sind viel zu mager. Und nichts Rechtes anzuziehen ogottogott was für Zustände.«

Ernst findet, dass sie übertreibt. Nur weil Malchen ein wenig hinkt und Nanna wieder ihren Ausschlag im Gesicht hat. Den hat sie öfters und sieht dann aus wie ein Streuselkuchen. Nur weil Christo hustet und wimmert. Und weil ihre Hemden schmutzig sind und Löcher haben. Als ob das schlimm wäre. Frau Beisser schaut Ernst mit ihrem Ogottogott-Gesicht an.

»Und was ist aus dem kleinen Ernst geworden. War so ein süßer Junge, hat die ganze Zeit gelächelt und schaut jetzt mit großen traurigen Augen in die Welt. Und die Rotznase, ogottogott, ist schon ganz wund, sollst sie nicht immer am Ärmel abwischen, Junge. Das Elend kann man ja nicht mehr mit ansehen. Frau Lossa, Sie müssen sofort zum Arzt. Wenn Sie nicht gehen, werde ich den Arzt rufen.«

Mutter ist zu schwach, um sich zu wehren. Sie verspricht, dass sie sich untersuchen lässt. Doch zuerst muss sie ins Rathaus, um sich anzumelden. Gleich danach will sie zum Arzt gehen. Die Kinder könne sie so lange bei ihr lassen, sagt Frau Beisser. Aber Ernst will lieber mit, obwohl er Hunger hat und weiß, dass es bei Frau Beisser etwas gibt.

## 5.

*»Biehler«* steht auf der Tür im Meldeamt, an die Anna Lossa klopft. Als sie nichts hört, öffnet sie vorsichtig die Tür und sagt: »Grüß Gott.«

»Heil Hitler*«, grunzt der Mann, der hinter einem mächtigen Schreibtisch thront und die Frau mit ihrem Kind durch seine dicke schwarze Brille herablassend anschaut. Dann sagt er: »Warten Sie gefälligst, bis Sie aufgerufen werden.«

Mutter setzt sich mit Ernst auf eine Bank im Flur. Sie sehen, dass ständig Leute zu Herrn Biehler kommen, der wohl sehr wichtig ist. Mutter hat sich ein grünes Kleid angezogen, das aus der Sammlung von Onkel Fritz stammt, dazu das gute Kopftuch. Aber ihr viel zu mageres und vom Fieber glänzendes Gesicht lässt sich nicht verbergen. Als sie endlich drankommen, rümpft Biehler trotz des schönen Kleids die Nase. Mutter, die noch schwach auf den Beinen ist, hält sich an einem Stuhl fest und schaut den Mann stolz an. Sie sagt ihren Namen, und Biehler gräbt eine Weile in einem Schrank, dann hat er eine braune Karteikarte in der Hand. Er liest lange, was darauf steht, und rümpft wieder die Nase.

»Sieben Umzüge innerhalb der letzten vier Jahre, Sie sind wohl nicht sehr sesshaft.«

»Wir sind viel auf Reisen.«

»Das sehe ich«, sagt Biehler stirnrunzelnd. »Am 26. Februar haben Sie sich abgemeldet auf Wanderschaft. Seit wann sind Sie wieder in Augsburg?«

»Seit ungefähr zwei Wochen.«

Biehlers Augen werden schmal. »Und da kommen Sie erst jetzt?«

»Wir haben eine Wohnung gesucht und ich habe mein viertes Kind bekommen, es ging leider nicht früher.«

»Soso«, sagt Bieler, und man sieht, dass ihm das nicht gefällt. »Name des Kindes?«

»Christian.«

»Wann geboren?«

»Am 3. Juni.«

»Das ist ja schon über drei Wochen her.«

»Wir waren unterwegs.«

»Soso, unterwegs. Und wo ist das Kind dann geboren?«

»Hier in Augsburg.«

»Ich dachte, sie waren unterwegs?«

»Ja, waren wir auch.«

»Dann kann das Kind ja nicht in Augsburg geboren sein.« Biehler trommelt mit seinen dicken Fingern auf die braune Karte und Mutter wird nervös. Ihre Hand, die die von Ernst hält, drückt etwas fester zu.

»Wir waren in Augsburg unterwegs«, sagt sie.

Er mustert sie misstrauisch, und es sieht nicht so aus, als würde er ihr glauben. Aber er hat scheinbar keine Lust, mit ihr zu diskutieren. Murrend trägt er die Daten ein, *geboren am 3. Juni 1933, Geburtsort: Augsburg.*

»Und jetzt sind Sie nicht mehr unterwegs?«

»Nein.«

»Neue Adresse?«

»Wertachstraße 1 bei Beisser.«

»Sie wissen schon, dass Ihr Mann die Anmeldung machen muss?«

Mutter drückt wieder Ernsts Hand. »Er ist bei der Arbeit.«

Biehler trommelt wieder. »Bei der Arbeit.« Er dehnt den Satz. »Und wo bei der Arbeit?«

Sie überlegt, dann sagt sie: »Er ist Gürtler.«

»Das weiß ich, steht ja auf der Karte.«

»Er ist noch auf Wanderschaft.«

Biehler trommelt immer noch. »Ich dachte, Sie sind nicht mehr unterwegs.«

»Er kommt nächste Woche. Das können Sie ja gleich eintragen.«

»Das könnte Ihnen so passen. Richten Sie ihm aus, dass er sich unverzüglich zu melden hat, wenn er da ist. Außerdem werde ich das Jugend- und das Gesundheitsamt einschalten.«

»Wieso denn das?«, fragt Mutter erschrocken.

»Zur Sicherheit.« Biehlers Hand hört auf zu trommeln. In die Stille sagt er: »Heil Hitler.«

Beim Hinausgehen murmelt Mutter leise vor sich hin: »Bämull.«

Herr Biehler blickt hoch. »Wie bitte?«

»Auf Wiedersehen«, sagt Mutter laut.

Als sie draußen sind, fängt Ernst an zu grinsen. »Du hast ›Idiot‹ zu ihm gesagt.«

Mutter hält den Finger an den Mund und lächelt verschwörerisch. »Er hat's ja nicht verstanden.«

Nachdem Anna Lossa und ihr Sohn sein Büro verlassen haben, greift Biehler zum Telefon.

»Biehler hier, Standesamt, Herr Kollege, ich habe da eine Familie, die sollten Sie sich dringend anschauen. Eindeutig asozial, halbe Zigeuner. Der Name? Lossa. Ist bekannt? Das dachte ich mir schon. Ob es dringend ist? Ich würde nicht zu lange warten. Bevor wir uns umschauen, sind die sonst wieder auf der Landstraße. Gut, ich schicke Ihnen die Sachen rüber.«

Eine Stunde später sitzen Ernst und seine Mutter im Wartezimmer von *Dr. Buxbaum.* Frau Beisser hat ihnen den Arzt empfohlen, weil er auch arme Leute behandelt und nicht viel verlangt.

Als die Helferin sie aufruft, soll Ernst im Wartezimmer bleiben, aber er lässt Mutters Hand nicht los, und ihr bleibt nichts übrig, als ihn mitzunehmen.

Dr. Buxbaum hat eine Glatze, dazu schwarze, buschige Augenbrauen, von denen er immer die rechte hochzieht. Kaum sitzt Mutter vor ihm, sagt sie, dass sie kein Geld hat, um sich einen Arzt zu leisten. Er beruhigt sie. Übers Geld könne man später reden. Dann erzählt sie von ihren Hustenkrämpfen und Schwindelanfällen und dass es seit einem Jahr so geht und dass sie seit der Geburt des kleinen Christian so schwach ist und kaum mehr die Kraft hat, ihn zu stillen. Dann muss sie hinter einem Vorhang auf eine Liege und soll tief durchatmen, während der Arzt an ihrem Herzen und ihrer Lunge horcht.

Als sie wieder hervorkommen, ist Dr. Buxbaum sehr ernst. »Sie haben Lungenschwindsucht im fortgeschrittenen Stadium. Das ist eine sehr schwere Krankheit und äußerst ansteckend. Sie müssen dringend in stationäre Behandlung, in die Hände von Spezialisten.«

»Ich habe vier kleine Kinder zu Hause, die kann ich nicht allein lassen.«

»Haben Sie denn niemand, der sich um die Kinder kümmern kann?«

»Mein Mann hat keine Zeit, er ist immer unterwegs. Es gibt zwar Verwandtschaft, aber die haben selbst viele Kinder.«

Dr. Buxbaum knetet seine Hände. »Ich kann Ihnen nur sagen, dass Sie sofort in ein Krankenhaus müssen. Sonst kann es zu spät sein. Und ich muss Ihre Krankheit melden, das ist meine Pflicht.«

Mutter nickt und fragt noch mal wegen dem Geld.

Dr. Buxbaum winkt ab. »Schon gut.«

Auf dem Heimweg will Ernst wissen, was Lungenschwindsucht ist und was das alles heißt, was der Doktor gesagt hat.

»Das heißt nichts«, sagt Mutter. »Es ist alles in Ordnung. Ich bin nur ein bisschen schwach, das wird bald wieder besser.«

Ein paar Tage später, am frühen Vormittag, klopft es bei den Lossas an der Tür. Ernst denkt, dass es Frau Beisser ist. Er macht hastig auf und sieht sich einem fremden Mann gegenüber. Dunkler Anzug, kleiner Koffer und nur ein Bein. Er hält sich an zwei Krücken fest und will Vater oder Mutter sprechen.

Bestimmt ein Hausierer, ein Kollege von Vater, denkt Ernst und rennt zu Mutter, die im Bett liegt.

Der Hausierer geht ihm einfach hinterher. Als Ernst vor Mutters Bett steht, erscheint der Fremde bereits in der Schlafzimmertür.

»Heil Hitler. Dr. Ottmann, Amtsarzt, ich komme vom Gesundheitsamt.«

Mutter ist aufgeregt und schickt den Mann in die Küche, bis sie sich fertig gemacht hat. So lange stehen Malchen, Nanna und Ernst um ihn herum und beobachten ihn, wie er die Krücken an den Tisch lehnt und sich mit seinem fehlenden Bein umständlich hinsetzt, wie er seinen Koffer aufmacht und Papiere auf den Tisch legt. Er hat hellblonde Haare und eine fast weiße Gesichtshaut mit vielen Sommersprossen.

Ständig schiebt er seine kleine Brille auf der Nase hin und her und zwickt die Augen zusammen. Wahrscheinlich blendet ihn die alte Stehlampe, deren Lampenschirm fehlt. Sie ist den ganzen Tag an, weil es in der Küche, die nur ein kleines Fenster zum Innenhof hat, immer dämmrig ist. Ottmann schaut sich um und schreibt alles auf, was er sieht. Und er schreibt offenbar auch vieles auf, was er nicht sieht.

Es ist unheimlich still in der Küche, nur das Kratzen seines Füllers ist zu hören. Irgendwann stört ihn die Stille wohl selbst, er räuspert sich und fragt Ernst: »Wie alt bist du?«

Ernst bringt kein Wort heraus, weil er die ganze Zeit auf den Schatten schauen muss, der an der Wand klebt, ein Schatten mit einem Bein und einer Brille, die immer wieder zurechtgerückt wird, ein Schatten, der mit dem Füller kratzt. Ernst starrt nur den Schatten an, bis endlich Mutter kommt. Sie setzt sich auf den zweiten Stuhl in der Küche, ihre Kinder drücken sich an sie.

»Er wird im November vier.«

Ottmann schaut Ernst herablassend an. »Soso, vier, und die anderen?«

»Malchen ist zwei, Anna eins und Christian drei Wochen. Aber Sie sind doch bestimmt nicht gekommen, um das Alter meiner Kinder zu erfahren.«

»Nein. Das heißt, es geht vor allem um die Kinder.«

Ottmann rückt seine Brille zurecht, räuspert sich wieder. Dann erzählt er, dass er vom Gesundheitsamt komme und dass ihm eine Meldung über eine ansteckende Schwindsucht vorliege. Es bestehe außerdem die Vermutung vonseiten des Jugendamtes, dass die Familie in asozialen Verhältnissen lebt, und wie er sehen kann, sei das ja wohl so. Verwahrloste Kinder, eine kranke Mutter, der Vater ständig unterwegs. Dazu eine Wohnung, die unter aller Kanone ist. Christo fängt an zu husten und ist kaum zu beruhigen und Mutter hustet mit.

»Ihnen ist doch klar, dass es so nicht weitergehen kann«, sagt Ottmann. »Sie sind krank, Sie müssen dringend in ein Krankenhaus. Der Säugling gehört ebenfalls in ärztliche Behandlung. Und auch die anderen Kinder können in dieser verlotterten Wohnung nicht bleiben.«

Mutter protestiert: »Ich lasse meine Kinder nicht allein. Der Kleine ist noch nicht mal einen Monat alt.«

Der Mann macht eine fahrige Handbewegung. »Wir werden für die Kinder sorgen. Der Kleine muss dringend untersucht werden. Hören Sie denn nicht, wie krank er ist. Und die anderen drei kommen so lange ins Heim.«

Ottmann zieht ein Blatt aus seiner Aktenmappe. »Wir müssen hier dringend etwas unternehmen. Das sind ja Zustände wie bei den Zigeunern.«

Das hätte er nicht sagen sollen, das böse Z-Wort. Mutter fährt hoch. »Was soll das heißen? Schauen Sie doch in die anderen Wohnungen! Meinen Sie, da sieht es besser aus? Und übrigens bin ich stolz, dass ich von Zigeunern abstamme.«

Ottmann tut so, als hätte er sie nicht gehört. »Gibt es in Ihrer Familie oder in der Ihres Mannes erbliche Krankheiten?«

Mutter starrt ihn nur stumm an.

»Frau Lossa, Sie müssen auf diese Fragen antworten. Gibt es in Ihrer Verwandtschaft Fälle von Schwachsinn, Idiotie, Missbildungen, Anfallskrankheiten oder Ähnliches? War oder ist jemand aus der Familie wegen Schwachsinns oder anderer Geisteskrankheiten in einer Heilanstalt? Gibt es Fälle von Trunksucht? Haben Sie, Ihr Mann oder jemand aus der Verwandtschaft irgendwelche Vorstrafen?«

Mutter schüttelt auf alle Fragen stumm den Kopf. Der Einbeinige macht sich auf einem Blatt Notizen. Währenddessen kriecht Ernst unter dem Tisch zu dem Koffer. Neugierig zieht er eine Mappe hervor, eine braune Karte fällt heraus, genau so eine, wie Herr Biehler ausgefüllt hat.

Ottmann reißt Ernst die Karte aus der Hand. »Der Kleine hat ja offenbar eine diebische Veranlagung.«

Das ist zu viel für Mutter. Sie steht auf und holt tief Luft. »Hier hat niemand eine diebische Veranlagung und ich lasse mich nicht beleidigen. Und die Kinder lasse ich mir auch nicht wegnehmen.«

Ottmann steht ebenso umständlich auf, wie er sich hingesetzt hat, sein Schatten an der Wand wird größer, er packt seine Schreibsachen zusammen, nimmt seine Krücken und humpelt zur Tür.

»Sie hören von uns, Frau Lossa. Heil Hitler.«

Als der Mann draußen ist, sieht Ernst, dass Mutter sich am Stuhl festhalten muss. Sie schickt die Kinder raus auf den Hof und schleppt sich müde wieder ins Bett. Draußen hören die Kinder, wie sie abwechselnd hustet und weint.

## 6.

Wenn Vater nicht da ist, ist Ernst der Mann im Haus. Mutter braucht Hilfe, sie hustet so viel und wird dabei zuerst puterrot im Gesicht und dann schneeweiß und muss sich hinsetzen. Es ist auch nichts zu essen im Haus, und Frau Beisser ist nicht da, um ihnen etwas zu geben. Mutter überlegt, ob sie zu Babett-Oma gehen sollen. Sie bittet nicht gerne um etwas, aber alle haben Hunger und Mutter sagt: »Vom Stolz kann man nicht abbeißen.«

Vater hat sich noch nicht gemeldet. Er ist bei seiner Schwester in Rottenburg, aber er hat versprochen, diese Woche zu kommen. Heute ist Dienstag, und die Kinder sind aufgeregt, weil er jeden Moment vor der Tür stehen könnte. Ernst ist hin- und hergerissen. Die eine Hälfte von ihm freut sich, wenn Vater kommt, weil er dann vielleicht Geld mitbringt und sie wieder zu essen haben. Und weil er sie dann mitnimmt und sie aus diesem Loch rauskommen und wieder mit dem Planwagen über Land fahren. Die andere Hälfte fürchtet sich, dass Vater kein Geld dabei hat und mürrisch ist und sich über jede Kleinigkeit aufregt und sie raus auf den Hof müssen, wenn er Mutter anschreit.

Mutter geht es scheinbar genauso. Ernst hat gehört, wie sie gestern leise zu Frau Beisser gesagt hat, dass sie ganz froh ist, wenn er nicht da ist. Frau Beisser hat gesagt, sie hofft nur, dass sie bald ihre Miete bekommt. Und wenn sie die Kinder so anschaue, würde ihnen etwas zu essen und anzuziehen auch nicht schaden.

»Wir sind ganz schön auf dem Hund«, hat Mutter gesagt, als Frau Beisser weg war.

Und heute hat sie beschlossen, dass es besser ist, sich von Babett-Oma schräg anschauen zu lassen als zu hungern.

Als sie sich anziehen, sagt Ernst: »Vom Stolz kann man nicht abbeißen.« Da lacht sie und alle lachen mit, sogar Christo. Man kann gar nicht anders als mitlachen, wenn Mutter lacht.

Malchen sagt: »Ich will auch mal abbeißen«, und sie lachen noch mehr, so viel wie schon lange nicht mehr. Mutter fährt Ernst über den Kopf, nennt ihn Schlingel und packt Christo in eine Decke.

Gerade als sie gehen wollen, klopft es an der Tür. Die Kinder rennen hin, das wird bestimmt Vater sein. Doch stattdessen steht ein fremder Mann vor ihnen, klein, rundlich, brauner Anzug und Brille, dazu ein schmaler rötlicher Schnauzbart. Er schaut zuerst die Kinder, dann die dunkle Wohnung an. Hinter ihm steht eine jüngere Frau mit einem strengen blonden Zopf, die über den Modergeruch, der aus der Wohnung kommt, die Nase verzieht.

Ob Vater oder Mutter da sind, fragt der Mann. Da kommt sie schon, mit dem schreienden Christo im Arm. Der Mann sieht nicht böse aus, eher traurig. Er geht ohne zu fragen an Mutter vorbei in die Wohnung, die schweigsame Frau hinterher.

Der Mann heißt *Klose.* Er erklärt, dass er und seine Kollegin von der Jugendfürsorge kommen. Ernst überlegt krampfhaft, ob er etwas angestellt hat, aber ihm fällt nichts ein außer das Baden in der Wertach. Bestimmt ist das verboten. Aber Babett-Oma hat ihn doch schon dafür geschimpft.

Während Klose in seiner Ledertasche kramt, schaut sich seine Kollegin in der Wohnung um. Endlich hat Klose in seiner Tasche ein Blatt Papier gefunden und hält es Mutter unter die Nase. Ihm ist die Situation unangenehm. Während Mutter liest, schaut er verlegen zur Seite.

»Wir haben nicht viel Zeit, Frau Lossa, draußen wartet der Fahrer.«

Sie ist noch weißer als sonst, ganz durchsichtig und glasig. Dann sinkt sie wie benommen, das Blatt in der Hand, auf einen Küchenstuhl. »Was soll das? Was wollen Sie? Und warum ein Fahrer?«

»Steht alles auf dem Blatt«, sagt Klose, als wäre es nicht seine Sache. »Amtliche Anordnung, Fürsorgeerziehung.«

»Aber doch nicht die Kinder, nicht die Kinder«, sagt Mutter ganz leise. Sie hat immer noch Christo im Arm, der wimmert, dann leise furzt und damit zufrieden ist. Obwohl Ernst gar nicht will, muss er grinsen.

»Da gibt es nichts zu lachen«, sagt die Fürsorgerin. Sie hat ihre Besichtigung jetzt abgeschlossen und schaut noch finsterer als vorher. Die Wohnung gefällt ihr nicht. Na und, denkt Ernst, mir gefällt sie auch nicht. Mir war der Wohnwagen viel lieber, und wir sind ja bloß hier, damit Christo eine ordentliche Karteikarte bekommt, und wir wollen sowieso nicht lange bleiben. Malchen und Nanna drücken sich an Mutter. Es sieht aus wie die Aufstellung für ein Familienfoto und Ernst stellt sich auch dazu.

Mutter stottert. »Das geht doch nicht, ich bin … Sie können nicht einfach … wieso denn?«

Sie verstummt und alle schauen irgendwohin, die Fürsorgerin ins Spülbecken, Klose aus dem Fenster, Mutter auf das Blatt vor sich, Christo furzt wieder, aber Ernst grinst nicht mehr, er spürt, er muss etwas sagen.

»Vater kommt bald. Und wenn er da ist, gehen wir nach Amerika.«

Jetzt grinsen alle, sogar die Fürsorgerin.

Klose zupft an seinem Anzug und schnauft tief durch. »Ihr Mann ist noch unterwegs?«

»Ja, er ist bei seiner Schwester in Rottenburg.«

Der Mann tauscht über seine Brille hinweg einen kurzen Blick mit der Fürsorgerin, dann setzt er sich auf den zweiten Stuhl und beginnt, mit ruhiger Stimme auf Mutter einzureden.

»Frau Lossa, Sie sehen doch selbst, dass es hier so nicht weitergeht. Sie sind schwer krank, müssen dringend ins Krankenhaus. Ihre Kinder haben nicht mal genug zu essen. Im Heim werden Ihre Kinder gut versorgt. Und wenn Sie wieder gesund sind, sehen wir weiter.«

»Welches Heim?«

»Die Kleinen kommen ins Säuglingsheim Oberhausen, der Große ins Kinderheim Hochzoll.«

Ernst schaut Mutter an und sie schaut ihn an, und mit einem Schlag wird ihm klar, dass sie weggeht, dass er weggeht, dass sie alle weggehen.

Mutter nickt ganz langsam, sagt nichts, wiegt sich selbst und Christo mit ihrem Nicken.

Die Fürsorgerin fängt an, Sachen einzupacken. Viel ist es nicht. Die Taschen stehen seit dem Einzug noch immer halb voll neben dem Bett. Mutter sitzt einfach da und schaut aus dem Küchenfenster auf den schmutzigen Hof. Die Fürsorgerin ist schnell fertig und will jetzt Malchen und Nanna mitnehmen, aber die klammern sich an Mutter und fangen an zu weinen. Alles redet, schreit, weint durcheinander. Nur Mutter ist ganz ruhig. Sie streichelt Nanna und Malchen sanft über den Kopf, wischt ihnen den Rotz von der Nase und wiegt dabei Christo und hält ihm einen Finger in den Mund. Er saugt daran und wird still. Ernst versteht nicht, warum Mutter sich das alles gefallen lässt, warum sie die fremden Leute nicht einfach vor die Tür setzt.

Klose beugt sich zu ihm und sagt: »Wir zwei machen jetzt eine kleine Reise durch die Stadt.«

Da fällt Ernst ein, dass er der Große ist, dass er doch auf Mutter aufpassen muss, auf Malchen und Nanna und Christo. Hat Vater nicht gesagt, dass er der Mann im Haus ist, wenn er nicht da ist? Ernst ist zum Heulen zumute, aber ein großer Junge heult nicht. Auch das hat Vater ihm beigebracht. Wäre Vater jetzt da, er würde Klose und die blöde Frau aus der Wohnung werfen, das steht fest. Weil Ernst weinen will und nicht kann, muss er schreien, er schreit Klose an, er soll ihn in Ruhe lassen. Er soll seine Mutter in Ruhe lassen. Er soll abhauen. Dann kriecht Ernst unter den Tisch, ganz hinten in die Ecke, und schreit immer nur: »Geh weg, geh weg, geh weg!«

Da kommt Mutter, holt ihn sanft unter dem Tisch hervor und setzt ihn auf ihren Schoß, auch Malchen und Nanna drängen sich dazu. Ihre Stimme ist ganz ruhig.

»Ihr wisst doch, dass ich krank bin und Ruhe brauche. Und ich muss wegen diesem bösen Husten ins Krankenhaus. Und Vater hat auch keine Zeit, ist so viel weg und muss arbeiten. Und ihr könnt doch nicht alleine hierbleiben, das versteht ihr doch.«

Ernst sagt: »Ich könnte auf die anderen aufpassen. Und Frau Beisser hat bestimmt Brot und Milch für uns übrig.«

Mutter lächelt: »Ja Ernstl, ich weiß, dass du das kannst. Aber im Heim gibt es viel besseres Essen.«

»Sogar Schokoladenpudding als Nachspeise«, sagt Klose. »Es ist ein sehr schönes Heim mit großen Zimmern und freundlichen, lieben Schwestern, die gut auf euch aufpassen.«

Die strenge Frau nickt in einem fort wie eine Aufziehpuppe und hat dabei die Hände gefaltet, und Mutter sagt: »Siehst du, ein schönes Haus und gutes Essen.«

Jetzt fängt auch Klose an zu nicken, und Ernst glaubt, dass das alles gar nicht stimmt und dass sie nur nicken, damit er Ruhe gibt.

»Es wird nicht für lange sein«, sagt Mutter.

»Wie lange?«

»Ich bin bald wieder gesund und dann komme ich und hole euch ab.«

»Wie lange?«

»Nur ein paar Tage, es dauert nur ein paar Tage.«

»Versprochen?«

»Versprochen.«

Malchen und Nanna haben aufgehört zu weinen, sie schauen auf ihre Schuhspitzen und denken bestimmt an den Schokoladenpudding, den es im Heim gibt. Ernst wird schlecht, wenn er an Schokoladenpudding denkt, lieber will er jeden Tag bei Frau Beisser betteln. Aber Mutter schaut ihn so glasig an, und er ist sicher, wenn er jetzt sagt, dass er hierbleiben will, heult sie los. Er hat selbst schon einen dicken Kloß im Hals, wie zugeschnürt. Sie nimmt ihn in den Arm und er riecht ihre Haut ganz warm und weich wie eine Wiese in der Sonne und ein bisschen kommen ihm dann doch die Tränen. Aber das ist ihm jetzt egal, auch dass er seine Rotznase an ihrer Schulter abwischt, er will sie gar nicht mehr loslassen.

Aber Klose drängt und Mutter steht auf, sie ist ein bisschen wacklig, muss sich am Tisch festhalten, dann schnauft sie tief durch und nickt. Klose geht voraus mit einem kleinen Koffer, in dem Ernsts Sachen sind, dann die Fürsorgerin mit der Tasche für die Mädchen, dann Mutter mit Christo auf dem Arm. Nanna geht mit großen Augen an Mutters Hand, Malchen, die schon wieder lächeln kann, watschelt nebenher und hält sich an ihrem Rockzipfel fest. Ernst ist der Letzte und dreht sich noch mal um, schaut in das dunkle Zimmer mit dem Modergestank. Wenn er zurückkommt, wird er Vater sagen, dass sie von hier weggehen sollen. Er soll mit ihnen nach Amerika gehen.

Draußen scheint die Sonne, und weil alles noch nass vom Regen ist, glitzert es in Pfützen und Seen auf der Straße. Es ist viel wärmer als drinnen, obwohl ein frischer Wind durch die Straße bläst. Vor dem Haus steht ein großes Auto, an dem der Fahrer lehnt und raucht. Er packt die Tasche der Mädchen in den Kofferraum. Mutter küsst Malchen und Nanna, bevor die strenge Frau die beiden auf die Rückbank schiebt und ebenfalls einsteigt. Die Mädchen freuen sich, weil sie zum ersten Mal in einem Auto fahren dürfen, und schauen zugleich ängstlich und verstört aus dem Fenster. Mutter fährt Christo über die Stirn, es sieht aus, als mache sie ein Kreuzzeichen, dann reicht sie ihn in seiner Decke durch die Wagentür.

Ernst will auch einsteigen, aber Klose hält ihn zurück. »Wir fahren mit der Straßenbahn«, sagt er und nimmt ihn an die Hand, was ihm überhaupt nicht recht ist.

Mutter küsst ihn auf die Stirn. »Sei ein braver Junge, Ernstl.«

Er nickt, weil er jetzt nichts sagen kann. Dann geht Klose mit ihm die Wertachstraße hinunter zur nächsten Haltestelle. Ernst dreht sich um und sieht, wie Mutter vor dem Haus steht und dem Auto nachwinkt, das in die andere Richtung davonfährt. Dann schaut sie ihrem Sohn hinterher. Sie sieht verloren aus.

Ernst winkt, während Klose ihn weiterzieht. Mutter wird immer kleiner, aber Ernst weiß, sie schaut ihn die ganze Zeit an, und er schaut sie die ganze Zeit an. Er weiß, dass sie weggeht, weit weg. Sie fängt langsam an zu verschwinden, entfernt sich wie durch Rauch, verschwimmt wie ein Spiegelbild in der Straßenpfütze, wenn ein Stein hineinfällt. Ernst spürt, dass gerade etwas ganz Furchtbares passiert. Etwas platzt in seiner Brust, und es tut weh, als hätte man ihm einen Nagel reingestoßen. Die Sonne glitzert viel zu hell und der Wind bläst ihm in die Augen und sie beginnen zu tränen und Mutter verschwimmt noch mehr. Er sieht nur noch ihre Augen, durch das Glitzern, durch den Rauch und das Wasser ganz klar ihre Augen. Dunkelbraunes Knopffunkeln. Mit einem Mal fangen Mutters Augen an zu leuchten und er hört sie sagen: »Du bist mein Großer, mein kluger starker Junge.«

Er ruft so laut er kann: »Nur ein paar Tage, Mutter – versprochen?«

Als Antwort lächelt sie. Sie küsst ihre Handfläche und bläst ihm ihren Kuss hinterher. Danach fährt sie sich mit der Hand über die Augen. Ernst sieht, wie sich ihre Lippen bewegen, als würden sie sagen: »Versprochen.«

# ZWEITES BUCH

## Nur ein paar Tage

## 1.

Auf dem Fenster der Straßenbahn zittern die letzten Regentropfen von heute früh. Ernst hat die Stirn an die Scheibe gepresst. Klose soll seine nassen Augen nicht sehen. Heimlich putzt er seine Nase am Hemdsärmel ab. Mutter sagt immer, dass sich das nicht gehört. Was sie wohl jetzt macht, so allein in der Wohnung? Vielleicht ist sie auch zu Frau Beisser gegangen, die ihr einen Tee kocht. Aber nein, sie ist bestimmt gleich ins Krankenhaus, sie will doch schnell gesund werden, damit sie die Kinder wieder zu sich holen kann. Nur ein paar Tage, hat sie gesagt, es dauert nur ein paar Tage.

Die Straßenbahn rattert und holpert, draußen hüpft die Stadt mit ihren Schaufenstern und Cafés, mit den Fußgängern und Autos. Sie steigen um, drängen sich durch die vielen Leute. Ernst ist es peinlich, dass Klose ihn immerzu an der Hand hält, als wäre er ein kleines Kind und Klose sein Vater. Ist er aber nicht. Wenn Vater kommt, wird er ihm gehörig die Meinung sagen. Diese Woche wird er kommen, hat Mutter gesagt. Jedes Mal wenn er an Mutter denkt, sticht es wieder in seiner Brust, dort, wo vorhin der Nagel hineinfuhr. Er darf nicht an sie denken, sonst hört es gar nicht mehr auf wehzutun.

Sie fahren mit einer anderen Straßenbahn wieder aus der Stadt hinaus. Klose sagt: »Jetzt wirst du dein neues Zuhause kennenlernen«, und Ernst ist schwindlig vor Anspannung und Angst, aber das lässt er Klose nicht merken. Mutter hat gesagt, dass er tapfer sein soll.

Zwischen den Häusern tauchen grüne Wiesen und Weizenfelder auf. Obwohl Hochzoll schnell gewachsen ist, wirkt es immer noch wie ein Dorf. Von der Straßenbahn ist es noch ein kleines Stück zu Fuß, dann stehen sie vor dem Kinderheim. Es ist ein großes Haus mit vielen Fenstern und grünen Fensterläden am Rande von Hochzoll. Dahinter beginnt freies Feld. Die Fassade war ehemals sandgelb, nun zeigt sich an vielen Stellen der graue Putz. An den Mauern sind zwischen den Fenstern Holzgitter angebracht, an denen kleine Bäume hochwachsen, Äpfel und Birnen. Ein hoher brauner Lattenzaun ist um das Grundstück gezogen. Dahinter ertönt ein Geschnatter aus Kinderstimmen. Das Haus sieht aus wie eine Schule. Im ersten Stock, in einer Mauernische zum Garten hin, thront eine große Steinfigur, ein Mann mit Stock, der ein Kind auf dem Arm trägt. Klose zeigt hinauf und erklärt, das sei der heilige Josef, nach ihm hat das Kinderheim seinen Namen. Der Josef blickt streng auf den Garten und die spielenden Kinder hinunter. Klose schiebt Ernst durch das Gartentor.

Die Kinder glotzen ihn an und er glotzt zurück. Klose lässt Ernst stehen. Er hat eine Klosterfrau entdeckt und eilt durch den Hof auf sie zu. Es ist eine große Frau, die in ihrer schwarzen Kutte mit weißem Kragen und dem langen schwarzen Schleier gar nicht hierher passt. Überall die bunten Kinder und mittendrin diese große schwarze Frau, aber vielleicht passen auch die Kinder nicht hierher. Ernst hat das Gefühl, dass ihn der heilige Josef mahnend von oben anschaut, als wollte er sagen: Warum hast du deine Mutter alleine gelassen, warum hast du dich nicht gewehrt, hast deine Geschwister nicht beschützt?

Die schwarze Schwester schaut genauso wie der Josef oben an der Mauer. Während Klose mit ihr redet, zeigt er immer wieder auf Ernst, und sie nickt dabei mit ihrem Josefsgesicht. Sie sieht bedrohlich und Furcht einflößend aus in ihrer schwarzen Tracht. Ihr verkniffener Mund erinnert Ernst an Tante Betti, die schon Auto fährt und wie ein Mann arbeitet, wie ein Mann trinkt, wie ein Mann flucht. Immer wenn sie bei Tante Betti zu Besuch waren, hat sie über die Kinder geschimpft und sie herumkommandiert. Das muss man verstehen, hat Vater gesagt, sie hat selber keine Kinder und ist den Trubel nicht gewohnt. Trotzdem wäre Ernst jetzt lieber bei Tante Betti als hier bei dem strengen Josef und der großen Nonne, die die Stirn runzelt, während sie Klose zuhört. Ernst ist sicher, sie hat bestimmt keine Kinder und sie mag auch keine haben.

Rechts zwischen Haus und Gartenzaun sind Gemüsebeete. Zwei Frauen und ein paar Kinder zupfen dort an den Stauden und hacken Unkraut. Entlang des Hauses erstreckt sich ein gekiester Hof. Links davon ist der Garten, eine große Wiese mit zwei Reihen Apfelbäumen. Am anderen Ende des Gartens neben dem hinteren Tor stehen eine Wippe und eine Schaukel. Drum herum rennt eine Schar kleiner Kinder, die ungefähr so alt sind wie Ernst. Davor sitzen Mädchen im Gras und spielen mit Puppen. Zwischen den Apfelbäumen tobt eine Horde Jungs herum und spielt Fangen. Als sie laut johlen, hebt die große Nonne die Hand und ruft ein energisches »Hee« in den Garten. Die Jungs ziehen die Köpfe ein und werden im Nu leiser. Dann kommt die schwarze Schwester auf Ernst zu und streckt ihm ihre große Hand hin.

»Grüß Gott, ich bin Schwester Sigolina. Und wie heißt du?«

Sein Hals ist plötzlich wie zugeschnürt und er bekommt keinen Ton heraus.

»Er heißt Ernst, Ernst Lossa«, sagt Klose und nimmt ihm die Antwort ab.

Sigolina mustert ihn, ihr süßlicher Ton passt überhaupt nicht zu ihrem Gesicht. »Dir wird es sicher bei uns gefallen, Ernst. Jetzt gehen wir in das Büro zur Schwester Oberin und dann«, sie schaut abfällig an ihm herunter, »brauchst du erst einmal dringend ein Bad.«

Ernst überlegt, ob er ihr sagen soll, dass es ihm hier schon jetzt nicht gefällt und auch nie gefallen wird und dass er erst vor ein paar Tagen in der Wertach gebadet hat, aber er lässt es bleiben. Es ist sowieso nicht für lange, nur ein paar Tage, es dauert nur ein paar Tage. Dann wird ihn Mutter abholen. Mutter – wieder dieses Stechen. Als sie ins Haus gehen, schaut er sich noch mal zu den Kindern um, und sofort hat Sigolina es gesehen, sie hat sogar hinten an ihrem schwarzen Schleier Augen.

»Gespielt wird später«, sagt sie streng. »Es gibt sowieso bald Mittagessen.«

Sie dreht sich um und geht voran. Klose schiebt den Jungen hinterher. Mittagessen, denkt Ernst und sein Magen zieht sich zusammen, bestimmt mit Schokoladenpudding zum Nachtisch.

Sie betreten einen dunklen Flur, in dem es trotz der Sommerwärme kühl ist und nach Putzmittel riecht. Ernst sieht nur den schwarzen Schleier vor sich durch den dunklen Gang wehen. Er hat keine Lust auf dieses Heim und seine josefsgesichtigen Schwestern. Vielleicht sollte er abhauen, einfach raus, durchs Gartentor und quer durch die Stadt zu Mutter. Der Lichtstrahl, der von hinten kommt, wird immer dünner und der Flur und Sigolina immer dunkler. Ernst fährt erschrocken zusammen, als hinter ihm die schwere Tür donnernd ins Schloss fällt.

Das Büro der Oberin ist klein, aufgeräumt und muffig. Es riecht genauso wie der Flur. Wahrscheinlich riecht das ganze Haus so. Die Oberin hat ein rundes, freundliches Gesicht. Sie sitzt hinter ihrem Schreibtisch, Klose davor, Ernst lassen sie unbeachtet neben der Tür stehen. Die beiden füllen Papiere aus. Die Oberin holt ein Buch aus einer Schublade und schreibt auf eine neue Seite das Datum, 4. Juli 1933. Dann schaut sie Klose fragend an, der ihr diktiert: »Lossa, Ernst, geboren am 1. November 1929, Eltern Christian und Anna Lossa, Augsburg, Wertachstraße 1.«

Sie hält inne. »Der Christian Lossa ist dein Vater?«

Woher sie wohl Vater kennt? Ernst kann sich nicht vorstellen, dass er ihr mal Hosenknöpfe oder Stoff für ein Sommerkleid verkauft hat. Wenn doch, war sie mit dem Geschäft wohl nicht zufrieden, denn zwischen ihren Augen bildet sich eine strenge Falte.

»Stimmt, ein richtiges Lossa-Gesicht.« Sie sagt das in einem Ton, bei dem Ernst sofort ein schlechtes Gewissen bekommt. Als wäre es eine Schande, so ein Gesicht zu haben.

»Ich kann mich an den Christian gut erinnern«, sagt sie. »Er war auch mal eine Zeit lang hier. Das wird jetzt bald zwanzig Jahre her sein. War ein ziemlicher Rumtreiber, der ist gerne mal ausgerissen.« Sie schüttelt den Kopf. »Na, wollen wir hoffen, dass du nicht nach ihm schlägst. Was macht denn dein Vater jetzt?«

Klose antwortet für ihn. »Er ist nicht im Lande.«

Die Oberin schaut ihn fragend an.

Klose seufzt: »Fahrender Händler, ist wohl gerade auf Tour. Seine Frau hat mir eine Adresse gegeben. Schreiben Sie: zurzeit in Rottenburg am Neckar.«

Die Oberin schüttelt den Kopf. »Diese Zigeuner.«

Das böse Z-Wort, Ernst zuckt zusammen. »Wir sind keine Zigeuner, wir sind Jenische.«

Klose räuspert sich und versteckt hinter seiner Faust ein Grinsen.

Die Oberin erstarrt. »Sei still, frecher Kerl. Du redest nur, wenn du gefragt wirst.«

Es ist plötzlich so still im Raum, dass Ernst sein Herz schlagen hört.

Klose hüstelt. »Es gibt da noch drei Geschwister, zwei kleine Mädchen und einen Säugling, sind in Oberhausen.«

Die Oberin seufzt, bestimmt denkt sie: Noch drei Lossa-Gesichter. Zu Klose sagt sie: »Wie lange bleibt er?«

Er zuckt die Schultern. »Sie wissen ja, wie das ist, Mutter krank, vermutlich Schwindsucht, der Vater unterwegs, das kann dauern.«

»Und wer zahlt?«

»Haben Sie noch keine Nachricht vom Bezirksfürsorgeverband Augsburg? Das ist die einweisende Behörde.«

»Soll ich jetzt auch noch von Amt zu Amt rennen, damit ich mein Geld bekomme?«

Klose hebt abwehrend die Hände. »Dafür bin ich nicht zuständig. Aber ich rufe den Kollegen von der Fürsorge morgen an, er soll sich bei Ihnen melden.«

Eine Stunde später sitzt Ernst mit rotem Kopf am Mittagstisch unter fünfzig mampfenden Kindern. Sein ganzer Körper juckt und brennt, nachdem ihn Schwester Deikola mit einer groben Bürste abgeschrubbt hat. Schwester Deikola ist einen Kopf kleiner als Sigolina, dafür doppelt so dick, und sie hat auch dieses Josefsgesicht, allerdings nicht ganz so verkniffen. Sie hat überall gebürstet, und Ernst hat immer wieder gezuckt und die Zähne zusammengebissen, um nicht laut zu schreien. Aber Schwester Deikola hat gesagt, er soll nicht so wehleidig sein, und hat noch stärker geschrubbt.

Nur die Küchenfrau, sie heißt Wolfindis, ist freundlicher. Sie hat ihn beim Essenausteilen angelächelt und gesagt: »Du bist also der Neue. So wie du aussiehst, musst du ordentlich Hunger haben.« Dann hat sie ihm einen großen Schlag Eintopf auf den Teller gegeben und ihm einen Platz gezeigt, wo er sich hinsetzen kann.

Nun steht der Blechteller mit heißem Eintopf vor seiner Nase. Doch obwohl sein Magen vor Hunger knurrt, bringt er nichts runter. Neugierig starrt er die vielen Jungs am Tisch an.

»Was glotzt'n so?«, motzt ihn ein schlaksiger Kerl an, der Ernst gegenübersitzt. Er ist bestimmt schon dreizehn oder vierzehn.

Schnell schaut Ernst auf seinen Teller.

Sein Nachbar stößt ihn mit dem Ellenbogen an und murmelt: »Hast du keinen Hunger?«

»Doch.«

»Dann iss, sonst essen's dir die anderen weg.«

Sein Nachbar heißt *Johann.* Er wird bald sieben, hat eine Rotznase und einen trotzigen Blick. Er kennt die Sitten im Josefsheim, weil er schon seit zwei Jahren hier ist.

»Die erste Regel heißt: Pass auf dein Essen auf, sonst bleibst du hungrig. Die zweite Regel: Lege dich nie mit den Älteren an, sonst quälen und ärgern sie dich. Und die dritte: Nimm dich vor Sigolina in Acht, und tu, was sie dir sagt, sonst macht sie dir das Leben zur Hölle.«

Die anderen Jungs haben ihre Teller schon leer, und Ernst muss sich beeilen, bevor die Tische abgeräumt werden. Dann müssen die Großen Hausaufgaben machen und die Kleinen werden in den Garten geschickt.

Ernst bleibt sitzen und wartet auf den Schokoladenpudding, aber es gibt keinen, es gibt überhaupt keinen Nachtisch. Da haben Klose und seine Kollegin also gelogen. Oder sie haben ein anderes Heim gemeint, vielleicht das, wo Malchen und Nanna und Christo jetzt sind.

Als Küchenschwester Wolfindis ihn raus in den Garten schickt, weiß er, dass er den Pudding vergessen kann. Er ist schon in der Tür, da hält ihn Wolfindis zurück, geht in die Küche und kommt mit einem Apfel wieder.

»Aber zeig ihn nicht den anderen, die sind alle furchtbar futterneidisch.«

Ernst mampft den Apfel in sich rein, bevor er rausgeht, und isst sogar den Butzen mit.

Draußen wartet Johann, den die anderen Rotz-Bim nennen wegen seiner Rotznase. »Wo warst'n so lange?«

»Auf dem Klo«, sagt Ernst, weil er das mit dem Apfel nicht verraten will.

Johann fragt ihn, ob er sein Freund sein will. Ernst zuckt nur mit den Achseln.

»Hier ist es wichtig, dass du Freunde hast«, sagt Johann. »Wenn du alleine bist, bist du verratzt.«

Er kennt sich im Heim aus und weiß genau, was wichtig ist und was man tun muss, damit man keinen Ärger mit den Schwestern oder mit den Großen bekommt.

»Am besten, du gewöhnst dich schnell an den Tagesablauf, da legen die hier großen Wert drauf. Das heißt, sei pünktlich, sei sauber und halt's Maul. Geweckt werden wir um sechs. Aber die Schwestern und die anderen Hausangestellten stehen schon um fünf auf. Dann ist erst mal Waschen, das ist das Schlimmste am ganzen Tag. Um sieben geht's in die Kirche.« Er zeigt mit dem Finger auf den Kirchturm, der über die Apfelbäume lugt. »Pfarrer Wassermann macht es meistens kurz, bloß am Sonntag predigt er den halben Vormittag. In der Kirche kannst du noch ein bisschen dösen, musst nur beim Vaterunser und Gegrüßet-seist-du-Maria mitmachen und Gott sei dank und Amen sagen. Danach gibt's Frühstück. Dann gehen die Größeren in die Schule. Die ist hier gleich um die Ecke. Um zwölf gibt es Mittagessen. Hinterher können wir spielen oder gehen mit der Schwester in den Wald. Jetzt im Sommer machen wir viele Wanderungen, sammeln Beeren, Pilze und Brennholz. Abendessen gibt es um sechs. Um sieben müssen wir Kleinen ins Bett, ungefähr eine Stunde später die Großen. In welchem Schlafsaal bist du denn?«

»Keine Ahnung.«

»Du kommst bestimmt zu uns, da ist ein Bett frei.«

Obwohl Johann ziemlich kauzig aussieht mit seinen verlotterten Hosen, den drahtigen schwarzen Haaren und den verschorften Knien, findet Ernst, er ist ein guter Freund. Johann erzählt, dass seine Eltern auch Fahrende sind, davon gebe es hier jede Menge. Viele Kinder würden im Frühjahr von den Eltern im Heim abgegeben und im Herbst wieder abgeholt.

Unter den Apfelbäumen schauen die beiden den Großen beim Fangenspielen zu. Plötzlich rennt der Schlaksige, der Ernst beim Mittagessen angemault hat, auf ihn zu. Er sieht ihn nicht, fällt über ihn drüber und wird abgeklatscht.

»Nur wegen dir, du Schwachkopf!«, schreit er Ernst an und stößt ihn mit beiden Händen in den Dreck.

»Lass ihn doch, *Georg*, er ist neu hier«, sagt Johann.

»Halt's Maul, Rotz-Bim, oder es gibt Haue! Dann kannst du zu deinem Vater in den Knast rennen und dich ausheulen.«

Die anderen Großen lachen und Johann kriegt einen roten Kopf. Dann kommt Georg auf Ernst zu. Er hat am Kinn zwei dicke gelbe Pickel, seine Backen sind übersät mit kleinen roten Narben.

»Du bist also neu, was?«, höhnt er. »Kaum da und steht schon blöd in der Gegend rum und stellt anderen ein Bein.«

»Ich hab dir kein Bein gestellt, du hast mich einfach umgerannt«, sagt Ernst, und kaum ist es heraußen, liegt er schon wieder im Dreck.

»Auch noch ein freches Maul, der Kleine.«

Die anderen Jungs haben einen Kreis gebildet und freuen sich, dass es was zu sehen gibt. Georg, der wohl der Anführer ist, genießt es, dass er Publikum hat.

»Ein freches Maul und große Ohren, richtige Eselsohren sind das. Ach was, das sind Topfhenkel, die an deinem Kopf kleben!« Er brüllt vor Lachen.

Ernst wird rot wegen seiner Elefantenohren und die großen Jungs johlen vor Freude.

Da schreit Schwester Deikola: »Was ist denn da los?« Die Jungs verstummen sofort, stecken ihre Hände in die Hosentaschen und tun scheinheilig. Schwester Deikola zieht Georg an den Ohren. »Wie oft hab ich dir schon gesagt, du sollst die Kleinen in Ruhe lassen! Ab mit euch und lasst euch nicht noch mal erwischen.«

Die Jungs trollen sich. Johann schaut finster drein. »Ich hab dir doch gesagt, leg dich nicht mit den Großen an, und schon gar nicht mit Georg, dem Affen.«

»Ich hab doch gar nichts getan.«

»Ach ja? Meinst du, der Georg vergisst das? Der hat dich ab jetzt auf dem Kieker.« Johann denkt nach, dann fragt er: »Hast du Geld?«

Ernst schaut ihn groß an.

»Geld – verstehst du? Gore.«

Ernst schüttelt den Kopf.

»Das habe ich mir gedacht. Schöne Scheiße.«

Ernst kapiert nicht. Als Johann nichts mehr sagt, fragt er: »Was hat Georg damit gemeint, du sollst zu deinem Vater in den Knast rennen?«

Johann glotzt an Ernst vorbei auf die Wiese. Erst nach einer Weile sagt er: »Musst nicht alles glauben, was sie erzählen.«

Auch zum Abendessen gibt es keinen Schokoladenpudding, dafür Kartoffeln und saure Milch. Nach dem Essen wäre Ernst gerne wieder raus zum Spielen, aber das wird nur den Großen erlaubt. Draußen ist es warm und noch mindestens zwei Stunden hell, aber die Kleinen müssen hoch in den Schlafsaal, wo die Läden schon geschlossen sind.

Nur fahles Licht scheint durch die Ritzen. Links und rechts vom Fenster stehen jeweils drei Stockbetten in einer Reihe. An der hinteren Wand sind Schränke, in denen es für jedes Kind ein Fach gibt, jedes mit einer Tür und einer Zahl drauf. In eines der Fächer hat Sigolina die Sachen aus Ernsts Koffer gelegt.

Er bekommt das untere Bett gleich neben der Tür. Die oberen Betten und die beim Fenster sind die beliebtesten, hat Johann erzählt. Er hat das obere Bett am Fenster und damit das beste. Schließlich ist er mit sechseinhalb Jahren der älteste der zwölf Jungs. *Emil* ist der jüngste, er ist dreieinhalb und liegt Ernst gegenüber. Die anderen sind vier oder fünf. *Armin* und *Theo,* die Zwillinge, sind schon fast sechs, sie liegen auch oben, einer am Fenster, der andere eins weiter. Weil man sie nicht auseinanderkennt, weiß niemand so genau, ob nun Theo oder Armin am Fenster liegt, und Johann vermutet, dass sie sich abwechseln.

Die Kinder tuscheln noch und kichern, aber Sigolina hat mit strengem Ton absolute Ruhe befohlen. Als sie weg ist, huscht Johann zu Ernst und kriecht unter seine Decke.

»Das ist streng verboten«, sagt er und grinst dabei.

»Was ist streng verboten?«

»Zu den anderen ins Bett schlüpfen.«

»Was ist denn daran schlimm? Wir schlafen zu Hause immer alle unter einer Decke.«

»Weiß auch nicht«, flüstert Johann, »aber wenn dich die Schwestern bei einem andern im Bett erwischen, setzt es Prügel. Sag mal, pinkelst du noch ins Bett?«

Ernst schüttelt energisch den Kopf.

»Dann sei bloß froh. Wenn nämlich einer ins Bett macht, gibt es Haue, und nicht zu knapp. Nachher kommt die Sigolina noch mal und wir müssen alle aufs Klo.«

»Warum das denn? Wir waren doch gerade.«

»Das ist ihr wurscht. Und hör auf zu fragen, warum.«

Sehnsüchtig schaut Ernst zum Fenster. Durch die Ritzen scheint das Abendlicht und schneidet den Staub in feine helle Streifen. Er muss an Mutter denken, will es gar nicht, weil es wieder so wehtut in seiner Brust, aber zugleich tut es auch gut. Er stellt sich vor, wie sie alle zusammen im Bett liegen und er über Malchen und Nanna hinweg seinen Arm rüber zu Mutter legt.

»Du denkst an zu Hause, stimmt's?«, sagt Johann. »Das ist immer so am Anfang, aber du gewöhnst dich an das Heim. Und so schlimm ist es hier gar nicht.«

Ernst hat überhaupt nicht vor, sich zu gewöhnen. Die schwarzen Schwestern mit den Josefsgesichtern, der blöde Georg, das Eingesperrtsein und dass man im Bett liegen muss, obwohl es draußen hell und warm ist. Niemals will er sich daran gewöhnen.

»Mir doch egal«, sagt er, »ich bin sowieso in ein paar Tagen wieder weg.«

»Das habe ich auch gedacht«, sagt Johann. »Und jetzt bin ich schon zwei Jahre hier.«

»Ich weiß es aber sicher«, erwidert Ernst, »meine Mutter hat es versprochen.«

»Wer's glaubt, wird selig.«

»Und dann gehen wir nach Amerika. Und haben ein Auto und essen jeden Tag Fleisch.«

»Jaja, und mein Vater ist der Kaiser von China.«

»Pass mal auf«, sagt Ernst, »mein Vater hat gesagt, dass ...«

Da macht Johann »pscht« und flugs ist er wieder in seinem Bett. Auf dem Flur sind Schritte zu hören. Sigolina streckt den Kopf zur Tür herein. »Ruhe, sonst setzt's was!«

Die anderen schlafen bald darauf ein, Ernst hört ihre Atemgeräusche, dazu das Blubbern von Johann. Er würde lieber Mutter hüsteln hören und Vater schnarchen. Langsam träumt er sich davon, hört Malchen im Schlaf plappern und Nanna mit den Zähnen knirschen und Christo furzen und spürt Mutters Wärme. Sie streicht ihm über den Kopf, nimmt ihn in den Arm, wiegt ihn und singt ihre alten, traurigschönen Lieder.

Plötzlich schreckt er hoch. Sigolina steht im Zimmer wie ein schwarzes Nachtgespenst. Sie scheucht alle aus den Betten aufs Klo.

Ernst muss nicht pinkeln, er steht neben Johann, der auch nicht muss.

»Lass dir Zeit«, sagt Johann, »weil Sigolina derweil alle Betten kontrolliert.«

Da hören die Jungs sie schreien: »Emil, du Sau!«

Emil steht an der Pinkelrinne, starrt verschlafen auf seinen

Pimmel, aus dem kein Tropfen kommt. Er ist spindeldürr, hat rote Haare und ein blasses Gesicht, das jetzt noch weißer wird. Sigolina stapft ins Klo und treibt alle zurück in den Schlafsaal. Nur Emil muss bleiben. In ihren Betten hören die anderen das Klatschen ihrer Hand auf seinem Hintern. Einige feixen, andere verkriechen sich tief in ihre Kopfkissen, damit sie Emils Geheul nicht hören. Johann tut so, als würde er nichts hören.

Endlich ist das Klatschen und Schreien vorbei und Sigolina kommt zurück, Emil hinterher. Sein blasses Gesicht ist fleckig, und er keckert wie einer, der Schluckauf hat. Sigolina zieht ein neues Laken über sein Bett. Als sie weg ist, wimmert Emil leise vor sich hin.

Ernst zieht sich das Kissen über den Kopf. Nur ein paar Tage, Mutter, es dauert nur ein paar Tage. Du hast es versprochen.

## 2.

Mutter und Vater haben eine neue Wohnung. Es ist ein schönes Haus mit gelben Mauern und grünen Fensterläden, und oben, gleich unterm Dach, schauen die beiden aus dem Fenster und winken zu Ernst hinunter. Das Fenster ist rund wie in einer Kirche, und hinter den beiden strahlt ein orangefarbenes Licht, als wäre die Sonne in der Wohnung eingesperrt. Doch dann sieht er, dass das Licht nicht von der Sonne kommt, sondern von einem Feuer. Mutter und Vater lächeln und merken gar nicht, dass es in ihrem Zimmer brennt. Ernst will schreien, sie warnen, aber er bekommt keinen Ton heraus. Er will hinrennen, doch jemand steht hinter ihm und hält seine Beine fest. Rauch kommt aus dem runden Fenster, fährt ihm in die Augen, Vater und Mutter verschwinden, seine Augen tränen, blöder Rauch. Er fährt in seinem Bett hoch und Johann schaut feixend von seinem Bett herunter.

»Du hast geredet im Schlaf.«

»Quatsch.«

»Ehrlich, war aber nur Gebrabbel, hab kein Wort verstanden.«

Ernst sinkt zurück ins Bett und merkt, dass er ganz nass geschwitzt ist. Draußen ist es schon hell, und er geht auf Zehenspitzen zum Fenster, um durch die Läden zu spitzeln.

Es ist so ein Morgen, an dem man vom ersten Moment an weiß, dass es ein schöner Tag werden wird. Noch ist das Waisenhaus in Dunst gepackt, aber die Wiese hinter dem Haus scheint rosa durchs Fenster und die Vögel singen. Ernst stellt sich vor, er wäre eine Amsel und könnte in den rosadunstigen Morgen hinausfliegen, über die Wiesen und Bäume, und alles von oben betrachten.

Wie klein und unwichtig die Welt aussieht, das Kinderheim mit dem steinernen Josef und den schwarzen Schwestern. Ernst fliegt über die Stadt bis in die Wertachstraße, schwebt über dem dunklen Hinterhof, schaut durch die Fenster, aber niemand ist da, natürlich nicht, weil Mutter im Krankenhaus ist. Er fliegt weiter, sieht das Krankenhaus und weiß genau, in welchem Zimmer Mutter liegt, setzt sich ans Fensterbrett und sieht sie in einem weißen Bett liegen, wie eine Prinzessin sieht sie aus mit ihren schwarzen Haaren auf dem weißen Kissen. Sie hat die Augen geschlossen. Er will mit dem Schnabel ans Fenster klopfen, damit sie sieht, dass er da ist, ja, ich bin's, Mutter, dein großer Junge. Da poltert

Sigolina herein und ruft im Kommandoton »Aufstehen!« und Ernst liegt wieder im muffigen Schlafsaal.

Sigolina reißt die Fenster und Läden auf, der Morgen quillt herein wie rosarote Milch, Ernst schließt die Augen und badet in der Helligkeit. Da steht sie schon neben ihm, zieht ihm die Decke weg. »Auf zum Waschen, du Schlafmütze!«

Vor dem Schlafsaal im Flur stehen links und rechts lange Metallbecken, vor denen alle Jungs Aufstellung nehmen. Aus den Hähnen läuft eiskaltes Wasser in die Blechrinnen und dann an der ganzen Mannschaft entlang, bis es am unteren Ende in einem Abflussrohr verschwindet. Alle stehen in Unterhosen davor und schrubben unter den strengen Blicken von Sigolina ihre Zähne und werfen sich prustend Wasser ins Gesicht. Wer am Anfang der Rinne steht, hat es am besten, weil das Wasser da sauber und frisch ist. Die am Abflussrohr sind die Dummen, an ihnen läuft die Brühe und Spucke von zwanzig Jungs vorbei, und es ist eklig, sich da zu waschen.

Die Plätze am oberen Ende haben sich die Großen gesichert, da kommt kein anderer hin. Georg steht natürlich ganz vorne und spuckt extra viel in die Rinne. Ernst steht ganz unten, und ihm wird schlecht, als er die Spucke vorbeifließen sieht. Angewidert starrt er ins Abflussrohr, wo die Spucke zwei, drei Kreise dreht und dann verschwindet. Sigolina erscheint hinter ihm. »Na los, das bisschen Wasser hat noch keinem geschadet!«

Vorne feixt Georg: »Der hat bestimmt noch nie ein Waschbecken gesehen.« Die anderen lachen und spucken noch mehr in die Rinne.

»Ruhe!«, brüllt Sigolina. Sie packt Ernst am Kragen, zerrt ihn zum nächsten Wasserhahn und hält sein Gesicht drunter. Das Wasser ist so kalt, dass es wie mit Nadeln sticht, vor

Schreck atmet Ernst ein, verschluckt sich, hustet und hat Angst zu ertrinken. Die anderen johlen.

Georg ruft: »Die Ohren nicht vergessen!«

»Halt deinen Schnabel, Georg«, sagt Sigolina, »oder ich wasch dir gleich deine Ohren, aber mit der Wurzelbürste.« Zu Ernst sagt sie: »So, du kleiner Dreckspatz, ab in die Reihe.«

Er hat keine Ahnung, was sie meint, aber neben ihm haben die Jungs schon eine lange Schlange gebildet. Hier drängt sich keiner vor, im Gegenteil, Georg und seine Clique stellen sich hinten an. Ernst wird nach vorne geschoben, wo Sigolina mit einem großen Kamm steht, und bevor er merkt, was passiert, fährt sie ihm mit drei, vier schnellen Bewegungen durch die Haare. Es ziept und brennt, als würden ihm alle Haare ausgerissen, er schreit laut los vor Schmerzen und hat im selben Moment eine Ohrfeige, dass es ihm den Mund zuklappt.

Als sie in die Kirche gehen, klebt die Sonne rot und fett über den rosaroten Wiesen, und in der Kirche scheint sie direkt hinter Pfarrer Wassermann durchs Fenster. Er ist ein stattlicher Mann, und wie er so dasteht mit ausgebreiteten Armen und dem Morgenlicht hinter seinen Schultern, sieht er aus wie Jesus.

Ernst fällt der Traum ein, das runde Fenster mit Mutter und Vater und hinter ihnen das orange Sonnenlicht, das in Wahrheit ein Feuer war. Das Traumbild und der Anblick von Pfarrer Wassermann als Jesus mit Strahlenkranz, dazu der Singsang der Nonnen und der Kinder – all das gibt ihm wieder einen Stich in die Brust. Er muss sich zusammenreißen, um nicht zu heulen.

Den ganzen Vormittag überlegt er, was mehr brennt, seine Kopfhaut oder seine Backe.

Johann sagt: »Beim Kämmen ist es wichtig, dass du weit hinten in der Schlange stehst, weil der Sigolina mit der Zeit die Kraft ausgeht oder sie keine Lust mehr hat. Deswegen tut es nicht mehr so weh, wenn du später drankommst.«

Als Ernst nach dem Mittagessen aufs Klo muss, folgen ihm Georg und zwei andere Jungs. Die beiden heißen *Michel* und *Ditsche.* Michel ist dreizehn und so fett, dass er kaum durch die Klotür passt. Er grinst andauernd, was aber nichts heißen will, sagt Johann, denn er sei ein gemeiner Kerl, der die Kleineren ständig drangsaliert und ihnen das Essen wegnimmt. Ditsche ist das genaue Gegenteil, mager wie eine Bohnenstange, verschlagen und finster. Ditsche heißt eigentlich Dieter, ist vierzehn wie Georg, hat schwarzes Bürstenhaar und dazu buschige Augenbrauen, die kaum Platz haben in dem schmalen Gesicht. Er spricht nicht viel, dafür zuckt sein Mund ständig. Deshalb nennen sie ihn auch den Schweiger, sagt Johann. Die drei kleben immer zusammen. Georg ist ihr Anführer, weil er schon in der Hitler-Jugend* ist. Johann hat Ernst gewarnt, er soll sich vor dem Trio in Acht nehmen.

Dazu ist es jetzt aber zu spät. Ditsche schaut die zwei kleinen Jungs, die gerade am Pinkeln sind, finster an und sagt nur: »Raus!«, und schon packen sie ein und verschwinden schleunigst. Ernst will gleich hinterher, aber Michel lehnt mit seinem ganzen Gewicht grinsend an der Klotür, damit keiner mehr rein- und rauskommt. Georg hält keine lange Ansprache, sondern macht es kurz. »Das ist für gestern«, sagt er und verpasst Ernst zwei kräftige Ohrfeigen.

Ernst drückt sich in die Ecke des Klos, aber Georg kommt ihm ganz nahe, und Ernst riecht den üblen Gestank aus seinem Mund, als er sagt: »Das Beinstellen gestern im Garten kostet zehn Pfennige.«

»Ich habe kein Gore«, sagt Ernst leise.

Georg grinst böse. »Kein Gore hat er, habt ihr das gehört? Ein kleiner Zigeuner. Dann klaust du eben was, das könnt ihr doch gut.«

Michel meckert wie eine Ziege, Ditsche zuckt. Ernst will ihnen sagen, dass er überhaupt kein Zigeuner ist, aber er hat Angst vor weiteren Ohrfeigen.

»Bis Freitag hast du das Geld, ist das klar? Sonst schlagen wir dich grün und blau«, sagt Georg. Und um ihm zu zeigen, wie sich das anfühlt, haut er Ernst ganz fest auf den Oberarm. Dann stellt er sich an die Rinne und pisst. »Verschwinde! Und komm bloß nicht auf die Idee, bei Sigolina zu petzen. Die glaubt einem Zigeuner sowieso kein Wort. Und wenn du's trotzdem tust, stecken wir dich mit dem Kopf in die Kloschüssel, bis du Scheiße frisst.«

Michel meckert wieder und Ditsche zuckt.

Im Garten wartet Johann. »Hast du Durchfall oder was? Kommst ja ewig nicht vom Klo runter.«

Ernst schüttelt nur den Kopf, aber Johann ahnt, was los ist.

»Hat dich Georg erwischt?«

Ernst nickt.

»Mit Grinser und Schweiger?«

Er nickt wieder.

»Scheiße! Wie viel wollen sie?«

Ernst stellt sich dumm. »Sie haben mir nur ein paar reingehauen wegen gestern.«

Johann pfeift durch die Zähne. »Da hast du aber Glück gehabt, sonst kommt man bei denen nicht so billig davon.«

Beim Abendessen kriegt Ernst kaum einen Bissen runter. Später beim Ausziehen beobachtet er die anderen Jungs, wie sie ihre Sachen in ihre Fächer legen. Ihm gehen die zehn

Pfennige nicht aus dem Kopf. Woher soll er nur so viel Geld nehmen? Und übermorgen ist schon Freitag.

Er könnte bei Sigolina petzen, aber er will nicht im Klo stecken und Scheiße fressen. Er will aber auch nicht Dresche kriegen. Er könnte weglaufen, das wäre gar nicht schwer, einfach durchs Tor schlüpfen und wegrennen. Aber wohin? Daheim ist ja niemand. Und zu Babett-Oma traut er sich nicht. Er könnte über die Felder laufen und sich im Wald verstecken. Aber wenn Mutter inzwischen kommt, um ihn abzuholen, dann verpasst er sie.

Vielleicht hat ja einer der Jungs Geld im Schrank versteckt. Am liebsten würde er gleich nachsehen, wenn alle schlafen, aber das ist zu gefährlich. Wenn einer aufwacht oder Sigolina zur Pinkelrunde kommt, ist er geliefert. Es ist besser, er wartet bis morgen. Am Vormittag, wenn die Großen in der Schule sind und die anderen draußen beim Spielen, will er sich die Schränke vornehmen.

In der Nacht macht Emil wieder ins Bett und bekommt von Sigolina seine Abreibung. Ernst fragt sich, warum er das macht, wo er doch genau weiß, was ihm blüht.

Johann sagt: »Das ist, weil Emil keine Eltern mehr hat.«

Ernst versteht nicht, was das miteinander zu tun haben soll.

»Die einen heulen, wenn sie keine Eltern mehr haben, und die anderen pinkeln eben«, sagt Johann. »Dabei hat Emil noch Glück.«

»Wieso Glück?«

Johann erzählt, dass im letzten Herbst ein Mädchen im Heim war, das war schon elf und hat trotz Prügel und Beschimpfungen das Bettnässen nicht sein lassen. Da hat eine Erzieherin ihr ein Plakat um den Hals gehängt, einen Karton, auf dem stand in großen Buchstaben: Ich bin eine Bettnässerin. Johann konnte es nicht lesen, aber die Großen haben es laut über den Hof gebrüllt. Sie musste dann über eine Stunde lang im Hof stehen und die anderen haben geschrien: »Bettschifferin, Bettschifferin, pfui, du stinkst!«, und noch schlimmere Sachen. Und sie stand da und hat geheult.

»Und dann?«

»Was, und dann?«

»Hat sie aufgehört?«

»Keine Ahnung. Sie war dann nicht mehr da.«

»Ist sie abgehauen?«

»Ich glaube, sie haben sie abgeholt.«

»Wer?«

»Keine Ahnung. Jedenfalls war sie plötzlich nicht mehr da. Es hat keiner was dazu gesagt. Und auch keiner nach ihr gefragt.«

## 3.

Am nächsten Vormittag, als alle draußen beim Spielen sind, schleicht Ernst sich ins Haus und geht flugs die Treppe hoch in den Schlafsaal. Er fängt in dem Schrank an, wo auch seine Sachen liegen, und tastet sich Fach für Fach vor. Seine Hände gleiten über die Regalböden, bis ganz nach hinten, und dabei spürt er ein Kribbeln von den Fingern bis zu den Zehen. Ihm wird heiß im Kopf und schwindlig vor Aufregung. Irgendwo im Haus knackst es, er hält die Luft an und lauscht. Aber es ist nichts.

In einem Fach findet er einen Kamm, den er einsteckt, weil er so schön gestreift ist, hell- und dunkelbraun, in einem anderen liegt ein Säckchen bunter Murmeln unter den

Hemden. Er traut sich nicht, das ganze Säckchen zu nehmen, aber wenn ein paar fehlen, wird das keiner merken. Plötzlich sieht er einen Schatten neben sich, will sich eben umdrehen, als eine kräftige Hand ihn am Genick packt und brutal hochzieht. Sein Herz setzt aus, ein Schauder jagt über seinen Rücken, er hört Sigolinas frostige Stimme direkt hinter seinem Ohr und sie spricht jedes Wort einzeln aus.

»Was – machst – du – da?«

Was soll er sagen? Dass Georg über ihn drübergefallen ist und deshalb zehn Pfennige von ihm haben will? Dass er Dresche bekommt, wenn er das Geld nicht hat? Und dass er das alles gar nicht erzählen darf, weil er sonst morgen Mittag im Klo Scheiße fressen muss? Sie lässt seinen Nacken los, er dreht sich um und sagt: »Ich wollte …«

Weiter kommt er nicht, da klatscht ihre Hand in sein Gesicht, dass er rückwärts in den Schrank fällt. Sie zerrt ihn wieder raus, legt ihn auf den Bauch und drischt auf seinen Hintern ein. Ernst fängt an zu schreien, aber sie schreit noch lauter.

»Du Lump, du Nichtsnutz, du kleiner Gauner! Kaum einen Tag hier und schon lange Finger machen, dir werde ich das Stehlen austreiben!«

So geht es eine ganze Zeit lang, sie drischt und schreit, er zappelt und schreit, bis er nichts mehr spürt. Als Sigolina die Kraft ausgeht oder sie keine Lust mehr hat zum Schlagen, packt sie ihn wieder am Nacken und dirigiert ihn die Treppe runter in den großen Aufenthaltsraum, der jetzt leer ist. Sie knallt ihn auf einen Stuhl und zischt: »Rühr dich nicht von der Stelle!«

Nach einer Minute ist sie wieder zurück und hat ein Seil dabei. Damit bindet sie seine Hände hinter dem Rücken zusammen und dann an der Stuhllehne fest.

Eine halbe Ewigkeit sitzt er da, und während seine Hände absterben, kommen die Großen von der Schule und die Kleinen aus dem Garten, und alle laufen an ihm vorbei und feixen und grinsen, Georg und seine Kumpane ganz besonders. Nur Johann schaut traurig und sagt im Vorbeigehen: »Ojemine.«

Alle gehen in den Speisesaal. Als Ernst hört, dass das Essen ausgeteilt wird, fängt er an zu schreien, weil es so ungerecht ist. Da kommt Sigolina und gibt ihm eine Kopfnuss. Ernst beschließt, dass es besser ist, still zu sein.

Später kommen die großen Mädchen und machen im Aufenthaltsraum ihre Hausaufgaben. Sie kichern und machen bissige Bemerkungen: »Schau mal, wie blöd der kuckt, der ist ja ganz rot im Gesicht, ich glaube, er schämt sich, ach nein, er hat bestimmt Fieber, oder er muss aufs Klo.« Sie gackern und vergnügen sich bestens, bis Schwester Deikola kommt und für Ruhe sorgt.

Weit schlimmer als das Gelächter und der Hohn sind für Ernst die Aussichten auf den nächsten Tag und auf Georg, der ihm die Hölle heißmachen wird. Denn er hat keine zehn Pfennige und wird bis morgen auch keine bekommen. Alles, was er hat, ist ein gestreifter Kamm.

Am Freitagmittag ist Ernst schlecht. Er kriegt keinen Bissen runter und schiebt den Teller zu Johann rüber, der sich zwar wundert, aber nicht lange fragt. Als das Essen vorbei ist, sagt Georg grinsend über den Tisch: »Wir warten auf dich, Eselsohr.«

Johann schielt zu Ernst. »Was will der von dir?«

»Keine Ahnung.«

Aber Johann weiß genau, was los ist. »Der will bestimmt Gore.«

»Quatsch.«

»Erzähl mir doch nichts, ich kenne Georg und seine Kumpane, die wollen immer Gore. Du musst ihnen was zahlen, stimmt's? Und wenn du nichts hast, dann sollst du was klauen.«

»Lass mich in Frieden!«

»Mensch, wenn du das anfängst, geht das immer so weiter. Dann wollen sie nächste Woche wieder was und übernächste und so weiter. Und irgendwann geben sie sich nicht mehr mit zehn Pfennigen zufrieden.«

»Woher weißt du das mit den zehn Pfennigen?«

»Weil es immer so ist bei denen. Das sind richtige Halsabschneider. Wenn du ihnen was gibst, lassen sie dich nie mehr in Ruhe.«

»Und wenn ich ihnen nichts gebe? Dann hauen sie mir die Hucke voll. Ist das vielleicht besser?«

»Dann geh zu Sigolina, oder am besten gleich zur Oberin, und sag ihr, was los ist.«

»Meinst du, die glauben mir? Für die bin ich doch nur ein kleiner ... du weißt schon.«

»Zigeuner, sag's ruhig, ich bin ja auch einer. Na, und wenn schon.«

»Sie haben gesagt, wenn ich was verrate, stecken sie meinen Kopf ins Klo und ich muss Scheiße fressen.«

Johann bohrt mit dem Finger in seiner Nase, was er immer tut, wenn er nachdenkt. Die beiden stehen im Flur direkt vor dem Speisesaal, wo Sigolina beim Aufräumen hilft. Johann scheint plötzlich etwas einzufallen. Sein Finger verschwindet noch tiefer im Nasenloch.

Dann rennt er zu Sigolina, die Hand über Mund und Nase, und ruft ganz aufgeregt: »Fefta Figolima, if hmpf Nafnbluten!«

Da läuft ihm schon das Blut aus dem Gesicht über die Hand und tropft auf den Boden.

Sigolina erschrickt. »Mein Gott, du machst ja eine Riesensauerei. Schnell ab mit dir unter den Wasserhahn!«

Sie packt den blutenden Johann und eilt mit ihm aufs Klo. Ernst in großem Abstand hinterher. Durch die halb offene Klotür hört er, wie Sigolina auf Georg, Michel und Ditsche trifft. Zu gern würde er die drei jetzt sehen, wie dem fetten Michel das Grinsen einfriert und Ditsches Mund zuckt und wie Georg so tut, als wäre nichts, und seine Narben dabei puterrot werden.

»Was habt ihr hier zu suchen?«, faucht Sigolina die drei an. »Ihr führt doch wieder was im Schilde, raus mit der Sprache!« Ernst hört den Wasserhahn, sie wäscht sich und Johann das Blut weg. »Ich hab euch was gefragt.«

Vor der Tür ist nichts zu hören, entweder bleibt Georg die Spucke weg oder er redet so leise.

Dafür ist Sigolina umso deutlicher. »Schert euch hier sofort raus. Und wenn ich euch noch mal erwische, wie ihr auf dem Klo rumlungert, sperre ich euch drei Tage lang in den Keller.«

Ernst beeilt sich, zu verschwinden. Er rennt zurück zum Speisesaal, wo Küchenschwester Wolfindis gerade Johanns Blutlache aufwischt, und fragt, ob er helfen soll. Als sie ablehnt, zieht er trotzdem sein Taschentuch raus und wischt über den Boden.

»Aber doch nicht mit dem Taschentuch«, sagt Wolfindis kopfschüttelnd.

Draußen schleichen Georg, Michel und Ditsche wie getretene Hunde vorbei.

Gleich darauf kommt Sigolina mit Johann, der jetzt einen Waschlappen vor der Nase hat. Sie sagt, er soll sich ruhig hinlegen, bis es vorbei ist, aber Johann meint, es geht schon wieder.

Als Sigolina sieht, wie Ernst auf dem Boden kniet und putzt, zieht sie erstaunt eine Braue hoch und meint, es geschehen noch Zeichen und Wunder.

Ernst findet, dass sie recht hat. Johann hat ihn fürs Erste gerettet. Er bewundert ihn für seinen Mut. Erst jetzt sieht er, dass sein Taschentuch voll ist mit Johanns Blut und Rotze, und seine Bewunderung lässt etwas nach.

Draußen halten sich die beiden weit abseits von den Großen. Plötzlich fällt Ernst der Kamm ein. Er zieht ihn aus der Hosentasche und betrachtet ihn nachdenklich.

»Wo hast du den her?«

»Gefunden«, sagt Ernst, aber er kann Johann dabei nicht anschauen.

»Scheiße.«

»Ist doch nur ein Kamm.«

»Nur ein Kamm? Und morgen ist es ein Brot, dann ein Taschenmesser, dann Gore.«

»Woher weißt du das eigentlich so genau?«

Jetzt ist es Johann, der den andern nicht anschauen kann.

Da dämmert es Ernst. »Du machst es genauso, du klaust selber. Aber mir schlaue Ratschläge geben, du bist ein schöner Freund.«

»He, ich hab dich vorhin rausgehauen.«

»Na und, ich brauche keinen Aufpasser und auch kein Kindermädchen. Ich bin groß genug.«

»Dann mach doch deinen Dreck alleine!« Johann steht wütend auf und stapft über den Hof davon.

Ernst will ihm nachrufen, dass er es nicht so gemeint hat. Plötzlich tönt es von der Seite: »Da ist ja unser Eselsohr.« Es ist zu spät, um abzuhauen. Michel und Ditsche bauen sich links und rechts von Ernst auf, Georg steht breit vor ihm. Und hinter ihm versperrt die Holzwand des Schuppens den Fluchtweg.

»Wo sind jetzt die zehn Pfennige?«

»Ich hab sie nicht«, fiepst Ernst und ärgert sich, dass er immer so eine helle Stimme hat, wenn er aufgeregt ist.

Georg äfft ihn höhnisch nach. »Ich hab sie nicht, ich hab sie nicht.«

Michel meckert, Ditsche schweigt.

»Sag mal, bist du so blöd oder willst du mich verkohlen? Heute ist Freitag, und Freitag ist Zahltag. Und wer nicht zahlen kann, muss bluten.«

Michel und Ditsche nicken. Georg kommt immer näher.

»Ich geb dir meinen Kamm«, sagt Ernst schnell und hält ihm das Ding hin.

Georg verzieht zwar abschätzig das Gesicht, aber der Kamm scheint ihm zu gefallen. Er schaut sich kurz um, ob Sigolina im Garten ist, dann schnappt er sich den Kamm und lässt ihn blitzschnell in seiner Tasche verschwinden.

»Na also«, sagt er gedehnt, »das ist doch schon mal was. Und die zehn Pfennige zahlst du nächsten Freitag. Wenn nicht, weißt du ja, was passiert.«

# 4.

Regen, nichts als Regen, und das mitten im Juli. Der Regen ist nicht nur draußen, sondern auch in Ernsts Kopf. Die Tage sind dick und zäh wie gestockte Milch. Die Heimkinder kommen nicht vor die Tür, alle sind missmutig und schlecht gelaunt.

Es regnet so stark, dass sie am Sonntag schon auf dem kurzen Weg zur Kirche klitschnass werden. Dazu passt auch Pfarrer Wassermann, der seinem Namen alle Ehre macht und predigt wie ein Wasserfall. Er redet von der Familie, wie wichtig Vater und Mutter sind und dass man seine Eltern ehren und für sie beten soll.

Emil, der neben Ernst kniet, betet wie ein Wilder, hat ständig den Kopf gesenkt und nuschelt vor sich hin. Bestimmt spricht er mit seinen gestorbenen Eltern. Ernst findet, das ist eine gute Idee, obwohl seine nicht gestorben sind, aber doch weit weg.

Während also Pfarrer Wassermann mit seiner vollen, tiefen Stimme über die Heilige Familie spricht, erzählt Ernst Mutter und Vater von den Erlebnissen seiner ersten Woche im Heim. Von Johann, seinem Freund, von Sigolina, die zwar streng ist, aber vielleicht einen weichen Kern hat, von dem Zwölf-Bett-Zimmer mit dem muffigen Gestank und dass er viel zu früh ins Bett muss und froh ist, dass er nicht ins Bett pinkelt, vom Essen, das gut ist, aber ohne Schokoladenpudding. Nur von Georg und seinen groben Kumpanen erzählt er nichts, auch nicht von seinem Diebstahl und der Bestrafung, weil sich Mutter sonst Sorgen macht. Und gerade als Pfarrer Wassermann mit seiner Predigt fertig ist und Amen sagt, hat Ernst zu Ende erzählt, und auch

Emil ist fertig mit seiner Nuschelgeschichte, und beide sagen gleichzeitig Amen, so laut, dass Schwester Deikola sie stolz anlächelt.

Am Nachmittag sitzt Ernst mit den Zwillingen Armin und Theo am Fenster. Sie schauen den Regentropfen zu, die an der Scheibe in kleinen Rinnsalen runterlaufen. Die Zwillinge sind seit dem Frühjahr im Heim, sie unterhalten sich meistens nur mit sich selbst. Ernst hört zu, wie sie sich die Geschichte von Johanns Vater erzählen. Der sitze im Gefängnis, weil er Johanns Mutter umgebracht hat. Der Vater soll mit dem Beil auf seine Mutter losgegangen sein und sie totgehackt haben. Jetzt sei er im Gefängnis und warte drauf, dass er hingerichtet wird.

»Stell dir das mal vor, ein richtiger Mörder. Ist doch gruselig«, sagt Armin.

»Deswegen drücken die Schwestern bei ihm oft ein Auge zu, sogar Sigolina ist bei ihm nicht so streng wie sonst«, sagt Theo.

Ernst schaut verstohlen in den Saal, wo Johann mit zwei anderen Jungs mit kleinen Holzlastwagen spielt. Er sitzt da mit seiner Rotznase, seine verschorften Knie ragen aus den verlotterten Hosen, die schwarzen Haare stehen wie eine kaputte Bürste in alle Richtungen und sogar beim Spielen hat er diesen trotzigen Blick im Gesicht.

Was hat Johann über Emil gesagt? Die einen heulen, wenn sie keine Eltern mehr haben, die anderen pinkeln ins Bett. Johann heult nicht und er pinkelt nicht. Schaut nur trotzig in die Gegend. Aber jetzt sieht Ernst, dass er in Wirklichkeit nicht trotzig, sondern traurig ist. Er ist irgendwo tief in sich versunken, und er sieht aus wie einer, der verloren hat.

»Hast du zufällig meinen Kamm gesehen?«, fragt Armin. »Den vermisse ich seit ein paar Tagen.«

»Nö, keine Ahnung«, sagt Ernst und schaut wieder den Regentropfen zu.

Am Abend schleicht Ernst zu Johann und klettert an seinem Bett hoch.

»Was willst du denn?«

»Lass mich schon rein.«

Widerwillig lupft Johann die Decke und Ernst legt sich zu ihm. Sie liegen eine ganze Weile still nebeneinander, starren in die Dunkelheit und lauschen auf das Wispern und Schnaufen der anderen und die Schritte im Haus und den Regen an den Fensterläden.

Irgendwann murmelt Johann: »Wie viel wollen sie diese Woche?«

Ernst versteht erst gar nicht, was er meint, bis ihm Georg und seine Kumpane einfallen. »Zehn Pfennige, bis Freitag.«

»Geht ja noch. Bei mir sind's zwanzig, auch bis Freitag.«

Wieder liegen sie still da und denken beide darüber nach, wo sie bis Freitag das Geld herbekommen. Ernst gehen die Schränke nicht aus dem Kopf. Schon bei dem Gedanken daran, wie seine Hände über die fremden Sachen tasten, spürt er wieder dieses heiße Kribbeln von den Fingern bis zu den Zehen. Er muss alle Muskeln anspannen und sich strecken vor Aufregung. Ihn befällt eine Mischung aus Angst und Verlangen, wie er es von sich gar nicht kennt.

Da fällt ihm ein, dass ihm der nächste Zahltag ja egal sein kann, weil ihn bestimmt vorher seine Mutter abholt. Vater muss inzwischen auch wieder zurück sein von seinen Geschäften, komisch, dass er sich noch nicht gerührt hat, aber wahrscheinlich muss er sich um Mutter kümmern oder um Malchen, Nanna und Christo, die ja noch klein sind. Ob er sie wohl schon abgeholt hat? Ganz bestimmt hat er das.

Und plötzlich beschleicht Ernst der Gedanke, sie haben ihn vergessen. Sie sind alle wieder zu Hause und bei der ganzen Wiedersehensfreude denken sie gar nicht mehr an ihn. Sie packen ihre Sachen in den Wagen und fahren über die Dörfer und er muss hier bleiben sein Leben lang und jede Woche ist Zahltag. Da schüttelt es ihn durch und durch, und er fängt an zu schlottern, als hätte er in der Wertach gebadet.

Johann fragt, was los ist.

Aber Ernst kann nichts sagen, muss nur schlucken und die Luft anhalten, denn ein großer Junge heult nicht. Da legt Johann seinen Arm um seine Schulter, und Ernst kann nicht verhindern, dass ihm jetzt doch ein paar Tränen runterlaufen, aber Johann tut so, als würde er es nicht merken.

In der nächsten Woche wird Johann für einen Nachmittag von seinem Onkel abgeholt, der sein Vormund ist. Als er wieder da ist, nimmt er Ernst verschwörerisch auf die Seite.

»Kannst du ein Geheimnis für dich behalten?«

Ernst nickt entschieden, aber Johann will, dass er zuerst schwört, bei seiner Mutter und allen Heiligen. Dann zieht Johann drei kleine Geldstücke hervor, dreißig Pfennige. »Hab ich geschenkt gekriegt«, sagt er strahlend.

Ernst schließt ein Auge und nickt. »Jaja, geschenkt gekriegt.«

»Glaubst es mir nicht?«

»Gib zu, du hast es deinem Onkel gestohlen.«

»Nein, ehrlich, es ist ein Trinkgeld.«

Johann tut ein bisschen eingeschnappt, doch dann erzählt er, dass er für die Nachbarin seines Onkels öfter einkaufen geht. Sie ist eine alte Dame, die ihm fürs Einkaufen immer ein kleines Trinkgeld gibt. Heute war sie sehr großzügig und hat ihm eine Reichsmark geschenkt, eine ganze Mark!

»Und dann?«, fragt Ernst.

»Ich kam beim Bäcker Kreuzer vorbei und da lagen die ganzen schönen Sachen im Schaufenster und ich musste einfach rein. Zuerst hab ich mir nur für zehn Pfennige Brausebonbons gekauft, aber die waren so schnell weg, also hab ich noch mal welche gekauft, und dann Lakritzstangen und Karamellen. Dann wollte ich noch mal was holen, weil ich noch dreißig Pfennige übrig hatte, aber mir war schon schlecht, und ich dachte, die dreißig Pfennige können wir gut gebrauchen für den Zahltag. Das langt für uns beide.«

Johann hält Ernst zehn Pfennige vor die Nase.

»Mensch«, sagt Ernst, mehr fällt ihm nicht ein.

»Aber kein Wort zu niemand! Und pass gut drauf auf, die klauen hier wie die Raben.« Johann grinst über beide Backen.

Am nächsten Abend sitzen alle beim Abendessen vor den Aluminiumschüsseln, als es an die Tür des Speisesaals klopft. Johanns Onkel kommt. Er redet mit Schwester Sigolina und Johann wird unruhig und duckt sich immer tiefer über seinen Teller.

»Johann, komm mal her«, ruft Sigolina und ihre Stimme verrät nichts Gutes.

Mit eingezogenem Kopf trottet er zu den beiden, und Sigolina fragt, wo die Mark geblieben ist, die er gestern bekommen hat. Johann zuckt die Schultern.

»Du Sauhund«, fährt ihn sein Onkel an, dass der ganze Speisesaal aufhorcht und sich umdreht und es plötzlich ganz leise wird. »Du verlogener Halunke, wo hast du die Mark?«

Johann sagt immer noch nichts, da packt ihn der Onkel am Kittelkragen und haut ihm rechts und links Maulschellen ins Gesicht, bis Sigolina ihm in den Arm fällt und sagt, es sei jetzt gut.

Als Johann wieder zu seinem Teller zurückkehrt, grinsen die anderen. Georg sagt: »Na, Mahlzeit! Hat's geschmeckt?« Johann schmiert sich den Rotz an den Ärmel und isst weiter.

Am Freitagmittag geht Ernst zum Klo, um seine zehn Pfennige abzuliefern.

»Na also, es geht doch«, sagt Georg und tätschelt Ernsts Backe.

Ernst will sich schnell verdrücken, aber der dicke Michel lehnt an der Klotür und grinst.

»Nicht so eilig, Kleiner«, sagt Georg. »Du weißt doch noch gar nicht, wie viel am nächsten Zahltag fällig ist.«

Da begreift Ernst, dass es immer so weitergehen wird, genau wie Johann gesagt hat.

»Nächste Woche zwanzig Pfennige.« Georg hält ihm seine Faust vors Gesicht. »Du weißt ja, was sonst passiert ...«

## 5.

Schon beim Aufwachen weiß Ernst, dass heute ein besonderer Tag ist. Es ist ein sonniger Mittwoch Ende September mit glasigen Wolken am Himmel und einer kühlen Luft, die nach Herbst riecht. Ernst schaut durch die Ritzen der Fensterläden und sieht Marienfäden umherschweben, die in der Morgensonne glänzen. Der Geruch nach Erde und das dunstige Licht machen ihn sehnsüchtig. Er würde am liebsten rausrennen, einfach weg.

Heute muss etwas Besonderes passieren. Tatsächlich kommt nach dem Frühstück die Schwester Oberin auf ihn zu. Zuerst hat er ein schlechtes Gewissen, wahrscheinlich hat ihn jemand beim Stehlen gesehen und verpetzt. Es bedeutet selten etwas Gutes, wenn die Oberin einen ins Büro holt. Außerdem hat sie ein Gesicht wie zehn Tage Regenwetter. Sie sagt nichts, schaut ihn nur von oben bis unten an, ob er auch sauber ist, dann nimmt sie ihn an der Hand und sagt: »Komm!«

Als sie Ernst in ihr kleines Büro schiebt, kann er es nicht glauben. Er bleibt bei der Tür stehen und schaut seinen Vater an, der neben dem Schreibtisch steht und seinen schicken Hut in der Hand knetet. Er ist schmal im Gesicht, schmal überall und wirkt dadurch noch größer. Fast drei Monate musste Ernst warten, bis dieses Wunder endlich passiert. Aber jetzt ist es da, jetzt ist Vater endlich gekommen, um ihn abzuholen. Er ist sehr feierlich und macht auf die Oberin großen Eindruck, weil er sich seinen schönen schwarzen Anzug angezogen hat.

»Vater«, fiepst Ernst leise, nur für sich selbst, damit er sich hören kann und weiß, dass es kein Traum ist.

Vater lächelt sein schiefes Lächeln mit der linken Gesichtshälfte. »Na, mein Großer.«

Er möchte in Vaters Arme fallen, ihn umrennen vor Glück, sich auf ihn draufsetzen und mit ihm balgen, aber die Oberin und Vater schauen ihn beide so feierlich an, dass er sich nicht traut, auch nur einen Finger zu bewegen. Da packt ihn Vater an der Schulter und zieht ihn zu sich her. Er sinkt an sein Hosenbein und spürt den warmen, weichen Stoff und riecht den typischen Vatergeruch nach Rauch und

Schweiß und Rasierwasser und wischt sich schnell über die Augen.

Ernst hat sich die Begrüßung immer viel lustiger und wilder vorgestellt, aber wahrscheinlich kommt das erst draußen, wenn Sigolina weg ist. Ob draußen schon der Wagen steht? Mit Mutter drauf und Malchen, Nanna, Christo? Bestimmt warten sie alle vor dem Gartentor, als Überraschung.

»Na dann, wir müssen«, sagt Vater, und die Oberin nickt.

Aber draußen steht kein Wagen. Vater geht mit Ernst zur Straßenbahn und sie fahren quer durch die ganze Stadt. Nach Hause, endlich nach Hause, Ernst kann es kaum glauben. Doch sie fahren nicht in die Wertachstraße, sondern in eine andere Richtung. Es muss etwas ganz Besonderes sein, denkt Ernst, eine großartige Überraschung.

Vater spricht auf der Fahrt kein Wort, schaut Ernst nur immer wieder an und fährt ihm mit der Hand über den Kopf, ein bisschen verlegen, Vater war noch nie ein großer Streichler. Ernst will ihn tausend Sachen fragen. Wie geht es Mutter, wo fahren wir hin, was machen Malchen, Nanna und Christo, geht es jetzt wieder auf Reise? Aber weil Vater so feierlich ist, bringt er kein Wort heraus.

Plötzlich kommt ihm die Idee, was es sein kann, natürlich, das muss es sein, er hält es nicht mehr aus vor Neugier.

»Fahren wir jetzt nach Amerika?«

Wieder Vaters schiefes Lächeln, doch seine Augen lächeln nicht mit, dann beißt er sich auf die Unterlippe, fährt sich über die Stirn und räuspert sich.

»Mutter ist gestorben.«

Ernst starrt ihn an, wartet, dass er sagt: Blödsinn, war nur Spaß, hab dich verkohlt. Aber Vater sagt nichts mehr, schaut nur aus dem Fenster, wo die Stadt holpernd vorbeizieht. In

Ernsts Brust macht es »knack«, und es ist, als wäre etwas gerissen, mit dem er an der Erde festgebunden war. Er sieht, hört, riecht mit einem Mal alles überdeutlich, den Sitz vor ihm, die eiserne Stange zum Festhalten, zwei ältere Frauen mit Hut neben ihnen, ihr Pudergeruch, ihre näselnden Stimmen, die über die Butterpreise schimpfen, das Rumpeln und Quietschen der Schienen, das Schrillen der Straßenbahnglocke, Zigarettenrauch, Schweiß, seine Halbschuhe mit dem doppelten Knoten, weil die Schnürsenkel so lang sind und ständig aufgehen, drei Männer im braunen Hemd und mit roter Armbinde mit Hakenkreuz, die sehr höflich eine junge Frau im blauen Kleid durchlassen und sich anschließend ihren Hintern betrachten und sich anerkennend zunicken, Vaters magere, braun gebrannte Hände, die wie tote Äste aus dem schwarzen Anzug ragen und kraftlos in seinem Schoß liegen, seine eigenen daneben klein und blass. Er spürt den Sitz nicht mehr unter sich, spürt auch diese Hände nicht mehr, weiß nicht, wie man sie bewegt. Er ist so leicht, steigt auf bis zur Decke der Straßenbahn, schwebt höher, sieht die Bahn unter sich wegfahren, die Straße von oben, die Menschen so klein, nur Köpfe, Hüte, Haare, fliegt immer höher, bis die Stadt aussieht wie ein Spielzeugland, ihm wird schwindlig von der großen Höhe, die Stadt und die ganze Welt dreht sich. Da hält die Straßenbahn, Ernst knallt mit dem Kopf an den Vordersitz, und Vater schubst ihn, weil sie aussteigen müssen.

Vater nimmt ihn an der Hand, und das ist gut so, weil er sonst wegfliegen würde. Nach einer Weile stehen sie vor einem Friedhofstor, wo ein großer Haufen Verwandtschaft wartet: Babett-Oma mit den Onkeln und Tanten, Cousins und Cousinen, alle in feierlichen schwarzen Kleidern und Anzügen. Erst mal ist großes Drücken und Küssen und

In-Taschentücher-Schnäuzen. Vater geht reihum und alle Männer drücken ihm die Hand und klopfen ihm auf den Oberarm, die Frauen umarmen ihn, und alle sind gerührt, sogar Onkel Philip, der Vater ganz lang drückt und dann einen Flachmann rauszieht, und beide nehmen einen langen Schluck. Auch Ernst wird gedrückt, ihm sind die vielen feuchten Küsse auf Backen und Stirn unangenehm.

Hinter dem Tor warten der Pfarrer und die Ministranten. Dort nehmen alle Aufstellung. Vorneweg der Sarg auf einem Handkarren, viel zu klein, wie eine schwarze Spielzeugkiste. Der Zug geht eine Allee entlang, an der sich die Gräber aufreihen, Ernst muss mit Vater gleich hinter der schwarzen Kiste gehen. Was soll das ganze Theater? Da ist sie nicht drin, da kann sie gar nicht drin sein, sie passt überhaupt nicht in diese Kiste. Mutter war viel größer, viel, viel größer. Sie hat die anderen nur angeflunkert. Hat sich zusammen mit Vater diesen Trick ausgedacht, ein Versteckspiel. Und jetzt hat sie sich irgendwo versteckt und grinst, weil alle heulen. Der Pfarrer redet die ganze Zeit von Seele und Sünde und Auferstehung und Asche und Staub, damit die Onkel und Tanten und Cousins und Cousinen noch mehr heulen. Mutter schüttelt bestimmt den Kopf und freut sich über den gelungenen Spaß.

Da! Da steht sie, Ernst hat sie entdeckt, heimlich hat sie sich hinter die große Buche geschlichen und winkt ihm zu. Sie zwinkert mit einem Auge und hält den Finger vor den Mund, damit er sie nicht verrät. Nie werde ich dich verraten, Mutter, ganz bestimmt nicht, großes Ehrenwort. Sie lächelt und schaut ganz stolz zu ihm herüber. Es ist dieses Du-bist-mein-großer-Junge-Lächeln, das er am liebsten an ihr mag, und ihr dunkelbraunes Knopffunkeln. Vor lauter Freude verrät er beinahe das Geheimnis. Er winkt zu ihr hinüber, kann einfach nicht anders, weil er sie so lieb hat, weil er sich so freut und seine Hände und Füße nicht still halten kann. Da gibt ihm Vater einen Knuff, schaut zuerst ihn an und dann in die Richtung, in die er gewunken hat. Doch Mutter hat sich schnell wieder hinter den Baum verdrückt und Vater sieht nichts. Er schaut Ernst nur traurig an und sagt »pssst«. Dabei weiß Vater doch genau, was gespielt wird, und muss nur so tun, als ob er keine Ahnung hat, damit keiner etwas merkt.

Ernst glaubt, die anderen haben wirklich keine Ahnung, was los ist, so wie sie alle schniefen und lange Gesichter machen. Vater spielt gut mit, er reibt sich mit seinem weißen Taschentuch die Augen und schnäuzt ganz laut. Der Pfarrer, der klein und dick ist, leiert vor sich hin mit seiner Fistelstimme, und das ist mehr zum Lachen als zum Heulen. Wenn Malchen und Nanna jetzt hier wären, sie würden bestimmt losprusten, so wie bei der Taufe von Christo. Die Erwachsenen finden es überhaupt nicht zum Lachen. Alle drücken ihre Taschentücher ans Gesicht, als die Kiste an zwei Seilen in das Loch in der Erde hinuntergelassen wird und der Pfarrer eine kleine Schaufel mit Erde hinterherwirft. In dem kleinen Erdhaufen steckt ein Holzkreuz, auf dem »Anna Lossa« steht. Ernst schaut sich um, ob Mutter noch hinter der großen Buche ist. Ja, sie winkt wieder hinter dem Baum hervor, ganz kurz nur. Dann sieht er sie nicht mehr. Vielleicht hat sie ihr Versteck gewechselt.

Alle stellen sich an, um der Reihe nach Erde in das Loch hinunterzuwerfen. Das ist ein guter Moment, um nach Mutter zu schauen. Ernst lässt Vaters Hand los und schleicht sich fort. Hinter sich hört er Vater leise rufen: »Ernst, komm her!« Aber Oma sagt: »Lass ihn doch.« Sie weiß also Bescheid, denkt Ernst, und Babett-Oma steigt in seiner Achtung.

Er schaut hinter der Buche nach, aber da ist sie nicht mehr. Bestimmt wartet sie draußen vor dem Friedhof und hat schon Malchen und Nanna und Christo geholt, und jetzt spannt sie an, damit sie gleich losfahren können. Wieder über die Dörfer, alle zusammen, so wie früher.

Aber auch vor dem Friedhof ist sie nicht. Ob sie wohl noch mal in die Wertachstraße ging, ihre Sachen holen? Ernst wirft einen kurzen Blick auf die Gesellschaft, die aus der Entfernung wie ein Haufen schwarzer Vögel aussieht, die sich eng zusammengedrückt haben. Nur der Pfarrer steht wie ein dicker weißer Vogel abseits, wahrscheinlich weil er merkt, wie lächerlich sein Aufzug und sein Benehmen sind.

Keiner schaut nach Ernst, also macht er sich auf den Weg, geht immer die Straßenbahnschienen entlang, weil er weiß, dass dann irgendwann die Wertachstraße kommen muss. Aber der Weg ist weiter, als er dachte. Er läuft und läuft und muss auf die Fuhrwerke und Lastwagen und Motorräder aufpassen. Die Straße nimmt kein Ende und die Häuser links und rechts sehen immer gleich aus. Während er geht, löst er sich wieder vom Boden, fängt an zu fliegen, hoch über den Häusern, bis er den Hinterhof sieht, wo ihr Küchenfenster ist. Dort sieht er Mutter, die die Sachen packt. Er will rufen, dass er gleich bei ihr ist, da hört er eine tiefe Männerstimme neben sich.

»Wohin soll's denn gehen, junger Mann?«

Ein bärtiger Mann mit einem großen Hut und einem Kutschermantel schaut von seinem Fuhrwerk zu ihm herunter.

»Ich will heim zu meiner Mutter«, antwortet Ernst.

»Und wo soll das sein?«

»Wertachstraße 1 bei Beisser.«

Der Bärtige zieht die Stirn in tausend Falten. »Da bist du

hier aber völlig falsch, mein Kleiner.« Er überlegt kurz, dann lässt er Ernst aufsteigen.

Als sie vor dem Haus in der Wertachstraße anhalten, rennt Ernst hinein und klopft wild an die Wohnungstür und ruft nach Mutter, aber niemand macht auf. Der Mann steht hinter ihm und runzelt wieder die Stirn, da kommt Frau Beisser und sagt: »Mein Gott, so ein Unglück!« Sie nimmt Ernst in den Arm, presst ihn an ihren großen Busen und heult, dass er ganz nasse Haare bekommt. Der Bärtige hat seinen großen Hut abgenommen und erzählt Frau Beisser, wo er den Jungen aufgelesen hat. Sie bedankt sich bei dem Kutscher und nimmt Ernst mit in ihre Küche. Als Ernst fragt, wo Mutter ist, fängt sie wieder an zu heulen und zu jammern.

»Nein, so ein Unglück, noch so jung, noch nicht mal vierundzwanzig.«

Ernst versteht nicht, was sie meint, und er beschließt, besser nichts mehr zu sagen. Mutter ist wahrscheinlich einkaufen gegangen und irgendwann wird sie schon wiederkommen.

Den halben Nachmittag sitzt Ernst bei Frau Beisser und ihm wird langweilig. Zwar schiebt sie ihm ständig etwas zu essen hin, zuerst eine Suppe, dann Pfannkuchen, aber sie weint und jammert dabei immer wieder.

»So ein Unglück, und ich hab ihr doch gesagt, sie soll früher zum Arzt gehen mit ihrem schlimmen Husten, mit der Schwindsucht ist nicht zu spaßen, und nun die armen Kinder.«

Endlich klopft es an der Tür. Es ist Vater, der noch schmaler und bleicher aussieht als heute Morgen und den Kopf schüttelt, als er Ernst sieht.

»Was hast du dir bloß dabei gedacht, läufst einfach weg, und keiner weiß, wo du steckst«, sagt er vorwurfsvoll. »Wie bist du überhaupt hierhergekommen? Mein Gott, dir hätte sonst was passieren können.«

Bevor Ernst ihm erklären kann, dass er nur hier ist, weil er auf Mutter wartet, beruhigt ihn Frau Beisser. »Ach, lassen sie ihn doch, ein Kutscher hat ihn mitgenommen, der Junge ist ja ganz durcheinander.«

Wenn hier einer durcheinander ist, dann sie, denkt Ernst.

Auch Vater scheint die Situation peinlich zu sein. Er bedankt sich bei Frau Beisser und nimmt Ernst mit. Sie steigen wieder in die Straßenbahn ein.

Ernst platzt vor Neugier. »Ist Mutter schon vorausgefahren?«

Vater schaut wieder aus dem Fenster und nickt abwesend. »Ja, sie ist vorausgefahren.«

»Und wir fahren jetzt hinterher?«

Er schaut Ernst traurig an und seufzt. »Jetzt noch nicht, später.«

Ernst versteht nicht, warum, aber weil Vater sich jetzt wieder schnäuzt, fragt er nicht weiter.

Vater denkt eine Weile nach, dann sagt er: »Ich kann mich jetzt nicht um dich kümmern, ich muss wieder los und eine Menge Sachen erledigen. So lange musst du wieder ins Kinderheim, verstehst du das?«

Nein, das versteht Ernst überhaupt nicht, aber er nickt trotzdem.

»Versprich mir, dass du brav bist.«

Ernst nickt wieder.

Als sie vor dem Josefsheim sind, öffnet Sigolina die Tür. Vater stellt Ernst auf die oberste Treppenstufe, damit er ihm besser ins Gesicht sehen kann.

»Denk dran, was ich dir gesagt habe.«

Ernst schaut ihn nur mit großen Augen an, und mit einem Mal weiß er, dass Vater weggeht, weit weg. Er erinnert sich an Mutter, wie sie vor dem Haus stand und gewunken hat. Genauso wie sie fängt jetzt Vater langsam an zu verschwinden, entfernt sich wie durch Rauch. Wieder knackt es in seiner Brust und wieder spürt er den Nagelstich mittendrin. Sigolina führt ihn hinein, Vater bleibt in der offenen Tür stehen. Im Licht sieht er aus wie ausgeschnitten, wie ein Scherenschnittbild.

»Kopf hoch, Großer, ich hol dich, sobald ich kann.«

»Ich will aber bei dir bleiben, und bei Mutter.« Sigolina legt ihre Hand auf seine Schulter, drückt ihn an sich und seufzt.

»Das geht nicht, Ernst. Ich muss wieder los, das verstehst du doch. Sobald ich genug Gore habe, hole ich dich.«

»Ich will aber jetzt gleich mit«, flüstert Ernst. Er kann kaum noch reden vor Angst, dass der Scherenschnitt gleich verschwindet.

»Es wird nicht lange dauern.«

»Wie lange?«

»Nicht lange, vielleicht ein paar Wochen.«

»Fahren wir dann nach Amerika?«

»Ja, dann fahren wir nach Amerika.«

Vater dreht sich um, und an der Stelle, wo er stand, bleibt ein Fleck, der heller ist als das Licht.

»Versprochen?«, ruft Ernst ihm hinterher.

Und von draußen hört er Vater rufen: »Versprochen.« Dann fällt die Tür ins Schloss.

# 6.

Wie lange sind ein paar Wochen? Jeden Abend, wenn Ernst mit seiner Mutter spricht, denkt er über diese Frage nach. Zwei Jahre sind vergangen seit Mutters Beerdigung. Ernst hat die Hoffnung nicht aufgegeben. Er ist sicher, dass eines Tages der Vater mit dem Planwagen vor der Tür steht.

Georg, Ditsche und Michel haben das Heim letztes Jahr verlassen. Sie arbeiten jetzt in einer der Augsburger Fabriken. Andere Jungs aus dem Schlafsaal der Großen sind in ihre Fußstapfen getreten und drangsalieren die Kleinen. Aber Ernst weiß inzwischen, wie man sich die großen Jungs vom Leibe hält. Am besten ist es, für die anderen unsichtbar zu sein, dann lassen sie ihn in Ruhe, dann kann er vor sich hin träumen, sich wegträumen aus dem strengen, kalten Heim. In seinen Träumen ist er frei, er kann fliegen, wohin er will, niemand kann ihn festhalten, niemand ihn bevormunden, niemand ihn quälen.

Ernst lernt, sich durchzumogeln, zu tricksen, zu lügen – und er lernt zu stehlen, ohne erwischt zu werden. Zumindest meistens. Nur noch selten wird er von den Schwestern verprügelt und an den Stuhl gebunden. Er lernt, wie man Essen besorgt und Schlüssel und andere Sachen, die man braucht.

Er kennt die Geheimnisse der Nonnen und der Erzieherinnen, ihre Schränke, in denen sie ihre Sachen verstecken, Schnaps ist da drin und manchmal Süßigkeiten. Er weiß, wie man aus dem Kellerfenster schlüpft und über den Gartenzaun kommt. Er lernt, dass es besser ist, nicht aufzufallen, niemandem in die Quere zu kommen, den Mund zu halten, die Zähne zusammenzubeißen und das zu tun, was die Schwestern sagen.

Für seine Beute hat er sich ein neues Versteck gesucht, weil jeder im Heim seine Sachen unter der Matratze versteckt und sie da am leichtesten gefunden oder geklaut werden können. Er hat alle seine Schätze in ein Geschirrtuch gewickelt, das Taschenmesser, den Zinnsoldaten, den Rosenkranz und das Büchlein mit bunten Bildern von der HJ*, dazu den Kleinkram, Murmeln, Stifte, Knöpfe, Schrauben, Nägel, Kämme und ein paar Münzen Kleingeld. Das Bündel legt er in einen Hohlraum, den er am Schuppen hinter dem Haus zwischen zwei Balken gefunden hat. Die Lücke verschließt er mit einem Holzstück.

Johann ist in der Schule, kam an Ostern schon in die zweite Klasse und ist jetzt viel beschäftigt, aber er ist immer noch sein Freund. Ernst verbringt die meiste Zeit mit Emil. Trotzdem sind die Tage meistens langweilig. Ernst freut sich darauf, wenn er endlich in die Schule darf. In ein paar Wochen wird er sechs, und in einem halben Jahr, an Ostern, ist er dann auch ein Schulkind.

Seit er vor zwei Jahren mit Vater auf dem Friedhof war, hat er ihn nicht mehr gesehen. Ihn nicht und die anderen auch nicht. Nur Babett-Oma kommt zweimal im Jahr vorbei und bringt Anziehsachen, einmal im Frühjahr, bevor sie auf Reisen geht, und einmal vor Weihnachten. Dazwischen fährt sie durch die Gegend, macht ihre Kirchenarbeiten und schäkert mit den Pfarrern, obwohl sie immer sagt, dass es alles Kuttenbrunzer sind. Aber die Pfarrer sind mit ihrer Arbeit zufrieden und sie macht gute Geschäfte, deshalb ist sie oft bis in den Winter hinein unterwegs.

Es ist Samstagvormittag, der letzte Samstag im September, und das Wetter ist ähnlich wie vor zwei Jahren mit Marienfäden und dem herbstlichen Erdgeruch in der Luft. Ernst sitzt im Garten des Heims, betrachtet den steinernen Josef, der missmutig herabschaut, und muss an den Friedhof denken und den viel zu kleinen Sarg, an die schnäuzende Verwandtschaft, den dicken Pfarrer und an Mutter.

Da geht das Gartentor auf und Babett-Oma kommt herein, ganz außerplanmäßig. Ernst freut sich so sehr über den unerwarteten Besuch, dass er gar nicht auf die zwei kleinen Mädchen achtet, die Babett-Oma im Schlepptau hat. Sigolina, die im Vorgarten ist, redet mit Oma, und die Mädchen stehen unsicher im Hof herum.

Ernst läuft auf die beiden Frauen zu – und bleibt schlagartig stehen, als Sigolina sagt: »Willst du denn nicht deine Schwestern begrüßen?«

Er schaut sie an und weiß, das ist jetzt eine Prüfung. Sie wollen ihn auf den Arm nehmen. Aber er ist kein Idiot, er weiß doch, wie seine Schwestern aussehen. Viel kleiner, mit schmäleren Gesichtern, und sie riechen anders, bestimmt nicht so nach Kernseife wie diese beiden hier. Zwar ist die eine blond wie Malchen und sie watschelt auch ein wenig wie sie, die andere hat große Augen und braune Haare, wie Nanna sie hatte. Doch niemals sind das seine Schwestern. Und überhaupt, wo ist dann Christo? Den haben sie bei ihrer Prüfung vergessen. Das blonde Mädchen grinst wie ein Maikäfer, das braunhaarige glotzt Ernst neugierig an. Da dreht er sich einfach um und geht in den Garten und setzt sich unter einen der Apfelbäume. Oma ruft hinterher, was denn los ist und er soll wieder herkommen, aber er denkt gar nicht dran.

Ernst sieht, dass Sigolina die Mädchen zu Schwester Deikola bringt, die sie gleich in ihre Gruppe aufnimmt. Ab und zu schielt eine der beiden ängstlich zu ihm herüber.

Nach einer Weile kommt Oma und setzt sich neben ihn unter den Apfelbaum. »Ich kann verstehen, dass du sie nicht mehr erkennst, zwei Jahre sind eine lange Zeit, besonders in deinem Alter.«

Sie spricht ganz anders als sonst, wie zu einem Erwachsenen, ihre Stimme ist ruhig und klingt ein wenig traurig, und sie schaut ihn auch nicht an, sondern sagt alles zu der Wiese vor ihnen. Ernst weiß, wenn er jetzt etwas sagt, bricht die Wut aus ihm heraus und er muss entweder schreien oder weglaufen. Also bleibt er still.

»In den zwei Jahren bist du größer geworden und auch Malchen und Nanna sind größer geworden. Sind jetzt schon kleine Damen, so wie du ein richtig großer Junge bist.«

Da fällt seine Wut in sich zusammen, und mit einem Mal, ohne dass er es will, laufen ihm die Tränen herunter, kein Schluchzen, nur Tränen. Er weiß selbst nicht, warum, und kann auch nicht aufhören damit. Oma tut so, als würde sie es nicht merken.

»Du siehst immer mehr deinem Vater ähnlich, als er klein war. Aber den Dickschädel und das große Herz hast du von deiner Mutter geerbt.« Oma schnauft tief durch. »Leider ist da noch die traurige Geschichte vom kleinen Christian, du erinnerst dich bestimmt an deinen Bruder.«

Sie macht eine lange Pause, und Ernst denkt schon, sie sagt gar nichts mehr. Doch dann gibt sie sich einen Ruck.

»Dein kleiner Bruder ist vor einem halben Jahr im Säuglingsheim gestorben. Er hatte dieselbe Krankheit wie deine Mutter.«

Es ist wie ein verdammter Fluss, der aus ihm rausläuft, er kann nichts dagegen tun, seine Nase tropft schlimmer als die von Rotz-Bim.

»Du weißt doch, dass deine Mutter jetzt ein Engel ist. Sie schaut dir von ihrer Wolke aus bei allem zu, was du machst. Und sie hat doch immer gesagt, dass du ihr Großer bist, erinnerst du dich, du bist der Große und du sollst auf deine Schwestern aufpassen.«

Es ist zwecklos, den Fluss aufhalten zu wollen, er ist plötzlich so müde, will nicht der Große sein, will selber klein sein, will, dass jemand auf ihn aufpasst, ihn hätschelt und in den Arm nimmt. Er kippt einfach um und landet mit dem Kopf am dicken Busen von Oma. Er spürt ihre Wärme und den Geruch nach Seife und Kohl und Leimfarbe und Schweiß. Sie legt ihre Hand um seine Schulter und das Zucken und Weinen hört langsam auf. Es dauert eine Ewigkeit, bis er wieder ein Wort herausbringt.

»Und Vater?«

Sie lächelt müde. »Dein Vater hat's nicht leicht.«

»Er holt mich ab, hat er gesagt, er muss nur noch genug Gore verdienen.«

»Das kann noch ein bisschen dauern. Die Zeiten sind hart für uns Fahrende.«

»Meinst du denn auch, dass der Führer die Jenischen nicht mag?«

»Wer sagt denn so was?«, fragt sie erschrocken.

»Vater. Er hat gesagt, der Führer mag keine Leute, die durch die Gegend fahren und Sachen verkaufen.«

»Der soll bloß vorsichtig sein mit seinem losen Mundwerk, sonst holen sie ihn noch irgendwann ab.«

»Wer holt ihn ab?«

Sie schaut sich um, als hätte sie etwas gesagt, was man nicht darf. »Ach niemand.«

»Der Führer hat gesagt, dass jetzt alle Arbeit bekommen und dass er sich um unser täglich Brot kümmert«, sagt Ernst. Das weiß er, weil sie alle Reden des Führers und von Dr. Goebbels an dem neuen Volksempfänger hören, den der Pfarrer voriges Jahr für das Heim angeschafft hat.

»Jaja, ich weiß schon«, sagt Babett-Oma, aber sie sieht nicht glücklich aus dabei.

»Vater hat's mir versprochen.«

»Mach dir mal keine Sorgen, Ernst.«

Sie fährt ihm mit der Hand durch die Haare, was sie sonst nie tut. Aber er macht sich trotzdem Sorgen. Wenn Vaters Geschäfte schlecht gehen, heißt das, er verdient nicht genug Geld, damit sie nach Amerika fahren können.

»So«, sagt Oma und steht auf. »Ich muss wieder. Und du versprichst mir, dass du auf deine Schwestern achtest.«

Ernst späht vorsichtig rüber, wo die beiden bei Schwester Deikola sitzen. Wenn er sie genau betrachtet, sehen sie Malchen und Nanna durchaus ähnlich, sie könnten es wirklich sein, ein bisschen größer vielleicht, viel sauberer, als er sie in Erinnerung hat, und wenn er sich die blöden Kleidchen wegdenkt, in die man sie gesteckt hat, und sich dafür die Leibchen von Mutter vorstellt, dann vielleicht.

»Na los, geh schon«, sagt Oma.

Er schaut sie an und sieht ihr das erste Mal, seit sie da ist, ins Gesicht. Erst jetzt fällt ihm auf, dass sie viel älter aussieht als beim letzten Besuch, ihr rundes Gesicht ist kantig geworden und tiefe Falten sind um den Mund und die Nase eingekerbt. Sie hat müde und traurige Augen, trotzdem schafft sie es, Ernst aufmunternd zuzuzwinkern.

Er schlendert ungelenk zu den Mädchen. Damit seine Verlegenheit nicht auffällt, tut er so, als käme er zufällig des Weges. Und wie er so dasteht, die Hände tief in den Hosentaschen, sehen ihn die beiden mit einer Mischung aus Freude und Angst an.

Deikola streckt die Hand aus. »Magst du dich nicht zu uns setzen, Ernst?«

Er setzt sich neben sie und eine Weile schauen alle verlegen vor sich hin. Dann hat Ernst eine Idee. Er zeigt den beiden stolz das Heim und den Garten und den Schuppen und den Gemüsegarten. Er zeigt ihnen Wolfindis, die Küchenschwester, die sie gleich ins Herz schließt und jedem ein Küchlein zusteckt. Er erzählt ihnen, wie es hier zugeht, was für Abenteuer er schon erlebt hat, wer seine Freunde sind. Und sie erzählen, dass sie in einem viel größeren Heim waren, das aussah wie ein Krankenhaus, und dass es ihnen gut ging, dass es sogar manchmal am Sonntag Schokoladenpudding gab. Also doch, denkt Ernst, Mutter hat es gewusst, nur er ist ins falsche Heim gekommen. Später verzieht er sich mit ihnen in die hinterste Ecke des Gartens und erzählt ihnen das große Geheimnis, dass nämlich Mutter jetzt ein Engel ist, in einem weißen Kleid auf einer Wolke.

»Das haben die Schwestern bei uns auch über Christo gesagt«, erinnert sich Malchen.

»Ja, Christo ist bestimmt auch da«, sagt er und muss sich zusammenreißen, weil er dabei einen dicken Kloß im Hals hat. Die beiden Mädchen schauen ins Leere.

»Und wann kommt Mutter wieder?«, fragt Nanna.

Ernst zuckt mit den Achseln. »Weiß auch nicht.«

Alle drei starren vor sich hin und jeder denkt an Mutter und Christo auf der Wolke.

»Und Vater?« Malchen fragt es mit ganz leiser Stimme.

Ernst schaut sich um, weil es das größte Geheimnis ist, dann flüstert er: »Vater kommt bald und holt uns und dann fahren wir alle zusammen nach Amerika.«

Sie machen große Augen und alle drei sind ganz still. Immer wenn die Leute ganz still sind, geht ein Engel vorbei, hat Mutter gesagt. Und Ernst sieht, wie sie vorbeigeht und alle drei dabei mit ihrem Flügel streift und ein heller Schein sie für einen Moment einhüllt. Dann ist es vorbei.

Damit die Stille nicht zu groß wird, erzählt er den beiden alte Geschichten. Er erzählt von Buchau und der Oma, die die besten Pfannkuchen der Welt backen kann, und vom Planwagenfahren und von Lagerfeuern mit Quetschemusik und Singen und Geschichtenerzählen und Sternfunkeln, und wie Vater Lakritz kaufte und sie so viel gegessen haben, dass ihnen schlecht wurde. Aber er erzählt nichts von den Dorfpolizisten und Landgendarmen und davon, dass es Vater schwer hat, weil Hitler die Fahrenden nicht mag.

## 7.

Ein halbes Jahr später, an Ostern, kommt Babett-Oma das nächste Mal. Ihr Gesicht ist noch kantiger, die Falten noch tiefer, ihre Augen wirken müde. Sie hat einen Ranzen für Ernst besorgt, dunkelbraun mit zwei Schnallen und etwas abgeschabt. Dazu eine kleine Tafel, einen Griffel, zwei Hefte und einen Bleistift. Für Malchen und Nanna hat sie silberne Ohrringe mitgebracht und beide strahlen über dieses Geschenk.

Schon nach einer Stunde muss Oma wieder los. Ernst soll sie noch bis zum Tor begleiten. Sie druckst herum, als wollte sie noch etwas sagen. Schließlich holt sie ein kleines Päckchen aus ihrer Tasche, das in braunes Papier eingewickelt ist.

»Das soll ich dir von deinem Vater geben.«

Ernst schaut sie an und kann keine Hand bewegen und eigentlich will er das Päckchen nicht nehmen und auch nichts dazu hören.

»Na nimm schon«, sagt sie und drückt es ihm in die Hand.

»Was ist da drin?«

»Dein Vater hat gesagt, das ist für dich, falls ... na ja, damit du an ihn denkst.«

Er starrt auf das braune Papier und fragt sich, warum Vater es nicht selbst vorbeigebracht hat.

Babett-Oma zündet sich eine Zigarette an und kneift die Augen im Rauch zusammen. »Er ist ... er kann euch vorerst nicht besuchen kommen.«

»Ist er im Gefängnis?« Ernst erschrickt selbst über das Wort und Oma erschrickt auch.

»Nein, nein. Er muss arbeiten. In einem Arbeitslager. Nur dieses Jahr, haben sie gesagt, wahrscheinlich bis Weihnachten.«

»Was arbeiten?«

»Weiß auch nicht, so was Ähnliches wie Arbeitsdienst.«

So wie Oma herumdruckst, ist irgendwas faul. Denn das ist sonst gar nicht ihre Art. Was meint sie mit Lager*? Und wen meint sie mit »sie«? Plötzlich fragt Ernst: »Ist er in Dachau*?«

»Mein Gott, Junge, du hast wirklich das Zweite Gesicht«, sagt sie und bekreuzigt sich. Dann setzt sie sich mit ihm neben dem Tor auf eine Bank und saugt tief an ihrer Zigarette. »Ich sage dir jetzt was, aber dass du mir nichts deinen Schwestern erzählst und auch niemand sonst.«

Ernst hat die Schultern eingezogen wie vor einem Gewitter.

»Ja, er ist in Dachau. Er hat mal wieder das Maul aufgerissen im Wirtshaus. Ich hab ihm immer gesagt, dass er aufpassen soll, aber er hört ja nicht. Da haben sie ihn abgeholt. Irgend so ein Schwein hat ihn verpfiffen. Er war mit Onkel Philip zusammen, aber den Philip haben sie wieder laufen lassen, wahrscheinlich weil er einen festen Wohnsitz hat. Ich hab immer gesagt, Christian, du musst dich anmelden, sonst gibt es Ärger.«

Sie seufzt wieder. »Dein Vater hat mir eine Karte geschrieben, dass ich den Wagen und seine Sachen holen soll und dass es ihm gut geht. Also mach dir keine Sorgen. Das wird ihm eine Lehre sein, das nächste Mal den Mund zu halten.«

Sie redet weiter, aber Omas Stimme entfernt sich immer mehr. Vor seinen Augen taucht der Planwagen auf, davor ein wütender Dorfpolizist, der mit Vater verhandelt. Sie sind umringt von den Dorfbewohnern und streiten und werden immer lauter, bis Vater den Polizisten am Kragen packt. Da stürzen sich alle Umstehenden auf ihn und Vater verschwindet unter einem Menschenberg.

Oma stößt Ernst mit dem Ellenbogen an. »Magst du es nicht aufmachen?«

Vorsichtig berührt Ernst das Päckchen auf seinen Knien. Umständlich reißt er das braune Papier auf. Aus einer Pappschachtel fällt ihm eine kleine goldene Halskette mit einem Anhänger in die Hand. Vorne drauf ist ein Herz und ein Kreuz, hinten Buchstaben und Zahlen.

»Das ist ein A und ein C«, erklärt Oma, »das steht für Anna und Christian. Und hier steht ›1. März 1929‹, das Datum, an dem sie geheiratet haben. Es war das Hochzeitsgeschenk für deine Mutter, Gott hab sie selig. Das soll ich dir geben, hat er geschrieben. Pass gut drauf auf, hier stehlen sie nämlich wie die Raben.«

»Ich weiß.«

»Und kein Wort zu niemand.«

Der Anhänger brennt in seiner Hand.

»Jetzt mach nicht so ein Gesicht«, sagt Oma. »Ich bin ja auch erst erschrocken. Eigentlich wollte ich es dir gar nicht erzählen. Aber der Arbeitsdienst wird deinem Vater nicht schaden und an Weihnachten ist er bestimmt wieder draußen.«

Als sie geht, sieht sie viel kleiner aus als sonst, gar nicht mehr die große, starke Babett-Oma.

Ernst betrachtet den Anhänger. Mutter hat ihn immer um den Hals getragen, und er überlegt, ob er das auch tun soll, aber dann sieht ihn jeder, und das darf nicht sein, wo es doch ein Geheimnis ist. Also schleicht er zu seinem Versteck am Holzschuppen, zieht das Holzstück raus und steckt den Anhänger zu seinen Schätzen.

Am Dienstag nach Ostern werden die Schulkinder extra sauber geschrubbt und gekämmt, weil sie dem Kinderheim keine Schande machen sollen, wie Sigolina sagt.

Zusammen mit Ernst kommen zwei Jungs aus seinem Zimmer in die Grundschule, Emil, der immer noch manchmal ins Bett macht und der Ernst das heilige Versprechen abgenommen hat, dass er niemandem was davon erzählt, und »Kugel«, der neu ist im Josefsheim. Er heißt eigentlich *Harry,* aber weil er so fett ist, sagen alle nur »Kugel« zu ihm. Er ist Anfang des Jahres gekommen und mit ihm sein großer Bruder, der schon zwölf ist. Kugel ist ein vorwitziger Kerl, der manchmal nervt, weil er so neugierig ist. Er sitzt in der Schule neben Ernst, Emil sitzt in der Bank vor ihnen. Sie sind die Einzigen in der Klasse, die aus dem Heim kommen, und schon am Morgen vor der Schule hören sie die anderen tuscheln: »Schau mal, die Kinderheimer.« Die Dorfjungs stehen in Gruppen zusammen und schauen sie an, als wären sie vom Mond.

Als der *Grieb* reinkommt, springen alle auf und stehen stramm und grüßen zackig mit »Heil Hitler«. Auch Ernst, Emil und Kugel reißen den rechten Arm hoch, wie man es ihnen im Heim beigebracht hat. Grieb gefällt das Bild, und er lässt die Klasse so stehen, während er sie in aller Ruhe betrachtet. Ernst weiß vom ersten Moment an, dass er den Grieb nicht mag, und er weiß, dass der Grieb ihn nicht mag. Er ist groß und dick, hat eine feucht glänzende Glatze und einen dicken Schnauzbart, den er ständig an den Enden zu kleinen spitzen Hörnern nach oben zwirbelt. Er schnauft wie ein Pferd, schwitzt ständig und verströmt dabei einen vergorenen Geruch, und wenn er sich aufregt, fängt er an zu spucken.

Grieb hält den Kindern einen langen Vortrag, dass jetzt ein wichtiger Abschnitt in ihrem Leben beginnt und dass er die Liebe zum Führer und zum Deutschen Reich in ihre Köpfe und Herzen hineinbrennen wird. Er kündigt ihnen an, dass er sie zu richtigen Deutschen erziehen wird, sie hart machen, sie »stählen«, wie er es nennt. Er sagt auch gleich, dass er eines auf den Tod nicht ausstehen kann, und das ist Ungehorsam.

Während er redet, läuft er mit seinem kurzen Stock durch die Reihen und zeigt gleich, was er mit dem Stählen meint. Wer einen Buckel macht, bekommt den Stock auf den Rücken. Wer sich umschaut, kriegt einen Schlag auf den Hinterkopf. Wer schwätzt, dem haut Grieb auf die Finger, dass es kracht. Und wer heult oder schreit, kriegt gleich noch eine drauf, weil er dann eine Memme ist, und Memmen kann Grieb nicht leiden.

Als es zur Pause läutet, brennt es den Erstklässlern zwar noch nicht in den Herzen, dafür aber den meisten auf Händen und Rücken.

Auch Ernst bekommt eine erste Kostprobe im Stählen. Nachdem Grieb mit seiner Ansprache fertig ist, packen alle ihre Schreibtafeln und Griffel aus und sollen ihren ersten

Buchstaben schreiben, ein großes A. Eigentlich müsste Ernst ja wissen, dass er nicht mit links schreiben darf, weil seine linke Hand »böse« ist, wie Schwester Deikola immer sagt. Ernst putzt sich mit links die Zähne, isst mit links und macht überhaupt alles mit links, was die anderen mit rechts machen. Wenn ihn Deikola dabei erwischt, sagt sie immer: »Ein guter deutscher Junge nimmt die rechte Hand.« Ernst will gerne ein guter deutscher Junge sein, aber das mit der rechten Hand geht einfach nicht, sosehr er sich auch anstrengt. Also bleibt er lieber bei der Linken und die Schwestern merken es meistens sowieso nicht.

Der Grieb merkt es sofort. Er mäkelt gar nicht erst rum, sondern schlägt gleich mit seinem Stock zu, dass Ernsts Griffel mit einem hässlichen Kreischen über die Tafel fährt und runterfällt. Erst dann sagt er: »Was haben wir denn da? Einen Linken. Das will ich nicht noch einmal sehen!«

Johann meint in der Pause, mit Grieb habe er es nicht so schlecht erwischt. »Immer noch besser als beim Loos, der schlägt so brutal zu, dass das Blut spritzt. Der Grieb ist gar nicht so schlimm, man muss ihn nur auf den Krieg ansprechen, dann ist die Stunde gelaufen.«

»Das haben wir schon gemerkt«, sagt Ernst. »Er hat davon angefangen, ohne dass wir danach gefragt haben.«

Grieb war in Frankreich, und wenn er davon spricht, sagt er immer »vierzehnachtzehn«*, und wenn er »vierzehnachtzehn« sagt, glänzen seine Augen. Er war ein großer Held und hat den Franzmännern in den Schützengräben das Fürchten gelehrt. Ernst kann gut verstehen, dass die Franzosen davongelaufen sind, wenn er mit seinem Hörnchenbart und dem Essiggeruch daherkam. Aber Johann meint: »Der hat bestimmt nur immer an der Gulaschkanone gehockt.«

»Du meinst, der hat das alles erfunden?«

»Na, was glaubst du denn? Der Grieb käme doch gar nicht aus dem Graben mit seiner Wampe.«

»Und die Kämpfe Mann gegen Mann?«

Johann schnauft verächtlich. »Die größten Feiglinge haben hinterher immer das größte Maul.«

Nach der Pause teilt Grieb Fibeln für alle aus. Sie haben einen feuerroten Umschlag, auf dem zwei Bilder zu sehen sind, das eine zeigt einen Fuchs, der um die Ecke schaut, das andere einen gelben Stern mit fünf Zacken, darunter einen fetten Mann mit riesiger Nase, Glatze, Triefaugen und wulstigen Lippen, der die Hand hebt wie für einen Schwur. Das Buch heißt *Trau keinem Fuchs auf grüner Heid und keinem Jud bei seinem Eid.*

»Wer weiß, was ein Jud ist?«, fragt Grieb.

Da gehen viele Finger hoch, weil sie es ja schon oft im Volksempfänger gehört haben. Grieb nimmt *Manfred* dran, weil der sich am eifrigsten meldet und der Größte von allen ist.

»Der Jude ist unser Unglück«, sagt Manfred.

Grieb ist fürs Erste zufrieden, doch er kündigt an, dass sie noch viel lernen müssen über den Juden und seine niederträchtige Art.

»Sind alle Juden böse?«, fragt Kugel.

»Alle ohne Ausnahme«, sagt Grieb.

»Auch der Krämer Lilienthal?«

Grieb schaut ihn verblüfft an, weil er den Krämer Lilienthal nicht kennt. »Wieso, was ist mit dem?«

»Der wohnt da, wo ich herkomme. Und er schenkt uns Kindern immer Bonbons.«

»Das sind die Schlimmsten, die so scheinheilig tun. Merkt euch das, bei denen müsst ihr am meisten auf der Hut sein.«

Am Abend prahlt Johann damit, dass in seiner Klasse zwei Juden sind. Die holt der Loos immer nach vorne, wenn er den Unterschied erklären will.

»Welchen Unterschied?«

»Den Unterschied zwischen minderwertigen und reinen nordischen Menschen. Der Loos sagt, das sieht man an den Nasen und Ohren und an der Kopfform.«

Als Ernst sich die beiden Juden am nächsten Tag in der Pause anschaut, ist er enttäuscht. Sie sehen genauso aus wie alle anderen, ein Dunkelhaariger und ein Blonder, keiner hat eine große Nase oder Triefaugen wie der Jude auf der Schulfibel. Ernst sieht überhaupt keinen Unterschied, nur dass die beiden abseits stehen und verdruckst in die Gegend schauen, weil sich keiner mit ihnen abgibt.

Eine Woche nach dem ersten Schultag ist Führergeburtstag* und am Abend davor große Pimpfenweihe. Die ganze Schule trifft sich bei Fackelschein, und die Viertklässler schwören, dass sie ihre Pflicht tun in Liebe und Treue zum Führer und zur Fahne. Bei den Fackeln und Liedern fängt Ernsts Herz an zu pochen vor Aufregung und Freude, obwohl er selbst gar nicht aufgenommen wird beim Jungvolk*. Das geht erst, wenn man zehn ist. Mit vierzehn kommt man dann in die Hitler-Jugend. Die Pimpfe* dürfen einmal die Woche zu ihren Treffen, wo sie Sport und Geländespiele machen, Lieder singen und marschieren.

Abends im Bett erzählt Ernst Mutter davon, wie schön es war, in der großen Gemeinschaft zu stehen und mitzusingen. Dass er auch zum Jungvolk will, dass er ein guter deutscher Junge sein will. Und sie lächelt ihn an mit ihren Funkelaugen.

Er will auch mit dem Klauen aufhören, denn ein guter

deutscher Junge ist ehrlich, sagt Grieb. Aber da ist dieses angenehme Ziehen in seinem Körper, wenn er was mopst, diese knisternde Spannung, ob er erwischt wird, und hinterher die klammheimliche Freude, wenn er etwas Neues in der Tasche hat.

Pfarrer Wassermann sagt, Stehlen ist eine schwere Sünde, noch schlimmer als Lügen. Für schwere Sünden kommt man in die Hölle. Aber wenn man Reue zeigt und Gott um Vergebung bittet, dann verzeiht er einem. Gott versteht alles und Gott verzeiht alles, sagt Wassermann. Dann versteht er sicher auch, dass ich die Sachen brauche, überlegt Ernst. Aber wenn Gott alles verzeiht, warum schickt er einen dann in die Hölle? Das soll einer kapieren.

Kaum ist der Führergeburtstag vorbei, kommt der Maifeiertag. Grieb erklärt, wie wichtig die Arbeit mit Kopf und Faust ist, wobei er die Faust eindeutig lieber mag. Alle Schüler müssen sagen, was ihre Väter machen. Die meisten sagen Arbeiter oder Bauer und Grieb nickt zufrieden.

Emil muss nichts sagen, weil sein Vater tot ist. Als Kugel drankommt, sagt er, dass sein Vater Bäcker ist. Grieb ist zufrieden, weil Bäcker ein nützlicher Beruf ist, den das Volk braucht.

Dann ist Ernst dran. Er weiß, dass er besser nichts von Dachau erwähnt, und sagt: »Mein Vater verkauft Sachen.«

»Was für Sachen?«, fragt Grieb.

»Stoffe und Tücher und Bänder und Schnürsenkel und Hosenknöpfe und so.«

»Er hat also ein Geschäft?«

»Nein, nur einen Wagen und einen Koffer.«

»Das hat uns gerade noch gefehlt«, sagt Grieb hämisch. »Ein Zigeuner!« Die ganze Klasse lacht.

Wäre Vater jetzt hier, er würde den Grieb am Kragen packen, dass ihm die Luft wegbleibt und er das böse Z-Wort nie mehr sagt.

Ernst sagt laut: »Wir sind keine Zigeuner, wir sind Jenische.«

Da hat er schon eine Ohrfeige.

»Freche Antworten können wir hier nicht gebrauchen, Bürschchen. Hast du das verstanden?«

Ernst nickt, aber das reicht Grieb nicht.

»Ich höre nichts.«

»Ja«, fiepst Ernst und hält zugleich die Luft an, weil ihm von dem vergorenen Geruch des Lehrers schlecht wird.

»Das heißt: Jawohl, Herr Grieb!«

»Jawohl, Herr Grieb.«

## 8.

Das Lieblingsspiel der Heimkinder in den Sommerferien 1936 heißt Olympiade. Jeden Tag hören sie im Volksempfänger die Nachrichten aus Berlin, wo vom 1. bis 16. August die Sportler der ganzen Welt um Medaillen kämpfen. Sie sind stolz auf die vielen deutschen Siege und sind entsetzt, wenn wieder einer von den amerikanischen Negern gewinnt.

Die Jungs haben im Apfelgarten eine Rennbahn gebaut, die am Zaun entlangführt, und eine Weitsprunganlage, die nur aus einem Brett besteht, wo man abspringen muss. Den Speerwurf hat Sigolina verboten, weil die Jungs mit einem Stock aus dem Holzlager eine Fensterscheibe getroffen haben. Die Schwächeren müssen immer die Tommys* oder

Franzosen oder die Amis sein. Emil macht nicht mehr mit, er ist beleidigt, weil er immer verliert.

Am besten ist Ernst beim Rennen. Einmal geht er sogar als Erster durchs Ziel und stellt sich stolz mit ausgestrecktem Arm auf die Kiste, die als Siegertreppchen dient. Wenn einer gewinnt, müssen die anderen das Deutschlandlied singen, aber diesmal weigert sich Kugel. Er ist nur neidisch, weil er Letzter geworden ist. Er sagt: »Das Deutschlandlied darf man für einen Zigeuner nicht singen.«

Der Satz ist kaum heraußen, da stürzt sich Ernst auf ihn und prügelt auf ihn ein. Aber Kugel ist stark, er wirft Ernst um und begräbt ihn unter seiner Wampe. Ernst stößt Kugel von sich runter. Sie verkeilen sich ineinander, umringt von den anderen Jungs, die die beiden anfeuern. Das geht so, bis Sigolina kommt und die beiden auseinanderzerrt.

»Was ist hier los?«, donnert sie.

»Wir haben nur Olympia gespielt«, erklärt Emil.

»Euch werde ich Olympia geben«, sagt Sigolina und zieht die beiden an den Ohren zum Gemüsegarten, wo sie den Rest des Tages Unkraut jäten müssen.

Sie hacken zwischen den Radieschen, Kartoffeln und Karotten herum, holen sich Blasen an den Händen und einen Sonnenbrand im Nacken. Und irgendwann, zwischen dem Rettich und den Zwiebeln, sagt Kugel: »Das mit dem Zigeuner habe ich nicht so gemeint.«

»Ich bin sowieso keiner«, sagt Ernst.

»Aber wieso sagen es dann alle?«

»Wir sind Jenische.«

»Das ist doch dasselbe.«

»Ist es nicht. Nur weil wir im Planwagen wohnen, sind wir noch lange keine Zigeuner.«

»Und warum bist du hier im Heim?«

»Meine Mama ist im Himmel und Papa hat gerade keine Zeit. Aber er holt mich bald ab, dann gehen wir nach Amerika.«

Kugel pfeift durch die Zähne. Amerika. Er will da nicht hin, weil es dort so viele Neger gibt. »Schau dir doch die Amis bei der Olympiade an, das sind fast alles Neger.«

Daran hat Ernst noch gar nicht gedacht. Er muss Vater fragen, wenn er an Weihnachten kommt. »Und du, warum bist du hier?«

Kugel druckst herum. »Einfach so halt.«

»Keiner ist hier einfach so halt, sag schon!«

Kugel schweigt und hackt plötzlich fleißig weiter. Erst ein ganzes Gemüsebeet später sagt er leise: »Meine Eltern sind Bibelforscher*.«

»Bibelforscher?« Ernst schaut ihn erstaunt an. »Ich dachte, dein Vater ist Bäcker?«

»Ist er auch. Aber wenn er mit der Arbeit fertig ist, gehen er und Mutter von Haus zu Haus und predigen die Frohe Botschaft.«

»Fahrende Pfarrer also?«

»Ja, so ähnlich. Und letztes Jahr kam ein Mann von der Fürsorge und hat gesagt, dass ich ins Heim muss.«

»Wieso denn?«

Kugel zuckt mit den Achseln. »Ich brauche eine bessere Erziehung, haben sie gesagt.«

Sie knien im Beet zwischen den Zwiebeln, und Ernst denkt, dass er lieber Jenischer ist als Bibelforscher, aber das sagt er Kugel nicht.

Pünktlich zum Ende der Sommerferien kriecht der Nebel wieder hoch. Er kommt unten von der Wertach und wabert über die Wiesen. Anfangs nur als leichter Dunst früh und abends, dann wird er von Woche zu Woche dicker und schwerer. Die ganze Welt ist in Watte gepackt, die Luft wird dick, wie mit Sahne aufgeschlagen, und riecht nach alten Blättern und Heu und Rauch. Die Geräusche werden verschluckt, die Farben sind nicht mehr scharf und grell, die Häuser haben keine harten Kanten und die Menschen weniger Falten. Die ganze Welt ist kleiner und man kann sich viel leichter verstecken. Dann kommt der Tag, an dem der Nebel gar nicht mehr weggeht. Alles wird grau, der Garten, die Felder, die Häuser, die Gesichter, sogar Ernsts Gedanken und Träume.

Er hofft auf Weihnachten, wenn Vater mit dem Arbeitsdienst fertig ist. Dann kommt er sie holen.

Aber Vater kommt nicht, nicht an Heiligabend und auch nicht an den Feiertagen. Dafür kommt Babett-Oma und bringt Plätzchen. Sie setzen sich in den Speisesaal, wo viele Eltern, Großeltern und andere Verwandte sitzen, die zu Besuch sind.

Ernst würde am liebsten sofort nach Vater fragen, aber Oma hat so einen verschwörerischen Blick und Malchen und Nanna dürfen schließlich nichts wissen. Oma erzählt Geschichten, zum Beispiel wie sie ihren zweiten Mann, den Korbflechter, kennengelernt hat, der mit sechs kleinen Kindern allein unterwegs war. Wie sie einen Dorfbürgermeister bei einer Wette im Wirtshaus unter den Tisch gesoffen hat. Oder wie sie einen geizigen Pfarrer bestraft hat, indem sie einem Engel direkt über der Kirchenkanzel kleine Hörner hingemalt hat. Dann muss sie gehen, weil es früh dunkel wird. Ernst begleitet sie zum Tor. Kaum draußen, steckt sie sich eine Zigarette an und zieht den Rauch tief ein.

Am Tor sagt sie: »Du willst bestimmt was von deinem Vater hören, aber ich weiß selber nichts. Er hat sich nicht gemeldet, vielleicht haben sie ihn länger dabehalten, keine Ahnung.«

Ernst senkt den Kopf, damit sie nicht sieht, wie traurig er ist.

Sie fährt ihm übers Haar. »Hast du den Anhänger noch?«

Ernst nickt.

»Es sind keine guten Zeiten«, sagt Babett-Oma mehr zu sich selbst.

»Meinst du, er kommt überhaupt jemals wieder?«, fragt Ernst.

Sie zuckt zusammen. »So etwas darfst du nicht einmal denken.« Sie bekommt einen Hustenanfall, starrt wütend auf die Zigarette und wirft sie weg. »Ich muss los. Sei brav, ich will nichts hören.«

Sie kneift ihn in die Backe, dann geht sie durch das Gartentor und der Abenddunst macht sie durchsichtig. Ihr Schatten ruft noch: »Wir sehen uns dann im Frühjahr«, aber Ernst glaubt, dass sie im Frühjahr nicht kommen wird und auch im Sommer nicht. Er will ihr noch hinterherrufen, will, dass sie noch mal zurückkommt, will sie umarmen, will, dass sie ihn umarmt. Sie soll nicht gehen. Aber er bringt kein Wort heraus. Bevor sie um die nächste Kurve verschwindet, ist aus der großen, starken Babett-Oma ein kleiner, dünner Schatten im Winterdunst geworden. Erst jetzt merkt Ernst, wie kalt es ist und dass er am ganzen Körper zittert.

Im Frühjahr sagt die Oberin den drei Lossa-Kindern, dass ihre Großmutter nicht kommen kann, weil sie krank ist. Dafür hat sie ein Paket geschickt mit Sommerkleidern für die Mädchen und einer kurzen Hose für Ernst.

An Ostern bekommt Ernst sein erstes Zeugnis und gleich

anschließend eine Tracht Prügel von Sigolina. Nicht wegen der Noten, die sind ganz passabel, sondern wegen der Beurteilung, die Grieb geschrieben hat. Dort liest sie, dass Ernst unreinlich und schlampig ist und dass er im Laufe des Schuljahres immer wieder gestohlen hat.

Ernst verbringt einen Großteil der Osterferien unter Hausarrest, muss in der Küche und beim Putzen helfen, während die anderen draußen spielen dürfen. Bevor die zweite Klasse beginnt, muss er Sigolina hoch und heilig versprechen, dass er sich bessert. Aber gleich in der ersten Schulwoche hat er schon den nächsten Ärger.

Unter einem Haselstrauch im Schulhof haben Schüler eine Amsel gefunden. Sie hat einen gebrochenen Flügel, er hängt schief herunter, sie schleift ihn im Dreck neben sich her. Die Kinder haben sie eingefangen. Jetzt sitzt sie im hölzernen Vogelbauer im Klassenzimmer und schaut traurig aus dem Fenster. Den ganzen Vormittag betrachtet Ernst die Amsel und vergisst dabei das Klassenzimmer und Grieb. Wenn ein Vogel nur einen Flügel hat und wenn er eingesperrt ist, ist er dann überhaupt noch ein Vogel? Wenn eine Amsel nicht fliegt, was ist sie dann? Nur eine halbe Amsel, eine Vogelerinnerung.

Da landet Griebs Stock auf Ernsts Händen und holt ihn zurück. »Was habe ich gerade gesagt, Lossa?«

Ernst hat keine Ahnung und Grieb haut noch mal zu und stellt ihn dann in die Ecke.

Die ganze Stunde steht er neben dem großen Schaubild, das an der Tafel ausgerollt ist. Darauf ist eine Reihe von Köpfen zu sehen, auf der einen Seite Bolschewiken* und Vertreter von Juda, erklärt Grieb, auf der anderen Seite nordische Köpfe, Kämpfer, Soldaten, Sportler. Auch ohne Griebs Erklärungen sehen alle den Unterschied, erkennen, dass auf der einen Seite das Minderwertige steht und auf der anderen die saubere deutsche Rasse*.

Grieb sagt, dass man den Unterschied nicht immer so deutlich erkennen könne. »Es gibt auch Fremdrassige, denen man es nicht auf den ersten Blick ansieht, zum Beispiel bei den Zigeunermischlingen.«

Ernst wird rot, weil Grieb das extra sagt wegen ihm.

»Aber auch wenn man es nicht sieht, lebt in ihnen das minderwertige Blut«, fährt Grieb fort. »Wie wir wissen, sind die Zigeuner asozial, sie sind faul und betteln, und wenn man ihnen nichts gibt, stehlen sie und betrügen die Leute.«

Alle starren Ernst an, und er muss an die Juden aus Johanns Klasse denken, wie sie vor der Klasse stehen müssen als Beispiel für das Minderwertige.

In der Pause hält sich Ernst von den anderen fern. Er schleicht ins Klassenzimmer, setzt sich zu der Amsel, die schwermütig fiept. Er flüstert ihr zu, sie soll es so machen wie er, soll die Augen zusammenkneifen, dann verschwinden die Gitterstäbe, dann sieht man nach draußen, als wäre kein Käfig da. Ein Zigeuner ist frei wie ein Vogel, hat Mutter gesagt, kann hingehen, wo er will, und weggehen, wenn es ihm nicht mehr gefällt. Aber er ist kein Zigeuner, auch wenn die anderen es noch so oft sagen.

Plötzlich steht der Grieb im Klassenzimmer und fängt sofort an zu keifen. »Was führst du schon wieder im Schilde?«

Ernst sagt, er will nur den Vogel trösten, damit er nicht so allein ist, aber Grieb wirft ihm vor, dass er den anderen die Sachen aus dem Ranzen klauen wollte. Er packt Ernst am Ohr und zieht ihn aus dem Klassenzimmer.

Die anderen im Pausenhof feixen. Johann sagt, dass nur Diebe in der Pause im Klassenzimmer herumstreunen.

Als Ernst nach der Pause wieder ins Klassenzimmer kommt, ist der Vogelkäfig leer. Kugel, der den Platz direkt neben dem Fenster hat, fragt, wo denn die Amsel sei.

Grieb grinst und sagt: »So ist die Natur, die Schwachen werden ausgemerzt und nur die Starken überleben. Das haben die Deutschen viel zu lange vergessen. Aber jetzt sind wir wieder ein starkes Volk. Warum, Harry?«

Kugel schaut ihn unsicher an.

»Weil wir einen starken Führer haben«, donnert Grieb. »Und weil wir das Kranke und Schlechte ausmerzen. Warum?«

Und alle wiederholen: »Weil wir einen starken Führer haben und das Kranke und Schlechte ausmerzen.«

Ein Vierteljahr später, am Abend eines heißen Julitages 1937, steht die Oberin mit ernstem Gesicht vor Ernst und sagt, dass seine Großmutter gestorben ist.

Sie will ihm zum Trost über die Haare fahren, aber Ernst rennt durch den Garten davon und versteckt sich hinter dem Schuppen. Lange Zeit starrt er bewegungslos über die Felder. Dann fällt ihm der goldene Anhänger ein. Er schaut, ob die Luft rein ist, dann öffnet er seine Schatzhöhle und holt das Handtuch mit seiner Beute heraus. Das Medaillon liegt warm in seiner Hand. Er versucht, sich an Babett-Oma zu erinnern, sieht aber immer nur den kleinen, dünnen Schatten.

Vom Haus her wird zum Abendessen gerufen. Doch Ernst will nicht mehr zurück zu den anderen. Ihn versteht sowieso keiner. Sie sollen ihn einfach alle in Ruhe lassen. Er ist nicht mehr so klein wie Nanna und Malchen, er braucht niemand, der ihn in den Arm nimmt und tröstet und streichelt. Die anderen sind sowieso nur mit sich beschäftigt und haben keine Zeit, an ihn zu denken. Er kauert hinter dem Schuppen, das

Handtuch mit seinen Schätzen auf dem Schoß ausgebreitet. Liebevoll streichelt er die Kostbarkeiten, die Murmeln und Münzen, das Taschenmesser, den Zinnsoldaten, den Rosenkranz und das HJ-Bilderbuch. Jeden Gegenstand nimmt er in die Hand, fährt mit den Fingern behutsam darüber, riecht daran mit geschlossenen Augen. Dann legt er die Dinge zurück, knotet das Handtuch zusammen und presst das Bündel an die Brust, wiegt es wie eine Mutter ihr Kind. Verloren blickt er auf das Feld, das hinter dem Schuppen beginnt. Die Sommerluft schwimmt über den Wiesen.

## 9.

Auch in der zweiten und dritten Klasse sind die Beurteilungen von Ernst nicht besser geworden. An jedem Schuljahresende ist Sigolina am Verzweifeln, wenn sie liest, dass er frech und faul ist, dass er lügt und stiehlt, dass er »unverbesserlich« ist, wie Grieb geschrieben hat. Und Lehrer *Maier*, den Ernst in der dritten Klasse hat, fällt dasselbe Urteil: Ernst sei eine schwere Belastung für die Klasse. Alle Prügel, die Strafarbeiten, das Einsperren scheinen nichts gefruchtet zu haben. Ernst sitzt teilnahmslos im Unterricht und brütet vor sich hin. Seine Arbeiten erledigt er nur, wenn er gezwungen wird, und dann schlecht. Ernst ist jetzt neun Jahre alt, er muss die dritte Klasse wiederholen. Selbst das scheint ihm egal zu sein.

Doch jetzt, mit dem neuen Schuljahr 1939, geht eine überraschende Veränderung mit ihm vor. Zum ersten Mal seit Langem geht er wieder gern in die Schule, er macht sogar freiwillig seine Hausaufgaben.

Das hat einen einzigen Grund, und dieser Grund heißt Frau *Leutze*. Bei der neuen Lehrerin gibt es kein Schimpfen und Schlagen mehr und auch die Kriegsgeschichten haben ein Ende. Der Grieb hat die ganze Zeit vom Krieg erzählt und natürlich von seinen Heldentaten. Beim Maier war es nicht viel besser. Immer wieder haben sie die Karte des Deutschen Reichs gemalt und all jene Gebiete farbig markiert, die neu dazukamen. Im vorigen Frühjahr Österreich, im Herbst das Sudetenland, jetzt, im Frühjahr 1939, noch Böhmen und Mähren. Dann zeigte Maier immer auf den großen Fleck rechts neben Berlin und sagte: »Als Nächstes holen wir uns Polen heim ins Reich.«

Die Leutze spricht nur selten vom Krieg, sie erzählt lieber Fantasiegeschichten oder geht mit den Schülern hinaus, um ihnen die Natur zu zeigen. Und sie hat noch kein einziges Mal Zigeuner zu ihm gesagt, nicht mal, wenn er was angestellt hat.

Johann verdreht die Augen, wenn Ernst von der Leutze erzählt, er macht zotige Bemerkungen und greift ihm zwischen die Beine. Dabei ist er nur neidisch, weil er wieder beim alten Loos hockt und dessen Gemeinheiten aushalten muss. Und er kann nicht mal mehr mit den Juden in seiner Klasse angeben. Die sind seit letztem Herbst weg, weil den Juden jetzt verboten ist, in eine deutsche Schule zu gehen. Die haben nun ihre eigenen Schulen und können die deutschen Schüler nicht mehr verderben mit ihrem schlechten Einfluss, heißt es.

Ernst würde gern wissen, wie die zwei Judenjungen denn Johanns Klasse verdorben haben, aber Johann kann es ihm nicht sagen.

Ernst findet, die Leutze hat Ähnlichkeiten mit seiner Mutter, eine kleine Nase, schwarze Haare, die sie immer zu einem Dutt hochgesteckt hat, und die funkelnden Augen. Nur dass sie nicht dunkelbraun, sondern blau sind. Wenn sie ihn damit anschaut, mag er sich selbst auf einmal mehr als sonst. Allein mit ihren Augen macht sie das. Sie macht eigentlich alles mit den Augen. Manchmal hat sie so einen Blick, bei dem man sofort darüber nachdenkt, ob man wohl was angestellt hat. Sie schaut in einen hinein und sieht sofort alle Schandtaten. Deshalb klaut Ernst auch nichts mehr in der Klasse, nur noch, wenn es was ganz Besonderes gibt. Zum Beispiel das neue Fahrtenmesser vom großen Manfred, der seit Frühjahr bei den Pimpfen ist und das Messer stolz in die Schule mitbrachte, was er eigentlich gar nicht darf. Ernst hat es in der Pause aus Manfreds Ranzen genommen und jetzt liegt es in seiner Schatzkammer hinter dem Schuppen.

Am nächsten Tag schaut die Leutze Ernst nur an, und sie weiß sofort, dass er das Messer hat. Aber sie beschuldigt ihn nicht und schimpft nicht. Er tut so, als wüsste er von nichts, setzt sein unschuldiges Gesicht auf, das kann er gut und das macht immer am meisten Eindruck. Aber nicht bei der Leutze.

Sie schaut ihn an mit diesem sanften Blick und sagt: »Weißt du eigentlich, dass Manfred Riesenärger bekommt, wenn sein Messer weg ist?«

Er zuckt mit den Achseln.

»Ärger zu Hause und Ärger bei der HJ«, sagt Frau Leutze.

Wieder Achselzucken.

»Ich finde, dass Kameraden und Freunde zusammenhalten sollten. Das findest du doch bestimmt auch, oder?«

Ernst schaut auf seine Zehenspitzen und nickt.

»Vielleicht kannst du ja dabei helfen, dass Manfred sein Messer wiederfindet.«

Kein Vorwurf, keine Drohung, nur ihre Augen. Am

Abend holt Ernst das Messer aus seinem Versteck, um es am nächsten Tag heimlich in Manfreds Jacke zu stecken. Als der es findet, freut er sich, aber keiner glaubt ihm mehr, dass das Messer wirklich weg war. Nur die Leutze. Sie schaut Ernst kurz an, und er meint sogar, sie hat ihm dabei zugezwinkert.

Zu Beginn der Sommerferien ist im Josefsheim gedrückte Stimmung. Die Schwestern laufen mit ernsten Gesichtern durch die Gegend und hören dauernd Radio. Auf den Straßen und in den Geschäften wird getuschelt, dass es bestimmt bald Krieg gibt.

In der Schule ist jetzt eine Gruppe Soldaten stationiert, die Kinder gehen hin und schauen sie voller Neid an. Die Soldaten sind sehr nett und geben ihnen manchmal Schokolade. Johann erkundigt sich, was man alles braucht, um Pilot zu werden.

In diesen Ferien muss Johann nicht zu seinem Onkel, weil der jetzt bei der Wehrmacht* ist. Johann hofft, dass es bald Krieg gibt, damit sein Onkel noch lange wegbleibt. Die Jungs würden am liebsten jeden Tag zu den Soldaten gehen, aber sie müssen in den Feldern helfen. Die Größeren bei der Heuernte, die Kleinen jäten Unkraut und sammeln Kartoffelkäfer.

Eines Abends hockt Johann allein auf seinem Bett, schaut unruhig zu den anderen und ruft: »Ihr werdet schon sehen, ich gehe zur Luftwaffe und ihr könnt hier versauern.«

Am nächsten Tag geht Johann zu den Soldaten, um sich freiwillig zu melden. Nach einer Viertelstunde kommt er aufgeregt zurück und erzählt, dass die Soldaten weg sind. Es heißt, sie sind an die polnische Grenze verlegt worden. Deshalb übt er gleich mit den anderen den Ernstfall. Er ist der

Offizier und die anderen sind seine Truppe. Sie müssen im Hof marschieren und Liegestützen machen und sich unter dem Stacheldraht zum Nachbarfeld durchschlängeln.

Sigolina findet das überhaupt nicht komisch. Sie beordert die ganze Mannschaft ins Haus zum Kloputzen. »Das wird euch das Kriegspielen schon austreiben«, faucht sie.

Obwohl Freitag ist, der Tag, an dem das ganze Haus geputzt wird, ist es unheimlich ruhig im Heim. Alle huschen leise durch die Zimmer, ein Knistern liegt in der Luft. Im großen Speisesaal läuft das Radio, eine Rede des Führers ist angekündigt.

Ernst putzt mit Emil und Kugel das Jungenklo, Johann hat sich gedrückt, das sei nur was für die unteren Ränge, sagt er. Er als Anführer geht derweil die Lage peilen.

Nach einer halben Stunde kommt er zurück und bringt die Neuigkeit. »Es ist Krieg! Endlich«, sagt er und ballt die Fäuste.

Für ihn ist klar, jetzt kann er endlich Pilot werden.

Während sie im Klo herumstehen, führt Johann ihnen vor, wie er in seinem Sturzkampfbomber sitzt und die Feinde der Reihe nach abschießt. Kugel wirft seinen Putzlappen nach ihm, aber das kann einen Flieger nicht erschüttern. Wieder startet er einen Sturzflug und lacht laut, weil alle die Köpfe einziehen.

Aber sie starren nicht ihn mit großen Augen an, sondern Sigolina, die lautlos hinter ihn getreten ist. Sie gibt ihm einen Klaps auf den Hinterkopf, seine Stuka gerät ins Trudeln und schmiert hustend ab.

»Schluss mit dem Blödsinn«, sagt sie unerwartet leise. Alle denken, jetzt gibt es bestimmt einen Anschiss, doch sie sagt nur: »Ab mit euch, es gibt Arbeit.«

Den Rest des Tages und die ganze nächste Woche sind

alle im Josefsheim damit beschäftigt, Kartons und Stoffe zu schneiden, um die Fenster zu verdunkeln. Außerdem wird der Knast im Keller ausgeräumt und als Schutzraum hergerichtet. Die Jungs haben großen Spaß daran, weil es besser ist als die langweiligen Spiele. Jeden Abend malen sie sich aus, wie der Feind kommt und wie sie ihn mit List und Mut besiegen.

## 10.

In der Woche vor Weihnachten passiert das Unglück. Als Ernst von der Schule kommt, fängt ihn die Oberin im Flur ab, steht finster da wie eine Mauer.

»Mitkommen.«

»Aber ich hab nichts gemacht.«

»Mitkommen, sag ich.«

Ernst folgt ihr mit hochgezogenen Schultern ins Büro. Dort ist es noch dunkler als sonst, weil Pfarrer Wassermann vor dem Fenster steht und hinausschaut und raucht. Er dreht sich um und sein Gesicht verheißt nichts Gutes.

Erst jetzt sieht Ernst den Schlamassel. Ausgebreitet auf dem Tisch liegt das Handtuch mit seinen Schätzen. Alles ist da, Geld, Kämme, Taschenmesser, Streichhölzer, Murmeln, Mundharmonika, der kleine Zinnsoldat, Rosenkranz und HJ-Bilderbuch, zwei Schlüssel, von denen er nicht mehr weiß, zu welchen Türen sie gehören, ein Bleistift, zwei Radiergummis, mittendrin Mutters Halskette.

Ernst kann die Sachen auf dem Tisch nicht anschauen, es tut zu sehr weh. All die Schätze, der Lohn für seine Anstrengungen, für das Kribbeln und die Aufregung, seine eigene geheime Welt, die nur ihm gehörte, nur ihm ganz allein. Er möchte hingehen und das Bündel an sich pressen, halten, wiegen. Nur noch ein Mal.

Die Oberin hinter dem Schreibtisch und Wassermann am Fenster starren abwechselnd auf Ernst und das Diebesgut. Die Oberin wartet unendlich lange, bis sie etwas sagt.

»Du weißt, wo das her ist?«

An seinen Schuhspitzen klebt noch Schnee.

»Du bist ein kleiner, nichtsnutziger Dieb.«

Zwei grauweiße Klumpen, die langsam schmelzen.

»Wie oft habe ich dich gewarnt? Hm, wie oft?«

Rinnsale, die über das Leder laufen.

»Ich dulde das nicht im Haus. Das weißt du ganz genau. Diebe können wir hier nicht gebrauchen.«

Jetzt ist der Schnee weg und er steht in einer Pfütze.

Wassermann schnippt seine Zigarette aus dem Fenster. Seine Stimme ist leise und bedrohlich.

»Was hast du dazu zu sagen?«

»Das war ich nicht.«

»Lüg nicht. Wir wissen genau, dass das dein Diebesgut ist.«

»Das stimmt nicht, die Sachen gehören mir nicht.«

Wassermann wird laut. »Du sollst mich nicht anlügen!« Er greift nach der goldenen Kette und hält sie Ernst vor die Nase. »Wo hast du das gestohlen?«

»Das hab ich nicht gestohlen. Das hat mir meine Oma geschenkt.«

»Ich dachte, die Sachen gehören dir nicht?«

»Das da schon.«

»Und die anderen Sachen?«

Ernsts Nase fängt an zu schmelzen, wie der Schnee auf seinen Schuhen. Sie tropft und er kann es nicht verhindern.

»A und C, 1. März 1929«, liest Wassermann laut vor, »ein Medaillon zur Verlobung oder Hochzeit. Und du willst mir erzählen, dass das dir gehört?«

»Ja.«

»Nicht nur ein Dieb ist er, sondern auch noch ein unverbesserlicher Lügner!«, donnert der Pfarrer. »Hinaus mit ihm!«

Niedergedrückt starrt Ernst aus dem schmalen Schlitz im Kellerfenster. Weil der Knast jetzt ein Schutzraum ist, wurde das Fenster zugenagelt und mit einem Sandsack zugestopft. Hätte er bloß das Versteck gewechselt. Wie sind sie überhaupt darauf gekommen? Ob ihn einer verraten hat? Aber es konnte doch keiner wissen. Nicht mal Johann hat er was von dem Schatz erzählt. So ein Mist. Alles weg. Sein ganzer Schatz. Vor allem Mutters Halskette. Er hört noch Omas Stimme: Pass gut drauf auf, sie klauen hier wie die Raben. Der Fensterschlitz wird immer kleiner, draußen fällt der Schnee und deckt den letzten Rest des Durchgucks zu.

Erst nach dem Abendessen darf Ernst wieder aus dem Bunker. Im Schlafsaal herrscht eisiges Schweigen. Emil starrt vor sich hin und dreht seine Mundharmonika in den Händen, die er jetzt wiederhat. Er schaut Ernst nicht an. Auch die anderen tun so, als ob er gar nicht da wäre. Johann liest in seinem Lieblingsbuch *Aus dem Leben der deutschen Luftwaffe*, Kugel nestelt an seinem Bettzeug.

»Hallo, Kugel.«

Stille.

»He, ich hab den Bunker überstanden.«

»Na, herzlichen Glückwunsch.«

»Was ist denn los?«

»Was los ist? Das ist los! Sigolina hat es mir zurückgegeben, und rate mal, woher sie es hat!«

»Ach komm, wegen der paar Murmeln.«

»Es sind nicht nur die Murmeln«, sagt Kugel wütend. »Frag doch mal die anderen, na los, frag sie! Frag Emil, wo seine Mundharmonika war, frag Johann nach seinem Taschenmesser. Du kannst jeden fragen, du Gauner.«

»Ich ... ich hab's nicht so gemeint.«

Da mischt sich Johann ein. »Du hast es nicht so gemeint? Du hast die Sachen wahrscheinlich gar nicht geklaut, sondern nur zufällig gefunden und dann aufgehoben, weil du nicht wusstest, wem sie gehören. So war es doch, oder?«

»He, ich mach es wieder gut, ja? Ich besorg euch was Schönes zu Weihnachten, ihr müsst nur sagen, was ihr wollt.«

Schweigen.

»Ich versprech euch, dass ich euch nie wieder etwas klaue. Ehrlich.«

Eine Weile lang sitzen sie alle stumm auf ihren Betten, Kugel hat den Kopf in die Hände gestützt, Emil nestelt an den Knöpfen seines Schlafanzugs, Johann putzt sich mit seinem Messer die Fingernägel.

»Ich glaub's ihm«, sagt Emil. »Ja doch, ich glaub's ihm. Und ich wünsch mir zu Weihnachten eine Flöte, eine schöne Holzflöte. Und du, Kugel?«

Erst verdreht Kugel die Augen. Dann sagt er: »Eine dicke Tafel Schokolade.«

»Und du?«

Alle schauen Johann an, schließlich ist er ihr Anführer. Er presst die Lippen aufeinander. »Ihr seid ... pfff.« Er schüttelt den Kopf, dreht sich um und verkriecht sich unter der Decke. Nur dumpf ist seine Stimme zu hören. »Ihr könnt mich alle mal.«

# 11.

Sigolina zählt noch einmal die Sachen durch: »Fünf Hemden, vier Unterhosen, vier Paar Wadenstrümpfe, fünf Hosen, eine gestreifte Jacke. Das wär's.« Sie lässt die Schnallen des kleinen Koffers zuschnappen, der im Büro der Schwester Oberin auf dem Tisch steht.

Die Oberin schreibt die Liste zu Ende. Dann schickt sie Sigolina den Jungen holen. Als sie alleine ist, holt die Oberin ein Formular aus der Schublade. Sie trägt das Datum ein: *Donnerstag, der 15. Februar 1940. Name des Zöglings: Lossa, Ernst, 10 Jahre alt. Ziel der Verlegung: Erziehungsheim der NS-Volkswohlfahrt in Markt Indersdorf. Grund der Überstellung?* Sie stockt, schaut hinaus in den dunklen Wintermorgen, dann schreibt sie: *Unerziehbarkeit.*

Sie holt das Medaillon aus der Schreibtischschublade, dreht es in den Händen. Sie schließt die Augen, verschränkt die Finger, drückt die Daumen an die Stirn und betet.

Oben im Schlafsaal zieht sich Ernst um, leise, wie es Schwester Sigolina befohlen hat, damit keiner aufwacht. Es ist noch nicht mal fünf Uhr und keiner regt sich. Gut so, er will niemanden sehen, mit keinem sprechen, will nichts sagen müssen, nichts erklären, weiß ja selbst nicht, was da gerade mit ihm passiert. Plötzlich macht Kugel die Augen auf und starrt Ernst an wie einen Geist.

»Was machst du da?«

»Ich muss weg.«

»Weg? Wohin weg?«

»Weiß auch nicht, in ein anderes Heim.«

»Mensch! … Aber wieso?«

Ernst kann nur mit den Achseln zucken. Er knöpft das Hemd zu und starrt runter auf das Bett, das noch so warm riecht. Sein Bett, wie lange war das jetzt sein Bett? Fünf Jahre? Sechs? Fast sieben. Am liebsten würde er sich wieder reinlegen, reinkuscheln, Decke über die Ohren, nichts mehr sehen und hören. Aber er weiß, wenn er sich hinsetzt, wenn er es nur berührt, muss er weinen und kann nicht mehr aufhören.

Kugel hat sich in seinem Bett aufgestützt und sagt nur immer wieder: »Mensch, Ernst ...«

»Halt die Klappe, Kugel, du weckst noch die anderen auf.«

Aber es ist schon passiert. Die anderen räkeln sich, maulen und wollen wissen, was los ist.

»Ernst muss weg«, sagt Kugel.

Die Stille ist mit Händen zu greifen. Alle schauen ihn verschlafen und belämmert an.

»Was heißt weg?«, fragt Emil.

»Na, was wohl? Weg heißt weg, fort, Nimmerwiedersehen. So eine Scheiße!«

»Man wird ja noch fragen dürfen. Was regst du dich so auf, Kugel?«

»Weil ich mich eben aufregen will, Mann. Weil mich alles aufregt, das Heim regt mich auf und die Sigolina, und du regst mich auch auf, Emil. Die machen mit uns, was sie wollen, und ihr hockt nur da und glotzt wie die Schwalben, wenn's blitzt.«

»Jetzt halt mal die Luft an! Du hockst genauso da und machst nichts. Vom Rummotzen wird's auch nicht besser.«

»Besser als gar nix.«

Emil wendet sich an Ernst: »Wo bringen sie dich eigentlich hin?«

Ernst schüttelt den Kopf. »Keine Ahnung. Hat mir niemand gesagt.«

Er steht da und kommt sich blöd vor mit seinem Schlafanzug in der Hand.

Ernst hätte sich gern noch von Johann verabschiedet, aber der ist aufgestanden und rausgegangen, wahrscheinlich aufs Klo, und da will Ernst nicht hinterher.

»Also, ich muss dann.«

Die andern werden still. Emil streckt ihm die Hand hin. »Wiedersehen, Ernst.«

Kugel sitzt immer noch da und seine Augen blitzen wütend. Als Ernst vor ihm steht, springt er auf, packt ihn und drückt ihn an sich, dass Ernst die Luft wegbleibt, dann stößt er ihn wieder weg. »Mensch, Ernst!«

Um nicht doch noch heulen zu müssen, flüchtet Ernst aus dem Schlafsaal, stolpert raus auf den dunklen Flur, will gerade die Treppe hinunter, da löst sich ein Schatten aus einer dunklen Ecke. Johann. Ernst sieht nur seine Silhouette, er steht einfach da und sagt nichts. Dann spürt Ernst einen leichten Boxhieb auf seinem Oberarm.

»Pass auf dich auf«, sagt Johann.

»Ich ... es ... ich ...«

Wortlos drückt er Ernst etwas in die Hand, es fühlt sich glatt und kühl an. Egal, was es ist, Ernst will das nicht, aber Johann drückt seine Hand zu. Ernst will was sagen, aber es kommt nur ein Krächzen raus. Da dreht Johann sich einfach um und geht.

Aus dem dunklen Flur hört Ernst noch Johanns Stimme, und es klingt, als ob er grinst. »Hau schon ab, du Zigeuner!«

Ernst rennt die Treppe runter, bleibt nach ein paar Stufen stehen und ruft: »Selber!«

Unten vor dem Büro der Oberin wartet Pfarrer Wassermann mit versteinertem Gesicht und dem ihm eigenen Geruch nach Weihrauch und Zigaretten. In seinem schwarzen Anzug und dem schweren dunkelgrauen Wintermantel sieht er aus wie ein grauer Riese.

»Wurde auch Zeit«, knurrt er.

Er ist nervös, raucht eine Zigarette, schaut ständig auf die Uhr und klatscht sich mit dem großen braunen Umschlag, den er in der Hand hat, ans Bein. Vorwurfsvoll schaut er auf Ernsts Schlafanzug. Der packt ihn eilig in den Koffer. Dabei merkt er, dass er noch etwas in der Hand hat. Während er über dem Koffer kniet, öffnet er vorsichtig die Faust. Es ist Johanns Taschenmesser. Schnell macht er die Hand wieder zu und steckt das Messer verstohlen in die Hosentasche.

Dann stehen sie da, und Ernst weiß nicht, worauf sie warten. Plötzlich taucht Sigolina aus dem Dunkel des Flurs auf. Hinter ihr, wie zwei Kammerzofen, Malchen und Nanna. In ihren hellen Nachthemden und mit den großen, erschrockenen Augen sehen sie aus wie zwei Gespenster, die einem schwarzen Geist folgen. Ernsts Hals schnürt sich zu. Sigolina stellt sich zwischen sie und sagt mit sanfter Stimme: »So, jetzt verabschiedet euch mal von eurem Bruder, er kommt in ein anderes Heim; da wird es ihm gut gehen.«

Hinter ihren Worten tut sich ein Abgrund auf. Der dunkle Flur wird vom Morgennebel geflutet, er verschlingt den Raum, das ganze Waisenhaus, verschlingt Wassermann und Sigolina, verschlingt Ernst selbst.

Malchen und Nanna blicken ihn traurig-fragend an, und er hört sie leise sagen: »Wiedersehen, Ernst.«

Er würde am liebsten schreien, aber die Luft ist dick wie Glas. Alles, was er zustande bringt, ist ein tonloses »Wiedersehen, Malchen. Wiedersehen, Nanna«. Er sieht sich selbst dabei zu, wie er den beiden die Hand gibt, er hört Wassermann sagen: »Halb sechs, wir müssen«, sieht, wie Sigolina ihm die Hand auf die Schulter legt und sagt: »Sei brav, Ernst«, und obwohl in ihm drin alles schreit und heult und flucht und nein sagt, nein, ich will nicht weg, nein, ich will nicht brav sein, sieht er sich nicken.

Sigolina verschwindet mit den beiden kleinen Gespenstern im dunklen Flur. Wassermann schiebt Ernst zum Ausgang. Als sie an der Haustür sind, taucht plötzlich die Oberin auf.

Sie greift in ihre Tasche und zieht das Medaillon raus. »Wir haben überall gefragt, aber es gehört niemandem. Wem hast du das gestohlen?«

»Ich hab es nicht gestohlen.«

Sie gibt einen tiefen Seufzer von sich. »Ernst, jetzt hat es doch keinen Sinn mehr zu lügen.«

»Ich lüge nicht. Die Kette gehört mir. Na ja, eigentlich gehört sie …«

»Wem?«

»Meiner Mutter.«

Die Oberin schaut Wassermann an.

»Das hattest du aber nicht dabei, als du hierher kamst.«

»Vater hat es Oma für mich mitgegeben.«

Die Oberin wiegt den Anhänger in der Hand und denkt nach. »Na gut«, sagt sie dann, »steck es ein, bevor ich es mir anders überlege.«

Die Halskette brennt in seiner Hand wie beim ersten Mal, als Oma sie ihm gab. Er schließt die Faust so fest, dass es wehtut. So weh, dass er die anderen Schmerzen nicht mehr spürt, dass er sein Herz nicht mehr spürt und nicht den Nagel darin, dass er nichts mehr denken kann, nicht heulen, nicht schreien, nicht davonlaufen. Es gibt nur noch seine Faust und das Medaillon darin.

Wassermann öffnet die schwere Eingangstür und der Februarwind fährt ins Haus. Es ist eiskalt, Ernst fängt an zu zittern, schlottert neben Wassermann und spürt, wie ihn der Morgennebel nach draußen saugt.

# DRITTES BUCH

## Das Gutachten

# 1.

Ernst hört ein leises Rascheln neben sich in der Dunkelheit, ein Kratzen und Scharren. Dann plötzlich der Schatten eines Kopfes, der sich gegen das Fenster abhebt.

»Psst. Schläfst du?«

»Nein.«

»Du bist doch der Neue. Hast du Lust auf eine kleine Tour?«

»Wohin?«

»Nur mal so im Haus rum, vielleicht mal hoch zu den Mädchen.«

»Du spinnst.«

»Dachte mir schon, dass du ein Feigling bist.«

»Bin ich nicht.«

Eine Stimme sagt Ernst, er sollte es besser bleiben lassen, doch die Neugier ist stärker. Leise schleicht er dem Schatten hinterher. Es muss weit nach Mitternacht sein und er kann sowieso nicht schlafen. Fast zwanzig Jungs im Schlafsaal, die schnaufen und grunzen und scharren. In dem hohen Raum hallt jedes Geräusch nach.

In Ernsts Kopf drehen sich die Bilder. Die Zugfahrt, der Aufenthalt in München, die bunten Geschäfte in der Stadt, die vielen Uniformen auf der Straße, das hektische Treiben trotz der klirrenden Kälte, Pfarrer Wassermann, der die ganze Fahrt über aussah, als hätte er ein schlechtes Gewissen, dann Indersdorf, der verschlafene Ort voller Schnee, das graue Erziehungsheim im alten Kloster, die Befehle auf den

Fluren, die vielen neuen Gesichter, die ihn alle von oben bis unten mustern und einordnen.

Das ist im Heim immer so mit den Neuen. Ist der stärker als ich oder eine Memme? Nimmt der mir den Platz weg? Was kann der, was hat er für Macken? Kann man mit dem auskommen? Dann die Geschichtenerzähler, die sich bei jedem Neuankömmling sofort mit ihren Latrinenparolen großtun. Der da ist in Ordnung, nimm dich aber vor dem dort in Acht, pass hier auf, halt dort das Maul, und so weiter, bis einem die Ohren klingeln.

Der Junge vor ihm ist viel kleiner und dünner als er, ein Hänfling, der sich wie eine Katze durch die dunklen Flure bewegt. Sein Atem bildet in der Kälte weiße Wölkchen. Mit knappen Handbewegungen lotst er Ernst im Slalom durchs Treppenhaus, zeigt ihm, wo er hintreten darf, damit keine Stufe knarzt. Oben gibt er Ernst ein Zeichen, dass er hier warten soll, und verschwindet hinter einer Tür. Während Ernst Schmiere steht, hört er den anderen durch den großen Raum geistern, Schubladen aufziehen und leise herumnesteln. Sein Herz schlägt bis zum Hals. Wenn jetzt jemand aufkreuzt, dann ist er schon am ersten Abend hier fällig.

Nach einer Weile kommt der Hänfling mit einem Radiergummi und einem Kamm zurück. Ohne einen Ton zu sagen, führt er Ernst wieder zurück in den Schlafraum. Als sie auf dem Bett sitzen, hält er Ernst den Radiergummi hin.

»Den kannst du haben. Wie heißt du eigentlich?«

»Ernst.«

»Ich bin der *Franz.* Wo kommst du her?«

»Aus Augsburg. Ich war im Waisenhaus.«

»Sind deine Eltern tot?«

»Nur meine Mutter.«

»Und wo ist dein Vater?«

»Unterwegs mit dem Wohnwagen, Geschäfte machen.«

»Zigeuner, he?«

»Wir sind keine Zigeuner!«

»Psst, leise, ist ja gut, dann bist du eben kein Zigeuner.«

»Wir sind Jenische!«

»Reg dich wieder ab, ich sag ja nichts mehr. Warum bist du hier?«

»Keine Ahnung.«

»Hm?« Franz macht die Handbewegung des Klauens.

»Nicht viel, nur Kleinigkeiten.«

»Das sagen alle.«

Obwohl es stockfinster ist, sieht Ernst ihn grinsen. »Das stimmt aber.«

»Schon gut. Ich muss jetzt wieder in die Falle. Bis morgen.«

Leise, wie er kam, verschwindet Franz wieder. Ernst liegt weiter wach und lauscht auf das Schnaufen und Scharren.

Die Jungen wälzen sich in den Betten und seufzen und haben schwere Träume, es gibt welche, die ins Bett machen, und andere, die heimlich heulen, und solche, die mit anderen unter eine Decke kriechen und gegenseitig an sich herumfummeln. Einige liegen eingerollt wie Säuglinge, andere mit dem Daumen im Mund, manche reden im Schlaf und schrecken verschwitzt hoch, dann starren sie in die schwarze Nacht und hoffen, dass der nächste Tag besser wird.

Ernst träumt sich hinaus, fliegt über die Anstalt, die viel größer ist als das Josefsheim. Schwebt über den zwei Türmen des alten Klosters und schaut in die vielen Anbauten und die zwei großen Innenhöfe, auf die Schuppen und Scheunen hinter dem Heim und auf die Gärten, in denen jetzt Schnee liegt. Er sieht innen die großen Treppenhäuser mit dem dunkelbraunen Holzgeländer, die breiten Flure, in denen man sich verlaufen kann, die Klassenzimmer und Speisesäle und Aufenthaltsräume. Dann ist er wieder im Schlafsaal der mittleren Jungs, in dem er ein Bett nahe der Tür bekommen hat.

Auch der Schlafsaal daneben ist mit den Mittleren belegt. Ganz hinten im Flur ist die Gruppe der Kleinen, die zwischen sechs und acht Jahre alt sind. Die Großen zwischen zwölf und vierzehn sind auf den Zimmern der gegenüberliegenden Hofseite untergebracht. Alles zusammen leben hier rund hundert Jungs und es werden jeden Monat mehr. Dazu noch mal so viele Mädchen, die im zweiten Stock sind, auch sie eingeteilt in kleine, mittlere und große.

Im Jungentrakt hat der Erzieher *Menzel* Nachtaufsicht, doch er passt nicht auf, sondern steht mal wieder am Fenster und raucht eine *Mokri.* Zur Straßenseite hin liegt das Büro von Rektor Goller, den sie hier nur Hausvater nennen. Dort brennt noch Licht. Goller sitzt mit seiner Stellvertreterin Friedel zusammen, sie blättern Akten durch. Das Jahr 1940 hat für die Erziehungsanstalt der nationalsozialistischen Volkswohlfahrt nicht gut begonnen. Die Kinder werden immer zahlreicher, und Erzieher sind knapp, weil viele zur Wehrmacht eingezogen sind.

Zwei Steinwürfe vom alten Kloster entfernt und durch ein Flüsschen getrennt liegt Indersdorf. Das Dorf schläft, es schläft bei Tag und Nacht und will nichts sehen und hören aus dem Kloster, das jetzt kein Kloster mehr ist, seit die Barmherzigen Schwestern vor zwei Jahren von den Nazis vertrieben wurden und die NS-Volkswohlfahrt das Ruder in die Hand nahm. Das Dorf will seine Ruhe haben und nichts wissen von den Kindern, die hier leben, und alle sind froh, dass zwischen Kloster und Dorf ein genügend großer Abstand ist, weil die Kinder im Heim ihnen nicht geheuer sind, Asoziale, wie es heißt, Herumstreuner, Taugenichtse, Tagediebe. Deshalb ist es gut, dass ein breiter Grünstreifen das Heim vom Dorf trennt, mittendrin die Glonn. Genau da, wo der Rothbach in die Glonn fließt, gibt es eine Brücke, über die man ins Dorf kommt, und wenn man gleich nach der Brücke links abbiegt, geht's zum Bahnhof, wo Ernst heute mit Wassermann aus dem Zug gestiegen und durch den Schnee hergestapft ist.

Das Heim sieht von außen streng und abweisend aus. Die Kirche mit den zwei hohen, spitzen Türmen vorne und einem kleinen Türmchen hinten ist außen grau, dafür innen überladen mit goldglänzenden Heiligenbildern. Direkt an die Kirche angebaut liegt im Süden der dreistöckige Hauptbau des Heims, zur Straßenseite hin mit großen Torbögen, die aber nur Maskerade sind, denn dahinter gibt es keine Tore, nur an der südlichen Ecke die Pforte mit dem Schiebefenster, gerade groß genug, dass das griesgrämige Gesicht der Pförtnerin durchpasst.

Es ist ein trauriges Haus. Obwohl die Räume riesig sind und große Fenster haben und Stuckdecken, sind die Kinder traurig, die Erzieher sind traurig, Ernst ist traurig. Er muss an das Josefsheim denken, an Johann, Emil und Kugel, an Sigolina, die bei all ihrer Strenge doch eine gute Haut ist. Vielleicht schickt man ihn ja wieder zurück, wenn er nichts mehr stiehlt und nichts mehr anstellt.

Nur wenige Kilometer südlich von Indersdorf liegt Dachau. Der Zug hat dort gehalten, aber Ernst hat das Lager nicht gesehen. Am liebsten wäre Ernst in Dachau ausgestiegen, um seinen Vater zu suchen und ihm zu sagen, dass er jetzt nicht mehr in Augsburg ist, sondern ganz in seiner Nähe.

Was Ernst nicht weiß: Christian Lossa ist nicht mehr in Dachau. Er wurde nach zwei Jahren Haft an Weihnachten 1938 entlassen.

Seither schlüpft er bei Verwandten unter und versucht, wieder seinen Geschäften nachzugehen. Dabei muss er ständig auf der Hut vor der Polizei und den Behörden sein. Er weiß, wenn er ihnen als fahrender Händler in die Hände fällt, sperren sie ihn sofort wieder ein.

Ernst träumt, dass er über dem Indersdorfer Kloster in die Lüfte steigt und nach Dachau fliegt. Er sieht die Wiesen und Felder und kleinen Dörfer, dann die Stadt. Doch je näher er Dachau kommt, desto mehr verdunkelt sich der Himmel, eine finstere Wolkenfront zieht auf, wie ein Gewitter, zuerst tintenblau, dann schwefelbraun. Er taucht ein in diese Tinte, und alles wird schwarz, bis ihn ein scharfer Pfiff aufschreckt.

Menzel steht mit seiner Trillerpfeife im Schlafsaal und ruft: »Aufstehen! Alles raus!«

Ernst springt aus dem Bett, dabei fällt der Radiergummi runter, direkt vor Menzels Füße.

»Wo hast du den her?«

Ernst schaut ihn nur unschuldig an, aber das zieht bei Menzel nicht. Er packt den Jungen am Ohr.

»Ich hab dich was gefragt.«

»Gefunden.«

»Soso, das haben wir gern. Gerade die erste Nacht hier und schon auf Diebestour. Das fängt ja gut an. Aber warte nur, Früchtchen, das werden wir dir schon abgewöhnen.«

Er nimmt den Radiergummi und marschiert hinaus. Zwei Betten weiter verdreht Franz die Augen, als wollte er sagen: »Wie kann man nur so blöd sein.« Ernst sinkt zurück ins

Bett, am liebsten würde er sich verkriechen, Decke über den Kopf und nichts mehr hören und sehen.

Aber es hilft nichts, Menzels Pfiff an der Tür ruft alle in den Waschraum. Plötzlich spürt Ernst das Jucken am ganzen Körper, er könnte sich ständig kratzen, hat schon ganz rot gekratzte Stellen an Armen und Beinen. Mit dem kalten Wasser wird es ein bisschen besser.

Beim Frühstück setzt sich *Harald* neben ihn. Er ist elf, ein Jahr älter als Ernst, spindeldürr und mindestens fünf Zentimeter größer. Niemand wagt es, sich mit ihm anzulegen. Das liegt an seinen kohlenschwarzen Augen, mit denen er sein Gegenüber kampflustig anblitzen kann.

Zwischen den Brotbrocken, die Harald hastig kaut, stellt er Ernst die Jungs der Gruppe vor. Nur wenige haben noch beide Eltern, und wer welche hat, vermisst sie meistens nicht. Da ist zum Beispiel *Alfons,* der bei seiner Mutter aufgewachsen ist und miterlebt hat, wie sie im Bett nebenan ihre Liebhaber empfangen hat. Vor ein paar Monaten ist sie gestorben und angeblich ist er froh darüber. Oder *Stefan,* der immer nur ans Abhauen denkt. Oder *Karl Ludwig,* einer der kleinsten in der Gruppe. Er kam mit seinem Bruder ins Heim und hat am Anfang ständig ins Bett geschissen. Die Erzieher haben es ihm ausgetrieben, dann bekam er Besuch von seinen Eltern und es fing wieder an. Oder *Leonhard,* der zusammen mit sechs Geschwistern ins Heim kam, weil die Wohnung zu Hause so verwanzt war, dass die Kinder von oben bis unten voller Wanzenstiche waren.

Während des Frühstücks beobachtet Ernst den Erzieher Menzel, der zwischen den Reihen auf und ab geht, und denkt an den blöden Radiergummi.

»Der Menzel ist in Ordnung«, sagt Harald, »der raucht

eine nach der anderen und ist froh, wenn er seine Ruhe hat. Sei froh, dass nicht die *Wintrich* Nachtdienst hatte, mit der ist nicht gut Kirschen essen.«

»Aber die sieht doch ganz nett aus.«

»Lass dich nicht täuschen. Die ist frisch aus der Schwesternschule und kennt alle Tricks, tut immer freundlich, aber wenn's drauf ankommt, ist sie knallhart. Das liegt nur daran, dass sie keiner ernst nimmt, weil sie so jung ist. Sobald sie sich umdreht, reißen wir Witze über ihren fetten Arsch.«

»Der Menzel geht jetzt bestimmt zum Direktor.«

»Keine Sorge, der macht wegen einem Radiergummi nicht viel Geschiss. Und den Goller wirst du selten sehen. Der ist die ganze Zeit unterwegs auf wichtigen Sitzungen. Der Alte tut immer ziemlich christlich, aber die Friedel kannst du besser um den Finger wickeln. Das ist seine Stellvertreterin, die das Haus leitet, wenn der Alte mal wieder weg ist.«

»Und die Lehrer?«

»Mit dem *Strobel* kann man auskommen, aber du wirst wahrscheinlich eher eine von den Josefas bekommen.«

»Den was?«

»Den Josefas. Die eine heißt *Klinger,* die andere *Hausmann.* Die haben nicht nur denselben Vornamen, sondern sind auch beide dieselben Schreckschrauben. Du musst höllisch aufpassen, die beiden petzen sofort bei dem Alten und dann schreiben sie jeden Furz von dir in deine Akten.«

»Na und?«

»Na, du bist gut. Was glaubst du, was die mit dir machen, wenn du nicht spurst? Die stecken dich ins Irrenhaus.«

»Quatsch.«

»Ich würd's lieber nicht ausprobieren. Den *Wolfgang* haben sie nach Ursberg gebracht, dabei hat er gar nicht viel angestellt, er war halt ein bisschen beschränkt und hat öfter mal ins Bett geschissen.«

»Ursberg? Was ist das denn?«

»Irgend so ein Deppenheim. Und jetzt ist er unter lauter Idioten.«

Ernst schaut Harald groß an, während der sein Brot runterschlingt. Er muss sich schon wieder kratzen.

Harald grinst. »Daran wirst du dich gewöhnen.«

»Woran?«

»Läuse.«

Das Heim ist so groß, dass die Schule im selben Haus stattfindet. Die Kinder müssen nur das Stockwerk wechseln und durch ein paar Flure gehen, schon sind sie im Klassenzimmer. Wie Harald prophezeit hat, bekommt Ernst eine der Josefas, die Klinger, die ihn mit kühlem Blick empfängt. Alles an ihr ist streng, der geflochtene Haarkranz, die Haltung, die groben Hände, vor allem die Augen, die hinter der dicken Hornbrille seltsam klein sind und ständig misstrauisch durch die Gegend flackern. Sie schlägt selten, dafür lässt sie jeden, der nicht spurt, in der Ecke auf einem Holzscheit knien und hinterher die Hausordnung abschreiben, bis die Finger krachen.

Ernst bekommt einen Platz in der ersten Reihe. Damit gehört er zu denen, die unter strenger Beobachtung stehen und das besondere Misstrauen der Klinger genießen.

Neben ihm sitzt *Paul,* der vor sich hin malt und dabei die ganze Zeit ans Abhauen denkt. Paul ist ein Windhund, ein drahtiger Bursche mit kurzen schwarzen Haaren und einer Hakennase, die er sich bei einem Boxkampf gebrochen hat. Er ist schon einige Male weggerannt. Jedes Mal haben sie ihn nach ein paar Tagen geschnappt, aber er verrät nie, wo er war. Er lebt in seiner eigenen Welt, vergräbt sich in Abenteuerbücher und will später entweder als Löwenjäger nach Afrika gehen oder Zirkusreiter werden.

Nach der Pause lässt die Klinger ein Diktat schreiben: »Warum unser Führer die Jugend liebt.« Paul lässt Ernst abschreiben, aber er kommt selber nicht richtig mit.

Plötzlich steht die Klinger neben Ernst, zieht ihm das Blatt weg und faucht: »Du bist sogar zu blöd zum Abschreiben! Aber was will man anderes erwarten bei einem Zigeuner.«

Ernst fährt hoch und sieht, wie Franz in der Bank nebenan rot wird und schnell den Kopf in sein Heft steckt.

Die anderen grinsen, während die Klinger weiterschimpft: »Lügen, betrügen, stehlen. Wenn du glaubst, du kommst hier damit durch, hast du dich geschnitten. Raus mit dir in die Ecke! Und bis morgen schreibst du die Schulordnung fünf Mal ab.«

Am Nachmittag verdrückt sich Ernst in den Waschraum, um sich ungestört im Spiegel zu betrachten. Er hat in einem Schulbuch Bilder von Zigeunern gesehen, Menschen mit dunkler Haut, schiefen Nasen und seltsamen lehmigen Augen. Von diesen Merkmalen kann er im Spiegel nichts entdecken. Seine Augen sind ganz normal braun, seine Haut ist hell, fast käsig, und seine Haare sind blond. Er sucht jeden Winkel seines Gesichts ab, ob er etwas Zigeunerhaftes findet, vielleicht sind es ja die Ohren …

## 2.

Wenn die Hell kommt, heißt das nichts Gutes. Sie kommt regelmäßig aus München und untersucht die Kinder im Heim. Dabei interessiert sich die Ärztin kaum für körperliche Krankheiten der Kinder, sondern viel mehr für die Familien, aus denen sie kommen. Sie macht Tests, stellt viele Fragen und beobachtet das Verhalten der Zöglinge. Ihre Ergebnisse sind dann in den Akten nachzulesen, die über jeden Zögling angelegt sind. Jeder im Heim weiß, dass es wichtig ist, bei Frau Doktor Hell einen guten Eindruck zu machen. Wer bei ihr schlecht abschneidet, hat auch bei den Erziehern und Lehrern schlechte Karten.

Immer wenn sie da ist, wird das Krankenzimmer im ersten Stock extra für sie hergerichtet. Dann steckt außen an der Tür ein Schild, auf dem »Dr. K. Hell« steht.

Anfang August, die Ferien haben gerade begonnen, sitzt Ernst mit drei Kameraden auf der Bank vor dem Arztzimmer. Er hat ein flaues Gefühl im Magen. Harald neben ihm erzählt, dass in den Berichten der Hell selten was Gutes drinsteht und dass sie die Kinder von Indersdorf nicht leiden kann, dass sie wahrscheinlich gar keine Kinder leiden kann. Wenn sie durch den Hof läuft mit ihrem schicken gelben Rock, schaut sie nicht links und nicht rechts, sondern immer über alle drüber, hält sich an ihrer großen Aktentasche fest und reagiert nicht mal, wenn man »Heil Hitler« sagt.

Jedenfalls muss man bei der Untersuchung höllisch aufpassen, warnt Harald. »Überleg dir gut, was du sagst. Sie notiert jedes Wort, jede falsche Antwort, sie schreibt auf, ob du in der Nase bohrst oder das Hemd richtig in der Hose hast, ob du schief stehst oder gerade.«

Harald war schon zwei Mal bei der Untersuchung, und heute kommt er ein drittes Mal dran, weil sein Vater sich beschwert hat. Sein Vater ist an der Front und hat das Eiserne Kreuz*, und Harald hat ihm heimlich einen Brief geschrieben und ihm erzählt, dass er hier im Heim geschlagen und schlecht behandelt wird. Dann hat der Vater an Direktor Goller geschrieben, dass es so nicht geht und dass Harald der Sohn eines Frontkämpfers ist und als solcher eine ehrenhafte Behandlung verdient hat. Das hatte eine mächtige Wirkung. Seither halten sich die Erzieher bei Harald zurück und er läuft noch mehr als sonst mit hochgereckter Nase durch die Gegend. Jetzt muss er zur Hell, und das ist ein schlechtes Zeichen, meint er. Deshalb sitzt er jetzt auch da wie ein Chorknabe und hat sich sogar gekämmt.

Siegfried ist schon seit einer halben Stunde drin. Normalerweise dauert es nicht so lang, sagt Harald. Wahrscheinlich liegt es daran, dass aus Siegfried nichts rauszubringen ist. Er träumt die meiste Zeit vor sich hin, wirkt plump und schwerfällig. Aber das ist nur ein Trick, in Wahrheit ist Siegfried ein ausgefuchster Bursche. Bei der letzten Schulsammlung hat er einfach die Beträge in seinem Kassenbuch ausradiert und kleinere reingeschrieben. Auf diese Weise blieben fast fünfzehn Mark für ihn übrig. Das Dumme war nur, dass der Menzel die Radierspuren im Kassenbuch entdeckt hat, was Siegfried eine Tracht Prügel und eine Woche Holzholdienst eingebracht hat.

Siegfried ist auch sonst findig im Geldverdienen. Er hat über dem linken Auge eine schwarze Klappe. Drunter ist kein Auge, sondern nur eine leere Höhle. Das Auge hat er bei einem Unfall im Kinderheim verloren. Wie das genau geschah, erzählt er nicht. Wenn man ihn drauf anspricht, fragt er nur: »Magst es sehen?« Für einmal Ankucken verlangt er zehn Pfennige. Wegen der Augenklappe nennen ihn alle Käpt'n Ahab, wie der aus *Moby Dick.* Siegfried hasst diesen Namen, weil er so jüdisch klingt. Aber er kann nichts dagegen machen.

»Da kommt ja der Käpt'n«, sagt Harald, als Siegfried die Tür öffnet. »Na, wie war's?«

»Komische Tante«, murmelt Siegfried, dann schlurft er davon, ohne noch etwas zu sagen.

Harald grinst. »Käpt'n Ahab hat recht, die ist wirklich komisch. Ich sag's euch, nehmt euch vor der in Acht. Die tut immer so freundlich und schwärzt dich hinterher beim Rektor an.«

Die Tür geht auf. Harald ist dran. Er glättet sich noch schnell die schwarzen Haare mit Spucke und kneift kurz ein Auge zusammen, bevor er reingeht. Dann ist Ernst mit Franz und *Hansi* allein. Obwohl Franz schon zwölf ist, ist er einer der Kleinsten in der Gruppe, schwächlich und blass. Er sitzt stundenlang da und brütet vor sich hin oder schaut mit seinen wässrigen blauen Augen aus dem Fenster. Wenn ihn die anderen ärgern wollen, sagen sie »Schütze Franz« zu ihm, das bringt ihn fast zum Heulen. Er hat nämlich vor zwei Jahren seine vierjährige Schwester mit dem Gewehr erschossen. Wie das genau passiert ist, weiß keiner so richtig, es gibt nur Gerüchte. Angeblich hat Franz zu Hause mit dem Gewehr des Vaters gespielt und dabei versehentlich abgedrückt. Seither ist ihm alles wurscht. Wenn er beim Klauen erwischt wird und Prügel kriegt, schert er sich nicht drum, und wenn er keine Hausaufgaben hat, ist ihm der Anschiss von der Klinger egal.

Hansi ist das Gegenteil, immer unruhig, immer auf dem Sprung. Sein kleiner Kopf mit dem schmalen Gesicht passt gar nicht zu dem stämmigen Körper. Hansi ist frech, rechthaberisch und jähzornig. Mit vier Jahren hat er einen Heuschober angezündet, danach haben sie ihn immer wieder beim Zündeln erwischt. Einmal hat er Vogelnester mit jungen Vögeln ausgebrannt, was er gerne und mit flackernden Augen erzählt. Dieses Frühjahr hat er dann auf dem Bauernhof seiner Großeltern Feuer gelegt, und sie haben gerade noch verhindert, dass der ganze Hof in Flammen aufging. Am nächsten Tag haben sie ihn eingewiesen. Hansi hat ständig Streichhölzer in der Tasche, obwohl das streng verboten ist. Egal wie oft sie ihn durchsuchen und ihm die Zündhölzer wegnehmen, er besorgt sich immer wieder neue.

»Was meinst du, was die Hell von uns wissen will?«, fragt er und hibbelt mit den Füßen, als wollte er gleich davonlaufen.

»Ob du noch ins Bett strullst«, antwortet Ernst.

»Pass auf, du!« Hansi ballt die Fäuste.

»War nur ein Spaß. Ich weiß es doch selber nicht.«

Hansi fragt Franz, ob er Streichhölzer für ihn hat.

»Nö«, sagt Franz, ohne aufzublicken. »Willst wieder zündeln, was?«

Hansi grinst breit. »So was mach ich doch nicht.«

Franz meckert: »Erst gestern hab ich dich hinter der Scheune gesehen, wie du Stroh angezündet hast.«

»Du bist ein mieser Schnüffler. Wenn du mich verpetzt, schlag ich dich grün und blau.«

Da kommt Harald raus, mit Siegermiene im Gesicht. »Die hab ich eingeseift, die hat mir richtig aus der Hand gefressen. Sie hat gesagt, dass ich mich gut gemacht habe. Aber die Hell ist eine falsche Schlange. Bin mal gespannt, was sie in den Bericht schreibt.«

»Meinst du, den zeigt sie dir?«, fragt Ernst.

»Quatsch. Der geht zum Rektor, da kommst du nicht ran.

Aber der Menzel und die Wintrich kriegen einen Durchschlag.« Er hebt verschwörerisch eine Augenbraue. »In diesem Haus gibt es keine Geheimnisse.«

Wieder geht die Tür auf, Frau Dr. Hells Kopf erscheint kurz.

»Lossa!«

Harald zwinkert ihm zu.

Frau Dr. Hell sitzt in ihrem weißen Mantel hinter dem Schreibtisch. Als Ernst ängstlich die Tür hinter sich schließt, hört sie auf, in den Papieren zu blättern, und schaut ihn prüfend an.

Ernst weiß nicht, wohin mit seinen Händen, knetet sie hinter dem Rücken, dann vor dem Bauch, betrachtet seine Fingernägel. Er spürt, wie ihr Blick an ihm hoch und runter wandert und ihn förmlich ausleuchtet. Sie schreibt etwas auf das Blatt vor sich. Ihr Füller kratzt auf dem Papier und Ernst stellen sich die Haare auf.

Dann sagt sie zu dem Blatt: »Ausziehen!«

»Hä?«

»Zieh dein Hemd und deine Hose aus. Übrigens heißt es nicht ›hä‹ sondern ›wie bitte‹.«

Sie schaut ihn streng durch ihre Brille an. Ernst muss sich auf die Waage stellen, 26,3 Kilo, dann an die Messlatte, 1 Meter 32.

»Lossa, das ist aber ein seltener Name. Wo kommst du her?«

Ernst muss sich räuspern, bevor er sprechen kann. Seine Stimme krächzt. »Aus Augsburg.«

»Sind deine Eltern aus Augsburg?«

»Weiß nicht.«

»Hier steht, dass deine Eltern Zigeuner sind.«

»Wir sind keine Zigeuner.«

»Sondern?«

»Jenische.«

»Ach so, das ist natürlich etwas anderes.« Sie pumpt seinen Arm auf, wie sie es im Krankenhaus machen, und horcht an seiner Lunge. »Weißt du, warum du hier bist?«

»Ich bin kein Zigeuner.«

»Ich hab dich schon verstanden. Ich will wissen, warum du hier bist.«

»Ich hab gar nichts gemacht.«

Sie betrachtet seine Hände und Füße, misst seinen Kopfumfang, macht sich wieder Notizen.

»Wo warst du denn vorher?«

»In Augsburg.«

»Wo in Augsburg?«

»Im Kinderheim St. Josef.«

»Und warum hat dich das Kinderheim hierhergeschickt?«

»Weiß nicht.«

Sie blättert. »Hier steht, du bist ›unerziehbar‹.«

»Bin ich nicht.«

Wieder das Kratzen auf dem Papier.

»Du bist jetzt seit einem halben Jahr in Indersdorf. Gefällt es dir hier?«

»Ja.«

»Was gefällt dir denn besonders?«

»Weiß nicht.« In Ernsts Kopf flüstert Haralds Stimme: Pass auf, sie ist eine falsche Schlange.

»Bist du schon in der HJ?«

»Im Jungvolk, seit April.«

»Und? Gefällt's dir?«

»Ja, wir haben zweimal die Woche Übung. Letzte Woche

hatten wir Geländeübung und ich war Drittbester beim Ballwerfen. Unser Hordenführer, der Alfons, hat mich sogar gelobt, was er sonst nur selten macht. Und jetzt in den Ferien fahren wir eine ganze Woche weg und machen ein Lager.«

»Frau Klinger hat mir erzählt, dass du öfter etwas stiehlst.«

»Stimmt gar nicht.«

»Aber Frau Klinger wird mich doch nicht anlügen.«

Verlegen schaut Ernst aus dem Fenster. Das helle Licht des Augustnachmittags blendet ihn.

»Du weißt doch, dass man nicht stehlen darf.«

»Ja.«

»Aber trotzdem tust du es.«

»Nur manchmal, nicht mehr so oft.«

»Soso, nicht mehr so oft. In dem Bericht aus dem Kinderheim steht, du stiehlst alles, was nicht niet- und nagelfest ist, und dass man sich vor dir in Acht nehmen muss.«

»Das stimmt nicht. Das ist nur manchmal, nur wenn mir etwas gefällt.«

»Wenn dir etwas gefällt, nimmst du es einfach, obwohl es dir nicht gehört?«

»Nein, nicht immer.«

»Du weißt, dass wir Diebstahl schwer bestrafen.«

»Mhm.«

»Und trotzdem tust du es immer wieder.«

»Ich will ja gar nicht.«

»Aber?«

»Aber dann sehe ich was, was mir gefällt. Und erst hinterher fällt mir dann ein, dass das verboten ist und dass es wieder Ärger gibt.« Ernst nagt an seiner Unterlippe. »Aber ich habe mich gebessert.«

»Ach ja?« Wieder das Kratzen des Füllers.

»Ja, als wir hierhergefahren sind, der Wassermann und ich, also der Herr Pfarrer Wassermann, da waren wir in München, und weil unser Zug erst in einer Stunde ging, hatten wir Zeit und liefen durch die Stadt, und da hab ich so viele schöne Sachen in den Läden gesehen. Aber ich habe mich am Riemen gerissen und nichts genommen.«

»Das war im Februar, das ist ein halbes Jahr her. In der Zwischenzeit hat man dich aber immer wieder beim Stehlen erwischt. Frau Klinger sagt, du hast ihr sogar Geld aus der Handtasche gestohlen.«

»Das war ich nicht.«

»Wer war es dann?«

»Der Alfred. Er hat gesagt, wir nehmen das Geld und kaufen uns im Dorf was dafür.«

»Aber man hat es bei dir in der Schultasche gefunden.«

»Ich hab's nur für ihn aufgehoben.«

»Und unter deinem Kopfkissen war eine Uhr, die Fräulein Wintrich gehört.«

»Weiß auch nicht, wie die da hingekommen ist.«

»Dann hat dich Herr Menzel erwischt, wie du Verstecke in einer Mauernische und in Erdlöchern angelegt hast, um darin die gestohlenen Sachen zu verbergen.«

»Das waren meine Sachen, ich hab sie nur versteckt, weil die anderen immer stehlen.«

»Soso.«

Sie schreibt sich wieder etwas auf, schaut abwechselnd von ihren Papieren zu Ernst und wieder aufs Blatt.

»Ich werde mich bessern und nichts mehr stehlen. Versprochen.«

Sie schaut ihn lange über die Brille hinweg an, dann kramt sie ein Buch hervor und schlägt es vor ihm auf. Es sind seltsame Bilder, so als hätte jemand einen Tintenklecks auf ein Blatt gemacht und es dann in der Mitte gefaltet und die beiden Seiten zusammengepresst.

Sie hält ihm die Klecksbilder vor die Nase, und er soll sagen, was er sieht. Zuerst sieht er gar nichts, dann einen Adler, einen Löwen, ein brennendes Haus, eine tote Katze, einen alten Mann, einen Feuerdrachen, es könnte aber auch ein Teufel sein oder ein Kobold. Sie schreibt alle Antworten auf ein extra Blatt. Dann ist er fertig. Er hat schon die Türklinke in der Hand, da sagt sie: »Nächste Woche komme ich wieder und da will ich nichts hören.«

»Ich werde mich anstrengen, Frau Doktor.«

»Das will ich hoffen.« Sie schaut ihn stirnrunzelnd an.

Beim Hinausgehen hört er das Kratzen ihres Füllers und das Geräusch geht ihm unter die Haut.

Er weiß gar nicht, was die Hell hat. Hier klauen doch alle.

Es gibt einige plumpe Diebe wie den *Ludwig*, der die Sachen einfach mitnimmt, wo sie liegen, und in den großen Taschen seiner Hose verschwinden lässt. Oder raffinierte Ganoven wie den Harald oder den *Theodor*. Theo kam erst vor zwei Wochen ins Heim. Vorher hat er sich nur auf der Straße herumgetrieben, wo er viel gelernt hat, vor allem ist er ein meisterhafter Taschendieb.

Ernst hat sich fest vorgenommen, sich zu beherrschen. Doch schon am nächsten Tag legt der Leonhard seine Uhr einfach neben ihm ab, er kann nicht anders, muss sie einfach einstecken. Genauso den Taschenkamm von *Simon* und den Spindschlüssel von Paul. Vor dem Mittagessen öffnet Ernst den Spind von Paul und ihm leuchten ein Paar Schlittschuhe entgegen. Er hat sie bereits in der Hand, als ihm sein Versprechen einfällt, und seufzend legt er sie wieder zurück.

Eine Woche später, bei der Nachuntersuchung, beichtet Ernst zerknirscht die beiden Diebstähle. Aber er erzählt der Frau Doktor auch stolz, dass er Pauls Schlittschuhe nicht gemopst hat, weil er doch schließlich versprochen hatte, sich zu bessern. Dr. Hell nickt und macht sich Notizen, und Ernst weiß nicht, ob das nun gut oder schlecht für ihn ist.

Nachdem er das Untersuchungszimmer verlassen hat, schreibt Frau Dr. Hell in ihren Bericht: *Lossa ist ein selten stark abartiges und damit gemeinschaftsunfähiges Kind. Es handelt sich um einen willenlosen, haltlosen, fast durchschnittlich begabten triebhaften Psychopathen. Er wird voraussichtlich nicht wesentlich gebessert werden können.*

## 3.

Seit Ernst beim Reichssportwettkampf die Siegernadel bekommen hat, akzeptiert ihn sogar Alfons, der Hordenführer der Pimpfe. Alfons ist ein richtiger Schleifer, hart und brutal, aber alle verehren ihn, weil er bärenstark und frech ist und ein echter Draufgänger. Er ist fast vierzehn, und er hofft, dass der Krieg noch lange dauert, damit er mitkämpfen kann, er will so schnell wie möglich Soldat werden, am liebsten Flieger. Er raucht heimlich und kann sogar schon Lungenzüge. Meistens raucht er *Trommler*, weil da in den Packungen Bildchen deutscher Uniformen drin sind. Er hat schon fast die ganze Sammlung in sein Album geklebt.

An den Heimabenden jeden Mittwoch ist Alfons' erste Amtshandlung, die Landkarte im Gruppenraum umzustecken. Überall, wo das deutsche Heer steht, steckt er ein kleines Fähnlein hin, und die eroberten Gebiete schraffiert er geduldig mit Bleistift. 1940 war ein gutes Jahr, da ist die graue Fläche ordentlich gewachsen, zuerst kamen Norwegen und Dänemark dazu, dann Holland, Belgien, Luxemburg und halb Frankreich. »Wartet nur ab, bald kommt der Iwan* dran«, sagt Alfons und deutet auf die riesige Fläche rechts neben Polen, wo in fetten Buchstaben Russland steht und die er schon zum Schraffieren vorgemerkt hat. Aber zuerst geht es ganz woanders weiter, in Afrika, wo General Rommel* die Engländer vertreibt. Die Pimpfe brauchen eine neue Karte, weil Afrika bei ihnen nicht drauf ist.

Wenn Alfons mit der Karte fertig ist, stehen alle stramm zum Fahnenappell, und manchmal lässt sie Alfons im Zimmer exerzieren. Dann basteln sie oder bereiten die nächste Straßensammlung vor, mal für die Frontsoldaten, mal für die Volkswohlfahrt oder das Winterhilfswerk. Alfons hat immer ein Lied dazu, zum Beispiel *Wir stürmen dem Siege entgegen* oder *Wir fahren gegen Engeland.* Am liebsten singt er *Es zittern die morschen Knochen.* Jetzt im Winter machen sie nur noch wenig Geländespiele. Alfons hat ein neues Brettspiel besorgt, es heißt *Juden raus* und funktioniert so ähnlich wie *Mensch ärgere dich nicht,* nur dass man sich nicht gegenseitig rauswirft, sondern die Juden aus ihren Häusern und Geschäften vertreiben muss. Wer es zuerst schafft, sechs Juden nach Palästina zu schicken, hat gewonnen. Ernst hat noch nie gewonnen.

»Das liegt daran, dass du ein Weichling bist. Oder bist du vielleicht sogar ein Judenfreund?«, sagt Alfons und kneift die Augen zusammen.

»So ein Blödsinn«, erwidert Ernst.

»Na ja, könnte ja sein. Bei euch weiß man ja nie.«

»Was soll das heißen, bei euch?«

»Du weißt schon, was ich meine.«

»Nein, weiß ich nicht.«

»Ist ja auch egal. Los, spielen wir weiter.«

Aber Ernst hat keine Lust mehr, zornig wirft er die Steine um und geht.

Alfons brüllt ihm nach: »Das ist Befehlsverweigerung, ich werde dich melden!«, doch das ist Ernst egal.

Ja, er weiß, was Alfons meint, er meint Zigeuner, Jenische, Asoziale. Dabei sind sie hier doch alle Asoziale: Franz, der seine Schwester erschossen hat, Hansi, der Feuerteufel, Siegfried mit seinem verlorenen Auge, Leonhard aus der verwanzten Wohnung, sogar Alfons selbst, der keinen richtigen Vater hat und dessen Mutter die ganze Zeit mit anderen Männern rumgemacht hat.

Die Geschichte von Alfons' Mutter, die neben seinem Bett ihre Liebhaber empfangen hat, wird nur unter der Hand erzählt, er selber spricht nie darüber. Dafür hat er jede Menge säuischer Geschichten auf Lager. Er hat viel Erfahrung in solchen Sachen, hat schon mit Mädchen rumgemacht, durch die Umkleidekabinen im Freibad gespitzt und sogar schon mal einer unter die Bluse gelangt. Immer wenn Alfons seine Geschichten erzählt, ist das Schnaufen und Rubbeln im Schlafsaal noch stärker als sonst.

Alles, was anzüglich und schlüpfrig ist, macht bei den Jungs großen Eindruck. Also erzählt Ernst ihnen auch die Geschichte von *Traudl* aus dem Josefsheim.

»Sie war zwar ein bisschen doof, hatte aber schon einen Busen. Und einmal haben wir ihr eine Mark gegeben, damit sie sich auf den Boden legt und die Beine auseinandermacht. Wir konnten ihre Unterhose sehen und ein bisschen sogar das Schwarze darunter.«

Was Ernst nicht erzählt, ist, dass sie dabei blöderweise von Sigolina erwischt wurden, die sie grün und blau schlug.

Die Jungs wollen die Geschichte immer wieder hören und alle hängen an Ernsts Lippen und wollen noch mehr Einzelheiten. Also denkt er sich eben welche aus. Er schmückt die Geschichte jedes Mal mehr aus, erzählt, wie er sich in den Mädchenschlafsaal im Waisenhaus geschlichen und im Schrank versteckt hat und wie er dann durchs Schlüsselloch die Mädchen beim Ausziehen beobachtet hat. Wie er durch das Fenster im Mädchenbad gespitzelt hat. Wie er hinterm Haus die *Christina* geküsst hat. Das ist zwar alles erstunken und erlogen, aber sie wollen es nicht anders, sind richtig gierig darauf. Bald hat Ernst den Ruf des größten Schwerenöters und das Gewichse im Schlafsaal wird immer wilder.

Bis es auffliegt. Die Wintrich steht eines Nachts im Schlafsaal, und keiner hat sie kommen sehen oder gehört, weil sie mit ihren Pantoffeln herumschleicht wie eine Schlange. Sie hört sich das Gestöhne eine Zeit lang an, dann zieht sie Leonhard aus dem Bett, der es am wildesten treibt. Sie packt ihn am Ohr und macht das Licht an.

»Du Sau, was machst du da?«

Leo kann nichts sagen und das ist auch nicht nötig bei der Beule in seiner Schlafanzughose. Alle grinsen schadenfroh, das macht die Wintrich nur noch wütender.

»Raus mit euch, alle!«, kreischt sie. Dann scheucht sie zwanzig Jungs unter die kalte Dusche, und als sich dann alle bibbernd wieder ins Bett legen, zischt sie: »Das wird ein Nachspiel haben.«

Am nächsten Tag wird Ernst zur Friedel zitiert. Sie lässt ihn eine Weile zappeln, während er vor ihrem Schreibtisch steht, schaut ihn dann lange und durchdringend an. Weil er ihr nicht in die Augen sehen kann, starrt er auf das Hitlerbild hinter ihr, und der Führer schaut streng auf ihn herunter. »Wenn das der Führer wüsste«, so sagen die Erwachsenen oft, wenn etwas schiefläuft. Aber der Führer hat so viel um die Ohren, der kann sich ja nicht um alles kümmern.

Die Friedel reißt Ernst aus seinen Gedanken. »Du bist jetzt schon über ein Jahr hier. Wenn ich mir hier die Berichte anschaue, dann hast du nicht viel Fortschritte gemacht.« Sie trommelt mit den Fingern auf der Tischplatte. »Hast du das Onanieren im Schlafsaal angezettelt?«

»Nein, das war ich nicht!«

»Fräulein Wintrich und deine Kameraden erzählen aber etwas anderes. Sie sagen, dass du ständig unsittliche Geschichten erzählst und sie zu verdorbenen Handlungen verleitest.« Während sie redet, ist sie aufgestanden und kommt jetzt drohend auf Ernst zu.

»Ich kann wirklich nichts dafür. Sie sagen immer, ich soll ihnen was erzählen, und dann erfinde ich halt was.«

»Soso. Und was sollst du ihnen erzählen?«

»Na, so Sachen halt. Mit Mädchen und so.«

Sie holt aus und haut Ernst eine runter, dass er quer durchs Büro stolpert.

Ernst versucht es mit Jammern. »Ich will das ja gar nicht, aber die sind alle ganz scharf drauf und betteln immer: ›Ernst, erzähl noch eine Geschichte‹, und dann tu ich's halt. Aber ich mach's auch nicht wieder, Frau Friedel, das verspreche ich.«

»Und woher hast du die Geschichten?«

»Die denke ich mir aus.«

Sie holt wieder aus, aber Ernst fleht: »Nein wirklich, ich hab das alles erfunden. Ehrlich.«

Sie sieht ihn lange an, dann sagt sie barsch: »Ich will von so etwas nicht noch mal hören. Disziplin ist hier das oberste Gebot, und wenn du die Disziplin untergräbst, werde ich dir die Hammelbeine lang ziehen. Wenn mir noch einmal was zu Ohren kommt, versetze ich dich zu den großen Jungs, da weht ein anderer Wind. Hast du verstanden?«

»Ja.«

»Und zur Strafe schreibst du zehn Mal die Hausordnung ab und holst eine Woche lang das Holz für den Speisesaal.«

»Jawohl, Frau Friedel.«

Als er zu den anderen zurückkommt, feixen sie alle und machen blöde Bemerkungen über seine glühende Backe, und er weiß, sie haben mal wieder einen Sündenbock gebraucht. Aber nicht mehr lange, dann können sie ihn alle mal, bald ist Frühling, dann haut er hier ab.

Hier haut ständig einer ab, manche haben schon vier Fluchtversuche hinter sich. Meistens dauert es nur ein paar Tage, dann werden sie von der Polizei wiedergebracht, oder sie kommen von alleine zurück, weil sie Hunger haben oder es ihnen draußen zu kalt ist. Erst vor Kurzem, Ende Februar, sind Leonhard und sein Kumpel Theo ausgebüxt. Sie sollten am Nachmittag strafexerzieren, stattdessen haben sie ihre HJ-Uniformen angezogen und sind über den Zaun und weg. Aber weil es so kalt war, kamen sie am Abend wieder freiwillig zurück.

Die längste Tour haben Franz und Stefan gemacht. Als die Gruppe mit Fräulein Wintrich im Wald beim Tannenzapfensammeln war, haben sich die beiden abgesetzt, gingen heimlich früher zurück und brachen in Menzels Zimmer ein. Dort nahmen sie alles mit, was wertvoll ist. Geld aus den Sparschatullen der Klassen, zehn Uhren aus einer Kassette, Zigaretten, Pralinen, Kekse, Schokolade, Filme, einen Fotoapparat, eine Taschenlampe und HJ-Fahrtenmesser. Sie stopften alles in ihre Rucksäcke, zogen ihre Jungvolk-Uniformen an und gingen zum Bahnhof, wo sie nach München fuhren. Zwei Wochen lang waren sie unterwegs und schafften es bis in den Süden von Österreich, dort wurden sie beim Klauen erwischt.

Aber Ernst ist sicher, ihm wird das nicht passieren. Wenn er abhaut, dann nicht nach Österreich, sondern endgültig, sodass ihn keiner einfängt, nach Amerika. Oder nach Afrika, wo jetzt der Rommel mit seiner Kompanie steht. Ernst weiß alles über Rommel, weil Paul ein fanatischer Anhänger von ihm ist. Paul kauft immer die *Deutsche Infanterie*, er ist richtig süchtig danach, und manchmal darf Ernst ein Heft lesen, wenn Paul damit fertig ist.

Paul will unbedingt auch mal zum Afrikakorps eingezogen werden. Ernst weiß nicht, ob er Soldat werden will. Das dauernde Exerzieren im HJ-Fähnlein geht ihm auf die Nerven. Alfons, der rumbrüllt, wenn sie sich nicht schnell genug in den Dreck werfen, aufstehen, hinwerfen, rennen, robben, das hat er ziemlich satt. Alfons sagt, aus Ernst wird nie ein Held. Und wenn er nicht Disziplin und Gehorsam lerne, werde er bald aus der HJ ausgeschlossen.

Am 1. Mai stehen alle in Reih und Glied im Innenhof des Heims, die HJ in der vordersten Reihe. Die Pimpfe sind die Ehrengarde für den Goller, der an solchen Feiertagen immer da ist und langweilige Reden hält. Sie singen *Unsre Fahne flattert uns voran,* und als der Satz kommt: *Ja, die Fahne ist mehr als der Tod,* ist Ernst so gerührt, dass ihm die Tränen in die Augen steigen.

Er schaut hinauf zu der roten Fahne, die über ihren Köpfen flattert, und das Hakenkreuz scheint sich im Wind zu drehen wie ein Propeller. Goller sagt, dass der Führer das Vaterland rettet und dass er dabei vor allem auf die Jugend setzt, weil der Führer die Jugend liebt. Und dass sie sich mit Leib und Seele hingeben sollen für das Vaterland. Dabei knattert blutrot die Fahne zwischen die Worte des Direktors hinein.

Aber wie soll sich jemand hingeben, wenn er eingesperrt ist? Die Fahne zerrt an der Leine und will wegfliegen. Ernst wartet jeden Moment darauf, dass das Seil reißt. Sie ist ein fliegender Teppich, den sie eingefangen und festgebunden haben, weil Herumfliegen verboten ist. Wer herumfliegt, ist verdorben, muss eingesperrt werden. Aber sie wehrt sich. Die wütende Fahne schüttelt rot den Kopf, knallt und rappelt so laut, dass der Direktor nicht mehr zu hören ist, dann reißt die Leine.

Die Fahne steht wutrot über dem Hof, überdeckt das ganze graue Erziehungsheim, hebt sich wolkenhoch, schwebt über Kirche und Mauer und Garten und lacht den Direktor und die Lehrer aus, und niemand kann sie halten, niemand wieder einfangen, sie flattert hinüber zum Wald und ist bald nicht mehr zu sehen. Kommt auch nicht wieder, egal wie laut der Direktor schreit. Und die Pimpfe singen: *Deutschland, sieh uns, wir weihen dir den Tod als kleinste Tat.*

Ständig schmiedet Ernst neue Fluchtpläne, die er aber für sich behält. Er will auf die Sommerferien warten, da gibt es sicher gute Gelegenheiten. Bis dahin legt er neue Verstecke an für seine Sachen, Geld, Uhren, Fahrtenmesser, alles, was man braucht, wenn man unterwegs ist.

Vielleicht könnte er Paul mitnehmen. Aus Paul wird man nicht schlau, mal sammelt er kleine Tiere und dressiert stundenlang Eidechsen, dann ist er wieder überdreht, unruhig und streitsüchtig. Wenn er nicht die *Deutsche Infanterie* liest, hängt er über Karl May, manchmal liest er seinen *Winnetou* sogar unter der Schulbank.

In der Pause streiten sie, ob Old Shatterhand oder Rommel besser ist. Ernst ist für Old Shatterhand. Paul sagt: »Der Rommel hat viel mehr Leute unter sich, der ist ein richtiger General, jetzt sogar Generalleutnant. Da kann Old Shatterhand nicht mithalten.«

»Aber er kann seine Feinde mit einem Schlag an die Schläfe töten, er kann aus der Hüfte schießen und einen Bären mit dem Messer erlegen.«

»Dafür hat der Rommel das Eiserne Kreuz erster Klasse.«

Sie werden unterbrochen, weil plötzlich der Menzel dasteht und sagt, Ernst muss zur Friedel. Jetzt ist alles vorbei, denkt er. Bestimmt hat ihn wieder einer verpetzt und sie haben seine Schatzkammern entdeckt.

»Ich hab gar nichts gemacht«, sagt er vorsorglich.

»Jaja, ich weiß schon, trotzdem ab zur Frau Direktor!«

»Aber ich muss gleich wieder in die Klasse.«

»Ich sag der Klinger Bescheid. Du hast Besuch.«

»Ich hab was?«

»Besuch. Na los, ab mit dir.«

»Wer?«

»Keine Ahnung, ich soll dich nur hochschicken. Nun geh schon, die warten auf dich.«

Ernst trottet hinauf zum Büro der Friedel, sein Herz klopft bis zum Hals, er hatte noch nie Besuch, nicht mehr seit Oma tot ist. Das war 1937, er rechnet kurz, das ist jetzt vier Jahre her.

Vielleicht darf er doch zurück ins Josefsheim? Und der Wassermann ist gekommen, um ihn abzuholen, weil ihn das schlechte Gewissen plagt und er seine Ungerechtigkeit eingesehen hat?

Aber im Büro der Rektorin steht nicht Wassermann, sondern ein schmaler, abgerissener Mann mit tief liegenden, müden Augen, der einen Hut in der Hand hält. Das kann nicht sein Besuch sein. Aber sonst ist keiner im Zimmer. Ernst schaut die Friedel an, doch sie sagt nichts, keiner sagt was, bis ihr die Stille im Raum zu viel wird.

»Und?« Die Friedel blickt den Mann, der verlegen den Hut in den Händen dreht, auffordernd an. Er räuspert sich. Ernst weiß nicht, was hier gespielt wird, aber es ist eigenartig, er fühlt sich verkohlt und hat große Lust, wieder zu gehen. Nun grinst ihn der Mann an, ein einseitiges Grinsen mit der linken Gesichtshälfte, und da weiß er es. Ihm bleibt das Herz stehen. Er kann nichts sagen, kann sich nicht bewegen, möchte hinrennen und sich an ihm festhalten, ganz fest, aber es geht nicht. Er hat keine Kraft in den Beinen, ihm wird schummrig, alles dreht sich und er kann nur flüstern.

»Vater?«

»Hallo, Ernst.«

## 4.

Die Friedel führt die beiden ins Besucherzimmer, ein kleiner Raum mit einem Tisch und zwei Stühlen. Aber Vater will lieber raus in den Garten.

»Wie Sie wünschen«, sagt die Rektorin, schaut ihn dabei aber kritisch an, als hätte sie Angst, dass er draußen die Himbeersträucher stiehlt.

Es ist ein komisches Gefühl, neben Vater herzugehen, so vertraut und doch so fremd. So oft träumte er, dass Vater endlich da ist und er ihm lachend in die Arme springen darf. Doch jetzt ist es beklemmend und sein Besuch macht Ernst

Angst. Angst, dass er wieder geht und nicht mehr wiederkommt, Angst, dass er eine schreckliche Nachricht bringt, Angst, dass er ihn verstößt, weil er so viel angestellt hat, Angst, dass er ihn hierlässt, Angst, dass er ihn mitnimmt. Oder es ist gar nicht sein Vater, sondern ein Irrtum, eine Verwechslung. Vielleicht haben sie nur jemand gesucht, der so ähnlich aussieht und der ihm ins Gewissen reden soll, damit er keine Dummheiten mehr macht. Aber der Mann sieht nicht aus wie einer, der Ernst in die Mangel nehmen will, eher verloren, abwesend, fast durchsichtig.

Schon komisch, die ganze Zeit hat er sich gewünscht, dass Vater endlich kommt, und jetzt, wo er da ist, fühlt sich Ernst noch einsamer als sonst. Da ist wieder der Nagel in seiner Brust, der immer dann sticht, wenn etwas Furchtbares passiert. Das Brennen, das er zum ersten Mal hatte, als er von zu Hause abgeholt wurde, es erinnert ihn an den Tag, als sie Mutter beerdigt haben, an Oma, die im Winterdunst verschwindet, an Malchen und Nanna in ihren weißen Nachthemden. Immer wenn jemand weggeht, immer wenn jemand verloren geht.

Dabei geht doch jetzt niemand verloren, im Gegenteil, Vater ist wieder da. Ernst sollte glücklich sein. Aber vielleicht fühlt sich Glücklichsein so an, vielleicht gehört es dazu, dass man sich nicht mehr auskennt und die Nase läuft und die Welt unwirklich ist wie im Traum. Vielleicht gehört der Schatten dazu, die Angst, die Verwirrung und der Knoten im Hals.

Sie brauchen die ganze Breite des Flurs, Ernst links, Vater rechts, mit so viel Abstand, dass immer wieder Schüler zwischen ihnen hindurchlaufen und blöd kucken. In Ernsts Erinnerung ist Vater immer geschlendert, jetzt neben ihm geht er hart und zieht ein Bein etwas nach. Er war immer so nobel gekleidet, und jetzt trägt er einen ausgebeulten alten Anzug, der ihm um die Beine schlottert. Er war immer so forsch und fröhlich, jetzt ist er still und bedrückt und sieht aus, als wäre er am liebsten weit weg. Seinen Hut hat er wieder aufgesetzt, und dadurch und weil er so klapperdürr ist, wirkt er noch größer, als er sowieso schon ist. Im Garten steckt er sich eine Zigarette an und saugt den Rauch tief ein.

Ernst möchte ihn so viel fragen. Warum er so lange weg war. Warum er nicht gekommen ist damals an Weihnachten und auch danach nicht. Wie es im Arbeitslager war. Ob er wieder Geschäfte macht. Ob sie jetzt zusammen nach Amerika gehen. Aber er traut sich nicht, aus Sorge, Vater könnte böse werden oder noch trauriger. Sie gehen in den hinteren Teil des Gartens, wo die hohen Bäume stehen und das freie Feld anfängt, und setzen sich auf eine Bank. Es dauert eine ganze Zigarette lang, bis Vater endlich was sagt.

»Ein schönes Heim habt ihr hier.«

»Mhm.«

»Sind die Erzieher nett?«

»Mhm.«

»Und hier gibt's ja 'ne Menge Jungs in deinem Alter, das ist bestimmt toll.«

»Mhm.«

»Und wie du gewachsen bist, richtig aufgeschossen. Es dauert nicht mehr lange, dann bist du so groß wie ich.«

»Mhm.«

»Ich hätte dich beinah nicht wiedererkannt. Beim letzten Mal warst du noch ein kleiner Knirps. Lass mich überlegen, da warst du vier. Mensch, wie die Zeit vergeht. Und jetzt bist du elf und schon so groß.«

»Mhm.«

»Ich weiß, ich bin ein schlechter Vater, hab mich wirklich

zu wenig um euch gekümmert. Aber ich war ... es ging nicht anders ... ich konnte nicht. Verstehst du?«

»Mhm.«

»Ich war übrigens in Augsburg im Josefsheim, dort haben sie mir gesagt, dass du jetzt hier bist. Von Anna und Amalie soll ich dir liebe Grüße bestellen.«

»Mhm.«

»Ihnen geht es gut. Mein Gott, wie groß sie geworden sind! Anna ist vor einem Monat neun geworden. Ich sehe sie noch vor mir, wie sie in den Windeln lag und geschrien hat. Mann, die war aber auch ein Schreikind. Und Malchen ist zehn. Sie haben gesagt, dass man wegen ihrer Hüfte was machen muss. Vielleicht kommt sie ins Krankenhaus oder in ein Sanatorium. Aber es ist nichts Schlimmes, haben sie gesagt, das kann man heutzutage reparieren, nur ein kleiner Eingriff, dann kann sie normal gehen wie alle anderen auch. Von Schwester Sigolina soll ich dich grüßen, und sie hofft, dass du dich ordentlich benimmst. Sie sagt, dass sie oft für dich betet.«

Stille.

Vater hat sich noch eine angesteckt, sitzt da, die Ellbogen auf den Knien, das Kinn auf die Hände gestützt, die Hände, die immer so fein und zart waren und die jetzt voller Schwielen und Narben sind. Er schaut hinaus auf die Felder, wo sich die jungen Weizenähren wiegen wie ein grünes Meer. In den Bäumen schnarren ein paar Drosseln, um sich gegenseitig vor dem Bussard zu warnen, der über der Anstalt kreist. Vom Heim her ist nichts zu hören, weil jetzt wieder alle im Unterricht sind, nur der Wind raschelt in den Eichen und Pappeln, ein kühler Wind, Ernst zieht die Beine hoch und schlingt die Arme drum.

»Nimmst du mich jetzt mit?«

»Junge, das geht nicht.«

»Warum?«

»Ich kann dich nicht versorgen, hab ja kaum genug für mich selbst. Und hier hast du's doch gut, du bekommst genug zu essen, hast ein Dach über dem Kopf, hast Spielkameraden und Freunde.«

»Pfff, Freunde. Für die bin ich doch bloß ein Zigeuner.«

»Ach, hör einfach nicht auf das blöde Geschwätz!«

»Ich will aber nicht hierbleiben, will lieber mit dir fahren und im Wohnwagen schlafen.«

»Ich hab keinen Wohnwagen, schon lange nicht mehr. Seit Mutter tot ist, ist alles so ... Ich hab einfach gerade kein Glück.«

»Dann gehen wir eben nach Amerika.«

»Was willst du denn in Amerika?«

»Du hast gesagt, wir gehen, wenn du wieder da bist und genug Geld verdient hast. Du hast es versprochen.«

»Amerika ... da musst du noch ein bisschen Geduld haben. Zurzeit laufen die Geschäfte nicht so gut, weißt du?«

»Ist es, weil der Führer die Fahrenden nicht mag?«

»Pass lieber auf, was du sagst. Sonst sperren sie dich auch noch ein.«

»Wieso, wen haben sie sonst noch eingesperrt?«

»Ach, niemand.«

»Oma hat gesagt, dass du in Dachau bist.«

»Das ist typisch Mutter, die konnte nie ihren Mund halten.«

»Dasselbe hat sie über dich gesagt.«

»Jetzt bin ich jedenfalls wieder draußen und keine zehn Pferde bringen mich da wieder rein. Mach dir also keine Sorgen.«

»Sie hat mir auch die Halskette von dir und Mutter gegeben.«

»Hast du sie noch?«

»Na klar.« Ernst macht sein Hemd auf und zeigt ihm die Kette, die er jetzt um den Hals trägt, damit sie ihm keiner klaut. »Ich habe noch viele Schätze in meinem Versteck. Da hab ich auch Geld, bestimmt 50 Mark.«

»Wo hast du das her? Etwa geklaut?«

»Nein, gespart.«

»Erzähl mir keine Ammenmärchen, die Rektorin hat gesagt, dass du ein ziemlicher Gauner bist und sie eine Menge Ärger mit dir hat.«

»Ach, die Friedel, die blöde Kuh.«

»Na, na.«

»Ist doch wahr, andauernd verdächtigt sie mich. Immer wenn was geklaut wird, heißt es, das war der Lossa. Und wenn ich sage, ich war's nicht, glaubt mir keiner. Immer krieg ich es ab, das ist so ungerecht.«

»Da wird schon was dran sein, wenn sie's sagt.«

»Nicht mal du glaubst mir.«

»Doch, doch, ich glaub dir schon. Komm, sei nicht traurig. Erzähl mir lieber was über deine Freunde und was du so machst den ganzen Tag.«

»Ach, da gibt es nicht viel zu erzählen. Es ist jeden Tag dasselbe. Um sechs ist Wecken, dann nach dem Waschen ist Frühsport. In Augsburg mussten wir in der Früh immer in die Kirche, das war mir lieber, da konnte man noch ein bisschen dösen, jetzt müssen wir antreten und Gymnastik machen und so Sachen, und das schon vor dem Frühstück, das finde ich blöd. Die Klinger mag mich nicht, das ist unsere Lehrerin, sie sagt, ich bin unsportlich und undiszipliniert, dabei habe ich beim Reichswettkampf die Siegernadel bekommen. Sie schaut mir immer hinter die Ohren und auf die Fingernägel, und wenn da nicht alles sauber ist, macht sie

Ernst Lossa (Ivo Pietzcker)

Ernst (Ivo Pietzcker) bei seiner Ankunft in der Nervenheilanstalt Sargau

Eine kleine Patientin

Ernst (Ivo Pietzcker) bei der Untersuchung nach seiner Ankunft

Ernst (Ivo Pietzcker) wird für die Krankenakte fotografiert.

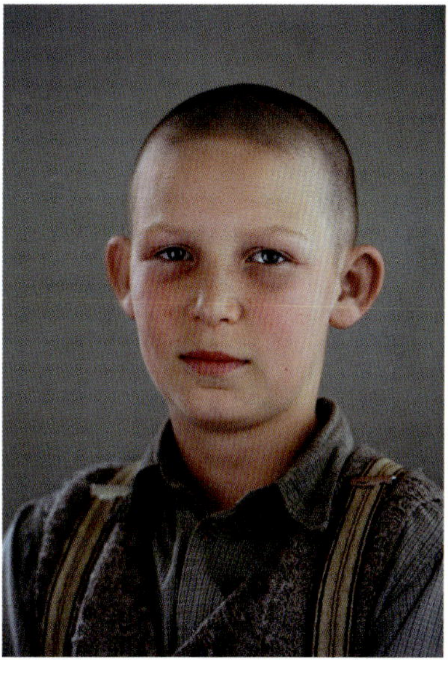

Portrait für die Krankenakte:
Ernst Lossa (Ivo Pietzcker)

Ernst Lossa (Ivo Pietzcker) und Dr. Walter Veithausen (Sebastian Koch)

Ernst (Ivo Pietzcker) schenkt einem anderen Patienten einen Apfel.

Ernst (Ivo Pietzcker) beobachtet, wie sein Freund Hermann von seinen Eltern abgeholt wird.

Ernst (Ivo Pietzcker) gibt Amelie (Carla Karsten) zu Essen.

Christian Lossa (Karl Marcovics) verspricht, seinen Sohn Ernst (Ivo Pietzcker) bald aus der Nervenheilanstalt abzuholen.

Theresa (Annelie Gerda Prey) und Nandl (Jule Hermann) ertappen Ernst beim Schlüsselklau.

Ernst (Ivo Pietzcker) bei der Waldarbeit

Ernst (Ivo Pietzcker) hört, dass Nandl Geburtstag hat.

Schwester Sophia (Fritzi Haberlandt) und Pfleger Paul Hechtle (Thomas Schubert) erhalten die Nachricht, dass das zentrale Euthanasieprogramm gestoppt wurde.

Schwester Sophia (Fritzi Haberlandt)

Josef (Niklas Post), Ernst (Ivo Pietzcker) und Oja (David Bennent) werfen Kartoffeln um die Wette.

Dr. Walter Veithausen (Sebastian Koch) zeigt der neuen Krankenschwester Edith Kiefer (Henriette Confurius) die Anstalt.

Pfleger Paul Hechtle (Thomas Schubert) und der Direktor der Nervenheilanstalt Dr. Walter Veithausen (Sebastian Koch) erproben die Entzugskost.

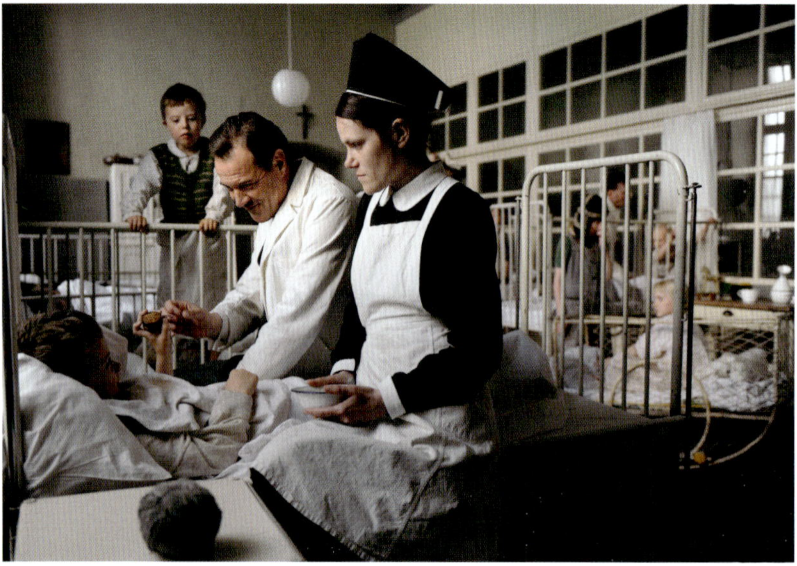

Dr. Walter Veithausen (Sebastian Koch) und Schwester Sophia (Fritzi Haberlandt) kontrollieren den Gesundheitszustand ihres Patienten Toni (Arne Wichert).

Schwester Edith Kiefer (Henriette Confurius) verabreicht Toni (Arne Wichert) eine tödliche Medizin.

Hausmeister und Aufschneider Max Witt (Branko Samarovski) beobachtet Ernst beim Reinigen des Sektionsbesteckes.

Max Witt (Branko Samarovski) und Dr. Walter Veithausen (Sebastian Koch) bei der Obduktion zweier Patienten

Schwester Edith Kiefer (Henriette Confurius)

Ernst (Ivo Pietzcker) sucht Hilfe bei Schwester Sophia (Fritzi Haberlandt), nachdem sie Amelie (Carla Karsten) gerettet haben.

Ernst (Ivo Pietzcker) und Nandl (Jule Hermann) planen ihre Flucht.

Dr. Walter Veithausen (Sebastian Koch)

Die Trauergemeinde bei der Beerdigung von Schwester Sophia

Max Witt (Branko Samarovski) und Ernst (Ivo Pietzcker) bei der Beerdigung von Schwester Sophia

Ernst Lossa (Ivo Pietzcker) auf dem Friedhof der Anstalt

Ernst Lossa (Ivo Pietzcker) beim Begräbnis von Schwester Sophia

Ernst (Ivo Pietzcker) muss Nandl (Jule Hermann) versprechen, ohne sie zu fliehen.

mich vor der ganzen Klasse zur Schnecke. Bei den anderen macht sie das nie. Zum Beispiel beim Siegfried, der hat nur ein Auge, ist aber ein ganz durchtriebener Hund, obwohl er immer so scheinheilig tut. Da sagt sie nie was, wenn er im Unterricht schläft, aber bei mir. Wenn ich aus dem Fenster schaue, zieht sie mich an den Ohren oder lässt mich in die Ecke knien. Und der Paul, der neben mir sitzt und auch nicht besser ist als ich, der kriegt immer eine Note besser. Der Paul will übrigens nach Afrika zum Rommel, und wenn das nicht geht, will er zum Zirkus, auf Pferden und Kamelen reiten und auf Elefanten. Und der Franz will Flieger werden. Wir sagen immer ›Schütze Franz‹ zu ihm, weil er seine kleine Schwester erschossen hat, also nicht absichtlich, eher aus Versehen, und ich glaube, es tut ihm leid, aber trotzdem ist er ein Arschloch, weil er immer petzt.«

Ernst erzählt Vater von allen Jungs in seiner Gruppe, er redet und redet, aber Vater hört überhaupt nicht zu. Sitzt nur da und raucht und schaut über die Wiesen in die Ferne, als würde er einen Film betrachten, der sich in seinem Kopf abspielt. Er wacht erst wieder auf, als Ernst sagt: »Und übrigens bin ich jetzt bei der HJ.«

»Was? Du bei den Braunen?« Vater zuckt richtig zusammen.

»Eigentlich bin ich noch beim Jungvolk, aber wir haben auch schon Uniformen, schwarze Hosen, braune Hemden, Koppel, Halstuch und alles. Das Marschieren mag ich nicht so, aber die Geländespiele. Letzte Woche spielten wir Rot gegen Blau. Da bekommt jeder ein farbiges Bändchen ums Handgelenk, das ist der Lebensfaden, den darfst du dir nicht abnehmen lassen, sonst bist du tot. Ich war bei den Blauen und wir haben die Roten richtig fertiggemacht. Zuerst haben wir sie in einem Wäldchen eingekreist und dann Mann gegen

Mann, bis keiner übrig blieb. Einige haben sogar geheult. Und der Alfons, unser Hordenführer, war stolz auf uns und hat die anderen zusammengeschissen, weil sie so blöd waren und nicht aufgepasst haben. Er hat sie hinterher richtig geschliffen, damit sie besser kämpfen lernen. Man muss kämpfen, weil nur die Starken ein Lebensrecht haben.«

Vater schluckt. Er scheint überhaupt nicht stolz zu sein. »Und wer hat die Uniform bezahlt?«

»Keine Ahnung. Hab alles von der Schule bekommen.«

Vater beißt sich auf die Unterlippe und schüttelt leicht den Kopf, aber er sagt nichts dazu. Dann steht er hastig auf, verzieht das Gesicht und reibt sein Bein, als wäre es eingerostet.

»Was ist mit deinem Bein?«

»Ach nichts, ein kleiner Unfall, wird schon wieder. Tja, ich muss dann mal wieder.«

»Wo gehst du hin?«

»Ich fahre hoch Richtung Nürnberg zu einem Kollegen.«

»Geschäfte machen?«

»Ganz genau, Geschäfte machen. Aber nicht mehr mit Knöpfen und Hosengummi, damit machst du heute keinen Staat mehr. Ich hab da was anderes im Auge, mehr im großen Stil, nicht mehr klein-klein. Wenn das klappt, bin ich aus dem Schneider.«

»Wenn was klappt?«

»Das kann ich dir nicht sagen, ein Geheimnis.«

»Hat es was mit dem Krieg zu tun?«

»Hör mir auf mit dem Krieg, hoffentlich ist dieser Scheiß-Krieg bald endlich vorbei.«

»Aber wir siegen doch immer, wir haben die besten Soldaten der Welt und Hitler ist der größte Feldherr aller Zeiten.«

»Jaja, schon gut.«

Er geht vor Ernst in die Hocke, damit er ihm in die Augen sehen kann, und hält ihn an den Schultern fest. Er sieht so müde aus, doch er will es nicht zeigen und macht ein fröhliches Gesicht, aber seine Augen verraten ihn, die sind traurig und abwesend und ängstlich.

»Sei brav und lass dich nicht unterkriegen.«

»Vater, bitte nimm mich mit. Ich kann schon gut auf mich selber aufpassen und brauche auch nicht viel. Und ich kann dir bei deinen Geschäften helfen.«

»Das geht nicht. Versteh doch, es ist besser, wenn du hierbleibst.«

»Ich will aber nicht, dass du weggehst.«

»Mach dir keine Sorgen, ich komm ja wieder und dann gehen wir zusammen weg.«

»Nach Amerika?«

»Meinetwegen nach Amerika. Versprich mir, dass du bis dahin keinen Ärger machst. Im Herbst bin ich wieder da, spätestens nächstes Frühjahr, und dann hauen wir beide ab.«

Sein einseitiges Grinsen sieht unecht aus. Er glaubt selbst nicht an das, was er sagt, glaubt nicht, dass er kommen wird, nicht im Herbst und nicht im Frühjahr. Und Ernst glaubt es auch nicht. Er schaut ihn an, und mit einem Mal ist er sicher, dass er Vater nicht mehr wiedersehen wird. Der Gedanke schnürt ihm die Kehle zu.

»Du darfst nicht gehen, Vater. Bitte geh nicht, geh nicht nach Nürnberg, lass uns lieber zusammen fortgehen, irgendwo weit weg.«

»Brauchst keine Angst zu haben. Ich hab alles im Griff. Wirst schon sehen, in einem halben Jahr sieht die Welt wieder ganz anders aus.«

Da reißt sich Ernst los, rennt weg, ohne sich umzudrehen, quer durch den Garten, rennt, als wäre der Teufel hinter ihm her, und obwohl er sich nicht umdreht, sieht er Vater, wie er immer noch an der Stelle hockt, wie seine Arme herabsinken, wie sein Gesicht zuckt, als würde er am liebsten weinen, wie er langsam aufsteht und sein wehes Bein reibt und sich dabei umschaut, ob ihn jemand beobachtet hat. Ernst rennt durch die leeren Flure und hört seine Schritte hallen, stolpert die Treppe hoch bis zum Schlafsaal, in den man tagsüber nicht reindarf, aber das ist ihm jetzt auch egal. Vater wischt sich mit der Hand übers Gesicht, atmet tief durch und geht, geht nicht durchs Haus, sondern außen herum an der langen Mauer vorbei bis zur Hauptstraße, wo kein Wagen steht und kein Koffer, weil er jetzt andere Geschäfte macht und nur noch sich selbst hat und sein wehes Bein und seinen fadenscheinigen Anzug und den grauen Hut und keinen Sohn mehr, weil der soeben verloren gegangen ist. Ernst wirft sich aufs Bett und prügelt mit den Fäusten auf sein Kopfkissen, bis er nicht mehr kann.

## 5.

Drei Monate später, am 10. Oktober 1941, fällt Christian Lossa in Nürnberg der Polizei in die Hände. Die Behörden stellen fest, dass er ohne Wohnsitz ist, als fahrender Händler umherzieht und dass er bereits zwei Jahre im KZ* Dachau war. Nach drei Tagen im Gefängnis schiebt ihn die Polizei ins Konzentrationslager* Flossenbürg ab.

Ernst ist mittlerweile in die Gruppe der großen Jungs verlegt worden. Er bereut jetzt, dass er in den Sommerferien nicht abgehauen ist. Aber nach Vaters Besuch hat er die Fluchtpläne erst einmal aufgeschoben. Wie hatte Vater gesagt: »Im Herbst bin ich wieder da, spätestens nächstes Frühjahr, und dann hauen wir beide ab.« Jetzt ist es November und Vater ist nicht gekommen.

Der Regen prasselt an die Scheiben des Aufenthaltsraums, schon seit Tagen ist das so. Es scheint, als wollte er das Heim, das Dorf und das ganze Land wegspülen. Die Tage werden nicht richtig hell, immer dasselbe Grau, und die Kinder kommen kaum raus. Ernst hockt vormittags in der Schule, nachmittags im Aufenthaltsraum und langweilt sich. Die meiste Zeit sitzt er am Fenster, betrachtet die Regentropfen, die an der Scheibe runterlaufen, und träumt vor sich hin. Er ist schlecht gelaunt, weil er keine Freunde mehr zum Spielen hat. Die Friedel sagte, er sei eine Gefahr für seine Kameraden und in der mittleren Gruppe nicht mehr tragbar. Aber bei den großen Jungs ist er mit seinen nicht mal ganz zwölf Jahren der Jüngste und Kleinste, die anderen behandeln ihn wie ein Stück Dreck, beschimpfen ihn als Taugenichts, Versager, Drückeberger und Schwachkopf. Auch Harald, der inzwischen bei den Großen ist, hilft ihm nicht. »Das ist halt so«, sagt er, »Ober sticht Unter.«

Der »Ober«, das ist hier *Gregor.* Er ist der Herrscher der Gruppe, feist und stark mit einer Menge Pickel im Gesicht. Gleich am ersten Abend sagt er: »Wenn das Licht aus ist, kommst du zu mir ins Bett.«

Harald hat Ernst gewarnt, dass sich Gregor am liebsten die Kleinen schnappt, die ihm dann einen runterholen müssen. Ernst denkt nicht daran, dem Pickelgesicht einen runterzuholen, und als das Licht ausgeht, stellt er sich schlafend. Kurz darauf stehen sie zu dritt um sein Bett.

»Du hältst dich wohl für was Besseres«, sagt Gregor.

»Leck mich«, antwortet Ernst und hofft, dass die drei wieder weggehen.

»Du wirst gleich sehen, wer wen leckt.«

Gregor gibt seinen Kumpanen einen Wink. Mit einem Ruck drehen sie Ernst im Bett um. Er will schreien, aber Gregor springt auf seinen Rücken und drückt seinen Kopf ins Kissen, die anderen zwei ziehen ihm die Schlafanzughose aus und hauen abwechselnd mit langen Linealen auf seinen Hintern. Ernst strampelt, aber Gregor sitzt wie ein Felsen auf ihm und drückt ihn nur noch tiefer, dass er fast keine Luft mehr kriegt. Als sie aufhören, spürt Ernst seinen Hintern nicht mehr. Als er mit der Hand drüberfährt, fühlt er nur taubes, geschwollenes Fleisch.

Am nächsten Tag hört er sich ständig Zoten an. »Na, Kleiner, tut dir dein Arsch weh? Warum gehst du denn so schief? Schaut mal, der hat die Hosen voll.«

Nach dem Abendessen geht Gregor wie zufällig an Ernst vorbei und murmelt: »Bis später dann, du weißt schon.«

Später liegt er zitternd im Bett und wartet, was passiert, doch nichts rührt sich. Er lauscht auf das Schnarchen und Stöhnen und die Raschelgeräusche, aber keiner kommt. Offenbar haben sie aufgegeben. Es ist schon nach Mitternacht, als er endlich einschläft.

Eine Stunde später wacht er auf, weil alles um ihn herum nass ist und er Prusten und Kichern hört. Sie haben ihm einen Topf Pisse ins Bett geschüttet. Er schreit laut und wenig später geht das Licht an und Fräulein *Jäger* kommt. Als sie sein Bett sieht, sagt sie: »Raus, du Sau!« Sie schickt ihn in den Waschraum und bezieht fluchend sein Bett. Am nächsten Morgen bekommt er einen Anschiss und eine Woche Stubendienst wegen Bettnässens.

Die Tage sind ein einziges Spießrutenlaufen. Gregors

Kumpane geben ihm im Vorbeigehen Boxschläge auf den Oberarm oder in den Bauch, dann stellt ihm einer das Bein oder rempelt ihn an, wenn er sein Essen holt, sodass er die Hälfte verschüttet. Ruhe hat er nur in der Schule, weil er da in seiner alten Klasse ist, aber da hat ihn die Hausmann auf dem Kieker. Inzwischen hat er die zweite Josefa als Lehrerin und die ist keinen Deut besser als die Klinger. Die Hausmann schimpft ihn Faulenzer und Drückeberger. Am Nachmittag geht das Piesacken bei den Großen weiter.

Es wird Frühjahr und Vater hat noch immer nichts von sich hören lassen. Vielleicht ist er an der Front, so wie Haralds Vater, der jetzt in Russland ist und kurz vor Moskau steht, wie er stolz geschrieben hat. Harald ist seit dem Brief noch hochnäsiger als vorher und glaubt sogar, dass er seinen Vater in der *Wochenschau* gesehen hat.

Manchmal glaubt Ernst, Vater hat ihn vergessen und ist schon lange über alle Berge. Er beklagt sich am Abend bei Mutter, doch sie sagt, er soll Vater nicht Unrecht tun und Geduld haben. Aber wie soll einer Geduld haben, wenn alle auf ihm herumhacken, wenn er jede Nacht Angst haben muss, wenn er vor lauter Trostlosigkeit nicht mehr schlafen kann und deshalb im Unterricht wegdöst und von der Hausmann bestraft wird? Wie soll einer Geduld haben, wenn er Zigeuner genannt wird, obwohl er keiner ist? Mutter sagt, er soll auf Gott vertrauen, dann wird alles gut. Also betet er zu Gott, er soll Gregor und seine Kumpane bestrafen, soll sie mit einem Blitz erschlagen oder die Treppe runterfallen und sich den Hals brechen lassen.

Aber Gott hat eine andere Idee. In der Woche nach Ostern wird Ernst zum Direktor zitiert. Goller geht hinter seinem

Schreibtisch auf und ab. Er fängt ganz ruhig an und redet sich dann in Rage und wird immer lauter.

»Was sollen wir bloß mit dir machen? Ich habe ja viel Verständnis, aber meine Geduld hat Grenzen. Und die hast du jetzt erreicht. Seit du hier im Heim bist, treibst du nur Unfug. Du stiehlst wie ein Rabe und lügst wie gedruckt, du bist faul, ungezogen, disziplinlos und obendrein erzählst du den Kameraden in der Gruppe schmutzige Sachen. Ich hatte gehofft, dass es besser wird, wenn du bei den großen Buben bist, aber ich sehe keinerlei Fortschritt, im Gegenteil, es wird immer schlimmer mit dir.«

»Ich hab gar nichts gemacht.«

»Du weißt genau, wovon ich rede.« Er zeigt auf den Schreibtisch, wo ein Federmäppchen liegt. »Das war in deinem Schulranzen, und du weißt, wem es gehört.«

»Keine Ahnung.«

»Wirst du wohl aufhören zu lügen. Das ist das Mäppchen der Frau Hausmann, das hast du ihr gestohlen.«

»Ich mach's auch nicht wieder.«

»Ja, bloß wie lange? Zwei Tage? Eine Woche?«

»Nein, wirklich, ich verspreche es. Großes Ehrenwort. Ich will mich wirklich anstrengen. Das können Sie auch meinem Vater sagen, dass ich mich bessere und mich anstrenge.«

»Deinem Vater?«

»Er hat gesagt, er holt mich, spätestens im Frühjahr.«

Goller bleibt stehen und fasst sich nachdenklich an die Nase, dann setzt er sich an den Schreibtisch, starrt auf die Papiere vor sich und trommelt mit den Fingern auf der Tischplatte, die andere Hand legt er auf den Mund, als wollte er verhindern, dass ihm ein falsches Wort herausrutscht.

»Dein Vater, hmm, wer weiß, wann der kommt.« Das sagt er mehr zu sich selbst als zu Ernst. Dann klappt Goller die Mappe zu und gibt sich einen Ruck. »Jedenfalls geht es so nicht weiter. Das hat Frau Dr. Hell schon vor einem Jahr prophezeit, aber ich habe immer gesagt, wir probieren es. Und wir haben es weiß Gott probiert, haben dir immer und immer wieder eine Chance gegeben. Aber was war der Dank? Diebstähle am laufenden Band, Unsittlichkeiten, Lügen, Grobheiten, Prügeleien. Dazu kommen deine miserablen schulischen Leistungen, die Faulheit bei der Gruppenarbeit. Das ist für unser Heim nicht mehr länger tragbar. Wir haben den Antrag gestellt, dich zu versetzen. Jetzt ist der Bescheid da. Am Montag wirst du in ein anderes Heim verlegt.«

»Am Montag schon?«

»Ja, nächsten Montag.«

»Aber da kann ich nicht, da ist doch Führergeburtstag. Ich hab Dienst mit der HJ. Ich muss am Sonntagabend bei der Pimpfenweihe dabei sein. Der Alfons hat alle eingeteilt, ich bin Fackelträger. Und am Montag haben wir Aufmarsch und Flaggenhissen im Innenhof.«

»Das kann auch ohne dich stattfinden.« Goller überlegt kurz. »Meinetwegen kannst du am Sonntagabend noch deinen Dienst machen, aber vorher werden deine Sachen gepackt.«

# VIERTES BUCH

## Die vergessenen Kinder

# 1.

Es ist dämmrig und stickig im Waggon. Ernst hätte gern die feste Wolljacke ausgezogen, die er über dem warmen Pulli trägt. Draußen geht eben die Sonne auf, und als der Zug südlich von München aufs freie Feld kommt, huschen goldene Flecken über die Gesichter der Fahrgäste. Menzel auf dem Sitz gegenüber, der sich eine *Mokri* anzündet, daneben zwei Soldaten auf Heimaturlaub, ein junger, der ständig von Russland erzählt, und ein älterer, der sein Vater sein könnte und das Käppi tief ins Gesicht geschoben hat und vor sich hin döst. Dahinter Bäuerinnen mit Körben voll Gemüse, Eierschachteln, Milchkannen und lebenden Hühnern, von denen eins sorglos unter den Sitzbänken spazieren geht.

Menzel unterhält sich mit den Soldaten. Ernst öffnet das Fenster, hält das Gesicht in den Wind und in die Frühlingssonne. Der Zug dampft zwischen blühenden Bäumen hindurch, Birkenwäldchen mit den ersten grünen Blättern, braune Äcker, auf denen Frauen mit Ochsengespannen arbeiten, ein vereinzelter Bauernhof, davor spielende Kinder.

Ausgerechnet heute. Warum musste er ausgerechnet heute weg, am 20. April, wo alle schulfrei haben und im Heim ein schönes Fest zum Führergeburtstag ist? Beim Fahnenappell sollte er in der zweiten Reihe stehen, gleich hinter den Pimpfen, die gestern Abend neu in die Hitler-Jugend aufgenommen wurden. Gestern Abend war es richtig feierlich, seine Fackel leuchtete mit hundert anderen den Innenhof aus, und Ernst war sehr gerührt, als die Neulinge die

Schwertworte sagten: »Jungvolkjungen sind hart, schweigsam und treu. Jungvolkjungen sind Kameraden. Der Jungvolkjungen Höchstes ist die Ehre.« Vor einem Jahr hatte er an derselben Stelle gestanden.

Ein Dorf taucht auf und wandert langsam vorbei, Häuser, Höfe, eine Kirche, an einem Bahnübergang wartet eine Gruppe der Hitler-Jugend. Sie stehen stramm und recken den rechten Arm hoch. Ernst streckt ihnen die Zunge raus. Heute kommt ihm das alles verlogen vor. Von wegen schweigsam und treu! Keiner von den Kameraden hat einen Finger gerührt, als sie erfuhren, dass er weg muss. Alle haben nur zu Boden geschaut, dafür haben sie sich hinterher das Maul zerrissen. Sie sollen ihm gestohlen bleiben mit ihrer Scheiß-Ehre.

Alle Bahnhöfe, an denen sie halten, sind mit Hakenkreuzfahnen geschmückt. Am schönsten war München. Weil sie Zeit hatten, ging Menzel mit Ernst durch ein paar Querstraßen in ein Tabakgeschäft. Überall Uniformen, am meisten HJ, aber auch SA* und SS*. Alle auf dem Weg zum Königsplatz, um Hitlers Geburtstag zu feiern.

Jetzt stehen sie im Erziehungsheim bestimmt alle im Innenhof Spalier und singen und trommeln und ziehen die Fahne hoch. Da wäre er jetzt gerne dabei, nicht wegen der langweiligen Rede vom Goller, aber weil alles so feierlich ist und sie hinterher ein Festtagsessen bekommen. Schweinebraten und Knödel, wann gibt es so was schon. Aber der Goller hat nicht mit sich reden lassen, sogar seine Uniform musste Ernst dalassen.

Im verrauchten Waggon hat Menzel ein Taschentuch auf den Knien ausgebreitet. Mit einem Taschenmesser schneidet er eine Hartwurst in kleine Scheiben, packt Butterbrote aus. Er hält Ernst ein Brot unter die Nase, doch der hat keinen

Hunger. Er schaut lieber weiter aus dem Fenster, saugt den Duft von Erde und erster Frühlingswärme ein und lässt die Bilder an sich vorbeiziehen. Ein alter Bauer steht mit Pferd und Wagen am Feldrain. Als der Zug einen kurzen Pfiff loslässt, bäumt sich das Pferd auf, und der alte Mann hat Mühe, es festzuhalten.

Heute früh, während sich die anderen stolz ihre Uniformen anzogen, musste Ernst seine Sachen in den Koffer packen. Der Menzel stand daneben und passte auf, dass er ja nichts mitgehen ließ. Aber Ernst hatte vorgesorgt und schon gestern alle Sachen beseitigt, die er in seinem Spind versteckt hatte. Das Einzige, was er behielt, war Mutters Kette, die er immer um den Hals trägt. Die anderen Jungen im Schlafsaal schauten feixend zu, wie er packte, und gaben ihre blöden Kommentare ab. »Viel Vergnügen im Irrenhaus, Lossa!« Sie schnitten Grimassen, und Gregor spielte den Affen, machte »huhuhu«, bis Menzel alle rausscheuchte.

Aus dem Dunst tauchen nun die Berge auf, der Zug hält direkt auf sie zu. Obwohl sie weit weg sind, sieht man, dass sie weiße Spitzen haben. Ob das neue Heim in den Bergen liegt? Vielleicht sogar in der Nähe von Hitlers Berghof, über den sie in der Schule schon so viel gehört haben. Aber ob der Führer eine Heilanstalt in seiner Nachbarschaft dulden würde? Eine Heil- und Pflegeanstalt sei es, wo Ernst nun hinkomme, hat der Goller gesagt.

Harald hatte die Stirn in Falten gelegt und leise gepfiffen. »Pass bloß auf, Junge, das ist ein Irrenhaus!« Dann hatte er gelacht. »Vielleicht operieren sie dir ja das Hirn raus oder was anderes.« Dabei hatte er Ernst zwischen die Beine gelangt.

Bevor sie wegfuhren, mussten sie noch kurz zum Direktor. Goller war nicht da, er bereitete wahrscheinlich seine

Rede vor. Die Friedel gab Menzel einen großen Briefumschlag mit. Sie reichte Ernst förmlich die Hand und seufzte. »Ich hoffe, dass du dich besserst und dass doch noch ein ordentlicher Mensch aus dir wird. Ernst, du bist doch nicht dumm. Also reiß dich zusammen und hör vor allem mit dem Stehlen auf! Kaufbeuren ist auf jeden Fall der richtige Ort für dich. Dort können sie mit deinen Veranlagungen am besten umgehen und werden dich schon richten.«

Also doch ein Straflager? Was für »Anlagen«? Ernst trottete, seinen kleinen Koffer in der Hand, hinter Menzel her und fühlte sich, als würde er zur Schlachtbank geführt. Wahrscheinlich war es so eine Art Besserungsanstalt, in die alle Jungen gesteckt wurden, die etwas ausgefressen hatten. Dabei hatte er in letzter Zeit kaum mehr was gestohlen, nur ein paar Kleinigkeiten. Aber wegen einem gestohlenen Kamm und einer Uhr kommt man doch nicht in ein Straflager und schon gar nicht ins Irrenhaus.

Aus Menzel war nichts rauszukriegen. Er rauchte viel und schaute sich die Gegend an, schien über den Ausflug froh zu sein. Als sie das Heim verließen, pfiff er sogar *Lili Marleen* vor sich hin. Er legte ein forsches Tempo vor und Ernst hatte Mühe, hinterherzukommen. Sein Koffer hing wie ein Stein an seinem Arm und schlug mit jedem Schritt gegen seine Kniekehle.

So würde es sein, wenn er mit Vater über Land zieht, ein schöner Frühlingsmorgen, die Sonne scheint, Amseln singen über ihren Köpfen, sie gehen von Haustür zu Haustür und verkaufen Gürtel und Kleider und Hosenknöpfe. Aber der Mann, der ihn heute früh pfeifend durchs Dorf führte, war nicht sein Vater, sondern ein Erzieher, der ihn ins Straflager bringt oder ins Irrenhaus. Mit einem Schlag war alles in ihm leer und hohl, das verschlafene Indersdorf kam ihm elend vor, er war allein und hilflos. Kein Kind auf der Welt war verlorener als er, kein Kind trauriger. Und Menzel pfiff dazu *Auf der Heide blüht ein kleines Blümelein.*

Die beiden Soldaten im Abteil haben jetzt auch ihre Brotzeit ausgepackt, dazu einen Flachmann, sie tauschen mit Menzel Wurst gegen Eier und Zigaretten gegen Schnaps. Sie kommen aus Russland, wo sie dem Iwan mächtig eingeheizt haben, erzählt der junge Soldat. Sein älterer Kamerad döst vor sich hin und nickt nur müde, als der jüngere prahlt: »Wart's nur ab, wenn das Frühjahr vorbei ist, holen wir uns Moskau. Wenn die Russen unsere Panzer sehen, rennen die wie die Hasen.«

Der alte Soldat öffnet nur gelangweilt ein Auge und schließt es wieder.

»Hab gehört, die Russen sind richtige Bestien«, sagt Menzel.

»Mann, ich sag dir, das sind Untermenschen*. Wenn die dich erwischen, braten sie dich am Spieß und essen dich zur Brotzeit«, antwortet der Jüngere und lacht. Dann wendet er sich an Ernst: »Also lass dich von den Russen nicht erwischen, mein Junge. Aber keine Angst, wir sind ja da. Der Karl und ich, wir machen dem Iwan Beine.« Er streckt sich. »Aber jetzt machen wir erst mal Urlaub. Und wohin fahrt ihr?«

»Kaufbeuren«, sagt Menzel, »ich bring den Burschen hier in die Anstalt.«

»Kaufbeuren!« Der Soldat dreht grinsend seine Hand vor dem Gesicht. »Du siehst gar nicht aus wie einer von denen.«

»Lass dich nicht täuschen«, sagt Menzel. »Der macht ein Engelsgesicht, und bevor du dich umschaust, hat er deine Brieftasche gestohlen. Der Kerl hat nichts als Unfug im Kopf.«

Ernst blickt verschämt zu Boden, wo das Huhn die Krümel aufpickt. Da knufft ihn der junge Soldat in die Seite.

»He, da hast du's gut getroffen! Dort kannst du den ganzen Tag Blödsinn machen. Das fällt dort gar nicht auf.«

Alle lachen, und Ernst lacht unsicher mit, obwohl ihm ein Kloß im Hals steckt.

## 2.

Der Kaufbeurer Bahnhof sieht aus wie die anderen, überall Hakenkreuzfahnen, Wimpel und Girlanden, Männer in Uniform, Reisende, Bauern. Auf dem Bahnsteig wurde Ernst von einer Krankenschwester mit rundem Gesicht und Spitzhaube übernommen. Sie ist nicht viel größer als er, etwa vierzig Jahre und heißt *Erika.*

Sie durchqueren einen Park und kommen in die Kaufbeurer Altstadt. Die Häuser haben graue Fassaden und die Menschen wirken verschlossen. Aber in den schmalen Gassen gibt es viele interessante Läden und schöne Schaufenster.

Erika betritt mit ihm einen kleinen Laden, in dem es nach fremden Ländern und unbekannten Gewürzen riecht. Während sie eine Packung *Overstolz* kauft, bestaunt Ernst die Tabaksorten, die Zigaretten in den Papp- und Blechschachteln, die Pfeifen in den Regalen. Aber Schwester Erika hat es eilig, sie verlassen die Altstadt und gehen einen steilen Berg hoch.

»Wahrscheinlich kommst du zu uns ins Kinderhaus«, sagt sie. »Aber das muss der Herr Direktor entscheiden. Jetzt geht's erst mal ins Bad und dann zur Untersuchung. Und um zwölf gibt's Mittagessen.«

Nach einem kurzen Anstieg stehen sie am Eingang zu einem großen Park. Mittendrin, direkt vor ihnen, liegt ein lang gezogener dreistöckiger Bau. Er sieht herrschaftlich aus, man könnte meinen, es ist ein Gutshof oder ein kleines Schloss. Nur die vergitterten Fenster und die graugelbe Farbe passen nicht dazu. Direkt an der Zufahrt steht ein großes Schild mit der Aufschrift *Heil- und Pflegeanstalt,* darunter ein zweites, etwas kleineres, auf dem steht: *Vorsicht Typhusgefahr – Zutritt für Unbefugte streng verboten.*

Sie gehen unter den Fahnen hindurch zum Haupteingang, wo Erika einen Ring mit vielen Schlüsseln aus der Tasche zieht und mit geschickter Hand den richtigen auswählt. Dann stehen sie in einem breiten Flur mit einer Pförtnerloge. Erika sperrt die Tür von innen wieder zu und gibt dem Pförtner den Umschlag, den sie am Bahnhof von Menzel bekommen hat. Die Papiere müssen gleich zum Chef, sagt sie. Dann gehen sie durch lange, fensterlose Korridore, in denen kein Mensch ist. Auf den Steinböden klacken ihre Schritte, ansonsten ist nichts zu hören. Bedrückende Stille. Plötzlich dringt von weit her ein lang gezogener Schrei. Es hört sich an wie ein verwundetes Tier. Ernst zuckt zusammen und bleibt automatisch stehen. Erika schiebt ihn weiter.

»Mach dir keine Sorgen, das ist nur der *Fritz.* Der hat mal wieder einen Anfall.«

»Hat er Typhus?«

»Wie kommst du denn darauf? Ach so, wegen dem Schild am Tor. Nein, nein, wir hatten schon lange keinen Typhus mehr.«

Ernst fragt sich, warum sie trotzdem das Schild am Eingang haben. Aber vielleicht soll es Neugierige abschrecken. Von dem Schreien, das an- und abschwillt wie eine Sirene bei Luftalarm, bekommt er eine Gänsehaut. Bestimmt stürmt im nächsten Moment der verrückte Fritz um die Ecke und fällt über sie her.

Plötzlich ist das Gebrüll weg, wie abgeschnitten. Doch die Stille ist noch unheimlicher. Dann hallen Schritte aus einem Seitengang und Ernst duckt sich zum Sprung, jetzt taucht bestimmt gleich dieser Fritz wie ein wildes Tier mit glühenden Augen und triefendem Mund auf. Aber um die Ecke biegt nur ein älterer Mann mit einem weiß-blau karierten Kittel, der freundlich lächelt und von Erika mit Handschlag begrüßt wird.

»Das ist Ernst Lossa, Neuaufnahme, gut ansprechbar. Übernimmst du ihn? Er muss nachher zum Chef zur Untersuchung.«

»Hast du mir die Zigaretten mitgebracht?«

Sie lächelt und nestelt das Päckchen *Overstolz* aus ihrer Tasche. »Das Zeug bringt dich noch an den Bettelstab.«

»Gönn mir doch das Laster. Ich hab sonst keine Freude mehr im Leben«, sagt der Mann und grinst, während er ihr das Geld gibt.

»Und das soll ich dir glauben?« Sie geht lachend durch den langen Flur davon. Nach einigen Metern dreht sie sich noch einmal um. »Und schau dir seine Haare genau an. Ich glaube, er hat Läuse.«

Der Pfleger *Jakob Scheuwald* schiebt Ernst ins Badezimmer. Er muss sich ausziehen, rein in die Wanne. Scheuwald schrubbt ihn von oben bis unten. Dabei wirft er einen Blick auf seine Halskette und zieht die Brauen hoch.

»Schöner Anhänger, pass auf, dass den keiner klaut.« Dann untersucht er seine Haare und runzelt die Stirn. »Das sieht aber nicht gut aus, mein Kleiner. Du kommst wohl direkt aus dem Zigeunerwagen.«

Das Z-Wort fällt den Leuten offenbar immer dann ein,

wenn sie an jemandem etwas auszusetzen haben. Wenn einer was klaut: Zigeuner. Wenn einer den anderen übers Ohr haut: Zigeuner. Wenn einer lügt: Zigeuner. Wenn einer Läuse hat: Zigeuner.

»Ich komme aus dem Erziehungsheim Indersdorf«, sagt Ernst trotzig.

»Na, die scheinen es mit der Hygiene nicht so genau zu nehmen. Es ist immer dasselbe, spucken große Töne, aber wenn man genau hinschaut, ist nichts dahinter.« Er flucht leise vor sich hin, verschwindet und kommt kurz darauf mit einem Armvoll neuer Kleider und einem Rasierapparat zurück. Mit geübten Händen setzt er den Apparat an. Ernst sieht seine blonden Haare zu Boden fallen und befühlt traurig seinen kahlen Kopf.

»Die wachsen schnell wieder nach«, beruhigt ihn Scheuwald. »Zieh dich jetzt an, wir müssen zum Chef.«

Oben im dritten Stock hören sie schon von Weitem eine polternde Männerstimme. »Das dulde ich nicht, das wissen Sie genau!«

Die wütende Stimme dröhnt durch eine Tür mit Milchglasscheibe. Scheuwald hat eben die Hand gehoben, um anzuklopfen, hält aber in der Bewegung inne. Ernst schaut gespannt von der Tür zu Scheuwald und wieder zur Tür. Auf dem Schild steht: *Dr. Faltlhauser, Ärztlicher Direktor.*

Eine dünne Frauenstimme ist zu hören, dann wieder Faltlhausers lauter Bass: »Wenn er nicht arbeiten kann oder nicht arbeiten will, dann wird er verlegt – keine Diskussion mehr!«

Eine kleine, dickliche Krankenschwester öffnet die Tür. In ihrem Gesicht stehen Trauer und Enttäuschung. Während sie aus dem Arztzimmer schleicht, gibt sie Scheuwald mit rollenden Augen zu verstehen, dass jetzt kein guter Moment ist, mit dem Direktor zu sprechen. Scheuwald legt ihr beruhigend die Hand auf die Schulter.

Von drinnen ruft Faltlhauser durch die offene Tür: »Was gibt's noch?« Scheuwald schnauft tief durch, dann schiebt er Ernst ins Zimmer.

Faltlhauser residiert hinter einem mächtigen schwarzen Schreibtisch. Ein gut aussehender älterer Herr mit grauen Schläfen, Nickelbrille und einem schwarzen Anzug unter seinem weißen Kittel. Die Haare sind gescheitelt und glatt, wie mit Zuckerwasser an den Kopf geklebt. Er schaut Ernst über den Rand seiner eleganten Brille mit durchdringendem Blick an.

Scheuwald meldet: »Der Neuzugang Lossa, Ernst Lossa. Ist heute aus Indersdorf eingetroffen.«

Faltlhauser wedelt mit der Hand. »Ich hab jetzt keine Zeit, bringen Sie ihn zu Doktor Ottmann. Weiß die Wörle Bescheid? Sie soll ein Bett herrichten. Ottmann soll ihn nach der Untersuchung zu ihr schicken.«

»Jawohl, Herr Direktor.«

Einen Flur weiter muss Ernst in einem Zimmer warten. Der Pfleger sperrt die Tür von außen ab.

Ernst sieht sich um. An den Wänden hängen Schautafeln vom menschlichen Körper, auf einer sind die Muskeln zu sehen, auf der anderen die Innereien. Es gibt einen kleinen Schreibtisch mit Stuhl, in der anderen Ecke steht eine Krankenliege, daneben ein Tischchen, auf dem verschiedene medizinische Werkzeuge liegen, die Ernst nicht kennt. Greifer, Zangen, Messgeräte. Er nimmt einen Greifer und misst damit sein Bein, dann seinen Arm, dann das Stuhlbein. Plötzlich dreht sich der Schlüssel draußen im Schloss. Schnell legt Ernst den Greifer weg. Ein blonder Mann im weißen Kittel kommt umständlich herein. Er hat nur ein Bein und humpelt auf Krücken zum Schreibtisch.

»Ausziehen!«, schnarrt er. »Alles bis auf die Unterhose.«

Er hat hellblonde Haare und Sommersprossen und zwickt hinter seiner Brille die Augen zusammen. Ernst ist sicher, dass er den Arzt schon mal gesehen hat, aber ihm fällt nicht ein, wo. Während er seine Sachen auf das Bett legt, blättert der Arzt in der mitgebrachten dunkelroten Mappe. Plötzlich sieht Ernst den Schatten an der Wand, ein Schatten mit einem Bein und einer Brille, die ständig zurechtgerückt wird, ein Schatten, der in einer Mappe blättert und mit dem Füller kratzt. Jetzt weiß er, woher er den Mann kennt.

Das war der Doktor, der sie in der Wohnung in Augsburg besucht hat. Doktor Ottmann. Und er hat Mutter beleidigt, kurz bevor Ernst abgeholt wurde. Ernst sieht das Bild deutlich vor sich, er mit Malchen und Nanna und Christo bei Mutter am Tisch in der feuchten, dunklen Küche und der hochnäsige Doktor ihnen gegenüber.

»Wie alt bist du?«

Ernst kann nichts sagen, starrt nur den Schatten an.

»Hallo, hörst du schlecht?«

»Ich? Äh, zwölf.«

»Dann gehst du noch zur Schule?«

»Mhm.«

Das ist kein gutes Thema, denkt Ernst. Hoffentlich fragt der Mann nicht nach seinen Noten oder den Beurteilungen im Schülerbogen.

»Ich habe dich nicht verstanden.«

»Jawohl.«

Ottmann blickt abwechselnd von der roten Mappe zu Ernst.

Dann fragt er: »Wie viel ist sieben mal acht?«

Auch das noch! Ernst überlegt fieberhaft, aber er verhaspelt sich ständig. Je länger es dauert, desto nervöser wird er.

»Na?«

Er fängt an zu schwitzen und merkt, wie er rot wird. Er beschließt zu raten. »Neunundvierzig.«

Das scheint richtig zu sein, denn er hört den Arzt leise brummen. Ottmann blättert weiter und scheint dann etwas Interessantes entdeckt zu haben.

»Wusst ich's doch. Ich habe euch in Augsburg mal besucht, in eurer Wohnung, furchtbare Zustände. Deine Mutter ist bald darauf gestorben, das war abzusehen. Aber dein Vater …« Ottmann macht eine Pause und zieht die Brauen hoch. »… der lebt noch.«

»Ja, er ist in Amerika, er hat ein riesiges Haus. Und er ist sehr reich.«

»Soso. In Amerika. Hier steht aber was anderes. Willst du nicht besser bei der Wahrheit bleiben?«

Ernst schaut zu Boden und schweigt. Was da wohl steht auf dem Blatt? Wo Vater jetzt wohl ist? Ernst hätte nicht davonlaufen dürfen bei seinem letzten Besuch. Vaters Stimme hallt in seinem Kopf wie in einer Kirche: Im Herbst bin ich wieder da, spätestens nächstes Frühjahr, und dann hauen wir beide ab.

Ottmann klappt die Mappe zu. Ernst muss den Mund aufmachen und spürt einen Holzspatel tief in seinem Hals herumbohren, bis er würgen muss. Der Arzt tastet ihn ab, macht sich Notizen. Er untersucht Ernsts Kopf, Augen, Ohren, Mund, den ganzen Körper, er misst alles ab, pumpt seinen Arm auf und horcht an ihm, haut mit einem kleinen Hammer auf sein Knie und kitzelt ihn mit dem Stiel in der Leiste.

Während Ottmann die Papiere ausfüllt, betrachtet Ernst

die silberne Taschenuhr, die der Arzt neben sich auf den Tisch gelegt hat. Ein selten schönes Stück. Dann fängt Ottmann mit der Predigt an. Es ist immer dasselbe, wenn man neu in ein Heim kommt: Ernst soll sich gut führen und nichts anstellen und so weiter. Er hört nicht richtig zu, weil ihn die Uhr so begeistert. Sie hat einen silbernen Deckel, der jetzt aufgeklappt ist, ein weißes Zifferblatt mit großen schwarzen Zahlen drauf.

»Hast du verstanden?«

»Jawohl, Herr Doktor.«

Ottmann steht auf, humpelt zum Fenster.

»Wenn du dich an die Regeln hältst, geht es dir bei uns sehr gut. Bei uns wird niemand geschlagen.«

Er spricht immer noch zum Fenster, stützt sich auf eine Krücke, hält seine Brille gegen das Licht und putzt sie. Ottmann, der Kerl, der Mutter beleidigt hat. Bestimmt war er es auch, der sie beim Jugendamt angeschmiert hat, damit man sie abholt. Mit einer schnellen Bewegung schnappt sich Ernst die Uhr und steckt sie in die Unterhose.

»Das hier ist eine Heilanstalt, so eine Art Krankenhaus. Von unseren Patienten erwarten wir Disziplin und Gehorsam, hier wird nicht gelogen, nicht gestohlen und nicht geprügelt. Hast du das verstanden?«

»Jawohl, Herr Doktor.«

»Ärzten, Pflegern und Schwestern ist unbedingt Folge zu leisten. Das Anstaltsgelände darf nicht verlassen werden, außer in Begleitung des Personals. Es gibt feste Besuchszeiten. Hast du jemanden, der dich besuchen könnte?«

»Nein.«

»Na gut. Zieh dich wieder an. Du kommst erst mal ins Kinderhaus, dann sehen wir weiter.«

Draußen auf dem Flur hört Ernst wieder das Wolfsgeheul

und ist sicher, es gilt ihm. Da steht bestimmt der verrückte Fritz und wartet auf ihn, will ihn fressen mit Haut und Haar und nur die Uhr bleibt übrig.

## 3.

Hier sind die vergessenen Kinder. Sie bekommen nie Besuch, keine Mütter, Väter, Onkel, Tanten bringen Kuchen oder eine selbst gestrickte Wolljacke. Sie sind einfach hier abgegeben worden und dann verloren gegangen. Weil man sie vergessen hat, verschwinden sie, werden immer dünner, immer durchsichtiger. Und eines Morgens dann ist ihr Bett leer und ein neues Kind wird hineingelegt.

Nur einmal kommt eine Mutter, besucht den kleinen *Martin.* Sie schaut sich ständig um und geht leicht geduckt durch die Reihen der Betten wie ein Dieb, der nicht gesehen werden will. Sie schämt sich für Martin, der den ganzen Tag nur daliegt und hin und her wippt, sich mit seinen dünnen, krummen Beinchen vom Bettrand abstößt und zurückfedert, abstößt und zurückfedert wie ein Mobile. Martin ist neun und liegt trotzdem wie ein Säugling in der Wiege, schleckt immer den linken Handrücken ab und sabbert alles voll. Als seine Mutter kommt, ist er auf einmal ganz still, hört auf zu wippen und zu federn und zu schlecken, als hätte man ihn abgeschaltet. Dann streicht die Mutter über seinen Kopf und seine großen Augen folgen ihrer Hand. So sitzt sie vielleicht eine Stunde da. Mit ihrem Taschentuch fährt sie sich immer wieder über ihr Gesicht. Als sie geht, gibt sie der Wörle ein kleines Paket. Martin fängt wieder an zu wippen und zu federn und zu sabbern, schlimmer als zuvor.

Die Wörle tätschelt der Mutter den Arm und sagt, sie müsse sich keine Sorgen machen, ihr kleiner Martin sei hier bestens aufgehoben und werde gut versorgt, und die Mutter gibt ihr zu dem Paket noch fünf Mark.

Mina Wörle ist die Oberschwester im Kinderhaus, sie ist klein und untersetzt und zu Besuchern immer freundlich. Ansonsten ist sie zugeknöpft und streng, redet auch mit den anderen Schwestern nur das Nötigste. Die anderen lästern über die Chefin und ihr Getue, aber nur wenn sie nicht da ist. Ernst ist die Wörle von Anfang an unheimlich, vor allem wegen ihrer kalten Augen.

Das Kinderhaus ist am unteren Ende des Parks, etwa hundert Meter entfernt vom Haupthaus. Manchmal darf Ernst Schwester Erika helfen, das Essen zu holen oder Wäsche wegzubringen. Erika sagt, Ernst sei der Einzige auf der Station, den man zu so was brauchen könne. Da hat Erika recht, denn die anderen sind alle nicht richtig im Kopf oder verkrüppelt oder gelähmt oder blind oder alles zusammen. Es sind vierzig Kinder im Schlafsaal und viele von ihnen kommen den ganzen Tag nicht aus ihrem Bett, müssen gewickelt werden, liegen nur da, starren an die Decke oder schreien wie Säuglinge. Sie werden mit Brei gefüttert und Ernst darf manchmal helfen.

Auch den Martin füttert er ab und zu. Martin ist der Liebling der Schwestern, weil er einen blonden Lockenkopf hat wie ein kleiner Engel, auch wenn er die ganze Zeit hin und her wippt. Ihn zu füttern, ist nicht leicht, weil er immer herumhampelt und nie ruhig liegt. Außerdem sabbert er, und wenn Ernst es schafft, ihm einen Löffel in den Mund zu schieben, läuft ihm der Brei links und rechts wieder raus.

Eines Tages beobachtet Ernst, wie der Faltlhauser an Martins Bett sitzt und ihm über den Kopf streichelt. Das ist das beste Mittel, um Martin für ein paar Augenblicke ruhig zu kriegen. Der Direktor kommt zweimal die Woche zur Visite und die Oberschwester trottet immer wie ein Hündchen hinterher und macht auf einem Blatt Notizen.

Einmal bringt der Direktor mehrere Männer mit, einige tragen Uniform, die anderen haben weiße Arztkittel an. Der Direktor zeigt den Männern die Station und lobt die Schwestern und die Anstalt, wie sauber hier alles ist und wie gut es den Kindern hier geht, obwohl sie so arm dran sind.

Dann führt er den Besuchern die schlimmsten verkrüppelten Kinder vor, das sind *Elsa* und *Richard.* Elsa ist vier und hat einen Wasserkopf so dick wie ein Kürbis, dabei ist ihr restlicher Körper ganz klein und zierlich. Kopf und Rumpf passen nicht zusammen. Sie liegt den ganzen Tag nur im Bett und wimmert leise vor sich hin. Manchmal, wie aus heiterem Himmel, gibt sie einen spitzen Schrei von sich. Richard ist sechs und verkrüppelt, seine Füße und Hände sind verschieden lang, außerdem schielt er, dass man nie weiß, wo er hinschaut, und gibt nur kehlige Urlaute von sich. Man hört nur immer ein Uh-Uh von ihm, und wenn er sich aufregt, werden die Uh-Uhs lauter.

»Wir müssen überlegen, was an so einem Leben noch lebenswert ist«, sagt Faltlhauser.

Die anderen pflichten ihm bei. Nur ein junger Arzt fragt: »Sollen wir denn entscheiden, was lebenswert ist und was nicht? Was gibt uns das Recht, Gott zu spielen?«

Faltlhauser setzt sich zu Elsa ans Bett und streichelt ihr über den Wasserkopf und sie hört kurz auf zu wimmern. Er sagt: »In einem Fall wie diesem wäre es doch eine Erlösung.«

»Das steht uns nicht zu«, sagt der junge Doktor.

Faltlhauser ereifert sich. »Natürlich steht es uns zu, Herr

Kollege, wir haben die Pflicht auszuwählen. Es ist besser, wenn wir unsere ärztliche Kunst für die Patienten aufsparen, die eine Chance auf Heilung haben. Die anderen sind doch nur noch sich bewegendes Fleisch ohne Geist.«

»Aber wir sind Ärzte, keine Richter.«

»Sie sind jung und Sie sind ein Idealist. Warten Sie noch ein paar Jahre. Wenn Sie mal so lange in der Anstalt arbeiten wie ich, dann denken Sie anders.«

Der junge Doktor ist still und wirkt nachdenklich. Faltlhauser, der immer noch Elsas Wasserkopf streichelt, gibt der Wörle ein Zeichen und sie nimmt das Krankenblatt aus der Klemme an Elsas Bett. Martin, der zwei Betten weiter liegt, gibt einen Schrei von sich und fängt an, wie wild zu wippen. Faltlhauser geht hin, hält ihm die Hand und redet beruhigend auf Martin ein, der auch sofort still wird. Die Wörle schaut den Direktor fragend an, aber der schüttelt den Kopf. Dann gehen die Männer.

Am nächsten Tag geht es Elsa schlecht. Sie hat die Augen geschlossen, als würde sie schlafen, dabei atmet sie schwer und laut. Am Nachmittag fängt sie an zu röcheln, eine Stunde später ist sie still.

»Jetzt muss sie nicht mehr leiden«, sagt die Wörle und deckt Elsa zu.

Als sie weg ist, geht Ernst zu Elsa und deckt sie wieder auf. Sie sieht anders aus als sonst, fast durchsichtig. Vorsichtig berührt er ihren Wasserkopf, aber der ist ganz kalt. Erschrocken zieht er seine Hand zurück. Ihr ständiges Wimmern und die Schreie haben ihn oft aufgeregt, aber ihr Stillsein ist noch viel schlimmer.

In der Nacht hat er einen Albtraum. Er liegt in seinem Bett, um ihn herum ist alles grau. Vom Fenster her keine Luft, kein Licht, kein Garten, die Mauern sind höher als das Haus. Er will schreien, aber sein Mund ist voller Brei. Eine dicke Pflegerin füttert ihn die ganze Zeit. Er will sich wehren, aber er ist zu fett, seine Arme sind so dick wie Elefantenbeine, er ist wie eine Wurst, die gleich aufplatzt. Vor ihm steht Elsa mit ihrem Wasserkopf, die ihn traurig anschaut. Keiner ist jemals so verlassen gewesen wie er. Niemand ist so mutterlos, vaterlos, so alleingelassen, so verdammt. Er will weglaufen, rüttelt an den Türen. Da kommt die dicke Pflegerin, hält ihn fest und würgt ihn.

Schweißgebadet wacht Ernst auf und schaut sich voller Angst um, aber um ihn herum im Schlafsaal herrscht nur das übliche Schnarchen, Schnorcheln und Stöhnen. Die Nachtschwestern *Leni* und *Fanni* sitzen im Schwesternzimmer, das gleich neben dem Schlafsaal liegt, von ihrem Tischchen aus können sie durch die offene Tür alles überblicken. Ihre Tischlampe wirft einen schmalen Lichtkegel durch die mittlere Bettreihe. Ernst schleicht sich an sie heran, kann hören, wie sie Kreuzworträtsel lösen und tratschen.

»Ich weiß nicht, was die an dem Frick findet«, sagt Leni.

Der Frick, das ist der Verwaltungsleiter, ein kleiner Gartenzwerg mit einem Holzbein, der gerne in SA-Uniform durch die Gegend läuft und das Personal wegen jeder Kleinigkeit zusammenstaucht. Die meisten haben Angst vor Frick, weil er in der Partei ist und immer gleich schreit und schimpft.

Fanni kichert: »Der mit seiner Kriegsverletzung und seinem aufgeblasenen Getue, den möchte ich nicht geschenkt haben.«

»Aber er rennt den Weibern hinterher wie ein junger Stutzer.«

Die Nachtschwestern tauschen den Hausklatsch aus.

Dann erzählt Leni, dass ihr Freund geschrieben hat, dass er sie heiraten will, sobald er von der Front zurück ist. Plötzlich hält Fanni den Finger an den Mund. Die beiden beugen sich wieder über die Kreuzworträtsel.

Im Flur sind Schritte zu hören. Schnell verzieht sich Ernst in sein Bett. Die Wörle kommt. Dabei hat sie gar keine Nachtwache. Sie spricht kurz mit den Schwestern, dann geht sie durch die Bettreihen. Ihr Schatten ist doppelt so groß wie sie selbst. Sie bleibt bei Richard stehen, setzt sich zu ihm und streicht ihm über den Kopf. Er macht ein leises Uh-Uh, sie hebt seinen Kopf an und gibt ihm etwas zu trinken.

Als sie weg ist, geht Ernst zu Richard hinüber, aber der schläft schon wieder selig. Und er riecht nach Himbeersaft. Ernst kann nicht mehr schlafen und schleicht sich zu *Rudi* ins Bett. Rudi ist zwar ein bisschen blöde im Kopf, aber sonst fehlt ihm nichts. Er wacht auf und mosert herum, was das soll. Ernst sagt, er soll still sein und ihm einen runterholen. Rudi kapiert nicht, also nimmt Ernst seine Hand und zeigt ihm, was er machen soll. Rudi zieht die Hand zurück, da verspricht ihm Ernst, dass er morgen ein Stück Zucker aus der Küche für ihn besorgt, und dann macht er's.

Am nächsten Morgen fehlt das Uh-Uh von Richard. Er liegt in seinem Bett, wälzt sich hin und her, macht aber die Augen nicht auf und schnauft wie im Fieber. So geht das den ganzen Tag und auch den nächsten. Am dritten Morgen ist Richard still, liegt friedlich in seinem Bett und macht nie wieder Uh-Uh.

Ernst sagt zu Rudi: »Die Wörle macht was mit den Kindern.«

Rudi verdreht die Augen und kichert. Dann sagt er: »Tabletten in Himbeerwasser.«

»Was? Wieso in Himbeerwasser?«

»Schmeckt besser.«

»Und dann?«

»Dann krks«, Rudi dreht die Fäuste gegeneinander und grinst. So blöd, wie er scheint, ist der Rudi gar nicht. »Aber die sterben doch so oder so«, sagt er.

Und da hat er recht. Allein im Mai kommt ein Dutzend neuer Kinder, die alle nur vor sich hindämmern und nicht ansprechbar sind. Bis Juni ist die Hälfte von ihnen gestorben. Die Betten werden schnell aufgefüllt, weil jede Menge neue Kinder nachkommen.

Ernst hat sich Rudi und zwei andere von den Kleinen als Gehilfen gezogen, die für ihn manchmal klauen oder ihm etwas vom Essen abgeben oder für ihn lügen. Nachts kriecht er weiter zu Rudi ins Bett. Doch plötzlich, als es gerade am schönsten ist, steht Schwester Fanni neben ihnen. Mit einem Ruck zieht sie die Bettdecke weg und sieht, wie Rudi an Ernst herumfummelt. Sie macht einen furchtbaren Aufstand. Am nächsten Tag petzt sie bei der Wörle und die petzt bei der nächsten Visite beim Direktor. Ernst kriegt von dem Gespräch nur Brocken mit.

»Es geht mit ihm nicht mehr … bringt die ganze Station durcheinander … völlig verdorben … kann ihn nicht brauchen … lügt und stiehlt … die besten Stücke vom Pflegeressen …«

Das mit dem Essen war erst gestern. Seitdem sind die Schwestern sauer auf Ernst, sogar Erika, die immer zu ihm gehalten hat. Er hat oben in der Küche das Essen geholt und unterwegs im Bottich, der für die Schwestern bestimmt war, schöne große Fleischstücke entdeckt. Weil er Hunger hatte, musste er gleich eins probieren. Das hat so gut geschmeckt, dass er noch eins probiert hat und dann noch eins, und als er unten im Kinderhaus ankam, waren nur noch ein paar Brocken Fleisch übrig. Zuerst haben die Schwestern über die geizige Küche geschimpft, aber am Abend ist es dann herausgekommen.

Am Ende der Visite winkt Faltlhauser Ernst zu sich.

»Ich höre da Sachen, die mir gar nicht gefallen.«

Ernst beißt sich auf die Unterlippe.

»Ich sage das nur ein einziges Mal. Wenn ich noch mal eine Klage über dich höre, hat das strenge Konsequenzen. Hast du verstanden?«

»Jawohl, Herr Direktor.«

Dummerweise ist zwei Tage später großer Putztag auf der Station. Alles wird gelüftet und ins Freie gehängt und die Betten werden ausgeklopft. Da zieht Schwester Erika unter seiner Matratze einen Schlüsselbund hervor, den er ihr letzte Woche beim Nachtdienst gemopst hat. Erika ist so sauer, dass sie nichts mehr hören will. Egal, was er sagt und wie er zetert und heult, sie hat kein Erbarmen. Sie zieht ihn an den Ohren aus dem Schlafsaal.

Dann schreibt sie einen Bericht für den Direktor, in dem sie alle Schandtaten von Ernst auflistet. Eine Woche später, Anfang August, packt sie seine Sachen und bringt ihn ins Haupthaus. *Station C 2* steht an der Tür zur Abteilung. Drinnen empfängt ihn Scheuwald, der Pfleger, der ihn am ersten Tag gebadet hat.

»Pass gut auf das Früchtchen auf«, warnt Erika.

»Den kriegen wir schon in den Griff, wir haben hier ganz andere Kameraden«, sagt Scheuwald und schiebt Ernst durch den kahlen Flur. »Na, dann wollen wir mal.«

# 4.

Scheuwald stößt eine Tür auf und lautes Schmatzen, Reden, Lachen klatschen Ernst ins Gesicht. Die Luft ist heiß und stickig und es riecht streng nach Essen und Schweiß. Mehr als dreißig Männer sitzen an langen Holztischen und löffeln Gulasch mit Kartoffelbrei. Scheuwald holt Blechteller und Löffel und setzt Ernst zwischen zwei Männer auf die Holzbank.

»Mach mal Platz, *Gustav*, hier kommt ein Neuer!«

Gustav scheint ihn gar nicht zu hören. Er schiebt gierig einen Kanten Brot in den Mund und putzt mit Fingern und Zunge seinen Teller aus. Dann sieht er, dass Ernsts Teller noch voll ist und greift danach. Aber Scheuwald ist schneller, er haut Gustav auf die Finger und schimpft ihn. Gustav ist beleidigt und mault vor sich hin.

Ernsts zweiter Nachbar lacht auf und kriegt sich gar nicht mehr ein, bis Scheuwald ihm die Hand auf die Schulter legt und mit sanfter Stimme sagt: »Schon gut, *Horst,* beruhige dich wieder. Das hier ist der Ernst, der bleibt jetzt bei uns, und ihr zwei kümmert euch ein bisschen um ihn. Ich kann mich doch auf euch verlassen, oder?«

Ernst beobachtet aus den Augenwinkeln die zwei schrägen Vögel neben ihm. Ausgerechnet die sollen sich um ihn kümmern? Die sehen eher aus, als bräuchten sie selbst noch ein Kindermädchen.

Horst ist bestimmt einsneunzig groß und kräftig. Er hat riesige Hände und ein vorspringendes Kinn, dazu kleine, listige Augen. Wenn er lacht, hört es sich an wie ein schepernder Blecheimer. Er steckt die ganze Zeit mit Gustav zusammen, obwohl die zwei mindestens einmal am Tag heftig streiten, aber sie sind sich nie länger als fünf Minuten böse. Gustav ist nicht viel größer als Ernst und hat einen Bauch, als hätte er einen Ball verschluckt. Er lächelt die ganze Zeit vor sich hin, hat eine Fistelstimme und stottert. Je mehr er sich aufregt, desto schlimmer ist es.

»K-K-Kommst du nachher mit in die G-Gärtnerei?«, fragt er nach dem Essen.

Ernst weiß nicht, ob er darf. Sie fragen Scheuwald und der sagt Ja. Scheuwald ist eher gutmütig, ganz das Gegenteil von seinem Kollegen *Pusch,* ein brummiger Kerl mit Glatze, der immer dreinschaut wie drei Tage Regenwetter.

In der Gärtnerei wird Ernst zuerst zum Steckrübenjäten eingeteilt, aber das Feld ist riesengroß und es ist heiß und er hat bald keine Lust mehr. Scheuwald sagt: »Vom Rumstehen geht das Unkraut nicht weg«, und schickt ihn zum Blumengießen.

So geht das den ganzen Sommer bis in den späten Herbst. Möhren, Radieschen, Rote Bete, Spinat, Salat, Zwiebeln, Kohlrabi, Kohl, Kartoffeln, überall wächst das Unkraut schneller, als man jäten kann. Dazwischen müssen die Patienten düngen, gießen, zupfen, ernten, dann Beeren pflücken, später Äpfel und Birnen und Pflaumen. Horst und Gustav sind unermüdlich, zeigen Ernst, wie man mit den Hacken und Rechen und Scheren umgeht, wie man Rosen schneidet und Zwiebeln versetzt und Äpfel pflückt, sodass sie keine Druckstellen bekommen. Das einzig Gute daran ist, dass man nebenbei immer was naschen kann. Die Pfleger sehen das nicht so gern, aber Horst sagt, sie müssen ja nicht alles sehen.

Die Station besteht aus einem großen Wachraum, in dem dreißig Männer schlafen, und einer Reihe kleiner Zimmer mit drei oder vier Betten. Am Anfang kommt Ernst in den

Wachraum, dann darf er in das Zimmer, das Horst und Gustav mit *Dieter* teilen. Dieter ist ein junger Mann mit nur einem Arm, der manchmal ganz normal scheint, dann wieder tagelang traurig ins Leere schaut. Er ist gelernter Schreiner. Horst erzählt, dass Dieter seinen Arm in die Kreissäge gebracht hat und dass das kein Zufall war, weil zu Hause schon der Einberufungsbefehl der Wehrmacht auf dem Tisch lag. Allerdings hat die Säge mehr weggeschnitten als geplant, und als Dieter aus dem Krankenhaus heimkam, war seine Frau weg, weil sie nicht mit einem Krüppel und Feigling zusammen sein wollte. Da hat er durchgedreht, die Wohnung kaputt geschlagen, bis die Polizei kam und ihn in die Anstalt brachte. Manchmal wacht er nachts auf und schreit und klopft mit seiner verbliebenen Hand an die Tür wie ein Wilder.

An den Türen gibt es keine Klinke, man kommt nur mit Schlüssel rein und raus. Wenn nachts einer aufs Klo muss, geht er auf den Nachtstuhl, weshalb es in allen Zimmern fürchterlich stinkt. Nur im Wachsaal gibt es eigene Klos, die sind mit einer halbhohen Bretterwand abgeteilt und nach vorne hin offen, damit die Pfleger von ihrem Platz aus zusehen können, wie die Männer ihr Geschäft verrichten.

Es gibt viele Geheimnisse auf der Station. Jeder hat sein Vorratslager, der eine mit Schokolade, der andere mit Tabak, der dritte mit Schnaps. Jeder hat etwas zum Tauschen und alle sind sie scharf auf Geld. Horst braucht es vor allem für seinen stinkenden Tabak. Um was zum Tauschen zu haben, sammelt er Fahrradteile. Überall ist er auf der Suche nach Schrauben und Drähten und Speichen. Er hat früher in der Anstaltswerkstatt gearbeitet, aber weil er so viel geklaut hat, haben sie ihn in die Gärtnerei versetzt.

Im Winter gibt es in der Gärtnerei nicht mehr viel zu tun

und Ernst wird zum Kohlentragen eingesetzt. Die Kohlen werden mit Lastwagen vom Bahnhof geholt und dann im Kohlenhof abgeladen. Von da müssen sie in Schubkarren und Kübeln zum Kesselhaus geschleppt werden. Die Kohlenkübel sind so schwer, dass Ernst Schwielen und Blasen an den Händen bekommt. Horst sagt, er würde Ernst das Kübeltragen abnehmen, sodass er nur noch schaufeln muss, aber er soll ihm dafür was geben. Also mopst Ernst einem alten, buckligen Patienten den Tabak aus der Hosentasche. Horst ist zufrieden und dreht sich gleich eine. Während die anderen schleppen, kann Ernst den Schneeflocken nachschauen, die sich mit der Kohle zu einem braunen Matsch verbinden.

Am nächsten Tag kommt das mit dem Tabak dann doch heraus, weil der Bucklige gleich zu den Pflegern gelaufen ist und die haben sofort Ernst im Verdacht.

Ernst tut unschuldig und beleidigt, aber das hilft nichts. Pusch sagt, er soll nicht so lügen, das gibt einen Eintrag im Patientenbogen, und er soll sich vorsehen, sonst … Er sagt den Satz nicht zu Ende.

Die beliebteste Freizeitbeschäftigung der Patienten ist Kartenspielen. Solange die Pfleger danebensitzen, spielen sie nur um Zigaretten, aber wenn sie unter sich sind, wird Geld eingesetzt und sie bescheißen, dass es kracht. Horst ist der Meister im Schummeln, er kennt eine Menge Tricks und legt die anderen immer wieder damit rein.

An einem Samstag im Dezember gibt es mal wieder Streit. Gustav schimpft mit seiner Fistelstimme, dass Horst beschissen habe. Horst mault, Gustav sei nur ein schlechter Verlierer.

Sie giften sich eine Zeit lang an, und Gustav wird immer lauter, bis er schließlich schreit: »Du ge-gehörst mal wieder ge-ge-geschockt. Wenn der O-Ottmann morgen k-kommt, sag ich, der Ho-Horst muss u-unbedingt geschockt werden.«

»Und dich sollen sie mit den grauen Bussen holen! Dann wirst du schon sehen«, erwidert Horst. Er wirft wütend sein Blatt hin und sagt, dass er keine Lust mehr hat. Er setzt sich zu Ernst zwei Tische weiter und motzt eine Weile vor sich hin.

Dann sagt Ernst: »Ich hab genau gesehen, dass du zwei Karten unterm Tisch versteckt hast.« Und er verspricht, dass er ihn nicht verrät, wenn er ihm dafür eine Zigarette gibt.

»Eigentlich bist du ja noch zu jung dafür.«

»Ich bin schon dreizehn.«

»Hoho, schon dreizehn, na dann.« Er dreht eine für Ernst und eine für sich selbst und mault derweil weiter.

Ernst weiß, was »geschockt« heißt. Alle haben sie Angst davor. Angst, dass die Pfleger mit diesem Apparat reinkommen. Das passiert hier nicht so oft wie drüben in C 3, wo sie täglich Elektroschocks geben. Hier tun sie es nur manchmal, wenn einer durchdreht, oder auch, wenn einer nur noch dahockt und leer in die Gegend glotzt. Die Pfleger kommen mit dem Apparat in den Wachsaal und stellen eine Trennwand auf, damit die anderen die Behandlung nicht sehen. Ernst hat trotzdem schon mal zugesehen, als sie den *Hermann* geschockt haben.

Hermann ist ein harmloser Kerl, der in seiner eigenen Welt lebt und mit den anderen nicht viel zu schaffen hat. Er unterhält sich meistens nur mit sich selbst. Aber manchmal hört er Stimmen und fängt an zu schreien und ist nicht zu beruhigen.

Als es wieder mal besonders schlimm war, sind Scheuwald und Pusch mit dem Apparat gekommen. Sie haben zwei Metallteile an Hermanns Schläfen angesetzt, wie eine große Zange, in die der Kopf reingelegt wird. Zuerst haben sie ihm eine Creme auf die Schläfen geschmiert und Hermanns Zahnprothese rausgenommen und ihm einen Gummikeil in den Mund gesteckt. Zu zweit haben sie Hermann gehalten und dann den Strom eingeschaltet.

Horst hat erzählt, dass das Halten wichtig ist, sonst brechen sich die Leute die Knochen, weil es sie so durchschüttelt. Und weil sie den Keil im Mund haben, können sie sich nicht auf die Zunge beißen. Hermann hat nur kurz geschrien, es war mehr ein erstickter Laut, dann hat er sich so aufgebäumt, dass Scheuwald und Pusch ihn nur mit Mühe auf dem Bett halten konnten. Hinterher war er ein anderer Mensch, hat lange geschlafen, war zahm wie ein Lamm und wusste gar nicht, was los war.

Keiner will geschockt werden, obwohl der Ottmann immer sagt, das sei das beste Mittel, um die Leute ruhig zu kriegen. Ernst versteht, dass Horst keine Lust hat, geschockt zu werden. Aber was hat er mit den grauen Bussen gemeint?

Als Ernst ihn danach fragt, atmet Horst erstmal den Rauch aus und wedelt ihn mit der Hand weg. »Jetzt sind ja schon lange keine mehr gekommen.«

»Was? Die Busse?«

»Der letzte kam vor einem Jahr im Sommer, ich glaube, im August.«

»Und was machen die?«

»Die nehmen dich mit. Und dann …« Er kommt Ernst mit seinen kleinen Äuglein ganz nahe. »Dann wirst du vergast.«

»So ein Quatsch.«

»Frag die anderen, wenn du's nicht glaubst, oder frag den Scheuwald, der weiß es auch. Die kamen immer wieder, bestimmt ein Jahr lang, und haben hier die Leute mitgenommen, manchmal ein Bus, manchmal zwei. Da haben sie die Kranken reingetrieben, aber nur die völlig Bekloppten, die nicht mehr arbeiten konnten, oder die schlimmen Krüppel. Dann sind sie losgefahren.«

»Wohin?«

»Keine Ahnung. Es hat immer geheißen, das ist bloß eine Verlegung. Aber wir sind nicht blöd. Als die Busse das zweite Mal kamen, hatten sie Kisten dabei, und da waren die Klamotten von denen drin, die sie beim ersten Mal mitgenommen haben. Von denen hast du nie mehr was gehört, die haben sie einfach beseitigt, irgendwo heimlich, wieder ein paar Fresser weniger. Seitdem haben hier alle Schiss, dass die Busse wiederkommen. Doch solange du arbeitest, musst du dir keine Sorgen machen, da können sie dich brauchen. Aber wenn du nur rumliegst und dich aushalten lässt«, Horst dreht die Hand vor Ernsts Augen, »dann wird's gefährlich.«

Ernst ist sicher, dass Horst die Geschichte nur erfunden hat, um ihm Angst einzujagen. Hier wird so viel Blödsinn erzählt, das war nur wieder eines von den Ammenmärchen. Am nächsten Tag fragt er in einer Arbeitspause Scheuwald, ob die Geschichte mit den grauen Bussen stimmt.

Der Pfleger schaut ihn zuerst erschrocken an, dann winkt er ab. »Das sind alte Kamellen, mach dir keine Sorgen, Kleiner.«

Zwei Wochen später hört Hermann wieder Stimmen und es wird immer schlimmer. Er schlägt um sich und lässt keinen an sich ran. Sobald sich einer nähert, fängt er laut an zu schreien, dass sie alle Bestien sind und ihn umbringen wollen. Dann kommen Scheuwald und Pusch mit dem Apparat. Gegen die zwei kräftigen Pfleger hat Hermann keine Chance, aber er schreit wie am Spieß. Da sagt Pusch: »Dich hätte man besser auch in den Bus gesteckt.«

Das macht auf Hermann keinen Eindruck, weil der überhaupt nichts mehr mitkriegt, aber die anderen rundherum ziehen die Köpfe ein. Da weiß Ernst, dass Horst nicht gelogen hat.

## 5.

Seit Anfang des Jahres müssen alle regelmäßig in den Luftschutzkeller. Der Keller ist finster und riesig, mittendurch führt ein pfeilgerader Mittelgang durch die ganze Anstalt. Er ist so lang, dass die Handwerker, die da unten zu tun haben, mit dem Fahrrad von einem Ende zum anderen fahren. Nur alle zehn Meter gibt es eine kleine, trübe Lampe, dazwischen ist es unheimlich dunkel und überall sind schwarze und braune Käfer.

Wenn Fliegeralarm ist, werden die Kranken von den Pflegern und Schwestern stationsweise hinuntergeführt und in den Kellerräumen verteilt. Viele müssen getragen werden und schauen verwirrt in die Gegend, weil sie nicht wissen, warum sie aus ihrem Bett müssen. Letztes Jahr waren es nur Übungen, aber seit jetzt immer öfter München bombardiert wird, gibt es richtigen Alarm.

Eng zusammengedrängt hocken sie zwischen alten Kisten und Regalen und warten. Die Luft ist stickig, und es stinkt, weil immer wieder Kranke in die Hosen machen. Obwohl nichts passiert, ist die Spannung mit Händen zu greifen, viele von den Kranken halten es nicht aus, fangen an zu zittern oder reden laut mit sich selbst, andere jammern, wollen wieder raus und müssen mit Gewalt von den Türen ferngehalten werden. Andere klammern sich an den Pflegern fest und heulen wie die kleinen Kinder.

Hier im Luftschutzkeller sieht Ernst auch zum ersten Mal Fritz, der ihn am ersten Tag mit seinem lauten Schreien so erschreckt hat. Es ist ein riesiger Kerl mit der Statur eines Preisboxers und dem Gesicht eines kleinen Jungen. Er schaut sich unruhig im vollgestopften Raum um, setzt sich dann in eine Ecke und kaut auf den Nägeln, während seine Augen umherirren. Plötzlich fängt er an, heftig zu schnaufen, der Pfleger neben ihm will ihn beruhigen, aber Fritz steht auf und will raus. Als ihn der Pfleger festhält, verdreht Fritz die Augen, bis man nur noch das Weiße sieht, dann fängt er an zu schreien wie ein verwundetes Tier und hört nicht mehr auf. Der Pfleger will ihn wieder runterziehen, aber Fritz, der einen Kopf größer ist, packt den Pfleger, hebt ihn hoch und wirft ihn gegen ein Regal. Sofort stürzen sich drei Pfleger auf Fritz und ringen ihn zu Boden. Erst als sie ihm eine Spritze geben, hört er mit Schreien auf.

Drei Tage später ist wieder Alarm, aber Fritz ist nicht mehr da. Horst erzählt beim Mittagessen, dass sie Fritz nach Irsee geschafft haben. Das ist die Nebenanstalt, die ungefähr fünf Kilometer entfernt ist.

»Nach Irsee kommen die schlimmen Fälle«, sagt Horst, »nur die, die völlig plemplem sind.«

»S-Stimmt gar nicht«, widerspricht Gustav, »Irsee ist ein S-Sanatorium, da gibt es Klosterschwestern, die g-gut für die Leute sorgen, u-und die müssen dort nicht so viel arbeiten und die haben viel b-besseres Essen als wir.«

»Wir können noch froh sein«, murmelt Dieter. »Ihr solltet mal sehen, was die drüben auf der C 1 für einen Fraß kriegen. Da dreht es dir glatt den Magen um.«

»Die arbeiten ja auch nix«, sagt Horst, »liegen den ganzen Tag nur rum. Da ist es nur gerecht, dass die weniger kriegen.«

Dieter schüttelt den Kopf. »Da gibt's nur noch dünne Rübensuppe und Kraut, mittags und abends, und nicht mal mehr Brot. Alle haben Dünnschiss und viele schaffen es nicht mehr aufs Klo. Ich war gestern drüben, um ein paar Betten zu richten. Ich sage euch, da schaut's aus. Die Männer sind total abgemagert, einige laufen rum wie der Tod in Latschen.«

»Im Krieg müssen alle Opfer bringen«, sagt Horst. »Denk mal an die Jungs in Stalingrad, die wären froh, wenn sie so ein Essen hätten.«

Auch die Pfleger murren über die neue Essensregelung. Seit Oktober bekommen nur noch die Kranken, die arbeiten können, das normale Essen. Alle anderen werden auf Schmalkost gesetzt. Überall sieht man ausgemergelte, hohlwangige Leute auf den Fluren herumstehen, die jeden, der vorbeikommt, um Brot anbetteln. Im Kohlenhof hört Ernst, wie Scheuwald und Pusch über die Hungerkost schimpfen.

»Kraut und Rüben und Wassersuppe ohne Fett, da ist es doch kein Wunder, wenn die Leute die Ruhr oder Typhus kriegen«, sagt Pusch.

»Genau das ist ja die Absicht, dann werden wieder ein paar Betten frei.«

»Sag das bloß nicht laut. Hast du den Chef in der Betriebsversammlung gehört?«

»Jaja, mehr Nährwerte für das Personal und die Arbeitsfähigen, dass ich nicht lache«, sagt Scheuwald. »Jetzt, wo die Busse nicht mehr kommen, überlegen sie sich eine andere Methode.«

»Sei doch still, Mensch.« Pusch hat Ernst entdeckt und beide verstummen und jagen ihn fort.

Ernst überlegt, ob er ein schlechtes Gewissen haben soll, weil er was auf dem Teller hat, auch wenn es nur Kartoffeln mit Buttermilch sind, und die auf C 1 kriegen nur Wassersuppe und die Soldaten in Stalingrad gar nichts. Seit Wochen reden sie im Radio über Stalingrad, und letzte Woche stand groß in der Zeitung, dass sich die Wehrmacht den Russen ergeben hat. Der Führer hat drei Tage Staatstrauer angeordnet, vor der Anstalt werden die Fahnen auf halbmast gehängt. Im Radio kommt Trauermusik und eine Rede vom Reichsminister Goebbels, der sagt, dass ein Unglück das deutsche Volk getroffen hat, weil man Stalingrad verloren hat. Die Pfleger schauen düster und wiegen den Kopf.

Auch bei Ernst im Zimmer ist die Stimmung mau. Mit Dieter wird es immer schlimmer, bei jedem Alarm verdreht er die Augen und fängt an zu zucken. Eines Tages nach dem Frühstück, als alle in den Kohlenhof gehen, ist Dieter verschwunden. Am Vormittag gibt es große Aufregung, und beim Mittagessen erfahren sie, dass er in seinen Hausschuhen in den Verwaltungsbau gegangen ist und dort unbemerkt in den dritten Stock hinauf. Von dort ist er runtergesprungen. Rund um seinen verdrehten Körper gab es eine riesige Blutlache. Aber vorher hat er oben ganz ordentlich seine Hausschuhe hingestellt.

Horst ist danach in sich gekehrt und still. Gustav macht sich Sorgen, dass es jetzt bald noch weniger zu essen gibt. Er hat einen guten Draht zur Küche und schafft es immer, was zu organisieren, diesmal sogar einen ganzen Schinken. Ernst weiß genau, wo Gustavs geheimes Vorratslager ist. Bei nächster Gelegenheit kriecht er unter Gustavs Bett und hebt dort vorsichtig ein Bodenbrett an. Da quillt ihm schon der Schinken entgegen und riecht so verlockend, dass er gleich reinbeißen muss. Weil er den angebissenen Schinken nicht wieder zurücklegen will, steckt er ihn unter sein Hemd und verdrückt sich.

Am nächsten Tag macht Gustav ein großes Gezeter, aber er kann sich nicht bei den Pflegern beschweren, weil er sonst sein Versteck verraten müsste. Am Nachmittag gehen alle in den Garten. Ernst legt sich abseits unter einen Baum, der schon die ersten grünen Triebe hat. Ihm ist schlecht von dem vielen Schinken. Er schließt die Augen und döst vor sich hin, als plötzlich Gustav auf ihm sitzt und ihm die Kehle zudrückt.

»D-Du hast meinen Sch-Schinken geklaut.«

»Nein, hab ich nicht, ehrlich!«, presst Ernst hervor.

»Ich w-weiß es g-genau. Das hab ich unter d-deiner Matratze gefunden.« Gustav zieht den fast abgenagten Knochen hervor und fuchtelt damit bedrohlich nah über Ernsts Kopf. »Ich stopf d-dir das D-Ding in dein Maul, d-du Sau.«

Ihm ist zuzutrauen, dass er es wirklich tut, und Ernst ruft schnell: »Warte, ich geb dir was dafür!«

Es scheint zu funktionieren. Gustav fragt neugierig: »So? W-Was denn?«

»Was Schönes, aber du musst erst von mir runter.«

»Sag erst, w-was es ist.«

»Eine Uhr, eine ganz tolle silberne Uhr.«

Gustav überlegt, während Ernst unter seinem Gewicht fast erstickt. »Gut, und wehe, d-du lügst mich an.« Er steigt von Ernst herunter.

Ernst sagt, dass Gustav hier auf ihn warten soll, und macht sich auf den Weg in den hinteren Park, wo gleich bei der Mauer sein Versteck unter der Linde ist. Es ist wirklich schade um die Uhr, die hätte er so gut verkaufen können. Aber bevor er von Gustav erschlagen wird, gibt er ihm lieber die Uhr.

Gustav freut sich darüber wie ein Kind. Er hängt sich die Uhr gleich an den Hosenbund und stolziert damit herum.

Ausgerechnet an diesem Abend kommt der Ottmann auf Visite und sieht Gustav, wie er mit der Uhr prahlt. Zuerst merkt Ottmann gar nicht, dass es seine Uhr ist, aber Gustav muss das gute Stück gleich vorführen. Fünf Minuten später steht Ottmann vor Ernst, seine kleinen Äuglein spießen ihn auf. Er schnaubt und pendelt mit der Uhr vor seiner Nase.

»Warte nur, Bürschchen, das wird Konsequenzen haben!«

Ernst fragt am Abend Scheuwald, ob er jetzt geschockt wird, aber der Pfleger sagt, Ernst soll sich keine Sorgen machen. Außerdem sagt Scheuwald grinsend, dass sich bisher noch keiner getraut hat, einem Doktor die Uhr zu stehlen, und dann ausgerechnet dem Ottmann, den keiner leiden kann. Ernst hat trotzdem noch Angst vor dem unheimlichen Apparat und schaut immer wieder zur Tür, ob sie nicht doch damit auftauchen.

In der Nacht träumt er, dass sie zu dritt kommen und ihn festhalten und ihm das Schock-Gerät an den Schädel halten, und ihm wird heiß und kalt gleichzeitig, seine Zähne klappern und sein ganzer Körper wird durchgeschüttelt. Am nächsten Morgen ist er wie gerädert. Gustav sitzt an seinem Bett und schaut ihn traurig an.

»Mach dir nichts draus«, sagt Ernst, »ich besorg dir eine neue Uhr.«

Aber Gustav schüttelt nur den Kopf und deutet mit dem Kinn auf das Pflegerzimmer.

Als Ernst sich umdreht, sieht er, wie Ottmann mit den Pflegern spricht. Dann kommt Pusch und baut sich vor ihm auf.

»Tja, mein Junge, hier hast du nun endgültig verschissen.«

# FÜNFTES BUCH

## Ein unheimlicher Ort

# 1.

Am 5. Mai 1943 verlässt Ernst Kaufbeuren. Es ist ein Frühlingstag wie gemalt, mit kleinen Wolken am blauen Himmel. Die Bäume, Sträucher und Blumen wollen nach dem endlos langen Winter jetzt alle auf einmal blühen, überall treiben Knospen und Blätter hervor. Ernst sitzt hinten auf der Ladefläche eines kleinen Lastwagens, lässt sich den Wind über den Kopf wehen, auf dem jetzt wieder ein blonder Flaum wächst, und saugt die Gerüche ein, die über der Landschaft liegen.

Die Welt hüpft und schaukelt im Takt der Schlaglöcher. Bilder von früher tauchen auf und die Erinnerung macht ihn traurig. Das Schaukeln, das helle Licht, das Summen im Ohr, der Geruch von Wiesen und Feldern, die vorbeitanzen. Es ist bald zehn Jahre her, dass er das letzte Mal im Wohnwagen gefahren ist, damals war alles schön und einfach. Und jetzt ist alles so verdreht und verrückt. Und es wird noch verrückter, zumindest wenn er den Unkenrufen seiner Kameraden glauben soll, die gesagt haben, dass in Irsee nur die größten Deppen sind, die Vollidioten, die hoffnungslosen Fälle.

Der Fahrer heißt *Toschek* und ist ein brummiger Kauz mit Schiebermütze und zusammengewachsenen Augenbrauen. Er fährt jeden Morgen mit seinem Lieferwagen von Kaufbeuren die fünf Kilometer nach Irsee, bringt Brot, Fleisch und Wurst, Obst und Gemüse, Dinkelkaffee, Reis, Nudeln oder Grieß, auch Holz, Ersatzteile und Medikamente, auf dem Rückweg nimmt er Kartoffeln, Milch und Käse nach Kaufbeuren mit.

Toschek fährt zuerst in die Stadt, hält vor einem Krämerladen und verschwindet in der Tür, die mit einem hellen Glockenton auf- und zugeht. In dem kleinen Schaufenster hängt ein Reklameschild für Kernseife und daneben ein großes Plakat, das den Führer zeigt, wie er freundlich mit drei Hitlerjungen spricht und einem von ihnen dabei stolz die Hand auf die Schulter legt. Darunter liegen auf einer Auslage säuberlich aufgereiht Streichhölzer, Schnürsenkel, ein Päckchen Sodapulver, Feigenkaffee, Salz und ein kleiner Karton mit bunten Zuckerstangen. Nur einmal hat Ernst solche Zuckerstangen probiert. Vater war von seiner Tour zurückgekommen und sagte, dass er zur Feier des Tages, weil er gute Geschäfte gemacht hatte, etwas spendiert. Dann sind sie in die Stadt gegangen und Ernst hat sich eine Zuckerstange aussuchen dürfen. Als Toschek wiederkommt, fragt Ernst, ob er hinten auf der Ladefläche sitzen darf.

»Wenn du abhauen willst, kriegst du Ärger!«, droht Toschek, dann erlaubt er es aber doch. Er ist froh, wenn er vorne seine Ruhe hat, und zündet sich eine Zigarette an.

Als sie aus der Stadt fahren, nimmt das Rumpeln des Lasters mit einem Mal derart zu, dass die Gemüsekisten hüpfen und die Säcke mit Getreide auf der Ladefläche wandern. Ernst sieht den letzten Häusern von Kaufbeuren nach, die hinter einer Baumgruppe verschwinden, dann nimmt ihm die Staubfahne des Lasters die Sicht. Er packt zwei weiche Getreidesäcke zu einem Lager zusammen, fischt sich einen Apfel aus der Kiste und genießt die angenehme Wärme der Maisonne. Mit jedem Schlagloch springen die Wolken über ihm hin und her. Sonne ist gut, Wind ist gut, er bringt den Duft von frischer Erde und geschnittenem Gras. Ernst wünschte, Toschek würde weiterfahren, immer weiter.

Sie biegen ab und der Laster kriecht einen Berg hoch, taucht in einen Wald ein und nach einer Kurve sieht Ernst oben zwei Kirchturmspitzen über den Bäumen aufragen. Sie stehen wie zwei weiße Drachenköpfe über dem Waldmeer.

Bald darauf taucht das Ortsschild von Irsee auf.

Ernst würde sich das Dorf gern anschauen, aber Toschek biegt gleich nach dem Ortsschild ab und hält vor einem Holztor. Dahinter erhebt sich ein riesiger Bau, halb Schloss, halb Kloster, der in demselben graugrüngelben Tarnanstrich gestrichen ist wie die Anstalt in Kaufbeuren, als Schutz vor Luftangriffen. Komisch nur, dass sie die Kirchtürme, die hinter dem Haus alles überragen, strahlend weiß gelassen haben. Wenn man schon Angst vor den Fliegern hat, dann müsste man die Türme doch zuerst anstreichen.

Toschek drückt zweimal auf die Hupe und mosert, weil nicht gleich jemand zum Aufmachen kommt. Er hupt noch mal und im selben Moment öffnen sich die beiden Torflügel. Ernst kniet auf den Vorratssäcken und starrt gebannt durch das Tor. Rund um den Hof grenzen mehrere Wirtschaftsgebäude an, Stadel, Ställe, Werkstätten, Schuppen. Rechts ist ein schön angelegter Garten mit Bäumen, Büschen, Gewächshäusern und Gemüsebeeten zu erkennen. Alles sieht sehr gepflegt und sauber aus.

Ein älterer Pfleger, erkennbar am blau-weiß karierten Kittel, lehnt neben einer Seitentür und beaufsichtigt eine Gruppe Patienten, die Abfallkübel auf einen Handkarren laden. Als er den Lastwagen sieht, schlendert er heran. Er ist mittelgroß und schlank, fast drahtig, und seine Augen blinzeln freundlich.

»Morgen, Erwin, hast du heute einen Helfer?«, fragt er Toschek.

Der legt die Hand an die Mütze und grinst müde. »Schön wär's. Den soll ich euch bringen, ein neuer Kandidat für euch.«

Der Pfleger kommt auf Ernst zu, drückt kräftig seine Hand. »Ich heiße Max Ries. Und wer bist du?«

»Ich heiße Ernst.«

Max runzelt die Stirn und fragt den Fahrer, der sich gerade eine Zigarette ansteckt. »Bist du sicher, dass der zu uns soll?«

Toschek zuckt mit den Achseln, holt einen braunen Umschlag aus dem Wagen und drückt ihn dem Pfleger in die Hand. »Sie haben gesagt, ich soll ihn hier abgeben. Und ich soll aufpassen, dass er mir nichts klaut.«

Ries nimmt den Umschlag, sagt seiner Arbeitsgruppe, sie sollen alleine weitermachen, und führt Ernst ins Haus. Während sie durch die hohen, alten Flure gehen, fragt ihn Ries aus. Dabei hält er immer den Kopf schief und fragt öfter nach, wahrscheinlich hört er schlecht. Er will wissen, auf welcher Station Ernst war, wie lange in Kaufbeuren, wie alt er ist. Als Ernst sagt, er sei dreizehneinhalb, schaut ihn der Pfleger ungläubig an.

»Ich hätte dich auf fünfzehn, sechzehn geschätzt. Wir gehen jetzt zu Dr. Gärtner, das ist der Oberarzt hier, der wird entscheiden, wo du hinkommst.«

Gärtner ist Mitte dreißig, ein schrulliger Kerl mit einem großen Gesicht und wenigen Haaren, und würde er nicht seinen weißen Mantel tragen, könnte er ebenso gut als einer der Patienten durchgehen.

Der Oberarzt weiß zuerst auch nicht recht, was er mit Ernst machen soll, dann schickt er ihn auf die M 2, wo die arbeitsfähigen Männer sind. Der große Schlafsaal ist ähnlich wie in Kaufbeuren, nur dass hier mehr Betten stehen.

Bestimmt vierzig sind in drei Reihen aufgestellt. Ernst bekommt ein Bett am Fenster. Von dort kann man auf den Garten hinaussehen, auf die Bäume, die rote Steinmauer und die Kieswege.

Beim ersten Mittagessen steht er verwirrt in dem großen, kahlen Speisesaal und schaut sich das Chaos an. Es ist ein brodelnder Hexenkessel. An den Tischen sitzen entstellte und wild fuchtelnde Männer. Wasserköpfe, die vor sich hinsabbern, Abgestumpfte, die in der Nase bohren, Verrückte, die hin- und herwippen oder mit dem Blechteller auf den Tisch hauen. Einige glotzen ihn mit stumpfen Gesichtern an, andere grinsen blöde. Einer wirft seinen Blechteller runter und kriecht hinterher, um die Soße vom Boden aufzuschlecken, ein anderer matscht wild in seinem Teller, ein dritter schreit, weil ihm sein Nachbar eine Kartoffel weggenommen hat. Die zwei Pfleger und eine Nonne, die das Essen austeilen, haben alle Mühe, mit dem Durcheinander fertig zu werden.

Da kommt plötzlich ein hünenhafter, kräftiger Bursche auf Ernst zu, nimmt ihn stumm bei der Hand, führt ihn an einen Tisch und drückt ihn neben sich auf die Bank.

Er stellt sich als »Oja« vor, ein junger Mann, groß und stark wie ein Bär. Die Nonne mit dem Essen nennt ihn aber *Florian*, und Ernst merkt, dass der Hüne nur seinen Namen nicht richtig aussprechen kann. »O-i-a«, sagt er kehlig und langsam, wie er alles ganz langsam tut. Oja freut sich sehr, dass Ernst neben ihm sitzt, und tätschelt ihm während des Essens immer wieder den Arm. Ernst gegenüber sitzt ein Junge, der nicht viel älter ist als er und aussieht wie ein Korkenzieher. Es ist ein Wunder, dass er mit seinen verschraubten Händen essen kann. Neben dem Korkenzieher hockt ein dicker Kerl mit dem Gesicht einer Bulldogge, einer riesigen Hasenscharte und Zähnen, die ihm schief aus dem Mund wachsen.

»Bist du neu?«, fragt der Korkenzieher und Ernst nickt.

Das Doggengesicht starrt ihn an, greift plötzlich über den Tisch und versucht, Ernst das Halskettchen wegzureißen.

Der Korkenzieher haut ihm sofort auf die Finger und schreit: »Aus, *Willi!* Pfoten weg von meinem Freund!«

Der Kerl, der Willi heißt, lässt sofort los und schaut seinen Nachbarn erschrocken an, dann isst er weiter, als ob nichts gewesen wäre.

Ernst zupft sein Hemd zurecht und sagt zu dem Korkenzieher: »Ich bin nicht dein Freund. Ich kenne dich überhaupt nicht.«

»He, ich habe dich vor Willi gerettet. Pass mal auf: Willi, wie macht der Hund?«

Willi fängt zu knurren an, zeigt seine schiefen Zähne. Spucke läuft aus seinem Mund, sein Gesicht kommt immer näher.

Ernst weicht zurück. »Ist schon gut, Willi, ist schon gut.«

Aber Willi hört erst auf, als sein Nachbar befiehlt: »Aus! Mach Platz!«

Willi folgt sofort und versinkt wieder stumpf in sein Essen.

»Wie heißt du eigentlich?«, will der Korkenzieher wissen.

»Ernst Lossa. Und du?«

*»Josef Göbitz«*, nuschelt er in sein Essen.

Ernst verschluckt sich und muss husten. »Joseph Goebbels? Du nimmst mich auf den Arm.«

Josef verzieht das Gesicht. »Göbitz, ich heiße Göbitz.«

Ernst schüttelt den Kopf. »Eine Rede! Du musst eine

Rede halten.« Er stupst Oja an. »Hast du gehört, Doktor Goebbels hält eine Rede. Sagen Sie, wie sieht es an der Front aus? Was macht die Wunderwaffe*?«

»Halt's Maul, du Idiot.« Josef schaut beleidigt und Ernst kann sich nicht mehr halten vor Lachen.

Am Nachmittag sind alle im Garten. Ernst sitzt auf den Steinstufen vor dem Haus in der Sonne, während vor ihm ein paar Männer ein lautes Spektakel veranstalten. Wahrscheinlich freuen sie sich, dass es endlich Frühling wird.

Frühling, das heißt, dass Vater wieder auf Reise geht. Ob er wohl immer noch böse auf ihn ist? Vielleicht hat er ihn auch vergessen und geht jetzt alleine mit Malchen und Nanna nach Amerika – und ihn lassen sie da, weil er nicht brav war.

Ihm läuft die Nase und er putzt sie am Ärmel seiner Jacke ab. Da hält ihm plötzlich jemand ein Taschentuch hin. Es ist Max Ries, der sich neben ihn gesetzt hat.

»Der erste Tag ist immer schwer.«

Er spricht in den Garten hinein, ohne Ernst anzuschauen, und der schaut weiter geradeaus ins Leere.

»Die meisten fühlen sich einsam und verloren und haben Heimweh. Ich kann gut verstehen, wenn du an zu Hause denkst.«

Ohne den Kopf zu drehen, sagt Ernst: »Ich hab kein Zuhause.«

»Das ist aber traurig. Und deine Eltern?«

Ernst tut weiter so, als wäre der Pfleger nicht da, und benutzt wieder den Ärmel, um seine Nase abzuwischen. Ries will eben das Taschentuch einstecken, da nimmt Ernst es ihm aus der Hand und stopft es in die Hosentasche.

»Wo kommst du her?«, fragt Ries.

Zum ersten Mal schaut Ernst ihn an. Wieso fragt er? Das weiß er doch. »Aus Kaufbeuren, C 2.«

»Und davor?«

»Ich war im Heim.«

»Und davor?«

»In einem anderen Heim.«

»Und davor?«

»Auf Reisen.«

»Auf Reisen?«

Ernst nickt und kommt sich dabei vor wie ein weiser alter Mann, der schon auf ein langes Leben zurückblickt.

Ries schaut ihn gespannt an und wartet, dass er weitererzählt. Da beginnt vor ihnen ein lautstarker Streit. Zwei Männer sind beim Mühlespielen aneinandergeraten. Der eine schreit wie am Spieß und wirft wütend das Brett und alle Steine auf den Boden. Der andere ist kurz davor, sich auf ihn zu stürzen. Ries springt auf, um zu schlichten, und Ernst muss nichts weiter erklären. Der Tumult vor ihm verblasst und nur noch die Stimmen der Streithähne dringen wie aus weiter Ferne zu ihm …

Er sieht einen Dorfplatz und hört das Geschrei, dazu Getrommel von Fäusten auf die Wagenplane, bis Vater sie rettet und aus dem Dorf rausfährt, so lange fährt, bis er einen guten Platz gefunden hat, wo sie ein Lagerfeuer machen und Geschichten erzählen und singen und Ziehharmonika spielen. Sie kuscheln sich ganz fest zusammen, so warm und weich, und Mutter singt und leuchtet durch die Nacht.

## 2.

Gustav hatte recht. In Irsee geht es nicht so streng zu wie in Kaufbeuren, sie müssen nicht so viel arbeiten, die Pfleger und die Klosterschwestern sind freundlicher, es ist wie eine große Familie. Und die Nonnen in der Küche kochen ein besseres Essen.

Aber nur für die Patienten, die arbeiten. Die anderen bekommen auch hier nur dünne Gemüsesuppe und betteln das Personal an, das ihnen von der eigenen Ration was abzweigt oder von zu Hause was mitbringt.

Ernst ist jetzt seit drei Monaten hier. Er kennt jeden Winkel des Hauses und auch die Gassen des Dorfes, weil er wie viele andere Patienten für die Pfleger und die Bauern oft kleine Hilfsarbeiten und Botengänge machen muss. Er hat neue Freunde, und vor allem hat er Max, seinen Lieblingspfleger. Max Ries ist einer der ältesten Pfleger hier, arbeitet schon seit über dreißig Jahren in Irsee. Er ist wie ein Vater zu ihm, Ernst darf ihm oft bei seiner Arbeit helfen und Ries bringt ihm ab und zu einen Kanten Brot von daheim mit.

Inzwischen weiß Max auch, dass Ernsts Vater Hausierer ist und Mutter im Himmel.

Wenn Ernst ihm beim Teppichklopfen, beim Reparieren der Metallbetten oder beim Ausfegen des Wachsaals hilft, erzählt er Max von den Jenischen, vom Reisen und Hausieren und Feiern, von seiner Oma in Buchau, die die besten Pfannkuchen der Welt macht, und von Babett-Oma, die überall herumzog und Kirchen restauriert hat. Nur dass Vater im Arbeitslager war, erzählt er nicht.

Von Ries erfährt er, dass er eine Frau und zwei Kinder hat und bald in Rente geht und dass er eigentlich Friseur gelernt hat und deshalb in der Anstalt einmal im Monat seine Runde dreht und Haare schneidet und Bärte stutzt.

Die meisten freuen sich, wenn Max zum Haareschneiden kommt, vor allem, wenn er sein duftendes Haarwasser dabei hat. Aber einige müssen auch festgehalten werden und schreien, als würden sie abgeschlachtet. Dabei muss vor Max wirklich keiner Angst haben. Er fasst keinen der Männer zu hart an. Da gibt es ganz andere unter den Pflegern, einige scheinen ihre Freude daran zu haben, wenn sie kräftig zulangen können, die genießen ihre Macht und lieben es, wenn die Patienten vor ihnen kriechen und schleimen. Max sagt immer, man darf seine Launen nicht an den Kranken auslassen.

Das sollte er mal zu Heichele sagen, der immer hinkend durch den Wachsaal marschiert mit einer Miene wie saure Milch. Heichele ist klein, hat kaum noch Haare und einen ordentlichen Bauch und er zieht ein Bein etwas nach. Er hat das Krankenzimmer unter sich und dazu die Kinderabteilung. Er redet nicht viel, ist meistens mürrisch und verschlossen. Josef sagt, der Heichele ist kein schlechter Kerl, den muss man nur zu nehmen wissen, dann ist er ganz umgänglich. Wenn die anderen Pfleger zu einem Schwatz oder einer Zigarette zusammenstehen, ist Heichele selten dabei. Dafür wird er öfter ins Chefzimmer zu den Besprechungen gerufen, wenn Faltlhauser und Frick da sind. Die anderen lästern dann und verdrehen die Augen, was so viel heißt wie: Der schleimt sich mal wieder ein.

Vor Faltlhauser haben alle Respekt. Wenn er auf eine Station kommt, stehen alle auf und sagen »Heil Hitler, Herr Direktor«. Der Faltlhauser genießt das richtig, ganz anders als Dr. Gärtner, der nur immer murmelt: »Schon gut, schon gut.« Aus Gärtner wird keiner recht schlau. Manchmal ist er redselig wie die Küchenschwestern, dann wieder verschlossen und abwesend. Jeder im Haus kennt seine tragische Geschichte. Er hat im September 1939, kurz nach Ausbruch des Krieges, zusammen mit seiner Frau beschlossen zu sterben. Sie schluckten zusammen vier Röhrchen mit Beruhigungstabletten. Gärtner überlebte, aber seine Frau starb. Als Gärtner wieder gesund war, wurde er nach Irsee versetzt. Die meisten Pfleger und die Patienten mögen Gärtner, vor allem, weil er nichts von dem Herrenmenschengehabe* der anderen Ärzte hat.

Der Frick dagegen ist gefürchtet. Sobald er mit seinem Holzbein durch die Flure klackert, ziehen alle die Köpfe ein. Zwar ist Dr. Gärtner der Leiter in Irsee, aber Frick ist der heimliche Chef der Anstalt. Er ist für die Verpflegung zuständig und kommandiert die Küchenschwestern herum. Wenn er mitkriegt, dass sie den Schmalköstlern Fett oder Fleischbrühe ins Gemüse geben, kann man sein Geschrei durchs ganze Haus hören. Er hat sogar verboten, Knochen in der Suppe mitzukochen.

Im großen Männersaal ist Ernst fast jeden Morgen als Erster wach und wartet, dass der Tagespfleger zum Wecken kommt. Dann werden zuerst die Männer losgemacht, die über Nacht ans Bett gebunden sind, weil sie sonst die Laken zerreißen oder ständig spazieren gehen. Die anderen schlurfen aufs Klo oder ziehen sich an, so gut sie es selbst können. Nur Henning Peutner springt immer sofort aus dem Bett und steht stramm. Er ist ein drahtiger Kerl, der schon graue Haare hat, obwohl er höchstens dreißig ist. Er war bis vor einem halben Jahr Soldat, und man erzählt, er hat einen Granattreffer abgekriegt und war in seinem Bunker drei Tage verschüttet. Er hat auf seinen Helm geklopft wie verrückt und dann hat ihn jemand gehört und ausgegraben.

Ernst kann die Pfleger schon von Weitem am Klang ihrer Schritte auseinanderhalten. Da ist das harte Klack-schlurf-klack von Heichele mit seinem Hinkebein, während Max einen wiegenden Gang hat und seine Absätze auf dem Steinboden Tapp-tapp machen. Manchmal gibt es noch Tack-tock, das ist der Frick mit seinem Holzbein.

Heute kommt Klack-schlurf-klack. Aber es ist noch ein zweiter Mann dabei, der offenbar Gummisohlen hat, denn man hört nur ein leises Hiep-hiep. Da steht auch schon Heichele wie ein breiter, dunkler Schatten in der Tür. Hinter ihm aber kein Mann, sondern eine Frau, die ihn um einen halben Kopf überragt.

»Alles aufstehen«, dröhnt Heichele.

Henning springt aus dem Bett, reißt den rechten Arm hoch und brabbelt los. Die anderen schlafen weiter oder drehen sich murrend um. *Ludwig Gortz,* der an den Beinen gelähmt, aber im Kopf in Ordnung ist, richtet sich auf, setzt seine Brille auf und grinst mit seinem zahnlosen Mund. Es dauert eine Weile, bis alle auf sind. Währenddessen schaut sich die Frau neugierig um. Sie hat einen dicken, dunklen Haarknoten und sanftmütige Augen.

Heichele stellt sie vor: »Das ist Oberschwester Braun. Sie ist unsere neue Stationsschwester und jetzt auch für euch zuständig. Ich hab ihr schon erzählt, was ihr für ein Haufen seid, also reißt euch zusammen. Ich will keine Beschwerden über euch hören, sonst …«

»Was sonst?«, meldet sich Gortz.

Bevor Heichele antworten kann, fängt Oja plötzlich an, vor sich hin zu kichern. Es ist so ansteckend, dass einer nach dem anderen mitkichert. Heichele schreit: »Ruhe!« Aber alle lachen weiter, obwohl keiner weiß, was gerade so lustig ist.

Heichele nimmt Oja böse ins Visier, da fasst Schwester

Braun ihn an der Schulter und sagt: »Lassen Sie's gut sein, ich mach das schon.«

Heichele marschiert schnaubend davon. Die Tür fällt laut ins Schloss, das Klack-schlurf-klack verhallt im Flur, da hört wie auf Kommando das Lachen auf. Oja fingert an seiner Hose herum, Gortz putzt seine Brille. Die anderen sitzen müde auf den Betten oder schlurfen durch die Gegend. Lediglich Peutner steht nach wie vor stramm, hat den rechten Arm hochgereckt und wirkt in seiner Unterhose lächerlich.

Die Schwester geht auf ihn zu, drückt ihm sanft den ausgestreckten Arm runter und gibt ihm die Hand. »Ich bin Schwester Kreszentia.«

Peutner schaut verdutzt auf seine Hand, die schlaff in der Hand der Schwester ruht.

Ernst stellt sich zu den beiden und erklärt: »Das ist Henning Peutner. Er war Soldat irgendwo in Russland und plötzlich kam eine Granate geflogen und dann bumm und alle waren tot, nur der Henning nicht. Er ist ein bisschen übergeschnappt, aber er kann ganz toll Körbe flechten und beim Gemüsejäten übersieht er kein einziges Unkraut.« Ernst läuft zu Oja und dreht ihm den Kopf nach oben, sodass Kreszentia sein rundes Gesicht sehen kann. »Und das ist Oja, mein Freund. Er ist sehr stark.« Ernst hebt Ojas Arm hoch und zeigt seine Muskeln. Dann huscht er rüber zu Josef, der gleich das Gesicht verzieht, weil er Angst hat, dass er ihn wieder Goebbels nennt. Aber Ernst sagt nur: »Das ist mein Freund Josef, er kann die schönsten Geschichten erzählen, aber man darf ihm nicht alles glauben.«

Inzwischen hocken alle in ihren Betten und lachen über Ernsts Vorstellung. »Und das hier ist der Willi, der ist gar nicht so schlimm, wie er aussieht. Und hier Ludwig Gortz, wenn man ihm die Brille wegnimmt, ist er blind wie ein Maulwurf, aber an der Nähmaschine macht ihm keiner was vor.« So läuft er von einem zum anderen und alle klatschen freudig in die Hände.

Kreszentia, die sich auf ein Bett gesetzt hat, schüttelt lachend den Kopf. »Und wer bist du?«

»Ich bin der Ernst. Ich kann gut turnen und ich kann Ihnen helfen.« Zum Beweis macht er einen Purzelbaum auf dem Boden und alle klatschen wie im Zirkus.

»Wobei willst du mir helfen?«

»Egal, ich kann alles.«

Kreszentia überlegt. »Kannst du denn dafür sorgen, dass die Männer möglichst schnell beim Frühstück sind?«

»Und was krieg ich dafür?«

»Du bekommst ein extra großes Frühstück.«

Das ist ein Wort. Ernst zieht sich an, dann hilft er Oja, der immer noch an seiner Hose herumnestelt. Er rüttelt die Männer wach, die wieder eingenickt sind, hilft Josef, seine Korkenzieherarme in Hemd und Jacke zu stecken. Kreszentia versorgt die Bettlägerigen und schaut immer wieder verwundert zu Ernst.

## 3.

Alle, die nicht zu Außenarbeiten gehen, bleiben tagsüber oben im großen Saal. Am Morgen kommt ein Pfleger mit Metallkisten voller Stoffreste. Die werden auf den Tischen verteilt und die Patienten müssen sie auseinanderzupfen. Übrig bleibt Putzwolle, die an die Werkstätten geliefert wird.

Kreszentia meint, dass Ernst mehr kann als Lumpen zupfen. Sie sorgt dafür, dass er in die Näherei kommt. Die Näherei ist ein lang gestreckter Raum mit Fenstern an einer Längsseite, an denen Nähmaschinen stehen. Gortz sitzt auf einem Stuhl und summt im Takt der Maschinen mit. Die Patienten müssen Litzen und Schulterklappen für Uniformjacken nähen. Gortz ist in seinem Element, er zeigt Ernst, wie man die kleinen Stoffteile zusammenfügt, aber der schaut lieber aus dem Fenster. Pfleger *Eisele,* der die Aufsicht hat, schimpft ihn einen Faulpelz, aber Gortz sagt, dass Ernst sein Lehrling ist und noch Zeit braucht. Eisele winkt nur müde ab.

Eisele hat die Angewohnheit, seine Schlüssel auf dem Pflegertisch abzulegen. Es ist ein großer Schlüsselbund und eine Handvoll einzelner Schlüssel.

Als Eisele einmal nicht aufpasst, geht Ernst wie zufällig an seinem Tisch vorbei und schwups springen zwei Schlüssel in seine Hosentasche. Sie haben kleine Anhänger, auf einem steht *Werkzeugkammer,* auf dem anderen *Apfelkammer.*

Die Werkzeugkammer ist gleich im Schuppen nebenan. Ernst sagt, dass er dringend aufs Klo muss, und huscht über den Hof zu dem Schuppen. Mit einem Ruck ist das Schloss offen und Ernst steht in einem Paradies. Sauber aufgereiht hängt an den Wänden ein riesiges Sortiment, Hammer, Sägen, Zangen, Hobel, Äxte, Bohrer, Hacken, Kellen, Schraubenzieher, Feilen, Meterstäbe und vieles mehr, das er gar nicht kennt.

Ernst überlegt, was er davon gebrauchen kann und was in seiner Schatzkiste noch Platz hat. Seit er hier ist, hat sich sein Vorratslager gut gefüllt. Ein Kamm, ein Taschenmesser mit geschnitztem Holzgriff, eine Tabakspfeife und Streichhölzer, ein Flachmann, ein Gebetbuch aus der Hauskapelle und das Foto von ihm, das in Kaufbeuren aufgenommen wurde. Auf dem Foto hat er noch einen kahlen Kopf und seine Elefantenohren stehen ab. Aber es ist das einzige Bild von ihm und besser als gar nichts.

Seinen Schatz hat er in einer Mauernische versteckt. Ganz hinten im Männergarten neben der Kirche ist ein Ziegel in der Gartenmauer locker. Dahinter ist ein Hohlraum, gerade groß genug für die kleine Blechdose mit seinen Schätzen. Blöd ist nur, dass der Heichele aufpasst wie ein Luchs. Er hat Ernst schon zwei Mal beim Stehlen erwischt und ihn gewarnt: Wenn noch mal was vorkommt, muss er im Krankenzimmer schlafen.

Ernst steckt schnell einen Meterstab ein und eilt zurück in die Näherei. Da steht schon der Eisele in der Tür.

»Her mit dem Schlüssel!«

»Welcher Schlüssel?«

»Tu nicht so scheinheilig. Ich hab dich drüben aus dem Schuppen kommen sehen, also her damit!«

Kleinlaut gibt Ernst ihm den Schlüssel. Aber Eisele ist immer noch nicht zufrieden. Mit einem Griff an Ernsts Hose findet er den Meterstab.

»Wenn ich dich noch mal erwische, Bürschchen, kannst du was erleben.«

Ernst spürt den zweiten Schlüssel in der Hosentasche. Den sollte er am besten auch gleich abgeben. Aber der ist für die Apfelkammer, so eine Gelegenheit gibt es so schnell nicht wieder, gerade jetzt, wo das Essen jeden Tag weniger wird.

Es dauert eine Woche, bis der Zeitpunkt günstig ist. Beim Abendessen bekommt Peutner einen Anfall, fällt von der Bank, wirft dabei seinen Teller runter und knallt mit dem

Kopf auf den Boden. Alle laufen herbei, auch die Pfleger. In dem Chaos fällt es nicht auf, wenn Ernst einen kurzen Ausflug macht.

Die Apfelkammer ist im Keller unter der Küche. Dort werden die Vorräte in Holzverschlägen gelagert, die nur durch Bretterwände getrennt sind. Man kann von außen zwischen den Latten durchsehen, es gibt ein Abteil mit Konserven, eines mit Einmachgläsern, eines für Brot. Im nächsten Keller sind Gemüse und Kartoffeln gelagert. Nach ein paar Metern im dunklen Flur sieht Ernst die Äpfel durch die Bretter schimmern. Er dreht den Schlüssel im Schloss und betritt den Verschlag. Vor ihm stapeln sich Regale mit Äpfeln bis zur Decke, es riecht himmlisch und er grapscht sich gleich einen Apfel und lässt ihn sich schmecken. In einer Ecke liegt ein Rupfensack, in dem er seine Beute verstauen kann.

Plötzlich geht Licht an, Schritte hallen durch den Keller. Ein hartes Tack-tock, kein Zweifel, es ist Frick. Ernst zieht den Verschlag vorsichtig zu und drückt sich in der hintersten Ecke gegen die Regale. Die Schritte verstummen, wahrscheinlich hat Frick was gehört und lauscht jetzt. Dann geht er weiter, bis er direkt vor der Apfelkammer steht. Er starrt durch die Ritzen und Ernst hält die Luft an.

Frick sperrt die Tür zum Verschlag nebenan auf, wo viele Flaschen gelagert sind. Ernst sieht durch die Holzlatten, wie Frick den Verschlag betritt. Umständlich nimmt er einen Korb und packt ihn voll mit Weinflaschen, stellt ihn vor dem Verschlag ab, sperrt die Tür zu und geht. Ernst hat noch nie jemand auf der Station Wein trinken sehen. Bestimmt braucht Frick die Flaschen für eine von seinen Feiern, über die man sich in der Anstalt Geschichten erzählt.

Als das Tack-tock verklungen ist, packt Ernst den Sack

mit Äpfeln und schleift ihn durchs Treppenhaus hoch in den Schlafsaal. Es geht so einfach und schnell, keiner hat sein Fehlen bemerkt und er kann seelenruhig die Beute unter seiner Decke verstauen. Später geht er von Bett zu Bett und bietet seine Ware an. Alle sind sie scharf auf die Äpfel, aber nur wer bezahlen kann, bekommt einen. Josef nennt Ernst einen Halsabschneider, weil er zehn Pfennig pro Stück verlangt. Aber schließlich zahlt er doch. Willi nimmt gleich fünf und bezahlt eine Mark, weil Ernst sagt, dass er kein Wechselgeld hat. Oja hätte gern auch einen Apfel, hat aber kein Geld. Weil er sein Freund ist, schenkt Ernst ihm einen.

Am nächsten Vormittag, als Ernst in der Näherei Hutschnüre für Soldatenmützen sortiert, steht Eisele vor ihm, und sein Gesicht verspricht nichts Gutes.

»Ich habe dich gewarnt, Lossa, aber du willst ja nicht hören. Her mit dem Schlüssel!«

»Ich hab keinen.«

»Lüg nicht, ich weiß genau, dass du in der Apfelkammer warst.«

»War ich nicht.«

»Das werden wir schon sehen. Mitkommen!«

Er bringt Ernst zu Dr. Gärtners Büro, das direkt über der Pforte ist. Dort warten Gärtner, Heichele und Frick auf ihn und lassen ein Donnerwetter auf ihn herab, das sich gewaschen hat.

Willi, der Depp, hat die Äpfel unter seinem Kopfkissen gehortet und dort hat sie Heichele gefunden. Dann hat er Willi ausgequetscht und dummerweise wurde auch noch der leere Rupfensack unter Ernsts Bett gefunden.

Frick tobt am meisten, nennt Ernst lügenhaft, diebisch, brutal, einen asozialen Volksschädling, der eingesperrt gehört.

Vorerst darf Ernst nicht mehr mit zu Außenarbeiten. Und damit man ihn auch nachts bewachen kann, muss er ab sofort im Krankenzimmer schlafen.

## 4.

Am liebsten sitzt Ernst mit Josef und Oja im Männerhof auf der großen Steintreppe. Auch jetzt im Winter nutzen sie jeden schönen Tag und blinzeln in den Schnee und in die Sonne.

Manchmal erzählt Josef eine der vielen Geschichten aus dem Anstaltsleben, die er irgendwann aufgeschnappt hat. Er ist seit sieben Jahren hier und kennt sich aus. In der Anstalt sei es früher viel gemütlicher gewesen, sagt er. Heute sei es schon fast wie ein Militärlager. Die Patienten müssen strammstehen, sogar die Krüppel. Josef macht mit seinem rechten Arm einen fuchtligen Hitlergruß* und sieht aus wie eine Witzfigur. Sogar die größten Deppen haben den Hitlergruß gelernt und reißen den Arm hoch, weil sie alle Angst haben.

»Aber hier muss doch keiner Angst haben«, sagt Ernst.

Josef schüttelt den Kopf. »Schau sie dir doch an: Wenn der Direktor zur Visite kommt, scheißen sich alle in die Hosen. Und du solltest mal sehen, was los ist, wenn fremde Besucher ins Haus kommen. Dann kriegen die Leute hier reihenweise Anfälle. Das fing vor drei Jahren an, als zum ersten Mal die Himmelfahrtsautos kamen. Von denen hast du bestimmt schon gehört.«

Ernst berichtet, was ihm Horst in Kaufbeuren erzählt hat.

»Das hättest du sehen sollen«, sagt Josef, »die Busse kamen abends und fuhren im Morgengrauen weg. Sie kamen nie zum Hauptportal, sondern fuhren in den Innenhof des Landhauses. Die Patienten traten reisefertig an, man hat ihnen die schönsten Kleider angezogen und gesagt, sie werden jetzt in ein schönes neues Heim verlegt. Bei jedem hat man den Namen und eine Nummer auf ein Heftpflaster geschrieben und ihm auf den Rücken geklebt. Dann sind sie losgefahren und haben sich sogar noch gefreut. Doch nach ein paar Wochen kam die Wäsche der Leute zurück. Die Kleider waren alle verkehrt herum, mit den Nähten nach außen, alles war verdreckt und hat widerlich gestunken. Wenn du mich fragst, die haben alle umgebracht.«

»Aber das ist schon zwei Jahre her und jetzt kommen doch keine Busse mehr«, sagt Ernst.

»Das weißt du nie genau, die können morgen wieder dastehen. Und deshalb haben hier alle Angst. Jede Woche gibt es neue Gerüchte. Jetzt heißt es, dass man die armen Teufel verhungern lässt. Und wer weiß, was denen noch alles einfällt. Wenn ich könnte, ich würde noch heute Nacht abhauen.«

Beim Stichwort »abhauen« bekommt Oja immer einen Silberblick und schaut verträumt in die Ferne. Oja ist ein Mensch im Schneckengang. Deshalb und weil er nur wenige Worte spricht, halten alle Oja für komplett idiotisch. Aber Ernst glaubt, dass er sich nur verstellt. Er hat mal gesehen, wie sich Oja, als er sich unbeobachtet fühlte, flink die Schuhe band und plötzlich ganz normal war.

»Will auch weg«, sagt Oja in seinem langsamen Singsang.

Josef lacht. »Du und weg! Du kommst doch keine hundert Meter weit, du Schnecke.«

Da ist Oja still und versinkt wieder in einem Tagtraum.

»Aber du«, sagt Josef zu Ernst, »du könntest doch leicht weg. Was machst du hier überhaupt, du bist doch nicht verrückt.«

»Du doch auch nicht.«

»Ich wär ja auch froh, wenn ich rauskäme. Aber schau mich an – bei meiner Figur kann ich das vergessen, ich komm doch nicht mal über die Mauer.«

Ernst zuckt nur mit den Achseln. Warum sollte er abhauen? »Was willst du denn draußen, Josef? Hier kannst du faulenzen, bekommst genug zu essen, und wenn du was anstellst, haut dir keiner die Hucke voll.«

»Trotzdem.«

»Ich bin sowieso nicht mehr lange da, dann holt mich mein Vater.«

»Und wo ist dein Vater?«

»In Amerika. Der hat da eine Riesen-Farm und ein großes Haus mit zwanzig Zimmern und Dienern und jeden Tag gibt's Fleisch zu Mittag und zum Nachtisch Schokolade.«

»Na klar. Und mein Vater ist der Kaiser von China.«

»Glaubst mir wohl nicht? Da, schau her!«

Ernst zeigt ihm die schimmernde Halskette von Mutter, die er um den Hals trägt.

»Na und?«

»Das hat mir mein Vater geschenkt, als er aufs Schiff nach Amerika gegangen ist. Echtes Gold.«

»Und wo ist deine Mutter?«

»Mutter ist ein Engel.«

Manchmal denkt auch Ernst ans Weglaufen, besonders jetzt im Winter, wo die Tage so dunkel sind. Er fürchtet, dass er hier selber verrückt wird.

Wenn er einen Baum anschaut, sieht er zugleich den Geist des Baumes und hört, wie er sich mit anderen Bäumen und mit der Luft und dem Himmel unterhält. Und wenn er einen Bach sieht, spürt er den Geist des Wassers und hört jedes Wasser, mit dem der Bach in Verbindung steht. Er kann so sehr in die Dinge hineinsehen, dass er dann selber Baum oder Bach ist oder Himmel oder Wind oder Regen.

Wenn er davon erzählt, glauben alle, das sind Lügengeschichten, sogar Max, mit dem er sonst über alles reden kann. Deshalb sagt Ernst niemandem mehr, was er sieht und hört und riecht. Er kann sogar manchmal die Gedanken der anderen sehen, richtige Bilder.

Max ist nicht nur Friseur und Pfleger, sondern nebenbei auch noch Sektionsdiener in der Anstalt. Das heißt, er muss die Leichen versorgen. Wer im Haus stirbt, kommt zunächst in die Hände von Max. Er holt die Leichen ab und bringt sie in die Prosektur. Das ist ein kleiner Bau, der versteckt auf der Nordseite zwischen der Kirche und der Mauer zum Männergarten liegt.

Es gibt dort einen kleinen Vorraum und einen Hauptraum, in dem ein langer Tisch mit einer dicken Marmorplatte steht. An den kahlen Wänden blättert die Farbe. Das Licht kommt von einem Dachfenster und von zwei langen Stablampen. Auf der einen Seite des Tisches ist ein Waschbecken, auf der anderen eine schwarze Trage für die Särge und eine Holzkiste für Tücher und Werkzeug. Das Interessanteste ist der Tisch. Er hat ein Eisengestell mit zwei Abflussrohren, die zu einem Gulli führen. In der Mitte der Marmorplatte ist eine Vertiefung, wo Blut und Leichenwasser hineinlaufen können. Das andere Rohr kommt von einem kleinen Becken unter dem Kopfende des Tisches.

Max bahrt die Toten auf und schneidet sie auf, damit Dr.

Gärtner die Todesursache feststellen kann. Hinterher zieht er sie sauber an und legt sie in einen Sarg. Ernst durfte schon ein paarmal helfen, aber nur beim Einsargen. Wenn Max schneidet, muss sich Ernst umdrehen, weil das kein schöner Anblick ist. Dann kommt Dr. Gärtner und sagt irgendwelche Krankheiten, woran die Patienten gestorben sind, und Max trägt sie in ein Blatt ein. Wenn Max fertig ist und die Leute herrichtet, darf Ernst ihre Haare kämmen oder die Hemden zurechtzupfen und ihm helfen, sie in den Sarg zu legen. Dann sind sie schön, mit geschlossenen Augen und entspannten Gesichtern, als ob sie schlafen.

Jetzt im Winter hat Max öfter in dem kalten Leichenhäuschen zu tun. Dabei schüttelt er immer wieder den Kopf, so als wäre er mit dem Tod nicht einverstanden.

Ende Januar stehen sie wieder um den Steintisch und Max zieht das weiße Tuch vom Gesicht des Toten, da entfährt Ernst ein Schreckenslaut.

»Kennst du ihn?«, fragt Max.

Ernst muss schlucken. »Das ist der Fritz, der war früher in Kaufbeuren.«

Max schaut auf seinem Zettel nach. *»Fritz Kottengruber,* im Januar '43 nach Irsee verlegt, genau vor einem Jahr.«

Fritz ist so groß, dass seine Füße unten über den Tisch hängen. Sein Kindergesicht ist friedlich, seltsam ist nur der getrocknete Schaum um seinen Mund. Nicht zu glauben, dass dieser Mund so unheimliche Schreie ausstoßen konnte. Noch jetzt bekommt Ernst eine Gänsehaut, wenn er an seinen ersten Tag in Kaufbeuren denkt. Max brummt gereizt vor sich hin. Als er Fritz aufschneidet, muss Ernst sich umdrehen. Dann kommt Dr. Gärtner.

»Da hat man mir schon wieder so einen hingelegt«, murmelt Max ärgerlich.

»So einen?«

»Sie wissen schon.«

»Das ist doch Quatsch, Ries.«

»Und der scharfe Geruch, fällt der Ihnen nicht auf?«

»Das kommt vom …«

Ernst schielt über die Schulter und sieht, wie Dr. Gärtner eine Handbewegung macht, als würde er Tabletten einnehmen.

Max knallt das Skalpell auf den Steintisch. »Das ist doch …«

»Hören Sie, Ries«, Gärtner legt Max die Hand auf die Schulter und senkt die Stimme, »das geht uns nichts an. Das wird ganz oben entschieden. Ich gebe Ihnen den guten Rat, machen Sie Ihre Arbeit und halten Sie den Mund. Dieses Jahr werden Sie noch reichlich Arbeit bekommen …« Gärtner wendet sich eilig zum Gehen, als hätte er bereits zu viel gesagt.

Max ruft ihm hinterher: »Und was schreibe ich in den Totenschein?«

»Schreiben Sie Bronchopneumonie, wie immer«, ruft der Doktor von draußen, dann ist er verschwunden.

Max mault vor sich hin. »Lungenentzündung, ha, wenn das eine Lungenentzündung war …«

Ernst hört ihn wursteln, dann darf er sich wieder umdrehen.

Max fragt: »Willst du ihn kämmen? Der Fritz will bestimmt schön sein, wenn er in den Himmel kommt.«

»Woher weißt du, dass er in den Himmel kommt?«

»Weil Gott die Kinder und die Verrückten liebt.«

»Dann komm ich ja auch in den Himmel.«

Max blickt erstaunt hoch. »Du? Du bist doch gesund und munter!«

# 5.

In den Neujahrsreden im Radio hatte es geheißen, 1944 werde das Jahr der Vergeltung werden. Doch über das Gesicht der Pfleger, die um den Volksempfänger herumstanden, war nur ein bitteres Lächeln gehuscht. So ist es jetzt immer, wenn mal wieder vom Endsieg* die Rede ist. Auch wenn es keiner laut zugibt, hier glaubt niemand mehr daran, außer Frick vielleicht. Obwohl ständig von Vergeltung die Rede ist, kommt alle paar Tage ein neuer Luftangriff. Aber vielleicht hört der Feind ja kein Radio.

Letzte Woche haben sie Augsburg bombardiert. Ernst hat im Traum die Stadt brennen gesehen. Zurzeit hat er jede Nacht wilde Träume. Er fliegt über das Land, das unter großen Schneebergen begraben ist, Schnee, soweit das Auge reicht. Nur die Häuser schauen raus, und Bäume, an die der frostige Ostwind lange Eisborsten hingeblasen hat. Er fliegt bis nach Augsburg, will über das Josefsheim schauen. Doch schon von Weitem sieht er, dass Augsburg brennt. Die Innenstadt ist ein einziges Flammenmeer, von den Häusern sind nur Trümmer übrig, überall ist schwarzer Rauch und er kann das Josefsheim nicht finden.

Wahrscheinlich sind Nanna und Malchen und die anderen Kinder schon lange weggebracht worden. Sie bringen jetzt alle Kinder aufs Land, damit sie vor den Bomben sicher sind. Auch viele Anstalten werden aufgelöst, weil sie als Lazarett für die Soldaten gebraucht werden. Bald jede Woche werden in Irsee neue Patienten in Bussen angekarrt, die von weit her kommen. Die meisten können nach der langen Fahrt kaum laufen und müssen gestützt oder getragen werden. Sie haben trotz der Eiseskälte nur dünne Schlafanzüge an, sehen mager und ausgehungert aus und betrachten mit tief liegenden Augen verwirrt die neue Umgebung. Das Haus ist derart überfüllt, dass im großen Schlafsaal Stockbetten aufgestellt werden müssen.

Je mehr Leute kommen, desto mehr sterben auch. Max schimpft im Leichenhaus ständig vor sich hin, weil jetzt schon die Särge ausgehen. Wenn Ernst in seinen Träumen über Irsee fliegt, sieht er einen grauen Nebel über dem Wald, wie die Schwingen eines großen Vogels. Der Nebel bewegt sich langsam auf die Anstalt zu. Wenn der graue Vogel zu nahe kommt und nach ihm greifen will, wacht Ernst auf.

Auf dem Dorffriedhof oben bei der Stephanskirche ist kein Platz mehr, deshalb muss die Anstalt einen eigenen Friedhof anlegen. Sie haben sich dafür eine abschüssige Wiese gleich hinter der Klosterkirche ausgesucht, zwischen Leichenhaus und Wald. Weil die Wiese so schräg ist, müssen für die Gräber kleine Terrassen angelegt werden. Das ist eine Knochenarbeit, zuerst ist noch alles hart gefroren, und als der Schnee verschwindet, regnet es wochenlang ohne Pause. Alle fluchen bei der Arbeit, und Ernst findet, das ist kein gutes Omen für einen Friedhof, wenn schon vor der ersten Beerdigung jede Schaufel Erde mit Flüchen belegt wird.

Beim Putzen und Bettenmachen hört er, wie sich Max bei Schwester Kreszentia beschwert.

»Das ist eine Sauerei, jedes Grab läuft ständig voll Wasser. Wenn ein Sarg hinuntergelassen wird, platscht und spritzt es.«

Kreszentia verzieht angeekelt das Gesicht, während sie ein weiteres Bett abzieht. »Hilf mir mal mit der Gummiunterlage.«

Max packt mit an, will sich aber nicht beruhigen. »Stell

dir vor, das Leichenwasser läuft den Hang hinunter und die Leute unten in den Dörfern kriegen es ab. Dann dauert es nicht lange, bis wir wieder Typhus haben.«

»Du solltest den Teufel nicht an die Wand malen«, sagt Kreszentia. »So schlimm wird's schon nicht werden.«

»Das mit dem Friedhof war eine Schnapsidee. Wenn es so weiterregnet, rutscht uns die ganze Wiese mitsamt den Gräbern ins Tal runter. Jetzt heißt es, wir müssen die Wiese entwässern und abstützen, aber kann mir mal einer sagen, wie das gehen soll!«

»Irgendwo muss man doch hin mit den Toten, du kannst sie ja nicht stapeln.«

»Gärtner hatte recht. Der hat schon im Januar zu mir gesagt: ›Ries, dieses Jahr werden Sie noch reichlich Arbeit bekommen …‹«

»Ach, der redet viel, wenn der Tag lang ist.«

»Vorgestern hatten wir drei Beerdigungen. Drei an einem Tag, Kreszentia, das gab's noch nie, nicht mal in den Hungerjahren im letzten Krieg.«

»Schau dir doch an, wie viele Neuzugänge wir haben. Der Frick hat gesagt, wenn das so weitergeht, müssen wir bald Betten im Flur aufstellen. Und dann der jämmerliche Zustand, in dem die Leute sind, die kommen ja schon halb tot hier an.«

»Das ist nicht der Grund für die vielen Todesfälle, und das weißt du ganz genau. Da wird nachgeholfen.«

Kreszentia hält mitten im Bettenabziehen inne und Max schweigt erschrocken.

»Pass bloß auf, Mensch«, zischt sie ihn an. Dann schaut sie sich besorgt um, sieht Ernst und schimpft: »Was stehst du da rum, hilf lieber mit!«

Alle haben den Heichele in Verdacht, weil es auf seiner Station in letzter Zeit so viele Tote gegeben hat.

Im Krankenzimmer, in dem Ernst jetzt schlafen muss, kommt Heichele jeden Abend und verteilt Tabletten. Er setzt sich zu Ernst ans Bett und spricht mit ruhiger Stimme auf ihn ein, er soll auch welche nehmen, damit er besser schlafen kann. Aber Ernst wendet nur den Kopf ab und Heichele zieht brummend ab. Ernst hat eine Heidenangst vor den Tabletten, denn er hat Josefs Stimme noch im Ohr: »Pass auf und lass dir nichts geben, sonst kann es sein, dass du nicht mehr aufwachst.«

Das Krankenzimmer ist kahl und stickig, ein lästiger Gestank aus Schweiß, Urin, Bodenwachs und scharfen Reinigungsmitteln erfüllt die Luft. Das Fenster ist mit einem Karton abgedunkelt und man kann nur durch einen schmalen Spalt den Himmel sehen. Hier gibt es nichts außer vier quietschenden Eisenbetten, in denen die Kinder alle paar Wochen wechseln.

Seit einigen Tagen liegt Heinz neben Ernst. Er ist höchstens sieben und brabbelt nur vor sich hin. Heinz hält, egal ob er wach ist oder schläft, mit der rechten Hand sein Ohrläppchen fest, während der linke Arm selbstständig zu sein scheint, wie ein Flügel, der versehentlich an einen Menschen drangewachsen ist. Jetzt im Schlaf streicht dieser Flügel fortwährend langsam über die Bettdecke, streicht sie glatt, faltet sie auf, streicht sie wieder glatt.

Wenn Heichele Nachtdienst hat, was nicht so oft vorkommt, passieren seltsame Dinge. Kinder, die am Abend noch putzmunter waren, liegen am nächsten Morgen schlaff in ihren Betten und röcheln nur noch und einen Tag später werden sie im Leichentuch rausgetragen. Heichele hat im Pflegerzimmer neben der Krankenstation ein eigenes

Schränkchen, das er immer sorgfältig abschließt. Keinen lässt er da dran, nicht mal die anderen Pfleger. Ernst ist sicher, dass Heichele den Kindern was gibt, so wie die Wörle in Kaufbeuren. Tabletten in Himbeerwasser, damit's nicht so bitter schmeckt.

Ernst meidet Himbeerwasser. Und er passt auch sonst auf wie ein Luchs. Schon zweimal hat Heichele es heimlich probiert. Einmal waren Tabletten in Ernsts Dinkelkaffee, einmal im Mittagessen. Aber Ernst hat es gemerkt und nichts angerührt.

Im April haben die Klatschbasen im Haus jede Menge Stoff. Die Gerüchteküche brodelt. Da ist zuerst der neue Friedhof, über den sogar der Dorfpfarrer schimpft, weil bei dem Regenwetter die Leichen fast davonschwimmen. Er darf auch nicht mehr bei jeder Beerdigung die Glocken läuten, damit es nicht so viel Aufsehen im Dorf gibt. Früher wurden die Toten im Leichenwagen durchs Dorf geschoben, vorneweg der Pfarrer und dahinter ein paar Nonnen und Patienten. Jetzt muss bei jeder Beerdigung ein Arbeiter der Gärtnerei an der Hecke zum neuen Friedhof stehen und die Schaulustigen vertreiben.

Die meisten Gerüchte gibt es um die neue Chefin in der Frauenstation. Sie heißt Pauline Kneißler und kommt aus Berlin. Seit sie die Leitung der Frauenstation übernommen hat, wird jeden Tag eine Tote aus dem Haus getragen. Die einen sagen, das liege am Typhus, der dort ausgebrochen ist, aber Max schüttelt nur immer wieder den Kopf. Dr. Gärtner ist bei der Untersuchung der Leichen noch abwesender als sonst, und wenn Max Bemerkungen macht, winkt er nur müde ab.

Dann gibt es im April noch eine Überraschung. Es ist

ein sonniger Vormittag, Ernst kommt gerade vom Klo und schlendert durch den Flur, als er Heicheles Jacke entdeckt, die neben der Tür des Pflegerzimmers hängt. Schnell greift Ernst in die Taschen und findet ein Benzinfeuerzeug. Es hüpft förmlich in seine Hand und verschwindet wie von selbst in seiner Hosentasche. Er schaut aus dem Fenster runter in den Innenhof, wo eine Gruppe Patienten laut krakeelt, und überlegt, wo er es verstecken soll, damit Heichele es nicht gleich wieder entdeckt.

Da sagt plötzlich eine Stimme direkt hinter ihm: »Das solltest du besser bleiben lassen.«

Er fährt erschrocken herum, vor ihm stehen zwei Mädchen, ungefähr in seinem Alter, und mustern ihn neugierig von oben bis unten. Die eine ist mager, hat kurze rote Haare und freche grüne Augen, die andere ist etwas kräftiger mit langen blonden Zöpfen und scheuen Rehaugen und sie lächelt die ganze Zeit. Ernst starrt die beiden an und merkt, wie er dabei rot wird bis über die Ohren.

Die Rothaarige schaut auf seine ausgebeulte Hosentasche. »Wenn sie dich erwischen, bist du dran.«

»Keine Ahnung, was du meinst.«

Sie schaut sich um und flüstert: »Das hier ist ein unheimlicher Ort.«

»Du spinnst. Und überhaupt, was habt ihr hier zu suchen? Und du, was grinst du mich die ganze Zeit so blöd an?«

»Sie kann dich nicht hören«, sagt die Rothaarige. »*Theresa* ist taubstumm. Aber sie ist nicht blöd, im Gegensatz zu dir.« Sie gibt Theresa Handzeichen und beide lachen.

»He, ihr haut jetzt besser ab auf eure Station!«

»Das hier ist jetzt auch unsere Station. Ja, du kannst den Mund wieder zumachen.«

Da kommt Kreszentia den Flur entlang. »Ah, ich sehe, ihr

habt euch schon bekannt gemacht. *Nandl* und Theresa, ihr kommt mit mir in den Garten. Und du sollst dich bei Max melden, er braucht jemanden, der ihm beim Teppichklopfen hilft.«

Die zwei Mädchen gehen mit Kreszentia mit, sie unterhalten sich dabei mit den Händen, drehen sich noch mal zu Ernst um und kichern.

Ernst geht mit Max in den Männergarten, und während er die Teppiche holt, verstaut er schnell seine Beute im Mauerversteck. Max erzählt, dass fünf Mädchen zu Heichele auf die Kinderstation verlegt worden sind. Das hat angeblich der Frick angeordnet, keiner weiß, warum. Die Schwester Oberin hat sich sofort beschwert, dass sich das nicht gehört und dass seit jeher hier im Haus Männer und Frauen streng getrennt sind. Aber die Mädchen sind trotzdem gekommen und man hat extra ein Zimmer neben der Krankenstation frei gemacht.

Von den fünf Mädchen können drei nicht aufstehen: Eine ist gelähmt, die Zweite ist ständig im Bett angebunden und die Dritte bewegt nur immer im Takt den Kopf hin und her. Aber die anderen zwei sorgen für neuen Schwung auf der Station. Theresa und Nandl dürfen in der Freizeit ab und zu in den Garten. Plötzlich ist Oja gar nicht mehr so langsam. Er schwänzelt immer um sie herum. Ihm ist auf zwanzig Meter gegen den Wind anzusehen, dass er in Theresa verliebt ist.

Wenn sie unter den Bäumen Blindekuh spielen, fängt Oja immer Theresa, und ihr macht es gar nichts aus, dass er nur wenig spricht, weil sie ihn sowieso nicht hören kann.

Diesmal werden Ernst die Augen verbunden. Die anderen zupfen ihn an Hemd und Hose. Nandl treibt es besonders bunt, aber ihr Kichern verrät sie. Er verfolgt sie in eine

Mauernische, wo sie ihm nicht mehr auskommt, sie drückt sich glucksend in die Nische.

»Ich hab dich«, ruft Ernst und reißt sich fröhlich das Tuch von den Augen.

Plötzlich sind sie sich unerwartet nahe und schauen sich tief in die Augen, Nandls Lachen verschwindet, auch das von Ernst, sie schauen sich nur atemlos an, bis Nandl zuerst aus der Erstarrung erwacht.

»Du hast geschummelt!«

Flugs schlüpft sie an Ernst vorbei und rennt zu den anderen.

Nach dem Spielen setzen sich alle auf die Steintreppen. Nandl erzählt, dass sie eigentlich Marianne heißt, dass ihr Vater im Krieg ist und ihre Mutter ausgebombt* und dass sie selbst Fallsucht hat.

»Ich falle einfach um und schlage um mich und manchmal verletze ich mich dabei. Aber ich kann mich hinterher an nichts erinnern.«

Josef lacht. »Der Ernst kann sich auch nie an was erinnern, wenn er was geklaut hat.«

»Pass auf, Goebbels, sonst gibt's Maulschellen!«, erwidert Ernst.

»Warum bist du hier?«, fragt ihn Nandl.

Bevor Ernst was sagen kann, fängt Josef an zu erzählen. »Sein Vater ist in Amerika, der hat dort ein Haus mit zwanzig Zimmern und für jeden Furz haben sie Dienstmädchen und jeden Tag gibt's Fleisch zu Mittag und zum Nachtisch Schokolade. Der ist stinkreich, er hat dem Ernst sogar eine goldene Halskette geschenkt. Los, zeig sie ihr.«

»So ein Blödsinn«, sagt Nandl.

Ernst nestelt Mutters Kette aus dem Hemd und hält sie ihr hin. »Da schau, die hat er mir gegeben, bevor er aufs

Schiff ist, und es dauert nicht mehr lange, dann kommt er mich holen.«

Nandl schaut stirnrunzelnd zuerst Ernst, dann Josef an.

»Wenn du's nicht glaubst, frag doch Oja«, sagt Ernst.

Aber Oja hat nicht zugehört, weil er nur Augen für Theresa hat.

Da steht Nandl wütend auf. »Solche Lügenmärchen kannst du vielleicht Josef erzählen, der glaubt dir ja alles. Aber mich hältst du nicht zum Narren. Du bist ein Dieb und ein Lügner obendrein.« Sie gibt Theresa mit den Händen Zeichen und dampft schnaubend ab, Theresa hinterher.

Ernst ruft ihr nach: »Und du bist auch nicht besser als die anderen Idioten hier!«

Die nächsten Wochen schaut ihn Nandl nicht mehr an, wenn er ihr auf dem Flur begegnet, zumindest tut sie so, als würde sie ihn nicht sehen.

Er versucht, es trotzdem so einzurichten, dass sie sich möglichst oft über den Weg laufen. Manchmal trifft er sie auch in seinen Träumen. Dann sieht er sie vor sich beim Blindekuh-Spielen, wie ihr lachendes Gesicht mit einem Mal ernst wird und wie sie sich unter seinem Arm durchwindet, sodass dabei wie zufällig ihre Hand die seine berührt. Die Stelle an seiner Hand wird dann feurig heiß, als hätte ihn ein Funken getroffen, der ihn elektrisiert und direkt in sein Herz fährt.

Doch dann kommt wieder der graue Nebel und verfolgt ihn und er wacht auf und kann nicht mehr einschlafen.

Eigentlich ist sie ja eine blöde Kuh, warum soll er sich über sie Gedanken machen, aber dennoch ist es ein warmes Gefühl, zu wissen, dass sie zwei Zimmer neben ihm schläft.

# 6.

Ende Mai sind die Patienten eingeteilt zur ersten Heuernte. Es ist ein heißer Frühsommertag. Ernst hat sich abseits unter einer großen Feldbuche ein weiches Heunest aufgeschüttet, sodass ihn die Gruppe nicht sehen kann. So kann er ungestört den faserigen Wolken hinterherträumen, die langsam vorüberziehen.

In der Ferne über den Bergen braut sich ein Gewitter zusammen. Kreszentia hat es auch gesehen und mahnt zur Eile, aber Max sagt, das zieht vorbei.

Die Stimmen der anderen, die gerade einen Wagen mit Heu beladen, werden immer leiser, während Ernst vor sich hin döst. Da steht plötzlich Nandl vor ihm und stößt ihm ihren Holzrechen in die Seite.

»Das haben wir gerne – die größte Klappe von allen, aber wenn es ums Arbeiten geht, drückt sich der feine Herr.«

»Na und, das geht dich gar nichts an.«

»Los, aufstehen, du Faulpelz, oder soll ich dich beim Pfleger melden?«

»Lass mich doch in Ruhe, du dumme Gans.«

»Blas dich bloß nicht so auf. Ich weiß Bescheid über dich. Von wegen Vater in Amerika. Das stimmt alles gar nicht. Ich weiß genau, dass du aus dem Erziehungsheim kommst und vorher im Waisenhaus warst. Und überall haben sie dich rausgeworfen, weil du gestohlen hast und nichts als Dummheiten im Kopf hast und weil sie mit dir nicht fertig geworden sind. Jawohl, sie haben dich hergeschickt, weil du zu nichts zu gebrauchen bist und weil du geklaut hast wie ein Rabe!«

Ernst springt auf. »Das hat dir bestimmt der Josef erzählt,

der alte Schwatzkopf. Der lügt doch, wenn er den Mund aufmacht.«

»Wenn hier einer lügt, dann du.«

»Du hast ja keine Ahnung, kommst hierher und glaubst dem erstbesten Idioten.«

»Hier weiß doch jeder, dass du ein Zigeuner bist.«

Ernst starrt sie wütend an. Dann dreht er sich auf dem Absatz um und stapft über die Wiese davon.

In dem Moment geht mit einem mächtigen Donnerschlag das Gewitter los. Alles rennt zum nahe gelegenen Bauernhof. Ernst wendet sich um und sieht, wie Nandl die Augen verdreht. Sie versucht, sich am Baum festzuhalten, fällt um, verkrampft, schlägt um sich, hat Schaum vor dem Mund. Schnell rennt er zu ihr und will sie festhalten, aber sie schlägt mit solcher Kraft um sich, dass er Mühe hat, wenigstens ihren Kopf zu schützen. Da kommt auch schon Max, und zusammen halten sie sie fest, bis sie sich wieder beruhigt hat.

Im Juni werden die ersten Frühkartoffeln gebracht. Im Hof vor der Küche lädt ein Laster einen großen Berg Kartoffeln ab, die die Patienten nun in Eimer klauben und in den Keller tragen. Dabei müssen sie die schlechten aussortieren für die Schweine.

Es ist ein sonniger Tag. Im Hof herrscht reges Treiben. Fuhrwerke werden abgeladen, Patienten schieben Handkarren mit Wäsche und Abfällen durch die Gegend. Oja ist beim Kartoffelklauben nicht recht bei der Sache, weil er die ganze Zeit Nandl und Theresa zuschaut, die sich mit den Händen unterhalten. Ernst zielt mit einer Kartoffel auf Ojas Eimer und das Scheppern weckt Oja kurz aus seinen Gedanken. Er schaut Ernst verwirrt an und vertieft sich dann wieder in den Anblick der Mädchen.

»Der ist völlig verschossen«, lästert Josef.

»Lass ihm doch den Spaß. Ich glaube, die Theresa mag ihn«, sagt Ernst.

Theresa lächelt Oja an. Er lächelt zurück und rollt ihr eine Kartoffel hin. Sie nimmt sie und rollt sie zurück.

Josef verdreht die Augen. »Du bist nicht besser als Oja, glotzt auch nur immer auf Nandl.«

»Stimmt gar nicht.« Ernst wirft eine Kartoffel nach Josef, aber sie fliegt zu weit und trifft hinter ihm die Seitenlade eines Fuhrwerks. »He Goebbels – wetten, dass du den Wagen nicht triffst?«

»Sag nicht immer Goebbels zu mir«, mault Josef. Aber dann probiert er es doch, trifft aber nicht.

Frick kommt mit der neuen Schwester aus Berlin über den Hof, er in Reiterhosen, Pauline mit ihrer kleinen Haube und dem langen weißen Kittel.

»Ein schönes Paar«, sagt Ernst. Aber Josef hört nicht zu, weil er sich aufs Werfen konzentriert. Ernst spitzt die Ohren und hört, wie sich Frick wichtigmacht.

»Was glauben Sie, wie schwer es ist, so einen Haufen durchzufüttern, gerade in diesen Zeiten.«

»Aber Sie haben das ja gut im Griff«, antwortet Schwester Pauline.

»Das will ich wohl meinen. Ohne mich läuft hier gar nichts. Und wenn ich meine Uniform trage, muss sogar der Direktor auf meine Befehle hören.«

»Dann sind Sie ja so was wie der heimliche Direktor hier.«

Er winkt ab, aber man sieht ihm an, wie stolz er ist. »Die Schwachköpfe fressen einem die Haare vom Kopf. Aber seit wir die Einfachkost eingeführt haben, kommen wir gut über die Runden. Gemüse und Kartoffeln, das reicht für die Idioten vollkommen aus. Und wenn nicht, tja dann.« Frick macht eine wegwerfende Handbewegung. Dann senkt er vertraulich die Stimme. »Aber es gibt ja auch noch andere Methoden.«

»So könnte man sagen.«

»Kurz und schmerzlos, was?«

»Ja, richtig.«

Die beiden gehen schäkernd weiter, aber ausgerechnet jetzt trifft Josef mit einer Kartoffel das Fuhrwerk und jubelt.

Frick baut sich vor der Gruppe auf und schreit: »Was fällt dir ein, mit Anstaltsgut so umzugehen!«

Alle ziehen die Köpfe ein. Josef grinst verlegen.

»Du brauchst wohl eine Sonderbehandlung.«

Josef verdreht sich noch mehr als sonst und würde am liebsten im Boden versinken. Da springt Ernst auf und schreit laut: »Heil Hitler, Herr Frick!«

Frick lässt sich ablenken und wendet sich Ernst zu. »Was willst du schon wieder, Lossa?«

»Ich habe ein neues Lied geübt, Herr Frick.« Und bevor Frick etwas sagen kann, singt Ernst *Es zittern die morschen Knochen.* Oja steht auch auf und hebt den Arm zum Deutschen Gruß* und dann auch Josef und die anderen rundherum. Ernst marschiert im Stechschritt um den Kartoffelberg, so wie er es in der Hitler-Jugend gelernt hat. Als er den Refrain singt: *Denn heute gehört uns Deutschland und morgen die ganze Welt,* sagt Frick: »Schon gut, es ist gut jetzt.« Er schnaubt, weil er nicht weiß, ob er Ernst loben oder anschnauzen soll. Dann dreht er sich auf dem Absatz um und hinkt davon, die neue Schwester im Schlepptau.

Als die beiden um die Ecke biegen, wirft sich Ernst lachend zu Boden. Josef steht immer noch verbogen herum.

Er weiß genau, was »Sonderbehandlung«* heißt. Die Angst ist ihm noch ins Gesicht geschrieben. Leise sagt er: »Mensch, das war knapp, du hast Nerven.«

Nandl schüttelt nur den Kopf, aber um den Mund hat sie ein schelmisches Grinsen. Den Rest des Nachmittags schaut sie immer wieder zu Ernst herüber, doch immer wenn er hinschaut, dreht sie den Kopf weg. Als sie wieder reinmüssen, trödelt Nandl so lange, dass sie beide die Letzten sind. In der Tür bleibt sie stehen.

»Das mit dem Zigeuner tut mir leid.«

»Schon gut.«

»Es ist mir einfach so rausgerutscht. Bist du noch böse?«

Ernst grinst sie an. »Du weißt doch, wenn ich einen Anfall habe, kann ich mich hinterher an nichts erinnern.«

Sie gibt ihm einen Schlag auf den Arm. »Blödmann. Dabei wollte ich gerade sagen, dass …«

»Was?«

»Ach nichts.«

Sie dreht sich weg. Bevor sie im Flur verschwindet, schaut sie sich noch mal um und zwinkert ihm zu.

»Gute Nacht, Ernst.«

## 7.

Plötzlich ist die trübe Stimmung wie weggepustet, die Anstalt strahlt in neuem Licht, die grauen Flure und stinkigen Zimmer sind wie mit neuer Farbe gestrichen.

Sogar Heichele ist freundlicher. Er freut sich, wenn Ernst ihm beim Aufräumen oder Bettenabziehen hilft. Er ist auch nachlässiger als sonst und lässt öfter mal seine Schlüssel herumliegen, die er sonst immer an der Hosenkette trägt. Zwei Mal beherrscht sich Ernst, aber beim dritten Mal kann er an dem Schlüsselbund nicht vorbeigehen. Damit Heichele es nicht so schnell merkt, nimmt Ernst nur den Schlüssel fürs Krankenzimmer und legt die anderen wieder hin. Da fällt ihm das kleine Schlüsselchen auf, mit dem Heichele immer seinen Schrank abschließt, und er nimmt es auch noch mit.

Eine Stunde später – die Luft ist gerade rein – steht er vor dem geheimen Schränkchen. Er hält den Atem an vor Spannung, als sich die kleine Tür mit einem leisen Quietschen öffnet. Doch der Inhalt ist enttäuschend. In dem einen Fach stapeln sich Päckchen mit den weißen Tabletten, die Heichele ständig verteilt. Im anderen Fach sind Ampullen, die für Spritzen gebraucht werden. Nur Medikamente, sonst nichts, kein Geld, kein Schnaps, keine Zigaretten, nicht mal eine Kleinigkeit, die Ernst gebrauchen könnte.

Unter den Tabletten steckt ein zusammengefalteter Zettel, auf dem Namen von Patienten stehen. Wahrscheinlich eine Liste, wer die Medizin bekommen soll. Vor den Namen stehen Nummern. Seltsam ist nur, dass die Namen nicht der Reihe nach, sondern völlig durcheinander nummeriert sind. Zwei Namen sind durchgestrichen, das sind die beiden, die letzte Woche gestorben sind. Klar, dass die keine Medizin mehr brauchen. Bevor sich Ernst darüber Gedanken machen kann, hört er auf dem Flur Stimmen und schließt schnell das Schränkchen wieder zu. Den Schlüssel legt er einfach auf den Tisch, dann schlüpft er durch die Tür.

Am Abend im Bett geht ihm das Schränkchen nicht aus dem Kopf. Warum macht Heichele so ein Geheimnis daraus, wo doch bloß Medikamente drin sind? Warum hortet er überhaupt die Medizin im eigenen Schrank? Alle Pfleger bekommen die Medizin von Schwester Reinhildis, die die

Anstaltsapotheke unter sich hat. Und warum hat Heichele so viel von dem Zeug? Dazu die seltsame Namensliste mit den Zahlen. Ihm wird ganz schwindlig vor lauter Fragen und er hat Angst vor den Antworten. Aber wahrscheinlich ist doch alles ganz harmlos und er wird nur langsam verrückt und sieht Gespenster wie die anderen hier.

Er denkt an Nandl, das beruhigt ihn, schließt die Augen und stellt sich vor, dass sie zusammen weggehen und heiraten und viele Kinder bekommen. Er betet: Mutter, bitte mach, dass Nandl mich heiratet. Dann werden wir genauso leben, wie du mit Vater gelebt hast, wir werden alle zusammen in einem großen Wohnwagen durch das Land ziehen und gute Geschäfte machen und uns am Abend die alten Geschichten erzählen.

Mutter lächelt und strahlt ihn mit ihren dunkelbraunen Funkelaugen an. Sie liegt da in ihrem weißen Nachthemd, alles ist weiß, das Bett, das Zimmer, sogar Mutters Gesicht. Und Ernst ist wieder der kleine Junge, der auf ihr sitzen und im weichen Bett herumhüpfen darf. Dabei darf er gar nicht hier sein. Vater und der Arzt haben es verboten. Er hört, wie sie sich draußen leise unterhalten. Ernst zupft an Mutters Hemd, sie soll aufstehen und mit ihm Späße machen so wie früher. Aber sie ist zu müde. Um ihren sanften Mund haben sich sorgenvolle Falten eingegraben, selbst ihr Lächeln wirkt traurig. Am liebsten würde er sie jetzt aus dem Bett ziehen und mit ihr fortgehen. Vater ruft. Ernst hört seine Stimme näher kommen. Die Tür geht auf, feste Hände packen ihn. Er klammert sich an Mutter fest, will hierbleiben, aber die Hände tragen ihn fort. Er streckt seine Arme aus, schreit »Mama, Mama.«

Schwitzend fährt er im Bett hoch und schaut sich um, aber die anderen schlafen.

Ernst legt sich wieder zurück in sein steifes Kissen. Noch immer hört er das schwache Echo seiner Mama-Rufe, schließt die Augen, doch das Rufen kommt nicht aus seinem Traum. Es kommt von irgendwo draußen. Er steht auf, angelt den Schlüssel aus dem Versteck im Bettpfosten, öffnet leise die Tür und lauscht in den kahlen Flur hinaus.

Stille.

Doch dann ertönt eine Mädchenstimme, die fast unmenschlich klingt, dumpf und kehlig.

Vorsichtig schleicht er den Flur entlang, sein Herz dröhnt so laut, dass es ihm in den Ohren wehtut. Zwei Türen weiter, vor dem Mädchenzimmer, bleibt er stehen und späht durchs Schlüsselloch. Schemenhaft kann er Heichele erkennen, der sich über ein Bett beugt. Wieder hört er das dumpfe und unheimliche »Mama«. Heichele zieht eine Spritze auf, Ernst hört ein ängstlich ersticktes »Mam...«, dann ist es still.

Wie gehetzt rennt er zurück. Gerade noch rechtzeitig, denn eben kommt Heichele aus dem Zimmer. Ernst legt sich in sein Bett, zitternd vor Angst, hört, wie das Klack-schlurf-klack näher kommt und vor seinem Zimmer stehen bleibt. Jetzt kommt er dich holen, du bist der Nächste, jagt es ihm durch Kopf. Doch dann entfernen sich die Schritte, verklingen auf dem Flur.

Nur die kehligen Mama-Rufe hallen noch immer in seinen Ohren nach wie ein Echo in einer großen Kirche. Er verkriecht sich tief in sein Bett und hält sich die Ohren zu, aber das hilft nichts, weil das unheimliche Rufen in ihm drin ist.

War es Nandl, die gerufen hat? Nein, ihre Stimme hätte er erkannt. Theresa kann es auch nicht gewesen sein, sie ist stumm. Eine von den anderen dreien, die Gelähmte vielleicht oder die Angebundene oder die mit dem Wackelkopf.

Ernst hat noch nie so einen unheimlichen Schrei gehört, so klagend, so hilflos. Er sieht Nandl und Theresa vor sich, wie sie ihm das erste Mal im Flur begegneten. Nandl, die frech vor ihm steht und ihm zuraunt, das hier sei ein unheimlicher Ort. Ein unheimlicher Ort.

Am nächsten Morgen, es ist der 6. Juni, herrscht nervöse Stimmung unter den Pflegern. Auf allen Fluren stehen sie zusammen und tuscheln. Im Radio wird gemeldet, dass große Verbände der Alliierten* in der Normandie landen. Die lange befürchtete Invasion an der Westfront hat begonnen. Die Pfleger diskutieren, ob der Atlantikwall* hält. Einige haben Angst, dass die Luftangriffe noch schlimmer werden, andere befürchten Sabotageakte. Einer sagt, der Führer weiß schon, was er tut.

Ernst drückt sich auf dem Flur herum und lauscht neugierig den Gesprächen. Da kommt Max mit seinem Leichenwagen. »Wen holst du denn schon wieder?«, ruft einer, aber Max verschwindet wortlos im Mädchenzimmer. Die anderen gehen zurück an ihre Arbeit. Kurz darauf fährt Max wieder heraus, auf dem Wagen ein Körper, der mit einem weißen Laken bedeckt ist.

Entsetzt starrt Ernst den Wagen an. In dem Moment kommt Schwester Kreszentia um die Ecke. Sie hebt das Laken ein Stück hoch und hält sich erschrocken die Hand vors Gesicht.

Mit einem Schlag knicken Ernst die Beine weg, er zittert am ganzen Körper und muss sich an der Wand festhalten. Der lange Flur fängt an, sich zu drehen, mit Max und Kreszentia, den Pflegern und Patienten, mit den Rollstühlen und fahrbaren Betten, den Fenstern und Türen, den Bildern und Lampen. Alles dreht sich immer schneller, nur die Totenbahre steht still wie im Mittelpunkt des Kreisels. Unter dem Laken liegt Theresa. An ihrem Mund klebt weißer Schaum.

Max und Kreszentia stehen da, sagen kein Wort. Ernst überlegt, ob er ihnen erzählen soll, was er in der Nacht gesehen hat, aber er lässt es bleiben. Ihm glaubt hier sowieso keiner.

Aber Josef und Oja müssen es unbedingt erfahren. Er trifft sie im Hof, wo sie gerade Holz und Kohle in die Küche bringen, das heißt, Oja hat einen großen Holzkorb unterm Arm und in der anderen Hand einen Kohlenkübel, während Josef ihm die Ohren vollquatscht.

Ernst zieht die beiden zur Seite und sagt atemlos: »Theresa ist tot. Der Heichele hat ihr heute Nacht was gegeben und jetzt ist sie tot.«

Josef erstarrt. »Theresa? Unsere Theresa? Das gibt's doch nicht. Willst du uns verschaukeln?«

»Nein, glaub's mir. Max hat sie eben abgeholt ins Leichenhaus.«

Ernst erzählt Josef eilig, was er gesehen hat, von den unheimlichen Mama-Rufen bis zu der Geschichte mit Heicheles geheimem Schrank. Josef pfeift durch die Zähne, Oja steht die ganze Zeit da wie eine Statue. Plötzlich lässt er Holz und Kohlen fallen und marschiert über den Hof. Josef und Ernst hinterher. Sie reden auf ihn ein, aber er reagiert nicht. Egal was sie sagen, er geht einfach weiter. Mit leeren Augen läuft er schnurstracks auf das Tor zu, rüttelt daran, so heftig, dass die Angeln bedrohlich knarren. Als das Tor nicht aufgeht, fängt er an zu schreien. Ein schreckliches Klagegeheul, das alle im Hof zusammenzucken lässt.

Schnell sind zwei Pfleger zur Stelle, die Oja packen und ins Haus zerren. Selbst durch die Mauern hindurch ist sein Schreien noch zu hören.

Ernst trifft Nandl am Nachmittag im Garten. Sie ist kaum wiederzuerkennen, fahl und in sich gekehrt sitzt sie unter einem Baum und starrt vor sich auf den Boden. Als er ihr das mit Heichele erzählt, glaubt sie ihm kein Wort.

»Du spinnst. Theresa war krank. Sie hatte schon seit zwei Tagen Fieber.«

»Seit wann stirbt man so schnell am Fieber?«

Sie denkt nach. »Und wie kommst du überhaupt nachts an unsere Tür, um durchs Schlüsselloch zu schauen? Das Zimmer, wo du schläfst, ist doch abgeschlossen.«

»Ich habe Heichele den Schlüssel gestohlen.«

»Du bist ein mieser Aufschneider. Wäre der Heichele bei uns im Zimmer gewesen, dann wäre ich aufgewacht.«

»Nandl, ich schwör's dir, ich lüg dich nicht an. Wahrscheinlich hat dir der Heichele was gegeben, damit du schläfst. Das macht er mit allen.«

»So, mit allen, nur mit dir nicht?«

»Er probiert es immer wieder, aber sobald irgendetwas bitter schmeckt, spucke ich es aus.«

Sie wird wieder still. Nach einer Weile sagt sie: »Ich glaub das einfach nicht. Der Heichele ist doch ein netter Pfleger, da gibt es hier ganz andere.«

»Zu mir ist er auch nett, aber er ist mir unheimlich.«

»Hast du etwa Angst?«

Ernst presst die Lippen zusammen. »Nein. Das heißt ja, schon ein bisschen, aber nicht um mich.«

Sie schaut ihn mit ihren grünen Augen an und zum ersten Mal huscht ein leises Lächeln über ihr Gesicht. Dann steht sie auf, streicht ihren Rock glatt. »Ich muss jetzt rein.«

»Pass bloß auf und nimm keine Medizin.«

»Du bist gut, wenn ich meine Tabletten nicht nehme, dann – na, du weißt schon ...« Sie verdreht die Augen.

»Trotzdem.«

Sie steht jetzt direkt vor ihm, ihre Augen ein dunkles Grün wie ein junges Haferfeld. Die Junisonne strahlt schräg durch die Bäume und ihre Haare leuchten wie Mohnblumen. Eine ferne Erinnerung flirrt durch seinen Kopf, Haferfeld mit Mohnblumen. Nur ein kurzes Blitzlicht, dann ist es wieder weg. Er will was sagen, aber ihr grüner Blick lässt ihn verstummen. Da drückt sie ihm einen schnellen Kuss auf die Wange und rennt davon. Ihre roten Haare lodern durch den Garten, lodern auf seiner Wange, strahlen Hitze aus in seinen Körper, bis er glüht.

## 8.

»Dieser Lossa ist ein asoziales Element, er ist faul und diebisch, zu nichts zu gebrauchen und er bringt hier alles durcheinander.«

Es ist Ende Juni und wie üblich nach der Chefvisite sitzen Faltlhauser, Gärtner und Heichele in Fricks Büro. Frick redet sich in Rage. »Ich weiß nicht, warum wir uns das so lange bieten lassen.«

Faltlhauser hebt den Kopf von den Akten und schaut Heichele vorwurfsvoll an. »Ich habe Ihnen doch gesagt, Sie sollen ihn ruhigstellen.«

»Freiwillig nimmt der nichts, der Kerl ist zu schlau«, verteidigt sich Heichele. »Zwei Mal habe ich ihm heimlich *Luminal* gegeben, einmal im Kaffee, einmal im Essen, aber er hat es sofort gemerkt. Der kriegt überhaupt zu viel mit.«

»Tja dann. Was schlagen sie vor, meine Herren?« Faltlhauser zieht die Stirn hoch und schaut in die Runde.

Gärtner schlägt vor, noch mal einen Arbeitsversuch zu machen. »Wie wär's mit Bickenried?«

Frick ist dagegen. Heichele zuckt mit den Schultern. Faltlhauser seufzt. »Na gut.«

Am nächsten Morgen fährt Ernst mit Pfleger *Schwarz* nach Bickenried. Schwarz ist ein gemütlicher Pfleger, den die Patienten mögen, weil er nie laut wird und eine Engelsgeduld hat.

Der Gutshof Bickenried, der zur Anstalt gehört, liegt etwa einen Kilometer außerhalb des Dorfes. Sie fahren mit dem Milchwagen, der von zwei Mauleseln gezogen wird. Der Hof, in dem sie halten, ist auf drei Seiten von Wohnhaus, Stall und Tenne umstellt. Die vierte Seite ist offen zum Tal hin und man kann über den Wald hinweg weit nach Osten blicken. Rundherum wimmelt es von Kühen, Gänsen, Enten, Hühnern, Schafen, Ziegen und Schweinen. Die Tiere verbreiten einen strengen Geruch, an den Ernst sich erst gewöhnen muss.

Der Juni ist warm, Gewitter sind angekündigt, und alle müssen zusehen, dass sie mit der Heuernte vorankommen. Den ganzen Tag wird das Heu von einem Haufen auf den anderen gerecht und am Ende auf ein Holzgestell gehängt, damit es der Wind trocknet. Abends muss Ernst im Stall helfen, Schweine misten, Kühe füttern, die Ziegen reintreiben, Milchkannen auswaschen. Hier sitzen sie direkt an der Quelle, es gibt reichlich Milch, dazu Butter und Käse.

Schon am ersten Abend hat Ernst Blasen an den Händen. Die anderen lachen nur, das gebe sich mit der Zeit. Die meisten arbeiten schon lange hier, sie lieben das Anstaltsgut und wollen nichts anderes. Nur vor den Tieffliegern haben sie

Angst, die seit dem Frühjahr immer häufiger auftauchen. Es wird erzählt, dass feindliche Flieger mit ihren Maschinengewehren Feldarbeiter angreifen.

Im Bett befühlt Ernst jeden Abend die Stelle auf seiner Wange, wo ihn Nandl geküsst hat. Das warme Strahlen saust immer noch durch seinen Körper. Was sie wohl sagen wird, wenn er ihr vorschlägt, zusammen zu flüchten und irgendwo ein neues Leben anzufangen? Ob sie sich freut und ihm um den Hals fällt? Oder hat sie Angst und rennt davon?

Obwohl es auf dem Gutshof genug zu essen gibt und hier so viele Dinge herumliegen, die Ernst brauchen kann, will er nicht bleiben. Er sehnt sich zurück zu seinen Freunden, vor allem zu Nandl. Es dauert nur zehn Tage, da wird Ernst von Pfleger Schwarz dabei erwischt, wie er einem anderen Patienten ein halbes Pfund Butter stibitzt.

Schwarz schüttelt traurig den Kopf. »Was soll ich nur mit dir machen, Ernst? So geht das nicht weiter. Die anderen hier beschweren sich über dich. Ich muss dich wieder zurückschicken. Und du weißt, dass ich den Vorfall dem Direktor melden muss.«

Zwei Tage darauf fährt er am Nachmittag mit Schwarz zurück in die Anstalt und er ist froh darüber.

Als sie durch das Tor fahren, steht Josef bei der Küchenbrigade und winkt Ernst aufgeregt zu, als hätte er ihm etwas Wichtiges zu sagen. Aber weil gerade Chefvisite ist, nimmt ihn Schwarz gleich mit zum Direktor. In den knapp zwei Wochen, in denen er weg war, ist die Anstalt noch voller geworden. Jetzt haben sie sogar auf den Fluren Betten aufgebaut. Faltlhauser geht durch die Reihen und sieht müde und genervt aus. Schwarz macht kurz Meldung und berichtet von Ernsts Butterdiebstahl.

Faltlhauser schüttelt unwillig den Kopf. »Lossa, Lossa, du bist einfach unverbesserlich.«

»Ich hab gar nichts gemacht, Herr Direktor.«

»Ich habe dir schon mehrfach gesagt, dass ich Diebstahl hier nicht dulde. Aber ich höre immer nur Klagen. Mir reicht es jetzt endgültig mit dir. Das ist das letzte Mal. Wenn ich dich noch mal erwische, dann steht dir etwas anderes bevor.« Seine Stimme wird bedrohlich leise. »Du weißt, was dir dann blüht.«

Er schaut Ernst in die Augen, und der weiß, dass Faltlhauser nicht die Zwangsjacke oder den Elektroschock meint.

»Hast du mich verstanden?«

»Jawohl, Herr Direktor.«

Ernst muss dringend mit Nandl reden. Es wird Zeit, hier abzuhauen.

Draußen auf dem Hof der übliche Betrieb. Karren mit Wäsche und Holz und Gemüse und Abfällen werden durch die Gegend geschoben, Patienten sitzen herum und wippen wie ein Automat hin und her, andere laufen auf und ab und schimpfen mit sich selbst.

Nandl ist nirgends zu sehen. Von der Küche winkt wieder Josef, aber Ernst hat jetzt keine Zeit für seine Geschichten. Er rennt hoch auf die Station und steht atemlos vor dem Mädchenzimmer. Aber da sind keine Mädchen mehr, sondern kleine Kinder, die nur stumpf in den Betten liegen und die Arme und Beine verdrehen. Heichele kommt aus dem Pflegerzimmer und fährt ihn an, was er hier zu suchen hat. Ernst stammelt nur: »Ach nichts«, und rennt wieder raus, um das Haus herum zum Küchenhof.

»Josef, wo sind die Mädchen, wo ist Nandl?«

»Das wollte ich dir doch die ganze Zeit sagen, aber du hast ja keine Zeit für mich, weil du …«

»Sag schon!«

Josef zieht Ernst hinüber in den Garten, wo sie ungestört sind. »Sie haben die Mädchen wieder in die Frauenstation verlegt, weil sich die Oberin und der Pfarrer beschwert haben.« Er senkt die Stimme. »Und weißt du, wohin? Ins Tobhaus zur Pauline.«

»Und Nandl? Wo ist sie? Geht es ihr gut?«

»Na ja.« Josef senkt die Augen und betrachtet seine verdrehten Schuhspitzen.

»Los, sag schon!«

»Sie ist …« Er beißt sich auf die Lippen, sein Gesicht verzieht sich zu einer Grimasse.

»Sie ist was?«

Josefs Kopf macht eine Schlenkerbewegung zur Mauer hin. Dahinter ist die abschüssige Wiese mit dem neuen Friedhof und den Holzkreuzen zu sehen. Ernst folgt seinem Blick.

»Nein.«

»Doch. Letzte Woche. Du warst ja nicht da. Ich hab's auch nur gehört. Das war zwei Tage, bevor sie die Mädchen zur Pauline rübergebracht haben. Die einen sagen, es war ein Anfall, die andern munkeln, es könnte auch Typhus gewesen sein. Sie sind alle ganz überdreht wegen dem Typhus, denn es gibt bei den Frauen ja schon den dritten Fall in einer Woche und …«

Ernst verliert den Halt, vor seinen Augen flimmert es, alles verschwimmt, der Garten, die Mauer, die Bäume. Josefs Stimme wird immer leiser. Er sieht Nandl vor sich mit ihren leuchtenden Haaren und den grünen Augen, ein junges Haferfeld mit Mohnblumen. Hast du etwa Angst? Der

Heichele ist doch ein netter Pfleger. Ihr Kuss auf seine Wange, warmer Windhauch übers ganze Gesicht. Das hier ist ein unheimlicher Ort. Wenn ich meine Tabletten nicht nehme, dann – na, du weißt schon. Ihre roten Haare lodern durch den Garten, lodern in seinem Gesicht, in seinem Kopf. Ich falle einfach um. Aber ich kann mich hinterher an nichts erinnern. Ihr Gesicht ganz nah an seinem.

Seit wann stirbt man so schnell am Fieber? An nichts erinnern, an nichts erinnern.

Josefs Stimme taucht wieder auf. »... wahrscheinlich hat sich auch Schwester Ignatia schon angesteckt, und sie sagen, wenn das so weitergeht, müssen sie die ganze Anstalt ... He, wo willst du denn hin?«

Ernst rennt auf die niedrigste Stelle der Gartenmauer unterhalb der Kirche zu, mit wenigen Handgriffen zieht er sich an dem brüchigen Mauerwerk hoch. Von unten tönt Josef: »Mach keinen Scheiß, Ernst!« Aber da ist er schon drüber und landet auf dem Kiesweg vor dem Friedhof. Langsam und leise, als könnte er jemanden aufwecken, geht er in die zweite Gräberreihe, die schon halb voll ist. Vor dem letzten Kreuz in der Reihe bleibt er stehen. Nur ein Erdhaufen, ein einfaches Holzkreuz, ein Namensschild.

*Marianne Kollmann.*

Ein Luftstrom zieht ihn nach oben, er schwebt über dem Friedhof, sieht von oben, wie ein Junge vor einem Holzkreuz kniet. Er greift in die lehmige Erde, riecht daran wie an einer Blume, dann wirft er die Erde weg, wirft die Brocken auf alle Kreuze, wie ein Besessener. Er schaut sich um, scheint etwas zu hören, er rennt los, an der Mauer der Anstalt entlang, vorbei an dem kleinen Entenweiher, rennt, stolpert, fällt hin, steht auf und rennt weiter.

Mit einem Mal liegt er wieder am Boden, hört seinen

Atem, wischt sich mit der Hand Brennnesseln aus dem Gesicht, rappelt sich auf, bleibt an Brombeersträuchern hängen, sieht das Blut an den Waden runterlaufen, die gerechte Strafe, weil er nicht auf sie aufgepasst hat. Nandls Stimme jagt durch seinen Kopf, unheimlicher Ort, meine Tabletten nicht nehme, ich falle einfach um.

Ernst nimmt den Weg hinunter zum Wald, hinter ihm ruft jemand, aber er dreht sich nicht um, sollen sie rufen, sollen sie petzen beim Direktor, das ist auch schon egal, bei dem hat er sowieso verschissen.

Unten am Waldrand steht versteckt unter der ersten Baumreihe ein Jägerstand. Von dort aus kann man die schmale Wiese überblicken und die Straße, die runter nach Kaufbeuren führt. Die Anstalt ist bereits hinter der Kuppe verschwunden, nur die beiden Turmspitzen ragen noch über die Bäume. Hier wird er die Nacht verbringen, und morgen geht er zur Bahnlinie, die unten im Tal auf der anderen Wertachseite verläuft. Dann legt er sich auf die Schienen und wartet, bis der Schnellzug kommt. Sollen sie ruhig sehen, wie ungerecht sie sind.

Für die ist er sowieso immer der Böse. Er hört Faltlhausers Stimme: »Wenn ich dich noch mal erwische, dann steht dir etwas anderes bevor, du weißt, was dir dann blüht.« Er soll Ruhe geben, ja Ruhe, das ist das Einzige, was sie wollen. Wer nicht Ruhe gibt, ist böse. Wer böse ist, muss bestraft werden.

Aber warum ist es böse, wenn er Hunger hat und Äpfel stiehlt? Warum ist es böse, wenn er einem der Idioten den Tabak wegnimmt? Der merkt es doch sowieso nicht. Oder wenn er ein Stück Butter mopst. Aber immer heißt es gleich, der Lossa ist böse, der ist asozial, der ist nicht ganz normal.

Normal – Ernst spuckt von seinem Hochsitz runter. Ist vielleicht der Faltlhauser normal? Der den Kindern über den Kopf streichelt und sogar mit ihnen spielt und ihnen hinterher eine Spritze geben lässt. Oder dieser lächerliche Frick, der in seiner Uniform durch die Anstalt stelzt und die Küchenschwestern anscheißt, weil sie Knochen in die Wassersuppe tun. Und dem es nichts ausmacht, dass auf den Stationen die Leute halb verhungern und bei den Nonnen um einen Kanten Brot betteln. Oder der Heichele, der heimlich Tabletten in Himbeerwasser auflöst und den Kindern zu trinken gibt. Oder die Pauline, die immer so süßlich tut und nachts die Frauen auf ihrer Station totspritzt.

Das alles ist normal. Aber wehe, einer von den Patienten muckt auf, wehe, einer zerreißt seine Sachen oder wirft das Essen durch die Gegend. Dann sperren sie ihn ein oder verknoten ihn in die Zwangsjacke und lassen ihn den ganzen Tag schreien. Oder sie geben ihm einen Elektroschock, dass er sich die Knochen bricht und hinterher ganz willenlos und erledigt ist.

Die Sonne verschwindet hinter der Anhöhe und dem Wald, die Wiese leuchtet dunkelgrün. Plötzlich sieht Ernst eine Gestalt am Waldrand. Es ist der Pfleger Schwarz, der suchend den Hang herunterläuft und nach ihm ruft. Ernst macht sich auf dem Hochsitz klein, vielleicht läuft Schwarz vorbei. Aber er kommt direkt auf den Jägerstand zu. Dann steht er unten und schnauft erleichtert.

»Da bist du ja.«

Langsam klettert er die Leiter hoch und quetscht sich neben Ernst, holt seinen Tabaksbeutel hervor und stopft sich eine Pfeife. Während er raucht, schauen beide still über die Wiese. Dann klopft er seine Pfeife aus und sagt wie beiläufig: »Wenn du abhaust, machst du alles nur noch schlimmer.«

Ernst schweigt. Was soll denn noch schlimmer werden? Aber das kapiert Schwarz ja sowieso nicht. Er weiß nicht, was in der Anstalt vor sich geht.

Nach einer Weile sagt Ernst leise: »Ihr wollt mich doch alle nur loshaben.«

»So ein Quatsch, wer sagt denn so was? Keiner will dich loshaben. Aber so geht es halt nicht, du kannst nicht alles klauen, was dir in die Finger kommt.«

»Ich will sowieso nicht mehr leben. Am liebsten würde ich mich auf die Schienen legen. Dann habt ihr Ruhe vor mir.«

»Mach doch keinen Blödsinn. Wegen so einer Kleinigkeit bringt man sich doch nicht gleich um.«

»Ist doch egal, ob mich der Schnellzug überfährt oder ob ich eine Spritze kriege.«

»Was redest du denn da? Das sind doch bloß Gerüchte. Die darfst du nicht so ernst nehmen. Komm, jetzt gehen wir wieder hoch, es gibt gleich Abendbrot. Du wirst sehen, morgen sieht alles schon viel besser aus.«

Auf dem Rückweg wird es mit einem Schlag dunkel, nicht draußen, sondern in Ernst drin. Plötzlich sind da keine Bilder mehr, keine Stimme, alles ist finster und still. Er wird wieder hoch in die Luft gezogen, aber auch von oben ist alles dunkel. Nur ein Pfleger und ein Junge, die am Anstaltsweiher vorbei zum unteren Tor gehen, es sind nur Schemen, wie durch Nebel.

# 9.

Es liegt etwas in der Luft. Josef sagt, das liegt am Wetter. Schon seit Tagen drücken sich Gewitter am Horizont herum, kriechen das Wertachtal herunter, schaffen es aber nicht bis Irsee.

Anfang August hat Max Ries reichlich Arbeit im Leichenhaus. Am Dienstag, dem 8. August, sind vier Leichen zu versorgen. Es sind die vier Männer, die vor ein paar Tagen zu Schwester Pauline auf die Frauenstation verlegt wurden. Zwei sind gestern gestorben, die anderen zwei heute früh. Offiziell heißt es, sie hatten Typhus. Doch Max bezweifelt das. Inzwischen ist es ein offenes Gerücht in der Anstalt, dass die Patienten, die in Paulines Landhaus verlegt werden, nicht lange überleben.

Andererseits ist tatsächlich Typhus ausgebrochen, was Max seit Langem befürchtet hat. Typhus, das ist zurzeit das große Angstwort bei den Patienten. Jeder, der ein bisschen Fieber bekommt oder Durchfall hat, macht sich Sorgen. Dabei hat man hier dauernd Durchfall, vor allem die Schmalköstler schaffen es oft nicht mal mehr aufs Klo, was auch kein Wunder ist, wo sie jeden Tag nichts als Kraut und Steckrüben kriegen.

Max holt Ernst, damit er ihm in der Prosektur hilft. Das Leichenhaus hat eine Tür zum Garten und eine zum Friedhof, von der einen Seite kommen die Leute im Leintuch rein, auf der anderen im Sarg wieder raus. Dr. Gärtner war nur kurz da und hat gesagt, man muss nicht sezieren, weil die Toten Typhus hatten. Sie sollen aufpassen und die Leichen nicht ohne Handschuhe berühren. Dann ist er schnell wieder abgedampft.

So hat Ernst nicht viel zu tun. Die Männer sind nicht schwer, haben dünne Beinchen und eingefallene Gesichter. Sie heben sie von der Krankenbahre gleich in die dünnen Holzkisten. Richtige Särge gibt es schon lange nicht mehr, weil am Holz gespart wird. Die Arbeit geht schnell, und Ernst ist froh darüber, weil ihm das Leichenhaus unangenehm ist. Er hat ständig das Bild vor Augen, wie Nandl auf dem Marmortisch lag, ihre roten Haare auf dem weißen Stein. Bestimmt sitzt sie jetzt wie Mutter im Himmel und schaut runter, mit ihren grünen Augen, die ein bisschen traurig und doch auch schelmisch blicken.

Als hätte Max seine Gedanken erraten, sagt er: »Glaubst du auch manchmal, wir werden beobachtet?«

Ernst schaut Max erstaunt an. Bisher dachte er immer, er sei plemplem, wenn er solche Sachen denkt.

Max zwinkert ihm zu. »Vielleicht sind es ja die Seelen, die herumfliegen und neugierig sind, was mit dem übrig gebliebenen Körper passiert.«

»Ja vielleicht«, sagt Ernst und schaut hinauf zu dem Oberlicht, durch das die Sonne ein helles Viereck an die Wand zeichnet. Mutters Worte fallen ihm ein: Ernstl, du hast eine große Seele, sie ist da drin in deiner Brust und sorgt dafür, dass du mutig und fröhlich und stark und lieb bist. Und wenn du dich fürchtest oder traurig bist und es ganz dunkel ist, dann brauchst du nur deine Hand da drauflegen und kannst das Licht spüren, das da drin ist und das niemals ausgeht. Auch nicht, wenn du tot bist. Dann fliegt deine Seele in den Himmel.

Während Max aufräumt, verdrückt sich Ernst in den Garten. In der Nische zwischen Leichenhaus und Kirche ist sein Mauerversteck. Vorsichtig zieht er den lockeren Ziegel aus der Gartenmauer und fischt seine Schatzkiste aus dem Hohlraum. Er streichelt und wiegt sie wie ein kleines Kind, bevor er sie öffnet. Es ist alles noch da, Kamm, Taschenmesser, Hosenträger, Tabaksdose, Pfeife und Streichhölzer, Flachmann, Kleingeld, Gebetbuch. Er betrachtet sein Foto, das der Pfleger Scheuwald in Kaufbeuren von ihm gemacht hat. Zwei Jahre ist das her. Damals war er frisch geschoren. Jetzt sind die Haare wieder gewachsen und Max darf sie ihm nie kürzer schneiden als bis zu den Ohren.

Aus dem Leichenhaus dringen Stimmen, rasch versteckt Ernst seinen Schatz. Das Foto steckt er ein.

Der Pfleger Eisele ist gekommen, um sich von Max zu verabschieden, weil er jetzt zwei Wochen Urlaub hat. Plaudernd treten die Männer vor die Tür und rauchen.

Eisele bläst den Rauch in die Luft und zwickt die Augen zusammen. »Wenn es so weitergeht, sind die Amis bald in Paris und die Russen in Ostpreußen, dann Prost Mahlzeit.«

»Es kann nicht mehr lange dauern«, sagt Max. Und nach einer Pause fügt er hinzu: »So oder so.«

Eisele wirft die Kippe weg. Dabei entdeckt er Ernst, der an der Mauer kauert. »Ja, wen haben wir denn da? Na Ernst, wieder was geklaut?«

»Gar nichts, ich hab nichts gemacht!«

»Na komm, ich sehe es dir doch an der Nasenspitze an.«

»Nein, ehrlich.«

»Lass ihn«, sagt Max, »er ist da, um mir zu helfen.«

Eisele winkt. »Also, ich mach mich jetzt auf die Socken. Mann, bin ich froh, zwei Wochen Urlaub. Und du, sei brav und anständig! Ich will nichts hören, wenn ich wiederkomme.«

Ernst sagt abwesend: »Dann bin ich schon weg. Wir sehen uns nicht mehr.«

Eisele schüttelt den Kopf. »Der Ernst und seine Geschichten.«

»Doch, ich fühle das.«

»Du bist mir ein Schlawiner. Na ja, in zwei Wochen reden wir weiter.« Er fährt Ernst mit der Hand über den Kopf und geht davon.

»Was redest du bloß für Zeug«, sagt Max. »Komm, hilf mir, damit wir endlich fertig werden.«

In Fricks Büro steht Pfleger Heichele vor Faltlhauser und Frick und ringt mit den Händen.

Faltlhauser klappt die vor ihm liegende Aktenmappe zu. »Was heißt, Sie können das nicht? Das kann doch nicht so schwer sein.«

»Der Junge ist mir irgendwie ans Herz gewachsen.«

Frick mischt sich ein: »Mensch, Paul, was sollen denn die Sentimentalitäten? Du hast doch selbst den meisten Ärger mit ihm.«

Heicheles Hände knoten sich verlegen auf und zu. »Im Übrigen ist der Kerl viel zu kräftig. Mit dem wird einer allein gar nicht fertig.«

Faltlhauser steht auf. »Dann muss es eben die Kneißler machen. Aber unauffällig. Egal, wie Sie es machen, der Kerl muss weg. Die in Berlin drängen schon.«

»Jawohl, Herr Direktor.«

Am Nachmittag muss Ernst Max helfen, die Betten auszuklopfen. Der Himmel hat sich zugezogen, es sieht nach Regen aus. Max hängt die Betten und Decken über die Klopfstangen, und Ernst haut drauf, dass es nur so staubt.

Als sie fertig sind, setzen sie sich auf die Steinstufen und schauen den Wolken nach.

Ernst fällt das Foto ein. In der Mittagspause hat er hinten drauf mit Bleistift geschrieben: *Zum Andenken.* Er zieht es aus der Tasche und hält es Max vor die Nase.

»Da, das schenk ich dir.«

Max betrachtet das Bild, dann dreht er es um, liest und runzelt die Stirn. »Warum gibst du mir das?«

»Ich werde ja doch nicht mehr lange leben.«

»Was ist denn das wieder für ein Unsinn?«

»Und wenn, dann möchte ich sterben, solange du noch da bist.«

»Junge, was redest du denn da?«

»Doch. Weil wenn du da bist, dann weiß ich, dass ich schön eingesargt werde.«

»So ein Quatsch. Du bist doch ein gesunder und kräftiger Bursche. Mach dir keine Sorgen, du stirbst noch lange nicht.«

Als Ernst nichts weiter sagt, schüttelt Max den Kopf. Er schaut auf die Uhr und gähnt. »Komm, du verrückter Kerl, machen wir Feierabend für heute.«

»Musst du jetzt schon gehen?«

»Ja, für heute langt's. Ich geh nach Hause und du gehst zum Essen. Und mach mir nicht wieder irgendwelche Dummheiten!«

»Kannst du nicht noch ein bisschen bleiben?«

»Ich komme ja morgen wieder. Soll ich dir was mitbringen?«

»Was zum Essen.«

»Na was sonst, das hätte ich mir denken können, du Nimmersatt. Ich schau mal, ob sich noch ein Stück Brot findet.«

# 10.

Ein glühendes Abendrot strahlt über das Land, Ernst sitzt mit Josef am Fenster, sie staunen über die rote Farbe, die alles verschlingt, bevor sie sich selbst in Blau auflöst. Seit Ernst von Bickenried zurück ist, schläft er wieder im Männersaal. Hier liegen jetzt viele Neuzugänge. Josef sagt, er hat was von Oja gehört. Der ist bei den Bettlägrigen, liegt nur teilnahmslos da und starrt die Wand an.

»Mensch, Ernst, der arme Kerl. Dabei wollte er doch abhauen. Und jetzt, schau ihn dir an. Das mit Theresa hat ihn umgehauen.«

»Mhm.«

»Aber er wäre sowieso nicht weit gekommen.«

»Kann schon sein.«

»Letzte Woche hat's einer probiert, den haben sie am gleichen Abend wieder eingefangen.«

»Mhm.«

»Aber du könntest es schaffen, Ernst.«

»Weiß nicht.«

»Wartest du immer noch auf deinen Vater?«

»Weiß nicht.«

»Wenn du mich fragst, dann kommt der nicht mehr.«

»Kann schon sein.«

»Weiß nicht, kann schon sein, du bist ja nicht grade redselig.«

»Siehst du den Nebel?«

»Welchen Nebel?«

»Dort am Waldrand, er kommt jeden Abend.«

Josef sucht die Gegend ab und schüttelt den Kopf. »Da ist nichts. Ich habe seit Monaten keinen Nebel gesehen.«

»Siehst du nicht, wie er aus dem Wald kriecht und langsam auf uns zukommt?«

»Du spinnst. Seit wann gibt es Nebel im August?«

»Du hast ja keine Ahnung, Goebbels.«

»Nenn mich nicht immer Goebbels.«

Schweigend schauen die beiden raus und jeder sieht etwas anderes. Josef sieht den Wald und das Abendrot und Oja, wie er im Bett liegt und an die Wand starrt. Ernst sieht das Glühen von Nandls roten Haaren und ihre grünen Augen und den Nebel, der unter den Fichten hervorkriecht wie eine Schlange. Josef reißt ihn aus den Gedanken.

»Komm, lass uns was Lustiges spielen. Wie wär's mit Zirkus?«

»Keine Lust.«

»Komm schon, ich mach auch den Affen und du darfst der Artist sein. Und Gortz macht die Musik.«

Josef rennt gleich los, quer durch den Wachsaal, und schreit »Huahua«. Er winkt, Ernst soll endlich mit seiner Nummer anfangen, und der will kein Spielverderber sein und macht mit.

»Aufgepasst, hochverehrtes Publikum«, ruft er und schlägt einen Purzelbaum.

Die anderen klatschen und johlen, und Gortz fängt an zu singen: »Vor der Kaserne, vor dem großen Tor ...« Während Ernst weiter Purzelbäume und Kopfstand macht und Josef mit seinem »Huahua« durch den Saal eiert, fallen alle in das Lied ein. Der Chor klingt schrecklich und schief und trotzdem schön. Auch Henning Peutner singt mit und bei der Stelle *wenn sich die späten Nebel drehn, werd' ich bei der Laterne stehn wie einst Lili Marleen,* bekommt er feuchte Augen. Sogar Heichele, der Nachtdienst hat, wird von der Stimmung angesteckt und brummt mit. Danach müssen alle ins Bett. Gerade als sich Ernst neben Josef in sein Bett legen will, kommt Heichele und sagt, er muss heute Nacht im Kinderzimmer schlafen.

»Aber ich hab doch gar nichts angestellt. Ich will lieber hierbleiben.«

»Das geht nicht, du bist typhusverdächtig.«

Josef rückt gleich ein Stück weg von Ernst.

»Das kann nicht sein, ich hab doch nicht mal Durchfall«, sagt Ernst. Aber egal, wie er bettelt, Heichele lässt nicht mit sich reden.

Ernst muss umziehen ins Kinderzimmer, wo er wieder das Bett an der Tür bekommt. Er hätte lieber das Bett am Fenster, dort könnte er durch den Spalt im Karton den Himmel sehen. Die Luft steht im Zimmer, der Uringestank ist jetzt im Sommer noch schlimmer als sonst. Nach dem Anblick des farbigen Abendhimmels ist der Raum doppelt düster. Ernst schaut durch den schmalen Streifen, den der Karton im Fenster frei lässt, und hört Heichele durch den Flur hinken. Dann ist es still. Still, dunkel und stickig. Nur das Schnarchen und Blubbern aus den drei anderen Betten ist zu hören, dazu das leise Schaben und Rascheln von Heinz, der im Schlaf die Bettdecke glatt streicht und wieder auffaltet, immer wieder, wie eine Maschine.

Ernst rollt sich zusammen, schließt die Augen. Sein Kopf ist wie ein Brummkreisel. Ob er vielleicht doch Typhus hat? Warum sollte Heichele ihn anlügen? Er hätte ihn auch einfach so ins Krankenzimmer stecken können, es wäre ja nicht das erste Mal. Typhus – Ernst tastet seinen mageren Bauch ab, aber er kann nichts Verdächtiges finden. Nur seinen knurrenden Magen. Wahrscheinlich hat sich Heichele das mit dem Typhus nur ausgedacht, damit Ernst endlich die Tabletten nimmt, aber da kann er lange warten.

Ernst fährt hoch. War da nicht eben jemand neben seinem Bett und hat ihn sanft berührt?

Doch das Zimmer liegt da wie zuvor.

Er lässt sich zurücksinken und der Halbschlaf fängt ihn wieder ein. Die Erinnerungen fallen wie Steinchen in einen See, sinken ins Dunkel. Übrig bleiben Kreise auf dem Wasser, die ineinander schwingen, sich mischen und leise ans Ufer klatschen. Der alte Planwagen, der müde über die Landstraße rumpelt, grüne Felder, bewacht von roten Mohnblumen, wackelige Welt, die davonfährt, alles wird immer kleiner und verschwindet. Die Buchauer Oma mit ihren Pfannkuchen, Dorfkinder und Polizisten, Lagerfeuer und Sternenhimmel, die dunkle Augsburger Wohnung, Mutter in der Haustür, das Waisenhaus mit Schwester Sigolina, Babett-Oma mit ihrer Zigarette, Malchen und Nanna im Nachthemd, das Erziehungsheim, Vater in seinem grauen Anzug, die Anstalt mit den Pflegern und Schwestern und den Verrückten und Gelähmten, Max im Leichenhaus, Josef und Oja, Theresa unter dem Leichentuch, Nandl, die ihm einen Kuss auf die Wange haucht. Loderndes Rot, roter Mohn, rote Haare, roter Kuss, Abendrot. Die Bilder vermischen sich, grünrotes Leuchten, wackelige Welt, Nandls Haare in der Abendsonne, alles dreht sich, gerät durcheinander, wird düster und verblasst. Die Steinchen sinken zu Boden, der See glatt wie ein Spiegel.

Zwei Zimmer weiter nimmt Heichele den Hörer des Haustelefons ab. »Es ist so weit.«

Er nestelt einen kleinen Schlüssel hervor und öffnet damit sein Schränkchen. Bekümmert starrt er auf den Inhalt, dunkelbraune Ampullen und graue Tablettenpackungen, ordentlich gestapelt. Manchmal hasst er seinen Beruf. Bisher haben nur die Idioten die Spritze bekommen, die wirklich schweren Fälle, die die ganze Zeit im Bett liegen und nichts mitkriegen, die ihr Leben lang gewickelt und gefüttert werden müssen. Doch selbst die verfolgen ihn manchmal in seinen Träumen.

Aber nun ausgerechnet Ernst. Heichele fährt sich mit der Hand über die Augen. Draußen quietscht die Tür zum Treppenhaus. Er gibt sich einen Ruck. Vor dem Frick und der Kneißler darf man keine Schwäche zeigen, Befehl ist Befehl. Er nimmt eine Tablettenschachtel und eine Ampulle, überlegt, dann noch eine zweite und schließt das Schränkchen wieder ab.

Ernst erwacht aus seinem Dämmerschlaf. Hat er eben Schritte gehört oder war das noch im Traum? Aber alles ist still, nur das Schnaufen der anderen ist zu hören. Er dreht sich um, versucht, wieder einzuschlafen. Da sind die Schritte wieder. Diesmal gibt es keinen Zweifel. Ein Hinken, doch nicht von Heichele, sondern anders, härter. Tack-tock, es gibt nur einen im Haus, der so hinkt: Frick mit seinem Holzbein. Was will der Verwaltungsleiter mitten in der Nacht auf der Kinderstation? Und da war noch jemand, einer mit leisem Gang, den Ernst nicht erkennt. Die beiden gehen ins Pflegerzimmer. Nach einer Weile hört Ernst die Tür knarren und drei Personen durch den Flur kommen, Klack-schlurf-klack, Tack-tock und ein Leisetreter. Sie kommen in seine Richtung, es klingt unheimlich, jetzt schnell verstecken, aber da wird die Tür des Vorraums geöffnet und die gedrungene Gestalt Heicheles tritt durch die Zwischentür an sein Bett. Hinter ihm steht Frick, dahinter Schwester Pauline.

Ernst hält die Luft an. Tausend Gedanken jagen ihm durch den Kopf. Was hat die Pauline hier zu schaffen? Und warum geistert Frick nachts durchs Haus? Was wollen die von ihm?

Frick und Heichele schauen verlegen zu Boden, sie überlassen Pauline das Wort.

Sie lächelt Ernst mit ihrem scheinheiligen Gesicht an und flötet: »So, jetzt schauen wir uns den Patienten mal an. Man hat dir ja bestimmt schon gesagt, dass du typhusverdächtig bist.«

Ernst schüttelt den Kopf.

»Dann wollen wir mal.« Sie geht auf Ernst zu und hat Tabletten in der Hand, die sie in kleine Stücke bricht.

»Ich will aber nicht«, sagt Ernst und richtet sich im Bett auf.

»Jetzt mach keine Faxen, Ernst«, sagt Heichele.

Er packt den Jungen am Genick und will ihn festhalten, während Pauline ihm die Tabletten in den Mund schiebt. Aber Ernst dreht und krümmt sich, strampelt mit den Beinen, beißt die Zähne zusammen und versucht, den Kopf hin und her zu werfen. Trotzdem schafft es Pauline, ihm ein paar Stückchen zwischen die Zähne zu schieben. Das Zeug schmeckt ekelhaft bitter, Ernst würgt und spuckt Pauline den bitteren Brei mit voller Wucht ins Gesicht.

Heichele lässt los und schimpft. »Ich hab ja gleich gesagt, dass es so nicht geht.«

»Dann eben anders«, mault Pauline und ihre zuckersüße Stimme ist wie weggeblasen.

Sie rauscht aus dem Zimmer. Ernst spürt Fricks kalte Hände, die seine Beine festhalten, während Heichele seine Hüften packt. Er will sich aufrichten, aber es geht nicht, er haut auf Heicheles Arme und schreit: »Lass mich los, du sollst mich loslassen, hilf mir doch!« Aber der Pfleger schaut nur verlegen weg.

Im Vorraum hört man Pauline hantieren. Frick ruft durch die Tür: »Wo bleibst du denn?«

Da erscheint Pauline mit einer Spritze in der Hand. Sie hat ihr Gesicht wieder im Griff und sagt süßlich: »So, jetzt gibt es gleich einen kleinen Piks.«

»Ich will aber keine Spritze.«

Paulines Ton wird noch süßer. »Aber du willst doch nicht Typhus kriegen und dann die anderen anstecken. Nein, nein, die Spritze muss schon sein.«

»Ich will aber keine Spritze.«

»Du wirst sehen, es tut nicht weh, und danach kannst du gut schlafen.«

»Ich will aber keine Spritze«, sagt Ernst flehend zu Heichele.

Der seufzt nur und sagt: »Mensch, Junge, mach doch kein solches Theater.«

Ernst rollt sich zur Seite und zieht die Knie an den Bauch. In dem trüben Licht sieht er Paulines Schatten, der sich über ihn beugt, fühlt, wie sie seinen Arm abtastet. Er rollt sich noch mehr zusammen, dann ein kleiner Stich. Die Stelle an seinem Arm brennt und wird heiß.

»So, das war's schon«, sagt sie aufgeräumt.

Die Hitze strahlt vom Arm in seinen Bauch und flutet von da in seinen Kopf. Plötzlich hat er keine Angst mehr. Im Gegenteil, ihm ist fröhlich zumute, alles ist so lächerlich. Er sieht die drei Gestalten, die um sein Bett herumstehen, sie sind so ulkig, dass er plötzlich lachen muss. Sie schauen ihn an wie die Mondkälber und das ist noch viel komischer und er kann nicht mehr aufhören zu lachen. Sie sagen etwas, aber er versteht sie nicht, weil er unaufhörlich lachen muss. Während er weiterlacht, schleichen die drei aus dem Zimmer.

Es dauert eine Weile, bis sein Glucksen aufhört. Fröhlich

schaut er durch den Fensterspalt nach draußen in die Sommernacht. Die Wolken sind aufgerissen und ein Stern ist zu sehen. Bleierne Erschöpfung zieht an seinen Augenlidern, er wirft einen letzten Blick auf das halbdunkle Zimmer, auf Heinz mit seiner rastlosen Hand, auf den Fensterspalt mit dem Stern, dann gibt er der Müdigkeit nach.

Ernst fliegt über die Anstalt, die Wolken haben sich verzogen und der Himmel ist von Tausenden von Sternen überstrahlt. Irsee liegt friedlich am Hang des Wertachtals, eingesäumt von Wald und Wiesen. Die Anstalt hängt mächtig und schwer am unteren Dorfrand wie ein Gewicht, das den ganzen Ort mit seinen geduckten Bauernhäusern und Ställen nach unten ziehen will. Das Dorf träumt einen dumpfen Traum und will nicht aufwachen.

Die Anstalt ist finster und still. Nur im Pflegerzimmer brennt noch Licht, Heichele, Frick und Pauline hocken zusammen und rauchen. Sie schauen auf die Uhr. Pauline und Heichele stehen auf, Frick winkt nur müde und bleibt am Tisch sitzen. Die beiden gehen ins Krankenzimmer, beugen sich über Ernst, der tief schläft.

Pauline zieht noch mal eine Spritze auf. »Doppelt genäht hält besser«, sagt sie zu Heichele.

Ernst rollt sich brummend auf die andere Seite und zieht die Beine an. Als Schwester Pauline die Spritze in seinen Arm sticht, zuckt er ein wenig.

Ernst fliegt und taucht zugleich unter. Wasser dringt in seinen Mund, er will atmen, aber es geht nicht, weil immer mehr Wasser in seine Lungen fließt. Er rudert in Panik, aber er findet die Oberfläche nicht, er zappelt und strampelt, doch es hilft nichts. Die Strömung zieht ihn immer tiefer.

Plötzlich, gerade in dem Moment, als ihn seine Kräfte verlassen und er sich treiben lässt, gibt ihn das Wasser frei.

Es ist, als ob unter dem Wasser wieder Himmel ist. Er fliegt über Wiesen und Wälder, es wird Morgen, und plötzlich sieht er den Wohnwagen, der ihm schon oft im Traum begegnet ist. Er landet auf der Landstraße am Waldrand, wartet auf den Wagen mit der bunten Plane, mit Mutter und Vater auf dem Bock. Lachend rennt er ihnen entgegen, und als der Wagen neben ihm ist, zieht Vater die Zügel an. Mutter und Vater lächeln aufmunternd zu ihm herunter.

»Steig auf, Ernstl«, sagt Mutter, und Vater reicht ihm die Hand herunter.

Er traut sich nicht, weil er Angst vor dem Nebel hat, der immer am Waldrand lauert. Doch als er sich umschaut, ist die graue Wand verschwunden. »Na komm«, sagt Vater, und Ernst nimmt seine Hand, die ihn kräftig hochzieht. Schwungvoll setzt er sich zwischen die beiden, Vater reicht ihm die Zügel. Von links und rechts nehmen ihn Mutter und Vater in den Arm und halten hinter seinem Rücken Händchen.

»Wohin fahren wir?«, fragt Ernst. Statt einer Antwort schauen sich die Eltern über seinen Kopf hinweg schelmisch an.

»Ist Nandl auch da?«

Die beiden zwinkern sich zu und schmunzeln. »Worauf wartest du noch?«

»Hüa«, sagt er, das Pferd zuckelt los und der Wagen setzt sich sanft schaukelnd in Bewegung, die Räder singen im Takt der Straße, weißes Licht wie Zuckermilch in der Luft, in seinen Ohren ein tiefes Summen und vor ihnen ein großes Haferfeld mit Mohnblumen.

# Epilog

Am Mittwoch, den 9. August 1944, will Max Ries morgens nach Ernst sehen und ihm das Brot bringen, das er ihm versprochen hat. Ries sagte später bei der gerichtlichen Untersuchung des Falles Lossa Folgendes aus:

»Ich fand ihn im Kinderzimmer und erschrak. Sein Gesicht war blaurot verfärbt, er hatte Schaum vor dem Mund und röchelte schwer. Um den Mund und Hals war er augenscheinlich wie gepudert. Ich sprach ihn an, aber er reagierte nicht. Er starb am Nachmittag gegen halb vier, ohne noch mal zu Bewusstsein zu kommen. Im Hemdkragen fand ich zwei weiße Tabletten ohne Aufschrift, unter dem Bett eine leere Ampulle. Im Nacken hatte er eine faustgroße, blaurote Stelle, aber er hatte noch keine Totenflecken, also musste die Stelle eine andere Ursache haben. Lossa war ein großer, kräftiger, gesunder Bursche, der meines Erachtens nur unter Gewaltanwendung umgebracht worden sein kann.

Bei der Sektion machte ich nur einen Schnitt zur Öffnung der Brusthöhle. Dabei fiel mir der stechende Geruch auf. Gärtner, der den Jungen ebenfalls sehr gern hatte, sah von einer weiteren Sektion ab.«

Dr. Gärtner gibt auf dem Leichenschein an: *Todesursache: Bronchopneumonie* [Lungenentzündung]. Ries erfüllt den letzten Wunsch des Jungen, schön eingesargt zu werden, so gut es geht. Ernst wird am 12. August in einem Armensarg auf dem Anstaltsfriedhof bestattet.

# Nachwort des Autors

Am Nachmittag des 8. August 1944 gegen 15.30 Uhr verurteilt der Volksgerichtshof in Berlin mehrere Widerstandskämpfer des 20. Juli zum Tode. Die Männer, die das Hitler-Regime beseitigen wollten, werden kurz danach gehängt. Zur gleichen Zeit ahnt rund 600 Kilometer südlich von Berlin, in einem kleinen bayerischen Dorf, ein Junge, vierzehn Jahre alt, seinen nahen Tod. Am späten Abend dieses Tages bekommt er zwei Morphiumspritzen, die ihn in eine Bewusstlosigkeit versetzen, aus der er nicht mehr erwacht. Auch er wird hingerichtet, auch er ist ein Opfer des Nazi-Regimes, kein Held, aber gleichwohl einer, der sich der Obrigkeit widersetzt, dem Regime nicht gebeugt hat. Sein Name ist Ernst Lossa, er taucht in den Geschichtsbüchern nicht auf. Dabei spiegelt sich gerade in seiner Lebensgeschichte das menschenverachtende und verlogene Menschenbild der Nazis.

»Warum ich? Warum ausgerechnet ich?« Bestimmt hat sich Ernst Lossa diese Frage ziemlich oft gestellt. Wie sollte er auch verstehen, warum er als Kleinkind von Eltern und Familie getrennt und ins Heim gesteckt wurde? Wie sollte er verstehen, warum er von einem Heim ins andere abgeschoben wurde? Wie sollte er verstehen, warum man ihn schließlich in eine Heil- und Pflegeanstalt brachte, in der nur Schwer- und Schwerstbehinderte lebten? Wahrscheinlich ahnte er, wie die Antwort lautete: Er war im Weg. Er passte nicht. Er funktionierte nicht, wie man es erwartete.

Er war unnütz, nicht zu gebrauchen. Er war ein Außenseiter.

*Nebel im August* ist die Biografie dieses Jungen, der 1929 als Kind fahrender Händler geboren wurde. Seine Familie gerät 1933 ins Visier der Nazi-Bürokratie. Mit knapp vier Jahren wird Ernst Lossa aus der Familie gerissen. Er wächst in einem Waisenhaus auf, wo er sich zu einem schwer erziehbaren Jungen entwickelt, der stiehlt, lügt und die erzwungene Ordnung immer wieder stört. Mit zehn Jahren schieben ihn die Nonnen in ein nationalsozialistisches Erziehungsheim ab. Doch auch dort ordnet sich Ernst nicht unter. Eine Gutachterin stempelt ihn als »asozialen Psychopathen« ab. Nach zwei Jahren weisen ihn die Erzieher in ein Irrenhaus ein, obwohl der Junge weder behindert noch geisteskrank ist. Dort wird er im August 1944 im Alter von knapp fünfzehn Jahren mit einer Überdosis Morphium umgebracht.

Im Sommer 2002 gab mir Michael von Cranach, der damalige ärztliche Direktor des Bezirkskrankenhauses Kaufbeuren, die Krankenakte von Ernst Lossa; ich sollte sie lesen, um vielleicht ein Buch daraus zu machen. Meine erste Reaktion war: Diese Geschichte ist so grausam, so bedrückend, damit will ich mich gar nicht beschäftigen. Ich tat es dann doch, denn mich ließen zwei Dinge nicht mehr los: Zum einen das Foto des Jungen, das 1942 bei seiner Aufnahme in die Heilanstalt Kaufbeuren gemacht wurde. Mich faszinierte dieser Blick. In den Augen dieses Jungen herrscht eine Mischung aus Sehnsucht und Kampfeslust, Verlorenheit und Trotz, Pfiffigkeit und Melancholie, Neugier und Angst. Zum anderen bewegte mich vor allem die Frage nach dem Warum: Warum musste Ernst Lossa sterben?

Ich bin nicht der Erste, der darauf eine Antwort sucht. Nach dem Krieg waren es zuerst die Amerikaner, die 1945 die Morde an den Patienten in der Heil- und Pflegeanstalt Kaufbeuren/Irsee untersuchten. Bei den Befragungen des Personals fiel immer wieder der Name Ernst Lossa. Grund für die Amerikaner, die Akte des Jungen aus dem Stoß der vielen Ermordeten zu ziehen und den Fall näher zu betrachten. Dabei stießen sie auf eine Menge Ungereimtheiten und machten den Mord an dem Jungen zum Präzedenzfall im Gerichtsverfahren gegen die verantwortlichen Ärzte und Pfleger.

Sie fragten sich vor allem: Warum wurde ein Junge, der weder körperlich behindert noch geisteskrank war, in eine »Irrenanstalt« wie Irsee gesteckt, in der ansonsten nur die Schwer- und Mehrfachbehinderten verwahrt wurden? Wie geriet er auf die Todesliste, wo doch die mörderischen Ärzte stets vorgaben, dass sie nur die angeblich »Lebensunwerten« und die »unnützen Esser« beseitigten? Vier Jahre nach dem Krieg, im Sommer 1949, wurden diese Fragen vor einem Augsburger Schwurgericht behandelt. Aber weder die amerikanischen Besatzer noch die deutsche Justiz fanden eine Antwort.

Dabei scheint der Fall zunächst recht einfach, die Erklärung ist aus der Krankenakte des Jungen ablesbar. Dort steht, Ernst Lossa »kommt aus einer Zigeunerfamilie« und er sei ein »Psychopath mit asozialen Neigungen«. Jeder dieser beiden Stempel allein konnte im Nazi-Deutschland des Jahres 1944 den Tod bedeuten. »Zigeuner« und »Asoziale« standen weit oben auf der Liste der Menschen, die das Hitler-Regime verfolgte, einsperrte, umbrachte. Dazu kommt, dass der Junge in einem Gutachten als »triebhaft«, »schwer auffällig«, »unerziehbar«, »diebisch«, »gemeinschaftsunfähig« und »selten stark abartiges Kind« bezeichnet wird. Wer mit solchen Attributen versehen in einer Heil- und Pflegeanstalt des Dritten Reichs landete, stand in höchster Gefahr, dem Massenmord an den Patienten zum Opfer zu fallen.

Fast sechzig Jahre nach der Ermordung von Ernst Lossa fing ich an, seine Lebensgeschichte zu recherchieren. Es begann eine Detektiv-Arbeit, die sich mehr als vier Jahre hinzog. Je mehr ich mich mit dem Fall beschäftigte, desto mehr Fragen tauchten auf.

Es stellte sich heraus: Ernst Lossa war kein »Zigeuner«, er stammte nicht aus einer Sinti- und Roma-Familie. Er war nicht behindert oder geisteskrank. Auch ist die Diagnose, Ernst Lossa sei ein »Psychopath«, letztlich eine Farce. Sie sagte nichts weiter aus, als dass der Junge ein auffälliges Verhalten zeigte. Damit entlarvt der Fall Ernst Lossa die Verlogenheit der Mörder, er steht exemplarisch für den perversen Rassen- und Auslese-Wahn im Hitler-Staat. Er zeigt, für diesen Mord – und ebenso für die vielen tausend anderen – gibt es nur eine Erklärung: Willkür. Der Grund für die Tötung des Jungen war beliebig. Ernst Lossa musste sterben, weil ein Chefarzt oder ein Verwaltungsleiter es so wollten. Weil er nicht in ihr System passte, nicht in ihr Weltbild. Weil er zu viel gesehen oder mitbekommen hatte. Weil er ein möglicher Zeuge der Verbrechen hinter den Anstaltsmauern war. Weil er einen Diebstahl zu viel begangen hatte. Oder ganz einfach weil er auf einer Liste stand und diese Liste »abgearbeitet« wurde. Die Euthanasie (das griechische Wort heißt so viel wie »schöner Tod«), die von den Nazis »Gnadentod« genannt wurde, war in Wahrheit gnadenlos.

Dennoch kamen nach dem Krieg die Täter mit sehr milden Strafen davon. Der Direktor der Kaufbeurer Anstalt, Dr. Valentin Faltlhauser, wurde zu drei Jahren Gefängnis verurteilt, die Leiterin des Kinderhauses, Mina Wörle, zu achtzehn Monaten, der Irseer Pfleger Paul Heichele zu einem Jahr. Die Leiterin der Frauenstation, Pauline Kneißler, war bereits zuvor wegen ihrer Beteiligung an der Euthanasie in anderen Anstalten zu vier Jahren Zuchthaus verurteilt worden. Der Verwaltungsleiter Georg Frick wurde mangels Beweisen freigesprochen. Der Irseer Oberarzt Dr. Gärtner hatte sich 1945 beim Einmarsch der Amerikaner in seinem Büro erhängt.

Aus heutiger Sicht ist die Milde der Justiz unverständlich. Schließlich ging es um Hunderte von ermordeten Patienten. Doch offensichtlich war das Interesse an der Aufklärung der Verbrechen und Bestrafung der Täter nicht sehr groß. Nach den Ermittlungen der amerikanischen Besatzer wurde das Thema der deutschen Justiz übergeben. 1949 standen die Beschuldigten wegen gemeinschaftlichen Mordes vor einem Augsburger Gericht. Nach drei Wochen Verhandlung war von der Mordanklage jedoch nichts mehr übrig. So wurde der Anstaltsdirektor Faltlhauser wegen »Anstiftung zur Beihilfe zum Totschlag in mindestens dreihundert Fällen« verurteilt. Auch für die anderen Beschuldigten lautete das Urteil auf »Beihilfe zum Totschlag«. So gab es am Ende des Krieges zwar mehr als 2300 getötete Patienten in Kaufbeuren und Irsee, aber es gab nur Helfer bei den Mordtaten. Laut Justiz sind es bis heute Morde ohne Täter.

Auch den Mord an Ernst Lossa klärte das Gericht letztlich nicht auf. Der Chefarzt Faltlhauser, der die Tötung angeordnet hatte, machte vor Gericht folgende Aussagen zu dem Jungen: »Er war nach meinen Feststellungen ein schwerer asozialer Psychopath. [...] Von Mitleid ist in diesem Falle insoweit zu sprechen, dass dieses Kind sein Leben lang hinter Schloss und Riegel gesessen wäre. Abgesehen von den dauernden Diebstählen hätte er auch seine Umgebung immer bedrängt und Wehrlose mißhandelt. [...] Nach meiner

Ansicht hätte sich der Zustand nie gebessert, sondern mit zunehmendem Alter verschlechtert. [...] Er war in diesem Sinne geisteskrank, dass er niemals imstande gewesen wäre, ein geordnetes Leben zu führen.«

Die anderen Beteiligten widersprachen sich und schoben sich gegenseitig die Schuld zu. Paul Heichele und Georg Frick gaben nur zu, dass sie dabei waren, als Pauline Kneißler dem Jungen die tödlichen Spritzen gab. Die Krankenschwester wiederum stritt ihre Beteiligung an der Tat ab. Wer immer von ihnen log – womöglich alle drei –, das Gericht ließ ihn gewähren.

Von Ernsts Familie war niemand da, um Gerechtigkeit zu fordern. Seine beiden Schwestern Amalie und Anna überlebten zwar den Krieg, doch sie erfuhren erst viele Jahre später vom Schicksal ihres Bruders. Der Vater Christian Lossa wurde 1936 verhaftet und ins Konzentrationslager Dachau gebracht. Als Haftart ist auf den Papieren »Arbeitszwang« angegeben, ein verbreitetes Mittel der Nazis, um sogenannte Asoziale und Arbeitsscheue zu terrorisieren. Von Familienmitgliedern wird erzählt, Christian Lossa habe im Wirtshaus über das Nazi-Regime geschimpft. Andere berichten, er habe verbotenen Handel mit Bezugsscheinen für Kleider getrieben. Ende 1938 wird Christian Lossa aus Dachau entlassen. Von da an verliert sich für knapp drei Jahre seine Spur, er taucht lediglich einmal bei seinen Kindern im Heim auf. Im Oktober 1941 wird er in Nürnberg festgenommen und ins KZ Flossenbürg deportiert, wo er als »rückfälliger Vorbeugehäftling« geführt wird. Was so harmlos klingt, ist im Nazi-Jargon ein schlimmes Vergehen. Das bedeutet, der Mann war rückfällig geworden und erneut als Nichtsesshafter oder fahrender Händler aufgegriffen worden. Damit stand Christian Lossa in der Lager-Rangordnung auf unterster Stufe.

Ein halbes Jahr später, am 30. Mai 1942, stirbt Christian Lossa im Alter von fünfunddreißig Jahren. Als Todesursache gibt der SS-Lagerarzt »Herzschwäche bei Lungentuberkulose« an.

Die beiden Schwestern von Ernst Lossa haben bis heute weder eine Entschädigung noch eine Entschuldigung erhalten. Gegenüber den Tätern war der Staat großzügiger. Der ehemalige Anstaltsdirektor Faltlhauser wurde nach dem Schuldspruch 1949 für haftunfähig erklärt und musste nicht ins Gefängnis. Fünf Jahre später wurde er vom bayerischen Justizminister begnadigt.

Ziel dieser Romanbiografie ist es jedoch nicht, Versäumnisse der Justiz aufzuarbeiten. Auch will ich niemandem nachträglich Schuld zuweisen. Mir ging es darum, das Leben von Ernst Lossa so wahrheitsgetreu und lebendig wie möglich zu beschreiben und ihm dadurch auf andere Art gerecht zu werden. Dies erwies sich jedoch als sehr schwierig. Zwar ist der »Fall Ernst Lossa« durch die Gerichtsakten relativ gut dokumentiert, aber über die Herkunft des Jungen, seine Familie und die Vorgeschichte fanden sich nur wenige Hinweise. Zunächst begab ich mich auf eine ausführliche Akten- und Archivrecherche – zur Euthanasie im Allgemeinen, zur Situation in der Anstalt Kaufbeuren/Irsee, im Augsburger Waisenhaus und im Erziehungsheim in Markt Indersdorf. Ich forschte an den Originalschauplätzen, den Orten und Einrichtungen, in denen Ernst Lossa einen Teil seines Lebens verbracht hat. Aber wie der Alltag dort in den Dreißiger- und Vierzigerjahren aussah, blieb lange unklar. Hier halfen eine Reihe von Zeitzeugen und ein wenig Glück weiter. Ich sprach mit den beiden Schwestern von Ernst Lossa, ebenso mit Cousins und Cousinen, die etwas über die Familie erzählen konnten. Und ich befragte Menschen, die die Heime und Anstalten aus der damaligen Zeit noch kennen.

Prägend für das Leben von Ernst Lossa waren fünf Stationen: die frühe Kindheit bei den Eltern, die Zeit im Augsburger Waisenhaus, im Erziehungsheim in Markt Indersdorf, in der Heilanstalt Kaufbeuren und zuletzt in der Nebenanstalt Irsee. Diese fünf Stationen gaben letztlich die Struktur des Buches vor. Sie waren unterschiedlich schwer zu erforschen.

Das Kinderheim in Augsburg-Hochzoll, heute eine Jugendeinrichtung, recherchierte für mich in alten Unterlagen, um den Heimalltag dieser Zeit zu beschreiben. Zeugnisse und Beurteilungen aus der Schule zeigen die Leistungen des kleinen Ernst. Zeitzeugen, die zur selben Zeit in dem Heim lebten, erweiterten die Fakten um erlebte Geschichten. Von ihnen stammen die meisten Szenen aus dem Alltag, aus der Schule, von den Kinderstreichen, dem Tagesablauf, der Hackordnung im Heim.

Die Geschichte des NS-Erziehungsheims in Markt Indersdorf zwischen 1939 und 1945 ist bislang nahezu unerforscht. Hier half ein Glückstreffer: vierzig Kartons mit Zöglingsakten, die im Keller des Instituts für Zeitgeschichte in München lagern und die ich dankenswerterweise einsehen durfte. Die mehreren Hundert Akten über die Kinder von Indersdorf gaben einen guten Einblick in den Heimalltag und die Erziehungsmethoden. Andererseits habe ich daraus die Freunde und Klassenkameraden von Ernst rekrutiert. Alle im Buch vorkommenden Jungs hat es also tatsächlich gegeben, sie wurden allerdings aus Gründen des Datenschutzes verfremdet und mit anderen Namen versehen. Wie die Zustände in diesem Heim der Nationalen Volkswohlfahrt waren, erklärte mir die Historikerin Annette Eberle. Sie vermittelte mir ihr reichhaltiges Wissen über die Hintergründe der NS-Erziehungsideologie. Ihrer Hilfe ist es auch zu verdanken, dass ich das bis dahin unbekannte Schicksal von Christian Lossa, dem Vater von Ernst, aufklären konnte.

Die Vorkommnisse in der Heil- und Pflegeanstalt Kaufbeuren/Irsee während der NS-Zeit sind verhältnismäßig gut dokumentiert. Dies ist unter anderem Gernot Römer und Ernst T. Mader zu verdanken, die sich vor fünfundzwanzig Jahren auf Spurensuche machten. Sie befragten damals noch lebende Zeitzeugen über die Ermordung der Patienten. Nicht zuletzt ist es Michael von Cranachs Verdienst, der in den Achtzigerjahren begann, die NS-Vergangenheit »seiner« Anstalt aufzuarbeiten. Cranach begleitete die Vorarbeiten für dieses Buch mit großem Engagement, er öffnete mir die Akten des Bezirkskrankenhauses, half mit seinem enormen Hintergrundwissen und vermittelte Kontakte zu Zeitzeugen. Eine ganze Reihe von Menschen aus Kaufbeuren und Irsee berichteten mir ihre Erinnerungen an die »dunklen Zeiten«.

Der größte Fundus an Berichten, in denen das Grauen hinter den Anstaltsmauern beschrieben wird, ist jedoch den amerikanischen Besatzungsmächten zu verdanken. Ihre Befragungen und Beschreibungen geben ein sehr zeitnahes Bild der Zustände in der Anstalt. Sie legten damit auch den Grundstein für den Augsburger Euthanasie-Prozess, in dem sich Ärzte und Pfleger verantworten mussten. Im Protokoll dieser Verhandlung lässt sich nachlesen, wie die Patienten behandelt und getötet wurden. Auch finden sich dort viele Zeugenaussagen über Ernst Lossa.

Den schwersten Teil der Recherche stellte Ernsts Leben in der Familie dar. Die beiden Schwestern von Ernst können darüber nichts erzählen, sie waren ein und zwei Jahre alt, als sie von den Eltern getrennt und in ein Augsburger Säuglingsheim gebracht wurden. Sie können auch nicht verstehen, warum die Lossas als »Zigeunerfamilie« abgestempelt wurden. Zunächst war nur klar, dass die Eltern als fahrende Händler durch Süddeutschland fuhren und Stoffe und Kurzwaren an der Haustür verkauften. Erst im Laufe der Nachforschungen stellte sich heraus, dass Ernst Lossa das Kind einer jenischen Familie ist. Der Begriff »Jenische« ist in Deutschland weithin unbekannt. Ebenso ist das Schicksal dieser Volksgruppe, von der heute in Deutschland noch etwa 100 000 Menschen leben, nach wie vor ein weißer Fleck auf der historischen Landkarte. Obwohl die Jenischen seit jeher als »Zigeuner« bezeichnet und verfolgt wurden, ist ihre Verfolgungsgeschichte kaum erforscht. So war ich für diesen Teil in erster Linie auf die Erzählungen von Verwandten der Lossas angewiesen. Dem sehr hilfsbereiten Augsburger Stadtarchivar Georg Feuerer ist es zu verdanken, dass über die Familie Lossa auch noch einige amtliche Details wie Wohnorte, Umzüge, Reisen ermittelt werden konnten. Eine aufwendige Suche in diversen Gemeindeämtern in Bayern und Baden-Württemberg vervollständigte das Bild.

Die Vorfahren von Ernsts Lossas Familie stammen vermutlich aus Norditalien und reisten um das Jahr 1800 nach Deutschland. Der Urgroßvater von Ernst, Michael Lossa, war wie viele seiner Vorfahren Gürtler von Beruf. Traditionell stellten diese Handwerker Alltags- und Kultgegenstände aus Metall her oder restaurierten sie, das konnten Gürtelschnallen ebenso sein wie Monstranzen oder Leuchter. Michael Lossa hatte zehn Kinder und viele von ihnen gingen einem fahrenden Gewerbe nach. So taucht dieser Urgroßvater Michael bereits in besagtem *Zigeunerbuch* von 1905 auf, ebenso wie eine Reihe seiner Verwandten. Die Nazis schließlich legten von der Familie einen »Sippenbogen« an, in dem sie alle Krankheiten und jedes soziale Fehlverhalten auflisteten. Auf diesen Sippenbogen bezog sich auch die Heilanstalt in Ernsts Krankenakte, als sie schrieb, der Junge »kommt aus einer Zigeunerfamilie«.

Die vielen Puzzleteilchen ließen im Laufe der Recherche ein Bild entstehen: Den Rahmen bildet die Nazi-Zeit, beginnend 1933 mit Hitlers »Machtergreifung« bis hin zur Kriegswende im Sommer 1944, als die deutschen Soldaten an allen Fronten zurückweichen mussten. Die Nazis führten aber auch einen Krieg nach innen, indem sie alles Fremde und Andersartige ausschlossen, verfolgten und häufig auch beseitigten. Hier steht an erster Stelle der systematische Völkermord an Millionen Juden. Außerdem wurden Hunderttausende Menschen verfolgt, die als »lebensunwert«, »rassisch minderwertig« oder politisch unerwünscht galten, unter ihnen sogenannte Asoziale und Arbeitsscheue, Homosexuelle, Zeugen Jehovas, Behinderte, Intellektuelle, politisch Andersdenkende, Sinti und Roma – und eben auch Jenische.

Vor diesem Hintergrund spielte sich Ernst Lossas Leben ab, im Waisenhaus, im Erziehungsheim, vor allem aber in der Heil- und Pflegeanstalt, im Volksmund »Irrenanstalt« genannt. Es war ein Leben im Verborgenen; was hinter den Mauern der Irrenanstalten mit den Patienten geschah, wurde sorgsam geheim gehalten. So erlebte Ernst Lossa Aufstieg und Fall des Hitler-Regimes aus einem besonderen Blickwinkel: von ganz unten. Von der Landstraße, vom Rande der Gesellschaft, unter Waisenkindern, Schwererziehbaren, Behinderten.

Als es daran ging, das Material zu verarbeiten, tat sich

ein Problem auf: Von Ernst Lossa gibt es keinerlei persönliche Aufzeichnungen – im Gegensatz etwa zu Anne Frank, die im selben Jahr wie er geboren und ein halbes Jahr nach ihm ermordet wurde. Während Anne Frank ein Tagebuch schrieb, das uns überliefert ist, wird Ernst Lossa in allen Dokumenten, Protokollen und Gesprächen von außen beschrieben. Lehrer und Erzieher, Schwestern und Pfleger, Gutachter und Ärzte zeichnen das Bild des Jungen. Sie beurteilten sein Verhalten, sein Auftreten, seine Leistungen, seine Fehler. Aber niemand interessierte sich dafür, was er dachte und fühlte, wie er die Dinge sah.

Dazu wollte ich einen Kontrapunkt setzen und die Person Ernst Lossa mit Leben erfüllen. Deshalb wählte ich eine Perspektive, die auf Augenhöhe des Jungen bleibt. Ich entschied mich für eine Biografie in Romanform, die überwiegend aus der Sicht des Jungen berichtet. Nur so konnte ich dem unbekannten Euthanasieopfer Gesicht und Stimme, Gedanken und Gefühle geben.

Die Fakten im Buch sind mit größter Sorgfalt recherchiert und so exakt wie möglich dargestellt. Alle Figuren in der Geschichte hat es wirklich gegeben. Die Lehrer, Erzieher, Pfleger, Schwestern, Ärzte entsprechen den historischen Personen. Dasselbe gilt für die Verwandten und Freunde von Ernst, für die Schulkameraden, Zöglinge und Patienten. Allerdings sind nicht alle Personen nach der langen Zeit klar recherchierbar gewesen. Andere sollten aus Gründen des Persönlichkeitsschutzes nicht an die Öffentlichkeit gezerrt werden. Dies gilt vor allem für die Zöglinge und Patienten der verschiedenen Heime. Ihre Namen sind deshalb geändert. Alle anderen Personen werden im Roman, wo immer es mir historisch beleg- und vertretbar schien, mit ihrem tatsächlichen Namen genannt.

Das Gerüst aus Fakten habe ich mit Szenen, Dialogen, Handlungen und Gefühlen versehen. Dennoch sind diese Szenen nicht frei erfunden, sie halten sich vielmehr streng an die Logik der vorgegebenen Tatsachen. Ein Beispiel: Es gibt Dokumente von dem Tag, an dem Ernst in die Heilanstalt Kaufbeuren eingewiesen wurde. Dies war der 20. April 1942, der Tag, an dem im Deutschen Reich Hitlers Geburtstag gefeiert wurde. Ein ärztliches Protokoll belegt, dass Ernst genau von jenem Dr. Ottmann untersucht wurde, der Jahre zuvor die Familie Lossa in Augsburg besucht hatte. Niemand weiß, was bei dieser Untersuchung zwischen dem Arzt und dem Jungen gesprochen wurde. Der Dialog zwischen den beiden ist also fiktiv, die Szene selbst ist authentisch.

Wer den Einzelfall betrachtet, muss sich mit der Rassen- und Behindertenpolitik des Hitler-Regimes befassen. Nach neueren Quellen wurden mindestens 200 000 psychisch kranke und behinderte Männer, Frauen und Kinder von den Nazis zwischen 1939 und 1945 als »lebensunwertes Leben« abgestempelt und in geheimen Aktionen durch Vergasung, Medikamente oder Nahrungsentzug ermordet.

Im Herbst 1939 schrieb Adolf Hitler auf seinem privaten Briefpapier einen geheimen Erlass. Darin heißt es, dass »unheilbar Kranken bei kritischster Beurteilung ihres Krankheitszustandes der Gnadentod gewährt werden kann«. Dieses Schreiben hatte keinerlei Rechtskraft, wurde aber wie ein Befehl umgesetzt. Es war nichts anderes als der Freibrief zum Mord an Kranken, Unbequemen und Andersartigen – genau so wurde es verstanden, genau so wurde es von willfährigen Beamten, Ärzten und Pflegern umgesetzt. Ein Morden nach Belieben, genauer gesagt nach Misslieben. Ärzte und eine anonyme Verwaltung konnten bestimmen, wer lebenswert ist und wer nicht.

Die Euthanasie verlief in mehreren Phasen. Zuerst mussten die Anstalten alle Patienten auf Meldebögen erfassen, ebenso waren Hebammen und Ärzte verpflichtet, Kinder mit bestimmten Behinderungen zu melden. Die Bögen wurden an die Berliner Zentrale in der Tiergartenstraße 4 geschickt, deshalb wird der Mord an den Patienten auch »Aktion T4« genannt. In Berlin wurden jene Patienten ausgewählt, die Ärzte und Verwaltung als »lebensunwert« betrachteten. Sie entschieden über Leben und Tod zumeist nur anhand der Akten, ohne die Patienten jemals gesehen zu haben. Dabei spielten weniger die Krankheitsbilder der Patienten eine Rolle als vielmehr wirtschaftliche Gründe.

Jede »Beeinträchtigung des deutschen Volkskörpers« sollte unterbunden werden. So war es auch gesetzlich geregelt, dass sich Menschen mit einer (angeblichen) Erbkrankheit oder einfach nur sozial und rassisch unerwünschte Menschen nicht fortpflanzen durften. Mittel dazu war zum einen die Zwangssterilisation dieser Menschen. Groben Schätzungen zufolge wurden zwischen 350 000 und 400 000 Menschen in der NS-Zeit zwangssterilisiert. Rund 6000 Opfer überlebten den Eingriff nicht. Am Ende stand schließlich das »Ausmerzen« in Form der Vernichtung von »lebensunwertem Leben«.

In der ersten Phase, die 1940 begann, wurden Patienten aus den Heil- und Pflegeanstalten in sogenannte Reichsanstalten verlegt, wo sie in eigens eingerichteten Gaskammern ermordet wurden. Diese zentral gesteuerte Aktion wurde 1941 gestoppt. Doch war damit das Leiden und Sterben der Patienten keineswegs zu Ende. Die »Euthanasie« ging dezentral weiter. Ärzte und Pfleger legten selbst Hand an, ließen die ihnen anvertrauten Menschen durch eine gezielte Magerkost verhungern oder beseitigten sie mit Todesspritzen.

In der Heil- und Pflegeanstalt Kaufbeuren/Irsee stellte sich diese allgemeine Praxis so dar: In den Jahren 1940 und 1941 wurden 684 Behinderte mit den berüchtigten grauen Bussen abgeholt und in Vergasungsanstalten ermordet. Nach dem Ende dieser Aktion ging das Töten innerhalb der Anstalt weiter. Ende 1941 wurde in Kaufbeuren eine »Kinderfachabteilung« eröffnet, einige Monate später auch in Irsee, mit dem Ziel, möglichst viele Kinder zu töten. Bis Kriegsende starben dort 209 Kinder, der größte Teil von ihnen wurde mit einer Überdosis von Medikamenten umgebracht.

Im Herbst 1942 führte Dr. Faltlhauser in seiner Anstalt eine Hungerkost für nicht arbeitsfähige Kranke ein. Das Essen für sie wurde völlig ohne Fett gekocht und bestand nur aus gekochtem Gemüse und Wasser. Die Folgen dieser sogenannten »E-Kost« (E steht für Entzug) waren katastrophal. Die Patienten waren ausgemergelt, viele starben. Ende 1943 begann in Irsee die systematische Tötung erwachsener Patienten durch Medikamente. Den Auftrag dazu gab jeweils Dr. Faltlhauser, anfangs auch Dr. Gärtner, der sich aber dann von der Euthanasie abwandte. Wie viele der Patienten jeweils durch die Hungerkost starben und wie viele mit Medikamenten umgebracht wurden, lässt sich nicht mehr ermitteln. Insgesamt starben zwischen 1939 und 1945 in Kaufbeuren und Irsee 2333 Patienten. Das sind fünfmal so viele Todesfälle wie im selben Zeitraum vor dem Krieg und immerhin fast dreimal so viele Tote wie in den Hungerjahren des Ersten Weltkriegs.

An die ermordeten Patienten erinnern heute zwei Gedenkstätten, ein Mahnmal auf dem Gelände des Kaufbeurer Bezirkskrankenhauses und ein weiteres auf dem früheren Patientenfriedhof hinter dem Irseer Kloster. Dort deutet nur noch die terrassenförmig angelegte Wiese auf das einstige Gräberfeld hin, die Reihen der Holzkreuze sind verschwunden. Auf dieser Wiese neben der alten Leichenhalle liegt auch Ernst Lossa begraben.

Dorthin gehe ich manchmal und halte innere Zwiesprache mit Ernst. Die einen haben ihn als Taugenichts gesehen, als unverbesserlichen Dieb, als Psychopathen, als Zigeuner, die anderen als Lausbub und liebenswerten Kerl. Heute wird er manchmal als kleiner Robin Hood dargestellt, als Rebell gegen die Nazi-Herrschaft.

Und was sehe ich in ihm? Ich sehe Melancholie und Sehnsucht. Sehnsucht nach Freiheit und Liebe, nach Geborgenheit und Vertrauen, vor allem nach Respekt. Ernst passte sich nicht an, wollte sich nicht ändern – oder konnte es nicht. Er wollte akzeptiert und geliebt werden, so wie er ist. Das hat er nicht nur mit allen Kindern gemeinsam, sondern mit jedem von uns. So hat die Lebensgeschichte von Ernst Lossa eine Bedeutung auch und gerade für unsere heutige Gesellschaft: als Mahnung, Menschen nicht nach ihrem Nutzen und ihrer Leistungsfähigkeit zu beurteilen. Denn gerade die Menschen, die nicht funktionieren, die Unpassenden, die Behinderten und Außenseiter, bringen uns zum Nachdenken über die Grundwerte unseres Daseins. Sie machen unser Leben reicher, bunter und menschlicher.

Robert Domes

# Zeittafel

| | | |
|---|---|---|
| **1929** | | |
| 1. März | *Anna Anger und Christian Lossa heiraten in Ebenweiler (zwischen Saulgau und Ravensburg).* | |
| 25. Oktober | *Anna Anger feiert ihren 20. Geburtstag (geboren am 25.10.1909 in Ummendorf, Kreis Biberach).* | »Schwarzer Freitag«: Ein Börsensturz in New York stürzt die Wirtschaft weltweit in eine tiefe Krise. |
| 1. November | *Ernst Lossa kommt in Augsburg zur Welt.* | |
| **1931** | | |
| 8. Januar | *Ernsts Schwester Amalie wird geboren.* | |
| **1932** | | |
| 4. April | *Die zweite Schwester Anna wird geboren.* | |
| **1933** | | |
| 30. Januar | | Hitler wird Reichskanzler. |
| 24. März | | Das sogenannte »Ermächtigungsgesetz« tritt in Kraft. Damit schaltet Adolf Hitler das Parlament aus und sichert sich diktatorische Vollmachten. |
| 1. April | | Die NSDAP organisiert den ersten Boykott jüdischer Geschäfte. |
| 2. Mai | | Gewerkschaften werden verboten. |
| 3. Juni | *Als viertes Kind der Familie wird Christian Lossa geboren.* | |

| | | |
|---|---|---|
| 4. Juli | *Ernst kommt ins Kinderheim Hochzoll, seine Geschwister in ein Augsburger Säuglingsheim.* | |
| 14. Juli | | Alle Parteien mit Ausnahme der NSDAP werden in Deutschland verboten. |
| 18. bis 25. September | | Auf Befehl von Propagandaminister Joseph Goebbels findet im ganzen Land die erste große »Bettler-Razzia« statt. Dabei greifen Polizei und SA mehrere Zehntausend Wohnungslose auf. Da die Gefängnisse nicht ausreichen, werden viele in Arbeitslager gebracht. |
| 24. September | *Ernsts Mutter Anna Lossa stirbt im Krankenhaus in Augsburg-Pfersee im Alter von 23 Jahren.* | |
| 24. November | | Das »Gesetz gegen gefährliche Gewohnheitsverbrecher« tritt in Kraft. Es sieht die Zwangseinweisung von Straftätern in Heil- und Pflegeanstalten vor sowie die Kastration von »gefährlichen Sittlichkeitsverbrechern«. |
| **1934** | | |
| 1. Januar | | Das »Gesetz zur Verhütung erbkranken Nachwuchses« tritt in Kraft. Es sieht auch eine erzwungene Sterilisation von vermeintlich erbkranken Menschen vor. |
| **1935** | | |
| 2. April | *Christian jun. stirbt (vermutlich im Säuglingsheim).* | |

| | | |
|---|---|---|
| 15. September | | Die antisemitischen »Nürnberger Gesetze« werden verkündet. Sie schließen Juden von öffentlichen Stellen und der deutschen Staatsbürgerschaft aus. Zugleich wird das sogenannte »Blutschutzgesetz« erlassen, das Ehen zwischen Deutschen und Juden untersagt und Heiraten erst nach Ausstellung eines Erbgesundheitszeugnisses erlaubt. |
| 28. September | *Amalie und Anna kommen ins Kinderheim Hochzoll. Nach gut zwei Jahren sehen sie ihren Bruder zum ersten Mal wieder.* | |
| **1936** | | |
| 25. Januar | *Vater Christian Lossa kommt ins Konzentrationslager Dachau. Als Haftart wird »Arbeitszwang« angegeben. Dazu ist kein Gerichtsurteil nötig. Mit »Arbeitszwang« werden von den Nazis häufig »Zigeuner« und Nichtsesshafte belegt.* | |
| 13. Mai | *Erster Schultag von Ernst* | |
| 1. bis 16. August | | In Berlin finden die Olympischen Spiele statt. Dort stellt sich der NS-Staat mit aufwendiger Propaganda dar. Bereits im Vorfeld wurden Bettler, Prostituierte und »Asoziale« von der Straße geholt und eingesperrt. |
| **1937** | | |
| Juli | *Ernsts Großmutter Barbara Berie stirbt.* | |

**1938**

| | | |
|---|---|---|
| 12. März | | Deutsche Truppen marschieren in Österreich ein, vielfach von der Bevölkerung bejubelt. Damit wird der Anschluss Österreichs an das Deutsche Reich vollzogen. |
| Ende April (nach Ostern) | *Ernst kommt in die dritte Klasse.* | |
| 1. Oktober | | Hitlers Wehrmacht rückt in die Tschechoslowakei ein und nimmt das Sudetenland in Besitz. |
| 9. November | | In der Pogromnacht werden im ganzen Land jüdische Wohnungen, Geschäfte und Synagogen zerstört. Zahllose Juden werden drangsaliert, verprügelt, verhaftet. Etwa 100 werden getötet, 30000 in Konzentrationslagern interniert. |
| 24. Dezember | *Vater Christian wird aus Dachau entlassen.* | |

**1939**

| | | |
|---|---|---|
| 14./15. März | | Deutsche Truppen marschieren in Prag ein, nehmen die Tschechei in Besitz. Das »Reichsprotektorat Böhmen und Mähren« wird geschaffen. |
| 18. August | | Erlass zur Erfassung behinderter Kinder und Ermordungen in den sogenannten »Kinderfachabteilungen«. Die »Kindereuthanasie« wird zunächst auf Kinder bis zu drei Jahren beschränkt, später wird die Altersgrenze auf 18 Jahre hochgesetzt. |

| | |
|---|---|
| 1. September | Hitlers Truppen überfallen Polen, zwei Tage später erklären England und Frankreich Deutschland den Krieg. Der Zweite Weltkrieg beginnt. |
| Oktober | Hitler unterschreibt auf privatem Briefpapier die Ermächtigung zur Euthanasie. Das Schreiben wird auf den 1. September 1939 (Kriegsbeginn) zurückdatiert. Es hat folgenden Wortlaut: »Reichsleiter Bouhler und Dr. med. Brandt sind unter Verantwortung beauftragt, die Befugnisse namentlich zu bestimmender Ärzte so zu erweitern, dass nach menschlichem Ermessen unheilbar Kranken bei kritischster Beurteilung ihres Krankheitszustandes der Gnadentod gewährt werden kann.« |
| 9. Oktober | Alle Heil- und Pflegeanstalten im Reich müssen Menschen mit schweren psychischen Krankheiten melden, vor allem solche, die als nicht mehr arbeitsfähig oder unheilbar eingestuft werden. Anhand der Meldebogen werden die Opfer für die geplanten Tötungen ausgewählt. Die Tötungen werden heute als »T4-Aktion« bezeichnet (nach dem Dienstsitz der Zentrale in der Berliner Tiergartenstraße 4). |

**1940**

| | | |
|---|---|---|
| 20. Januar | | In der NS-Tötungsanstalt Grafeneck nahe Ulm beginnen die systematischen Tötungen von Psychiatrie-Patienten. Es ist die Erste von sechs eigens umgebauten Vernichtungsanstalten. Die meisten Patienten werden mit Gas getötet. |
| 15. Februar | *Ernst wird in das Erziehungsheim der NSV (Nationalsozialistische Volkswohlfahrt) nach Markt Indersdorf verlegt.* | |
| 9. April | | Deutsche Truppen besetzen Dänemark und Norwegen. |
| 19. April | *Ernst wird bei den Pimpfen der HJ aufgenommen.* | |
| 10. Mai | | Die Wehrmacht besetzt die Niederlande, Belgien und Luxemburg unter Verletzung der Neutralität dieser Länder und greift Frankreich an. Am 14. Juni fällt Paris. |
| 26. August | | Die ersten Patienten aus Kaufbeuren und Irsee werden abgeholt und in einer Vernichtungsanstalt getötet. |

**1941**

| | | |
|---|---|---|
| März/April | | Deutsche Truppen greifen Jugoslawien an und landen in Libyen. |
| 22. Juni | | Die Wehrmacht greift ohne Kriegserklärung die Sowjetunion an. Nach schnellen Anfangserfolgen kommt der deutsche Angriff Ende Oktober vor Moskau zum Erliegen. |

| | | |
|---|---|---|
| 24. August | | Nach Protesten der Kirchen und aus der Bevölkerung verfügt Hitler die Einstellung der Aktion T4. Laut einer internen Statistik wurden bis dahin 70 273 Menschen vergast. Aus Kaufbeuren und Irsee wurden bis dahin 684 Patienten weggebracht und ermordet. Auch nach dem offiziellen Ende der Aktion T4 wird in den Anstalten mit Medikamenten und durch Nahrungsentzug getötet. Auch in einigen Tötungsanstalten geht das Morden weiter; die Opfer sind nun nicht mehr Patienten, sondern kranke und missliebige KZ-Häftlinge. |
| 13. Oktober | *Christian Lossa wird in Nürnberg festgenommen und ins Konzentrationslager Flossenbürg gebracht. Dort wird er als »rückfälliger Vorbeugehäftling« geführt. Das heißt, seine fahrende Lebensweise genügte als Haftgrund.* | |
| 25. Oktober | | »Gaskammer-Brief« an den Reichskommissar für das Ostland: Die Organisatoren der Euthanasie stellen die Vergasungstechnologie in den Dienst der Judenvernichtung. Auch wird Personal der aufgelösten Tötungsanstalten in Konzentrationslagern und Vernichtungsanstalten im Osten eingesetzt. |

| | | |
|---|---|---|
| 5. Dezember | | In Kaufbeuren wird eine »Kinderfachabteilung« gegründet. Anstaltsdirektor Dr. Valentin Faltlhauser, der die Abteilung persönlich leitet, lässt dort systematisch Kinder töten. Verantwortlich ist die Pflegerin Mina Wörle. Bis Kriegsende sterben dort 210 Kinder, die Mehrzahl von ihnen aufgrund einer Überdosis an Beruhigungsmitteln (Tabletten oder Spritzen). |
| 11. Dezember | | Deutschland und Italien erklären den USA den Krieg. |
| **1942** | | |
| 20. April | *Ernst wird von Indersdorf in die Heil- und Pflegeanstalt Kaufbeuren gebracht und dort zunächst in die Kinderabteilung eingewiesen.* | |
| 30. Mai | *Christian Lossa stirbt im KZ Flossenbürg, laut Bescheinigung des SS-Lagerarztes an Herzschwäche. Er wurde 35 Jahre alt (geboren am 28.07.1906 in Sandizell, Kreis Schrobenhausen).* | Die britische Luftwaffe bombardiert Köln. Es ist der erste große Bombenangriff auf eine deutsche Stadt. |
| August oder September | *Ernst wird in Kaufbeuren von der Kinderabteilung in die Männerabteilung verlegt.* | Im August führt Direktor Faltlhauser in Irsee die Hungerkost ein, im Oktober auch in Kaufbeuren. Nicht arbeitsfähige Patienten bekommen ein Essen, das ohne Fett, ohne Mehl und ohne Zucker zubereitet wird. Zahlreiche Patienten sterben an den Folgen der Unterernährung. |

| | | |
|---|---|---|
| 30. November | | »Hunger-Erlass« des bayerischen Innenministeriums: Die arbeitsfähigen Patienten in den Anstalten sollen auf Kosten der nicht arbeitsfähigen Patienten besser ernährt werden. Die bereits in Kaufbeuren und Irsee betriebene Aushungerung von Patienten dient dabei als Vorbild. |
| **1943** | | |
| 2. Februar | | Die Reste der 6. Armee der deutschen Wehrmacht in Stalingrad ergeben sich. |
| 5. Mai | *Ernst wird von Kaufbeuren nach Irsee gebracht. In dem Dorf befindet sich die von Kaufbeuren mitverwaltete Nebenanstalt.* | |
| 13. Mai | | Das deutsche Afrika-Korps kapituliert. |
| ab August | | Die Wehrmacht muss an der gesamten Ostfront den Rückzug antreten. |
| **1944** | | |
| Januar | | In Irsee beginnt die systematische Tötung erwachsener Patienten durch Tabletten und Spritzen (möglicherweise schon Ende 1943). Der dafür verantwortliche Pfleger war Paul Heichele. Auch der Anstaltsarzt Dr. Lothar Gärtner beteiligte sich anfangs an den Tötungen, verweigerte aber 1944 die Mitarbeit. |

| | | |
|---|---|---|
| 24. April | | Die Krankenschwester Pauline Kneißler tritt ihren Dienst auf der Irseer Frauenstation an. Sie wurde von Direktor Faltlhauser eigens für die Durchführung der Euthanasie angefordert. |
| 6. Juni | | Alliierte Truppen landen in der Normandie und eröffnen eine weitere Front gegen Deutschland. |
| 20. Juli | | Ein Attentat auf Hitler, angeführt von Graf Schenk von Stauffenberg, scheitert. |
| 8. August | *Am Abend, etwa gegen 22 Uhr, bekommt Ernst kurz hintereinander zwei Spritzen mit Morphium-Scopolamin. Zuvor versuchten die Pfleger, ihm mit Gewalt Tabletten einzuflößen.* | Mehrere Beteiligte an Stauffenbergs Verschwörung gegen Hitler werden in Berlin hingerichtet. |
| 9. August | *Ernst stirbt, ohne noch mal das Bewusstsein erlangt zu haben, an den Folgen der tödlichen Injektion. Als Todeszeitpunkt wird 16 Uhr angegeben.* | |
| **1945** | | |
| 8. Mai | | Bedingungslose Kapitulation der deutschen Wehrmacht |
| 2. Juli | | Amerikanische Offiziere dringen in die Anstalt Kaufbeuren ein und finden ausgemergelte Leichen von Patienten, die erst vor Kurzem gestorben sind. Das letzte dokumentierte Kind wurde am 29. Mai getötet, 33 Tage nachdem die Amerikaner die Stadt besetzt hatten. |

# Glossar

**Alliierte:** Bezeichnung für die Haupt-Kriegsgegner Deutschlands im Zweiten Weltkrieg. Damit waren die USA, die UdSSR, Großbritannien und Frankreich gemeint.

**Asoziale:** Im Nationalsozialismus Sammelbezeichnung für Menschen, die als minderwertig betrachtet wurden, nicht arbeiteten oder nicht angepasst lebten. Darunter fielen Obdachlose, Bettler, Alkoholiker, Landstreicher, fahrende Händler, ebenso Sinti und Roma sowie Jenische. Viele »Asoziale« im Dritten Reich wurden verfolgt und verhaftet, sie wurden sterilisiert, in Heilanstalten oder ins KZ gesperrt und dort getötet. Gemäß einem Erlass von 1937 konnten Menschen, die durch asoziales Verhalten die Allgemeinheit gefährdeten, ohne Gerichtsverfahren in Konzentrationslager eingewiesen werden – ein Schicksal, das auch den Vater von Ernst Lossa ereilte.

**Atlantikwall:** Die Küstenbefestigung an der niederländischen, belgischen und französischen Küste wurde zwischen 1942 und 1944 von deutschen Soldaten ausgebaut. Sie hielt jedoch der Invasion alliierter Truppen am 6. Juni 1944 nicht lange stand.

**ausgebombt:** Menschen, die durch Bombenangriffe ihr Zuhause verloren, wurden als »ausgebombt« bezeichnet. Mit der Zunahme der Luftangriffe auf deutsche Städte gab es zum Ende des Krieges eine große Zahl ausgebombter Menschen (etwa 14 Millionen), die auf der Suche nach Unterschlupf waren.

**Bibelforscher:** frühere Bezeichnung für die Religionsgemeinschaft der »Zeugen Jehovas«. Ihre Anhänger waren unter dem Regime des Nationalsozialismus starker Verfolgung ausgesetzt, weil sie aufgrund ihres radikalen Pazifismus sowohl den Wehrdienst als auch den Hitler-Gruß verweigerten.

**Bolschewiken:** ursprünglich Bezeichnung für eine Gruppierung innerhalb der russischen Sozialdemokraten. In Nazi-Deutschland abwertende Bezeichnung für Kommunisten und für die als minderwertig angesehenen Menschen aus Russland und Osteuropa.

**Braune, Braunhemden:** allgemeine Bezeichnung für Mitglieder der Nationalsozialistischen Deutschen Volkspartei (NSDAP). Hitler hatte Braun zur »Farbe der Bewegung« erklärt. Die berüchtigte Kampforganisation der Partei, die SA, trat bereits in den Zwanzigerjahren in braunen Hemden auf, ihre Mitglieder wurden dementsprechend »Braunhemden« genannt.

**Dachau:** Am Rande der Stadt Dachau nördlich von München entstand 1933 das erste Konzentrationslager im Dritten Reich. Es wurde zum Vorbild aller weiteren KZ. Schnell wurde »Dachau« zum Angstbegriff, der für Terror und Unterdrückung stand. Hier wurden Mitglieder aller den Nazis missliebigen Gruppen eingeliefert: Juden, politische Gegner, Geistliche, Homosexuelle, »Asoziale« oder »Berufsverbrecher«. Sie mussten Zwangsarbeit leisten. Obwohl Dachau kein Vernichtungslager war wie etwa Auschwitz, wurden hier bis zur Befreiung des Lagers 1945 etwa 30 000 Tote registriert. Daneben haben im Konzentrationslager Dachau weitere Tausende nicht registrierter Häftlinge ihr Leben verloren. Sie starben an Hunger, Krankheiten, Erschöpfung, Erniedrigung, an Schlägen, durch Folter; sie wurden erschossen, erhängt oder mit Spritzen getötet.

**Deutscher Gruß:** siehe Hitler-Gruß

**Eisernes Kreuz:** Tapferkeitsauszeichnung für deutsche Soldaten, ursprünglich aus dem Jahr 1813. Von Hitler 1939 wieder eingeführt, wurde es für Tapferkeit und besondere Verdienste verliehen.

**Endsieg:** zentraler Begriff der Durchhaltepropaganda in Nazi-Deutschland. Der endgültige Sieg über die Alliierten wurde gegen alle Rückschläge und Zweifel immer wieder beschworen – und viele Deutsche glaubten lange daran.

**Führer:** Nach dem Tod des Reichspräsidenten Paul von Hindenburg nannte sich Adolf Hitler »Führer und Reichskanzler«. Er betrachtete sich als Führer des deutschen Volkes und ließ sich auch so anreden.

**Führergeburtstag:** Der 20. April, der Geburtstag von Adolf Hitler, war ein besonderer Tag im nationalsozialistischen Deutschland. Überall im Land wurden Flaggen gehisst, Parteifeiern und Gedenkstunden abgehalten. Am Vorabend wurden Jugendliche feierlich in die Hitler-Jugend aufgenommen.

**Gadschi:** in der jenischen Sprache Bezeichnung für die Nicht-Jenischen, die Sesshaften

**Heil Hitler:** siehe Hitler-Gruß

**Herrenmenschen:** In der Rassenideologie der Nationalsozialisten gab es eine Herrenrasse, den blonden, blauäugigen »nordischen« Menschen, der den anderen Rassen überlegen sei. Hitler und seine Ideologen beschworen dieses Rassenbild in ihrer Propaganda, denn damit wurde letztlich auch die Verfolgung von sogenannten »Untermenschen« gerechtfertigt. Dazu zählten die Nazis vor allem Juden, »Zigeuner« und die Völker des Ostens.

**Hitler:** Adolf Hitler wird am 20. April 1889 als österreichischer Staatsbürger in Braunau am Inn geboren. Er bricht die Realschule ohne Abschluss ab, bewirbt sich ohne Erfolg an der Wiener Kunstakademie, lebt danach als Postkartenmaler in Wien, später in München. Zu Beginn des Ersten Weltkriegs meldet er sich als Freiwilliger und wird Gefreiter in der bayerischen Armee. Nach dem Krieg tritt er in die »Deutsche Arbeiterpartei« ein und wird 1921 Vorsitzender der »Nationalsozialistischen Deutschen Arbeiterpartei« (NSDAP). Sein Versuch, zusammen mit Gesinnungsgenossen die damalige Regierung in Berlin zu stürzen, endet 1923 in einem Blutbad. Hitler wird zu fünf Jahren Festungshaft verurteilt, von denen er aber nur ein Jahr in Landsberg am Lech absitzen muss. Nach seiner Entlassung bringt Hitler die NSDAP unter seine Kontrolle, die dann 1932 bei den Reichstagswahlen stärkste Partei wird. Hitler, der erst ab 1932 deutscher Staatsbürger ist, wird am 30. Januar 1933 von Hindenburg zum Reichskanzler berufen. In kürzester Zeit schaltet er alle rechtsstaatlichen Instanzen und seine Gegner aus, stellt sich als Erlöser des deutschen Volkes dar und errichtet eine absolute Diktatur. Er betreibt eine menschenverachtende Rassen- und Vernichtungspolitik. 1939 bricht er den Zweiten Weltkrieg vom Zaun, in dem bis 1945 circa 50

Millionen Menschen zu Tode kommen. Am 30. April 1945 erschießt sich Hitler im Berliner »Führerbunker«.

**Hitler-Gruß:** Ursprünglich grüßten sich NSDAP-Mitglieder, indem sie den rechten Arm mit flacher Hand auf Augenhöhe ausstreckten. Der Hitler-Gruß war zwischen 1933 und 1945 als sogenannter »Deutscher Gruß« im ganzen Deutschen Reich verbindlich vorgeschrieben und wurde von jedermann erwartet. Wer den Hitler-Gruß nicht erwiderte, konnte erheblichen Ärger bekommen und sogar bestraft werden. Auch im amtlichen Schriftverkehr musste die Grußformel »Heil Hitler« verwendet werden.

**Hitler-Jugend (HJ):** die Jugendbewegung der Nationalsozialisten. Ab Ende 1936 war die Mitgliedschaft für alle Zehn- bis Achtzehnjährigen Pflicht. Damit sollte die gesamte Jugend kontrolliert und nach nationalsozialistischem Gedankengut erzogen werden. Die Jungen traten mit zehn Jahren in das »Deutsche Jungvolk« ein, die Mädchen in den »Jungmädelbund«. Sie wurden »Pimpfe« und »Jungmädel« genannt. Mit vierzehn Jahren wurden die Jungs in die Hitler-Jugend aufgenommen, die Mädchen in den »Bund Deutscher Mädel«. Zum HJ-Dienst gehörte der wöchentliche Heimabend, zu dem sich die Gruppen trafen, ebenso Aufzüge, Märsche, Lagerleben und »Geländespiele«, in denen die Jungs eine soldatisch geprägte Ausbildung erhielten.

**HJ:** siehe Hitler-Jugend

**Iwans:** umgangssprachliche Bezeichnung für Soldaten von Russlands »Roter Armee«, auch allgemein für »die Russen«

**Jenische:** Seit Jahrhunderten gibt es Jenische in Westeuropa. In Deutschland werden sie oft als »Landfahrer« bezeichnet.

Ihre Herkunft ist weitgehend ungeklärt. Die einen behaupten, es handle sich um einen Stamm des Roma-Volkes, sogenannte »weiße Zigeuner«, andere glauben, es seien Nachkommen von Flüchtlingen aus dem Dreißigjährigen Krieg (1618–1648). Die Jenischen selbst sehen ihre Ursprünge im Keltentum. Sie verdienten ihren Lebensunterhalt als fahrende Handwerker, unter anderem als Kesselschmiede, Pfannenflicker, Korbflechter, Scherenschleifer, als Wanderartisten, Schausteller, Wahrsager, Bärentreiber oder als Händler, die mit ihren Waren von Haus zu Haus zogen, manchmal auch als Bettler. Aufgrund ihrer nicht sesshaften Lebensweise, einer ähnlichen Kultur und der meist ähnlichen Berufszweige der Fahrenden wurden Jenische seit Jahrhunderten mit »Zigeunern« in einen Topf geworfen – und ebenso diskriminiert und verfolgt wie Sinti und Roma.

Seit Anfang des zwanzigsten Jahrhunderts wurde in Bayern die Volksgruppe der Fahrenden systematisch überwacht. 1905 brachte das bayerische Innenministerium das *Zigeunerbuch* heraus, in dem die Polizei alle Daten von umherziehenden Familien und Einzelpersonen sammelte. Auch Mitglieder der Familie Lossa sind dort zu finden. Ab 1911 wurden von allen »Zigeunern« automatisch Fingerabdrücke genommen. 1926 entstand beim Polizeipräsidium München die »Zigeunerpolizeistelle«, die die Fahrenden im ganzen Deutschen Reich erfasste und überwachte. Als die Nationalsozialisten 1933 an die Macht kamen, bauten sie auf dem Datenmaterial ihre Vorbereitungen zum Völkermord auf. Von den neuen Asozialen-, Zigeuner- und Arbeitsscheuengesetzen waren Jenische ebenso betroffen wie Sinti und Roma. Die Nazis töteten mehr als 500 000 »Zigeuner« sowie zahllose Bettler und Hausierer.

**Jungvolk:** siehe Hitler-Jugend

**Konzentrationslager (KZ):** Schon wenige Monate nach Hitlers »Machtergreifung« 1933 wurden im Deutschen Reich die ersten »staatlichen Konzentrationslager« errichtet, in denen Gefangene misshandelt und häufig ermordet wurden. Gegner des Regimes sowie alle, die von den neuen Herrschern als »rassisch«, politisch oder sozial unerwünscht betrachtet wurden, mussten damit rechnen, in Haft genommen zu werden. Der Satz »Du kommst ins Lager« wurde bald zum Synonym für den NS-Terror. Die Ersten, die ins KZ verschleppt wurden, waren Kommunisten, Sozialdemokraten und Juden. Bald folgten Mitglieder religiöser Sekten und Orden, Pfarrer beider Konfessionen, Homosexuelle, »Zigeuner« und »Asoziale«, später auch Kriegsgefangene. Wie viele Konzentrationslager es im nationalsozialistischen Machtbereich gab, ist historisch nicht geklärt. Eine Liste des Bundesjustizministeriums verzeichnet mehr als 1600 Orte, an denen Haupt- oder Außenlager bestanden. Andere Autoren meinen, es seien fünfmal so viele gewesen. Ab Herbst 1941 wurden sechs Lager im besetzten Polen als »Vernichtungslager« umgebaut oder neu errichtet. In diesen »Tötungsfabriken« wurde die Ermordung an den europäischen Juden industriell betrieben. Allein in diesen Lagern wurden rund drei Millionen Juden durch Giftgas ermordet, ebenso Tausende Sinti und Roma, Polen und sowjetische Kriegsgefangene.

**Lager:** siehe Konzentrationslager

**Pimpfe:** siehe Hitler-Jugend

**Quetsche:** Akkordeon oder Ziehharmonika

**Rasse:** Der völkische Rassismus war eine der Grundlagen der nationalsozialistischen Ideologie. Hitler und seine Ideologen betrachteten Menschen mit blauen Augen und blonden Haaren als Vertreter einer indogermanischen »Herrenrasse«, der »Arier«. Als das Hitler-Regime an die Macht kam, sorgte es mit Gesetzen und neu geschaffenen Behörden dafür, dass einerseits der sogenannte »erbgesunde« und »arische« Nachwuchs gefördert wurde. Andererseits wurden Menschen, die als erbkrank oder nicht-arisch galten, verfolgt, sterilisiert und häufig getötet. Die Ideologie einer germanischen »Herrenrasse« diente als Rechtfertigung, um alle angeblich »nicht-arischen« Menschen zu diskriminieren, zu verfolgen und umzubringen.

**Rommel:** Erwin Rommel war ab 1941 kommandierender General der deutschen Truppen in Nordafrika, des sogenannten Afrikakorps. Nach der Niederlage der Wehrmacht in Afrika wurde Rommel Oberbefehlshaber der Heeresgruppe, die den Atlantikwall sichern sollte. Der als verwegen und taktisch klug geltende Rommel wurde von der NS-Propaganda zum Volkshelden hochstilisiert. Nach dem Attentat auf Hitler am 20. Juli 1944 fiel er jedoch in Ungnade. Ihm wurde vorgeworfen, an der Verschwörung beteiligt gewesen zu sein. Hitler stellte ihn vor die Wahl, sich selbst zu töten oder vor Gericht gestellt zu werden. Im Oktober 1944 setzte Rommel mit einer Giftkapsel seinem Leben ein Ende.

**SA:** Abkürzung für die »Sturmabteilung«, eine Kampforganisation der Nationalsozialistischen Deutschen Arbeiterpartei NSDAP. Anfang der Dreißigerjahre sorgte die SA durch Saal- und Straßenschlachten sowie unzählige Mord- und Bombenanschläge für bürgerkriegsähnliche Zustände in Deutschland. Mit ihren Einschüchterungsmaßnahmen verhalf die SA Hitler zur Macht. Nachdem sie ihre Aufgabe erfüllt hatte, ließ Hitler die SA-Führer liquidieren. Ab 1934 war die SA politisch nahezu bedeutungslos und diente vornehmlich als Dekoration bei Aufmärschen und Partei-Aktionen.

Sie wurde ersetzt durch die SS (Schutzstaffel). Diese Organisation, ursprünglich als Leibwache Hitlers geschaffen, gelangte unter ihrem Reichsführer Heinrich Himmler zu gewaltiger Macht. Sie wurde zum Hauptinstrument des politischen NS-Terrors. Die SS-Verbände verübten nicht nur zahllose Kriegsverbrechen, sie waren auch für die Verwaltung und Leitung der Konzentrations- und Vernichtungslager zuständig und somit hauptsächlich verantwortlich für die Demütigung, Folterung und Ermordung von Millionen, insbesondere jüdischen, Gefangenen.

**schalu:** jenisches Wort für närrisch, verrückt

**Schwarzer Freitag:** Der 25. Oktober 1929 ging als »Schwarzer Freitag« in die Geschichte der New Yorker Börse ein. Die Wall Street erlebte an diesem und den folgenden Tagen eine Finanzkrise ungeheuren Ausmaßes. Die Aktienkurse verfielen und lösten in der Folge eine weltweite Wirtschaftskrise aus, die Bankenzusammenbrüche, Firmenpleiten und Massenarbeitslosigkeit zur Folge hatte.

**Sonderbehandlung:** eine der vielen Tarnbezeichnungen der Nazis für Terror-Aktionen. Wenn von »Sonderbehandlung« die Rede war, dann war damit nichts anderes als Exekution gemeint, also Mord.

**SS:** siehe SA

**Tommys:** umgangssprachliche Bezeichnung für englische Soldaten

**Tschaij:** jenisches Wort für Mädchen

**Untermenschen:** siehe Herrenmenschen

**Vierzehnachtzehn:** Bezeichnung für den Ersten Weltkrieg von 1914 bis 1918

**Wehrmacht:** seit 1935 amtliche Bezeichnung für die deutschen Streitkräfte. Als Staatsoberhaupt war Adolf Hitler auch »Oberster Befehlshaber der Wehrmacht«. Ab August 1934 wurden alle Soldaten auf die Person Hitlers vereidigt.

**Wunderwaffe:** Als der Krieg für jeden erkennbar verloren war, sprach die NS-Propaganda nicht nur immer wieder vom kurz bevorstehenden »Endsieg«, sondern auch von einer »Geheimwaffe«, die den Krieg letztlich doch noch für die Deutschen entscheiden würde. Tatsächlich wurden fieberhaft neue Waffensysteme entwickelt, unter anderem eine mit Sprengstoff gefüllte Rakete, die auf feindliche Städte (vor allem London) abgeschossen wurde. Die meisten »Wunderwaffen« kamen aber entweder über die Planungsphase nicht hinaus oder waren nicht mehr kriegsentscheidend.

**Zigeuner:** Seit Jahrhunderten wurden (und werden noch heute) fahrende Menschen abwertend als Zigeuner bezeichnet. Das Volk, das damit gemeint ist, nennt sich selbst zumeist Roma, was so viel wie »Menschen« bedeutet. Sinti sind eine den Roma zugerechnete Volksgruppe. Sinti und Roma stammen ursprünglich aus dem heutigen Indien und Pakistan, sie wanderten um 1000 nach Christus Richtung Westen. Das Wort Zigeuner gilt heute in Deutschland als Schimpfwort, vor allem wegen der Verfolgung dieser Volksgruppen durch die Nazis. Diese betrachteten alle »auf Zigeunerart umherziehenden« Menschen als »minderwertig«. Entsprechend wurden Sinti, Roma, Jenische und viele andere fahrende Menschen diskriminiert und verfolgt. Die Nazis haben schätzungsweise mehr als 500 000 von ihnen in Konzentrationslagern umgebracht. Ziel war, das Volk auszurotten. Auch heute noch werden die fahrenden Menschen in vielen westeuropäischen Ländern diskriminiert.

# Danksagung

Dieses Buch ist nur dank der großzügigen Hilfe vieler Menschen entstanden. Sie beantworteten geduldig meine Fragen und schenkten mir ihre Zeit und ihr Wissen, ihr Vertrauen und ihre Erinnerungen. Besonders Letzteres weiß ich zu schätzen, da es oft schwer war, die schmerzvollen Bilder der Vergangenheit wieder aufleben zu lassen. Hier sind vor allem die Schwestern von Ernst Lossa zu nennen, Amalie Speidel und Anna Lossa, die ihren Bruder als Acht- bzw. Neunjährige zum letzten Mal sahen. Dank der Unterstützung von Amalie Speidel war auch eine Reihe von Verwandten bereit, etwas über die Familiengeschichte zu erzählen.

Das größte Verdienst an der Entstehung dieses Buches gebührt Dr. Michael von Cranach. Er hat seit Jahrzehnten die Euthanasie-Geschichte der bayerischen Heil- und Pflegeanstalten erforscht. Dabei lag ihm stets auch das Schicksal von Ernst Lossa am Herzen. Ohne seinen Anstoß, sein enormes Hintergrundwissen und seine Hilfsbereitschaft wäre dieser biografische Roman nicht entstanden. Er und seine Frau Katharina haben nicht nur mit ihrer Ausstellung »In Memoriam«, die die Rolle der Psychiatrie im Nationalsozialismus aufgearbeitet hat, Pionierarbeit geleistet. Ich bin vor allem auch dankbar, dass sie mich und meine Recherchen über die Jahre freundschaftlich begleiteten.

Vielen Archivaren und Historikern bin ich zu Dank verpflichtet. Bei meinen Anfragen und Aktenrecherchen wurde mir ein großes Maß an Hilfsbereitschaft zuteil. Besonders hervorheben möchte ich dabei Georg Feuerer im Augsburger Stadtarchiv, seine Recherche und profunde Ortskenntnis haben es überhaupt erst möglich gemacht, Licht in die Familiengeschichte der Lossas zu bringen.

Das zweite unerforschte Kapitel, die NS-Erziehungsanstalt in Markt Indersdorf, hätte ich ohne das Engagement von Annette Eberle nicht erhellen können. Ihr ist es zu verdanken, dass die Akten der Kinder aus der Anstalt sortiert und für die Nachwelt gerettet wurden. Außerdem schulde ich ihr Dank für ihr Engagement und ihre Geduld, wenn es darum ging, mir historische Bezüge zu erläutern. Sie beriet mich nicht nur als Fachfrau für »Asoziale im Dritten Reich«, sondern half mit, das Schicksal von Ernsts Vater Christian Lossa zu klären.

Einen wichtigen Anteil an diesem Buch hat der Filmemacher Leo Hiemer. In vielem, was ich über Dramaturgie und Dialogschreiben gelernt habe, war er mein Lehrmeister. Eine Reihe von Kapiteln in diesem Buch entstand durch die intensive Vorarbeit und lange Diskussionen mit Leo. Dafür tiefen Dank.

Dass dieses Buch auf den Weg gebracht wurde, ist dem Vertrauensvorschuss von Lianne Kolf und ihrem Agenturteam zu verdanken und schließlich der engagierten Arbeit des Verlagsteams bei Random House. Großen Dank schulde ich meinem Lektor Frank Griesheimer für sein Einfühlungsvermögen und den großen Respekt, den er der Geschichte entgegenbrachte.

Von den vielen Freunden, die mich bei der Arbeit auf verschiedenste Art unterstützt haben, möchte ich zwei besonders hervorheben. Raffael Schindele, der als hellsichtiger Ratgeber meinen Blick auf Ernst Lossa geschärft hat. Und

Heike Behr für ihr wundervolles Coaching, in dem sie stets zur rechten Zeit die rechten Worte findet.

Dankbar bin ich nicht zuletzt meiner Familie, die mich über Monate hinweg in die Abgründe einer beklemmenden Geschichte abtauchen ließ. Diese Arbeit war nur zu schaffen dank Simone, meiner Liebsten. Sie begleitete mich von Anfang an voller Geduld und Verständnis und gab nie den Glauben und die Hoffnung auf. In liebevoller Dankbarkeit.

Robert Domes

# Anmerkungen zur Verfilmung

Der Film »Nebel im August« basiert auf historischen Ereignissen und entstand nach Motiven des vorliegenden Romans. Er konzentriert sich auf den letzten Abschnitt von Ernst Lossas kurzem Leben: auf seine Zeit in der Heil- und Pflegeanstalt. Wegen leichter Abweichungen von der historischen Vorlage wurden im Film die Namen von Orten und Personen – bis auf Ernst und seine Freundin Nandl – verändert. So heißt der Anstaltsdirektor im Film Dr. Walter Veithausen (im Original Dr. Valentin Faltlhauser), die Todesschwester trägt im Film den Namen Edith Kiefer (im Original Pauline Kneissler), der Pfleger Paul Heichele heißt im Film Hechtle und aus dem Schauplatz Irsee wurde im Film Sargau (gedreht wurde in einer Klinik und in einem Kloster in Nordrhein-Westfalen, in Augsburg und Kissing sowie in einem Schloss in Niederösterreich).

Dennoch sorgte der Drehbuchautor Holger Karsten Schmidt zusammen mit Produzent Ulrich Limmer und Regisseur Kai Wessel für eine möglichst originalgetreue Schilderung der Ereignisse. Als historischer Berater der Produktion fungierte der langjährige Leiter des psychiatrischen Klinikums Kaufbeuren und engagierte Aufklärer der Euthanasie-Verbrechen Prof. Dr. Michael von Cranach.

Der Film ist hochkarätig besetzt. Die Rolle des Ernst Lossa übernimmt Ivo Pietzcker. In weiteren Rollen sind Sebastian Koch als Klinikleiter Dr. Walter Veithausen, Fritzi Haberlandt als Ordensschwester Sophia und Henriette

Confurius als Schwester Edith Kiefer zu sehen. Den herausragenden Cast vervollständigen Jule Hermann als Nandl, Thomas Schubert als Pfleger Paul Hechtle, Branko Samarovski als Hausmeister und Sektionsdiener Max Witt (im Original Max Ries), David Bennent als Mitpatient Oja und Karl Markovics als Ernsts Vater Christian Lossa.

Ulrich Limmers Produktion »Nebel im August« unter der Regie von Kai Wessel ist eine Koproduktion der collina filmproduktion und DOR FILM (Wien), STUDIOCANAL FILM, ARRI Media, B.A. Produktion, Ernst Eberlein Filmproduktion in Zusammenarbeit mit ZDF und ORF. Gefördert wurde der Film von: FFF Bayern, Film- und Medienstiftung NRW, Deutscher Filmförderfonds DFFF, FFA Filmförderungsanstalt, Filmförderung Hamburg Schleswig-Holstein FFHSH, Eurimages, Österreichisches Filminstitut, FISA Filmstandort Austria und Filmfonds Wien.